时代书局

桑干河畔

杨素梅 著

ARTTIME 时代出版
时代出版传媒股份有限公司
北京时代华文书局

图书在版编目（CIP）数据

桑干河畔/杨素梅著. -- 北京：北京时代华文书局，2016. 10（2025.4重印）

ISBN 978-7-5699-0717-9

Ⅰ. ①桑… Ⅱ. ①杨… Ⅲ. ①散文集—中国—当代 Ⅳ. ①I267

中国版本图书馆 CIP 数据核字（2016）第 234008 号

桑干河畔

著　　者 | 杨素梅

出 版 人 | 杨红卫
选题策划 | 席建海
责任编辑 | 王　水
特约编辑 | 王顺兰
责任校对 | 尚　蕾
装帧设计 | 宗彦辉
责任印制 | 刘　银

出版发行 | 时代出版传媒股份有限公司 http://www.press-mart.com
北京时代华文书局 http://www.bjsdsj.com.cn
北京市东城区安定门外大街 136 号皇城国际大厦 A 座 8 楼
邮编：100011　电话：010-64267120　64267397
印　　刷 | 三河市佳星印装有限公司
（如发现印装质量问题，请与印刷厂联系调换）
开　　本 | 695×995mm　1/16
印　　张 | 20.25
字　　数 | 385 千字
版　　次 | 2017 年 1 月第 1 版　2025年 4月第 5次印刷
书　　号 | ISBN 978-7-5699-0717-9

定　　价 | 68.00 元

一本描写塞北风土人情的书

一本记录桑干河畔往事的书

一本浅论古今历史成败的书

用读书照亮自己的心灵

（代　序）

走过大半辈子人生路，认真想想，能与人说的事，大体就做了两件，一件是读书，一件是写作。

搞起写作，还是因为读书的缘故。不论是当工人看机器，还是当农民、当教师，都会偷偷地带着《唐诗三百首》，在工作的空隙，边读边模仿着写诗，便把自己写成了个诗人。后来放下了美术、器乐等其他许多的爱好，选择了一支笔，开始写诗歌，写通讯，写报告，写小说，写散文。从模仿到创作。由于读书写作，做了多年的写作工作；由于写作，从岗位上退下来，仍然继续读书写作。老觉得读的书不够，许多书都需要一读再读。写作水平还太低，就是读的书还不够，没有读破万卷书。于是，借书读，买书读。一天看一本杂志，一周读一本散文，一月读一部长篇。有的书读了再读，案头枕边常常同时放着好几本要读的书，轮换着读。特别喜欢读历史、古典小说、外国小说与人物传记。

读的书多了，了解了自然、世界与人类，特别是那些伟大人物的成长经历，明白了自己该怎么活。又有很多感想，也想告诉别人，想帮助更多的人智慧地生存，让大家都少走一些弯路，从小就走上人间阳光大道，便把一些心得写了下来，成了文章。稍好些的寄出去，有的发表了，有的没有发。于是，便有了几百篇变成铅字与没变成铅字的作品。十多年前曾出过一本名为《五味瓶》的集子，十多年来又积累了几百篇，再选一些集成这个名《桑干河畔》的散文集子，之所以用家乡的河来命名，皆因为书中的散文许多都是写涿鹿这片古土上的人与事的，写家乡的变迁的。

收集整理几十年的旧作，真是个累人的苦差事，需要翻捡成堆的报刊与原稿，再把存放的文章归类，再打在U盘上，所以一推再推，几次想放弃。可是又一想，人若怕苦累就什么事也做不成，谁不怕吃苦受累谁就能把握自己的命运。为了给儿孙辈们指出一条人生的成功路，让他们不至于再三沉沦起伏，活得尽量幸福、吉祥些，做长辈的就应该把自己的人生体验告诉他们，权当是一种对后来人的忠告吧。于是，便把自己摁在电脑前的椅子上，两耳不闻窗外事，一心只把旧作抄，在窗外的喧闹市声中静静地敲着键盘，长达数年。

写作的人平时大都沉默寡言，越老越不想说话。废话说了没用，有用的话说了没人听。所有人都有自己的活法，抱着一种既定的人生态度往前走；年轻人大都自以为能征服世界，说着先人们说过的大多都兑现不了的豪言壮语；不读书的人一代代沿袭着上一辈人的轨迹，以不变应万变；老年人咀嚼着他们的病痛与孤独，看着下代人重复人生；年轻父母们像他们父母那样责骂或者溺爱着他们的子女，走着两个极端。只有童心未凿的儿童，还可以再塑造。有机会，倒是愿意与他们说说人生道理，谈谈做事的正确方法。这本书就是想献给他们，在他们的白纸上写上几条人生的哲理，希望他们多一些成功的机遇，少走一些弯路，少付出些成本。

古代的经典著述，早已成为华夏民族精神领域里高高飘扬的旗帜，雕塑出一茬茬优秀的人物，他们在各行各业中都是出众的榜样。因为他们都是读书明理的人，都受过良好的教育，具备优秀的素养。他们活得明白，智慧生存，是家庭的栋梁，社会的支柱。他们大多都在埋头劳作，从不做坏事，不走邪路，不耽误大好时光，他们一心创造制作，所以他们是历史的推动者，是民族的灵魂。

读书，是春天里埋下的颗颗籽粒。俗话说，读的书越多越觉得自己知道的少。说着又扯到了读书上，因为自己的半生就得益于读了许多书。此集子，也可以说是本人读书的体会，是人生的点滴感悟，是半生阅人阅事后的真情记录，希望这些短文能对涉世之初的年轻人迷茫的心灵有所帮助与启迪，也算自己作为一世人，留在人世上的一些浅淡的印痕吧。

2016 年 7 月

目　录

第一辑　独自的心语

第二辑　半生的知悟

第三辑　古风与遗韵

第四辑　尊严地生存

第五辑　故乡的山水

第一辑 独自的心语

涿鹿鼓楼旧照

一株老玉树

在我办公室的窗台上，有我养的几盆极普通的花，其中有两盆玉树。两盆人们早已不屑一顾的、别处都已经看不见的俗得不能再俗的花，而我却依旧数年如一日地养着它们，让它们的一片青翠浓绿着我的环境与目色。

读书读得眼冒金星的时候，我就扬起头来看那一片绿色，让眼休息一下，竟然发现两盆玉树是那么的不同。那原本是从另一盆折断了后插在盆里的几枝，与原来的那一盆的老枝有那么大的差异，一大一小，一老一嫩，一翠一苍，一肥一瘦。只因那老枝的盆太小，树太大，且几年没有换土，没有施肥，又浇不进水，叶片儿只有蚕豆大，没有光泽，没有水汽，委委屈屈地枯着、憔悴着、苍老着、卷曲着、低垂着，那枝杆没有再伸直的迹象。而那新的一盆，因为盆大树小，叶片儿个个有小孩手掌大，且光泽、墨碧、肥厚，向上下左右支撑着它的蓬勃茂盛，张扬着它对老玉树的不屑。

我知道，那盆老玉树如果换个大盆，填上新土，扔一把肥料，很快就会粗大肥硕起来。不过，那蓬勃的生命与强壮地扩展，很快就会没有摆放的地方，一间办公室，又不是属于我一个人。因为花太大了，就到被遗弃的时候了，所以我不能让它长得太快太大了，我必须压制着、局限住它。

同为玉树，因为得到的土壤的多少不同，就有了不同的命运。我对于那盆新玉树的过分张狂有些嫉恨，而那盆老玉树却让我怀着深深的歉疚与伤感。为它的天性被压抑，为它的身心的不舒展，为它的色彩不能青葱油碧而自责。

进来的人都说，把那盆老玉树扔了吧，那么难看。

我只是淡淡一笑，人们哪里知道我对花的理解。没有这老玉树，我不会理解被压抑后的扭曲与变形，我的人生也不会有百折不挠的精神。我就是那老玉树的肉体，老玉树就是我的灵魂。

捡来的仙人指

我的办公室里的物件，都是别人不要的破旧东西。

老掉漆的桌子、没有弹性的沙发、十几年前的水杯、打碎成好几块的玻璃台、没有别卡的钢笔、牛皮纸封面的笔记本，以及别人扔了我捡回来的几盆最平凡的花。那盆从卫生间捡回来的仙人指，现在也青翠地亭亭玉立了。

别人在有了名贵的花以后，就把那些平凡的花扔掉了。我从卫生间的地上，捡回来一枝昙花、一盆合叶梅、一团没有盆的仙人指。它的根裸露着，土早已干了，可它依然青绿着，为了这绿，我心不忍，把它捡回来养着。后来，别人新买的名花都没了影，我的几盆平凡的花依旧青葱翠碧着，遮严了半块玻璃窗，是办公室最大的一片春色了。

当人们在一个又一个地换保温杯，一次又一次地换笔记本的封面，一盆又一盆地换名贵的花卉又一盆盆地枯萎扔掉时，我的办公室里的旧物依然稳稳地不动，窗台上的老花依旧一年年地浓绿着。特别是那盆捡来的仙人指，几十天不浇水，几年不上肥，它依然挺立着、翠绿着。

平凡的东西因为它们的平凡而格外的耐实，也因为它们的不被人嫉妒，没有人打它们的主意，没有人关注它们的存活与死亡，没有人掐它们的枝，摘它们的苞。它们缄默地存在着、生长着、壮大着。当一轮又一轮的时髦过去，一浪又一浪的流行结束后，唯有这些平凡的物品依然显现出它们永久的质朴、强大的亲和力、坚实的根基。在外界的一场场浮华的喧闹中，唯有它们能保持一份不被骚扰的宁静与安谧，也唯有它们称得上脚踏实地与鞠躬尽瘁。

——发表于 2003 年第 1 期《洪湖文学》

农民与土地

每年春天总是在有心的人们等了许久、找了许久以后才不经意地一下子微笑着出现在人们的面前，让人们又惊又喜那渠堤、埂畔、崖头上冒出的星星茎茎的紫红、鹅黄、浅翠，那又一个四季的底色。

等人们拾掇好一份晴朗的好心情，有了踏青的愿望，再到田野上去时，农民们已经把田野耙磨得干干净净，拍打得整整齐齐，梳拢得条条畦畦，归并得方方格格的了。那春的形状要由着农民任意地捏弄了。

绿色从冬小麦地向四处扩展，从韭菜地和羊角葱地向四处蔓延，在水浸泡的红褐色的水渠边越发的浓密深重。随着一场又一场霏霏春雨，春色一层接一层地萌发，茸茸密密的小禾小草们渐渐铺满农民们打好的方格，又向田埂、崖头、坡梁上溢去，向城市水泥地中留下的所有花圃花坛溢去，翠色片片块块地联结起来，共同织出春天的第一道油彩。

绿色沿着树干爬上杨枝柳梢，爆绽成槐叶椿芽，涨满榆头榛丛。凡是绿色本性的植物，都在春三月和暖春阳的怀抱中，在一场场风沙过后，仍然热烈地喷发出来，勃勃地生长起来，从团团卷卷到长长尖尖，再到舒舒放放，就构成了茂茂葱葱的春景，撩拨着人们又一春的无限情思和深深的叹惋。

细细碎碎、柔柔韧韧的春草，在冬寒的沙尘中坚强地昂首挺胸，勾肩搭背地沿着农人画出的格子，生长成沟沟垄垄的春天。只有农人懂得，手中撒下的那些小小的饱满的种子有多么大的责任感，它们蓄满了农家的又一茬希望，在土壤里坷垃下用力地吸吮它们够得着的所有养分，努力地喷吐着所有的绿。所以，农民们感动得单腿跪了下去，向着养育了他们的土地，向着养育了他们子子孙孙的禾苗跪下去，向着又一年春天跪下去。在这个世界上，没有人像农民那样懂得土地，懂得秧苗，懂得春天；没有人像农民那样敬重永恒的土地和一年一茬的禾苗。春天来了，田野上到处可见跪着的农民，到处可见对土地虔诚膜拜的农民。

他们一走进土地，就弯腰、弓背、屈膝，低俯下了身躯，用双手把去年秋狼藉散乱的残秸剩根们清理出来，捡拾出横七竖八的柴禾与飞扬的塑料袋，敲碎那谷茬上的土疙瘩。取高就低，一下下地平整耕地，一寸寸地磨烂那土地，再一垄垄地堆垒起埂畔与菜畦。他们做这一切时，久久地低着头，像母亲为女儿们梳头发一般，轻轻地抓挠着每一寸土，脸上充满了爱意。他们把种子抱在胸前，把粪肥挎在臂弯，一把种子一把粪肥地把土地喂养。他们把种子撒下去的同时，也撒下了心中的祈祷，祈祷本年风调雨顺，苗齐苗壮；祈祷不要有卡脖旱，不要有病虫害；祈祷老天爷比村干部心地善良些，雨水给得勤一些，不至于浇一亩地要上百元的水费，种一年地不够交一年的苛捐杂税。因为他们种下去的是未知数，一个周期长达一年的风险。种得对不对，长得好不好，能不能卖出去，都是一种未知与风险。

尽管好一年歹一年都过去了，丰一年歉一年也都挺过去了，能忍气吞声认命的农民们都默认了。尽管许多是人为的因素，农民们也总爱把歉收的灾害归于虚无缥缈的天，说今年老天爷给了一碗饭或只给了半年粮，其余许多的不顺心都只在嘴上说一说拉倒，不再追究根源，他们把好日子又寄托给了下一年。

土地是农民的办公桌，是农民的画板，是农民的稿纸。从春天起，他们在那上面埋头苦干，在那里披星戴月地创造，在上面精心修理每一条埂的画格，掇弄每株苗的诗句，点种每一棵菜的标点。

年复一年，农民无语地俯伏在土地上，恳切地拨开土壤的肌肤，种下新的无限循环的希望。他们对去年一夏一秋对土地的践踏与蹂躏，对于重复地把土地刨松踩实的折腾表示歉疚，他们对土地显现出来的贫瘠与枯瘦，对土地拔了力气的病态和日渐沙化污染感到忧虑。土地近年来常常回报农民缺苗与歉收。

为此，农民们在春天就要跪拜下去，用手轻轻地抚摸土地，填平去年耧犁辙压的划痕，缝合好浇灌时切开的伤口。无论天空正在飞扬着昏黄的沙尘，还是眼下没有适时的春雨，农民仍然满怀信心地把种子寄存在土壤里，把新的憧憬寄存进种子里，他们相信风雨中间总会间夹着宁和的艳阳天，相信勤劳，相信土地，相信自己的双手，相信迟早有一天会有好日子到来。

——发表于2004年《散文风》并获省散文学会年度作品一等奖，当年第九期《读者·乡村版》选摘

乡女不怜林黛玉

有人喜欢林黛玉的弱不禁风，有人为李香君的遭迹叹息，为崔莺莺的邂逅焦急，为琼瑶小说中有钱家庭中的太太小姐们的得宠失宠忧虑。这些人一定不是闲得无聊就是活得腻歪，这些人不是大款们养的情人就是有钱人家的少爷小姐，或读了几本书的酸文人，反正他们无事可干，有的是空闲来为这些古人的归宿叹惋，有的是时间来为自己相同身世的人们哀怜。

乡女不同情林黛玉，乡女不怜惜什么李香君、崔莺莺。因为乡女们每天要为生计而奔波忙碌。她们少年时没读过书，后来的生活也不需要读书。她们即便原本有几本书也用来生火做了饭。她们每天钻在灶间和柴草烟灰打交道，弄得两手黑一脸黑，围完了锅头又忙着煮猪食拌鸡食，这些活做完又该做下一顿饭。

农忙时，她们还要拉上大孩背上小孩，下田帮男人插秧、锄草、打药、割麦、收秋……她们累得筋疲力尽，常常连手也顾不上洗倒头就睡，更不用说洗脚了。她们脏，因为她们没有时间没有力气再去干净。把林黛玉放在这种环境里，她照样会蓬头垢面。真正是生于忧患死于安乐啊！

所以，乡女不同情林黛玉，也绝不会喜欢林黛玉。林黛玉活得太安逸，她们不但不用自己去挣吃食，甚至不用自己去做饭做家务、自己缝衣服、自己打洗脸水……所以，她们有空谈情说爱，有空自寻烦恼。为一次冷落而感伤，为一句话儿而哭泣，为落花而悲悯，为流水而伤怀，最终为这闲愁送了青春和生命。

每逢看到这种书这种影视，乡女们就会嗤之以鼻，她们会骂林黛玉身在福中不知福，会嘲讽那些四体不勤五谷不分的小姐们活得好累。

乡下女的生活没有《红楼梦》，没有《桃花扇》，没有《庭院深深》。她们没有那么多的哀伤，那么多的幽怨，那么狭窄的心胸，那么小的气度。她们不高兴时就粗声大气地骂上几句，有了心事就捏细嗓子哼几声梆子，有了气就打几下孩子，看什么不顺眼了就摔几件家什，受了男人气就回娘家诉苦。

她们的生活中没有林黛玉的呜咽，因为没有贾宝玉式的奶油小生闯进她们的生活。她们和光膀子、头上顶着高粱花子的庄稼汉们调情，和黑脸膛的乡下男人骂俏，和男人们动手动脚，毫不遮拦地说粗话，她们的粗话说得能把男人们吓跑。

乡女是路旁的野菊花，一任风吹雨打，仍茁壮丰硕，没人欣赏，没人采撷，没人怜惜，却花枝招展地绽一片生机。

乡女和林黛玉不生活在同一片蓝天下，她们之间有十分遥远的距离。

乡女认为林黛玉一无用处，林黛玉也羞于与乡女们为伍。

——发表于 1997 年第 7 期《女子文学》

背山人

到甘肃榆中县兴隆山观光，印象最深的除了那满山的绿色外，就是山中那些身子骨精瘦、脸庞黝黑、逆着游客而上的背山人了。他们背着近两百斤重的一大篓沙料，弯着腰低着头一步步地在上山路上攀登，游客们遇见他们都要赶快闪开，让负重的他们先行。

因为用力向上，他们长长地伸着脖子，脸与颈部挣得通红，脖子上的青筋暴起，胸前背后的衣服湿透，头上的汗水滴滴掉在山路上。

在一个有矮墙的山路拐弯处，有四个背沙人把背篓放在墙上，他们坐在地上休息。有人问他们，背一篓挣多少钱？一天背几趟？其中一人大口喘息了好大一阵，才回答说一篓四块，一天三四趟。听的人都叹息他们甩一天汗珠子才挣几十块钱，不由得可怜起他们来。有人上去搬了搬其中一篓沙，没有搬动。

凡是建在高山上的寺庙、道观、亭台、楼榭、宾馆、饭店用的材料不是用驴骡驮上去，就是用人背上去的。有的还用羊群往上送砖瓦，一只羊驮四块瓦，积年累月才能修一处景观。所以，那里的吃住费用都非常贵，泰山顶上一碗稀粥就卖五块钱。

无论到哪个佛家圣地，都能看见这样的背山人。佛寺殿院修了多少年，他们就这样背了多少年。而佛寺在扩建，道观要发展，服务设施也要跟上去。年复一年，这个行当永远不会没有活干。虽然苦，虽然累，但是总有钱可挣。这些背山人就不肯下山，愿意春去秋来地干下去，背石头，背水泥，背沙料，背砖瓦，背食品，把岁月泡在汗水里。

他们在同样的石阶山道上重复地走着，上上下下，走过成千上万次。他们熟悉每一条石阶的模样，他们知道每一棵树的形状。他们清楚山中景致什么季节最美，林中有什么树，什么鸟，什么花，然而，他们一言不发。他们明白自己人微言轻，没人听他们说话，也就缄口不语。只要山上的建筑不停，他们就不停地背。他们就像山中的一群蚂蚁一样，紧紧地贴在山坡上，一刻不止地来来往往地搬运。他们的生命不仅苦累，还十分的机械、刻板。但是，他们还为自己找到这样的挣钱门路而高兴，比那些有劲没处使的强多了。

只要有名胜景观，就永远有这样的一群背山人，他们汗渍斑斑，他们骨瘦如柴，他们在锦衣玉食的游客中间穿行，他们成了名胜景观中的一道风景，并且更能撩拨人们的心思。那些没有什么贡献却享受着大笔国家俸禄的人对比参照后，越发明白自己活得多么的幸运，多么的舒适了。只要见过背山人，人们的世界观、方法论多多少少会有所改变。

背山人一天天疲累憔悴下去，透过他们那衣服架子似的身子骨，那身分不清颜色的旧衣服，可以想象出那嶙嶙的肋骨。他们把每一滴汗换成了养家糊口的钱粮，他们的青春与生命在大山中一点点流干耗尽，而名胜景观在他们身后越发地壮观兴盛起来。背山的人们地位卑微，但他们品格高大，因为他们是真正凭劳动吃饭的人，是正在创造着历史的劳动者。

——发表于 2002 年 12 月 16 日《河北法制报》

大与小

一

小时候，宝宝由妈牵着手上街。

宝宝只有妈妈的小腿高，宝宝觉得妈妈好高大，就什么也不怕了。勇敢地迈开小小的双腿，一摇一晃地向前走去。宝宝看妈妈就像一棵大树，一堵高墙。

宝宝面前有一个水坑，妈妈用一只手就把宝宝提过水坑。宝宝累了，妈妈用两只胳膊一环抱，就成了宝宝舒适的摇篮。宝宝在这摇篮里睡得又香又甜，脸上露着无比幸福的笑靥。

有时，妈妈有活做，顾不上抱宝宝，宝宝就趴在妈妈的膝头上。那膝头就成了宝宝的几案，上面放着宝宝的小石子、小柴棍、小娃娃等物什，放着宝宝的所有。

天凉了，妈妈把自己的外衣给宝宝穿上当大衣，把宝宝整个装了进去。宝宝就穿着大衣唱大戏，空空的袖子一甩一甩，一脚踩住衣襟绊倒在地，跌了个跟头，宝宝立即放声大哭，妈妈用手当作抹布在宝宝脸上一抹，抹掉了眼泪鼻涕，也一把抹掉了哭声。

下雨天，妈妈带宝宝去幼儿园，宝宝钻进妈妈的雨衣里，妈妈的后背就像长了个大包。

宝宝在外面跟别的孩子打了架，头被打了个包，哭着跑回家，妈妈只用手在包上揉几揉，包就没了。

小时候，妈妈是宝宝的摇篮，宝宝的温床，是宝宝病时的药，饿时的食，是宝宝的唯一。

宝宝紧跟着妈妈，尾随着妈妈，一步也不离开妈妈，世上没了谁，也不能没了妈妈。

二

宝宝一年年长大了。

长大了的宝宝觉得妈妈越来越小了，妈妈的个子矮了，身体也瘦了。妈妈的衣服穿在身上空落落的不合体，像个衣服架子。

妈妈只有宝宝的肩膀高了，宝宝要低下头才能和妈妈说话。妈妈的耳朵背了，一次没听清，宝宝就不想再说第二遍。

妈妈唠唠叨叨说那些家庭琐碎小事，总让宝宝觉得心烦。宝宝一回家就钻进自己的小屋，放录音机听郑智化、刘德华。宝宝觉得妈妈的手粗糙得像刷子，妈妈的话像陈旧得发黄的历书，妈妈的手再也推不动懒惰的爱想心事的宝宝了。

宝宝有了外面的世界，再不用妈妈的护卫。宝宝嫌妈妈的天地太小了。宝宝有了许多朋友，再不用妈妈的关注了，也嫌妈妈的歌谣太老了。

宝宝觉得妈妈的心原来很小，小到只能装油盐酱醋和丈夫儿女；妈妈的活动范围原来很小，小到只有自己的家和姥姥家。宝宝要走出妈妈的渺小，走出妈妈的狭隘，宝宝就经常不回家。

宝宝开始俯看妈妈了，妈妈扬起手给宝宝戴上帽子，宝宝又摘下，那顶帽子和妈妈一样，已经过时了。

长大的宝宝和妈妈换了房间。妈妈和她的小屋，浓缩成宝宝世界里一个常常被遗忘的角落，妈妈成了宝宝的拖累，妈妈和她的一堆破烂，让宝宝觉得十分的沉重和无奈。

在宝宝一次次对妈妈发怒时，妈妈悄悄地掉眼泪。

宝宝长大了，长大了的宝宝再也不是妈妈心中那个宝宝了。

——发表于 1996 年 9 月 16 日《少年智力开发报》

我有朋友少忧愁

我动工盖房时，我的好友来了，没有寒暄，没有客套，系上围裙一头钻进伙房做起十几个人的饭菜来。收拾完碗筷又去上班，几天如一日。

我生病在家时，我的好友来了，悄悄地请来医生，默默地取回了药，暖壶里灌满开水，脏衣服洗净叠好。

我有烦恼解不开，朋友会批评我的任性，责备我的清高，劝我活得潇洒些，过得现实些，说知足者常乐。

我觉得寂寞了，捎句话儿给朋友，她就会陪我聊上半日，讲新闻谈世事，将古比今，以史为鉴，以人为镜，让我心扉洞开。

……

我有聪明智慧的朋友，生活多了欢乐少了烦恼；我有精明能干的朋友，处事多了经验少了坎坷；我有真心实意的朋友，活着不觉寂寞与孤独。

朋友富时是朋友，朋友穷了还是朋友。朋友请我是朋友，朋友不请也是朋友。朋友的喜是我的喜，朋友的忧是我的忧。为朋友我愿多吃亏，为朋友我乐意奔波。

朋友的长处我不夸，朋友的短处我不嫌，朋友的困难我着急，朋友的好事我祝贺。

所以，我就有许多朋友，远方的朋友身边的朋友，少时的朋友中年的朋友，编辑的朋友作家的朋友，县长朋友山娃朋友，同年朋友忘年朋友，老师朋友学生朋友，男朋友女朋友，老朋友新朋友……

当自己是花时，朋友如叶般簇拥着；当自己是树时，朋友如森林般排列着；当自己是星时，朋友如月般照耀着；当自己是水时，朋友如大海般拥抱着；当自己是秋叶时，朋友如大地般承接着……

我有朋友，我便能四海为家；我有朋友，我就能胸怀开阔；我有朋友，我就能懂得友情的金贵；我有朋友，我就不计较得少失多；我有朋友，我活得十分美好；我有朋友，我愿意奋斗拼搏；我有朋友，我活得不忧愁；我有朋友，我活得很快活。

——发表于 1994 年 9 月 28 日《河北青年报》

永远走不出的地方

为了不想在一座小城中无为地耗尽生命，我就学会隔一段时间来一回逃离，远远地出走一次，离开几天或十几天。如果不能远行，哪怕只是走出小城，哪怕只有一里远，再回首看这座小城时，也会明白许多过去不曾设想过的，意识不到的幸福或者悲怆，也会有别一种不同的心境。

又是一个不同的傍晚，为了换一下环境和心境，我决然地推开永远做不完的家庭琐事，急急匆匆地从拖累身心的、杂乱的房间里走出去，穿街过巷，头也不回地一口气走到一里以外的郊外麦田中，立志要抖落绳索般囚捆着心绪的、一条条琐碎家事的锁链。

当我走累了回首时，我惊奇地发现，那座每日吞没我的年华、消磨我的心志的小城，原来是那么的低矮简陋；那幢幢白色灰色的楼群与铁黑色管道像模型道具一样，单薄可怜地矗立着，而且无声无息，寂静空洞得像没有人烟一般。那么多人的声音，那么多的欲望都圈在小城里，挡在层楼里，吸附在街巷内，在一里以外便听不见。

只有公路上来往的载重汽车，发出轰隆隆的声音，震荡着数里的空气。还有平日里那三围蓝山，此时都有了层次，一层白灰、一层淡灰、一层深灰，勾勒出起起伏伏的轮廓线。方知道，山上有山，山后有山，而且那些平日里看不见的山都比这些常见的山高得多。

百里以内，仿佛只有我一人般辽远阔大。而我，在旷野又何其渺小得似蚁如虫。

啊，我只走出一里远，与居住处只拉开了一点距离，就看到了一种崭新，一种阔大，一种悠远。看到了一个人或一群人在茫茫大地上比例何其之小，每个具体人的悲哀对于苍穹来说何其不值得一提。那么，要是再换一个角度，肯定还会出现另一种不同。有了这种博大的和辽远的比照，才会觉出一己利益之渺小，惭愧个体生命的甚微。平日里，街旁那么多争高斗异的楼群，街道上那么多比俏赛富的人，在一里以外，就听不到他们斤斤计较的声音，看不见他们堂皇的住宅与衣着的华丽。所有的声音混同在一起，所有的人都似寸长豆大。许多洋洋自得的人其实只活在一个非常小的圈子里，一个用水泥钢筋编织的苍灰茧壳里。许多的耀武扬威其实只有周围几个人能看到，他们的荣华富贵也只有几个人知道。而为了这些虚名，多少人耗尽毕生心血，活得着实可怜可悲。

我为自己的走出而庆幸，也为许多圈子里的人而悲哀。我为自己因了明悟而生出无数感伤，也为那些先明悟的人的知足快乐而喟叹。从没有走出圈子的人，也从来不会感到小城的小，一次次走出小城的人，又会因为这小而平添忧愁。

不论此时是一种什么心境，不论是喜是忧，或悲或欢，时间都在义无反顾地滴答前行，从不回头张望等待。

天色已晚，一天又将过去。不论出走是怎样，最后都还得回归。回归自己呕心沥血编成的那个窝巢，回归那份终身逃不脱的责任与义务。当往回走时，小城与楼群又一点点放大与逼近，原来看不见的蓝色玻璃和红色阳台都庞大了起来，扑入目色中，还有许多的商号店铺匾牌上的大字都清晰了起来，并一起劈头压了过来。蓝天退去，绿野退去，远山退去，唯水泥与砖石的墙壁、墙壁、墙壁，铺天盖地地压了过来……

忽然想起锅里给外出的家人热着饭。

况且路灯早已把夜的黑色烧出了许多红的黄的空洞。此时的小城，透出了家的温馨暖香。野外有了习习冷风，天空飞鸟也绝了迹，车辆行人一片匆匆行色。

最后，我又无奈地走进那一片楼的一个小门里，融化进小城的芸芸众生里，汇进那一片嘈杂中，乖乖地把锁链套在自己的脖子上。唯此才能平安无事，也唯此才会是一个不招惹是非的平常人。

——发表于2000年第2期《雨花》

陪读两节课

儿子到了上学年龄，才从山里老家接了出来。

丈夫阿山自告奋勇去送儿子上学，妻子敏含笑无语。

儿子却很畏惧，磨磨蹭蹭地不肯出门，出了门又不痛快地往外走。阿山用瞪大的眼睛和高扬的手恫吓着，儿子才委屈地蹒跚跟随。

一连三天，阿山前脚回单位，儿子后脚就跑回了家。晚上，阿山怒不可遏地一把将已钻进被窝的儿子拽了出来，对他大声吼叫。儿子哭得伤心至极，鼻涕眼泪流了一尺长。

儿子终于没屈服，可是却被吓病了，开始发高烧说胡话。“我怕，我怕……”

到医院一看，医生说是惊吓所致，打了七天针。敏没让阿山再说一句上学的事。

“你再不要管了，由我来送儿子上学。”她说。

敏把无可奈何的阿山打发走了，儿子由自己来接送。

她笑笑地对儿子说：“儿子，妈要去学校念书，你陪妈去，好吗？”

“妈也去念书，背书包吗？”儿子惊奇地问。

“背。”敏背上日常用的小挎包，把给儿子准备的纸笔放进包内，儿子半信半疑地跟着敏往学校里走去。

到了学校，敏找到了新生班，寻到了给儿子留的座位。敏搬了一个空凳坐在儿子身旁。上了节语文课，又上了一节图画课。新生班的杨老师很和蔼，夸儿子字写得好，画画得好。新生班的同学们很亲热，掏出糖呀豆呀放在儿子面前的旧木课桌上，儿子终于笑了，笑得眉儿弯弯眼儿弯弯。

下课了，同学们拉了儿子去院里玩，儿子又返回来对跟老师说话的敏说：“妈，我不怕了，你回去吧，学校很好。”说完就蹦着跳着玩去了。

敏含笑跟老师打了招呼，悄悄地走出校门，在校门外又站着看了玩得很开心的儿子一会，才转身放心地离去。

从此，儿子就爱上学校了，一次迟到也没有过，更甭提请假。

阿山很惊奇，问敏用什么魔法把儿子给治服了。

敏深深地叹了一口气，她从心底里不喜欢阿山的无知，还有做丈夫与父亲的不称职。“孩子从小在山里生活，不知道学校是干什么的，我不过就是陪儿子在学校里上了两节课，陪儿子度过那个对陌生地方最初的怯惧罢了。”敏平淡地说。

阿山无言，沉默了很久，一定是在领悟做家长的深刻底蕴吧，做个称职的家长也不容易，也是一门学问啊！

——发表于1994年2月3日《河北经济报》

不带一丈去

在父亲最后的日子里，我看见了人类的归宿和归去时的高尚境界。那原本是如人类降生时一样的完美与纯洁，是人在活着时想象不到的一种豁达与淡远。

早在半年前，父亲就一改过去的节俭与吝惜，再不像以往一样往家中捡东西了。过去，父亲从外边回家时，总会带一点在地里或在路上捡得的东西，或一个断了带的旧书包，或一双半新的鞋，一根折断了的枯树枝，至少还要在手里攒一把喂兔的草……回了家就把这些东西找个角落里一塞，需要洗涤的就拿进家中，让母亲拾掇。家业的兴盛和壮大是父亲一生为之奋斗的目标，厚积少出是父亲一生尊崇的至理。

然而，父亲的壮志心性终于被忧郁与劳碌的岁月压倒了，他的勤俭没有抵挡住其他家人的消费欲望，没有人能同他一齐甘愿细水长流地过日子。父亲的怨恨从质变成了无法医治的精神疾患。得了脑萎缩症的父亲只知道吃饭，吃了就出去满街地走，从此再不管家事，不问柴米油盐。父亲完全变了一个人，一个无欲无望的人，一个眼中没有物质的人，一个不管世事兴衰家人存亡的人。

我住的县城大街上，正月里有闹社火的锣鼓彩车队走过，成千上万人出来观看。我把父亲接了来，意在想让他开开心。谁知，他低着头什么也不看，一会儿就转了回去。世人的欢乐跟他已经完全没有相干。从何时起，父亲对一切都没有了兴趣？锣鼓、彩车都不再属于他了。在他的世界里，大概只有对世事百般厌倦的痛苦了。

我的第一本散文集出版后，不识字的母亲把书拿到父亲面前，说你看这是谁出的书，想像从前一样让父亲抑扬顿挫地念给自己听。可是父亲连眼皮也没有抬一下，儿女们为之挣来的名利与荣耀早离父亲远去。在父亲的灵魂与肉体里只有折磨自己的病痛了吗？母亲和我们兄妹的心都万分沉痛，我的书、我的华丽诗文、我的成就、我的虚荣心被父亲的漠视，被家人巨大的悲愁，被自己的痛苦像废纸一样冷落在了一边。

父亲一日日地不管不顾了，竟然不穿好衣服就往外跑。我们抓着他的衣服和鞋紧紧地跟在他后面追。在父亲安静的时候，我和母亲在堆积如山的仓房里翻找父亲从地里拾回来的东西，一边从一大堆东西中找到一只古陶罐和十几枚铜钱，一边谈论父亲从前的言行。父亲就坐在房前檐下，一会儿站起来出去，一会儿回来坐下，对我们的谈话毫不关心，对陶罐与古钱毫不关心。

哦，我的辛苦了一辈子的父亲，我的节俭了一辈子的父亲，到老时，竟然对自己的积累如此的漠然、如此的不屑一顾、如此的拒绝。此时的一切，对于父亲都成了身外之物，都不需要了。

父亲去了，在不吃不喝几天后，睡去了。父亲收拾了一辈子，积累起的几间屋的杂物，却没带一分一片一丈去。那些过时的没用的东西不但没人正视，连父亲使用的木匠工具都在一件件地四散遗失掉。

生不带来死不带去。父亲的离去重塑了我，我的人生观、物质观、金钱观一下子发生了根本性的改变。我开始从繁复的街市上目不斜视地走过，开始不再在外出时采买许多的小玩物，开始把不穿的衣服一包包送人，开始营建一种清静淡远的心境。我已明白自己迟早也会像父亲一样地不带一丈去，而那些我曾经视为珍贵玩物的艺术品们，也会给后人造成不好收拾的多余。

——发表于1998年5期《青年文学》

旅 途

总不甘心囿于一个地方，旅途就成了自己人生链条上的一个个段落，成为生活中的一部分。有许多时间要在旅途中奔波，车便成了临时的居处。在火车上默默地坐几小时，无奈地呼吸着大量的烟味。窗玻璃也不是想打开就能打开，你刚打开，立刻就有人关上。地上总是铺一层瓜子皮和果皮，让人感到不舒畅。特别是经常在车上丢钱包，充分体现到人离乡贱的滋味。

然而，最近我乘的一次车，却有了一种别样的感受。那天，我误了火车，在停车站上找到一辆从北京开往家乡的私人面包车。车顶上装了高高的货物，这是个体户到北京进货的车。车开时，车内塞了满满一车人，因为是家乡人，虽然不认识，但听到了乡音，仍然感到很亲切。

车一开动，我就被两旁不断闪现的春景吸引住，从书本中抬起头来。久久地注视着不同绿色的树和粉的、红的、黄的花。心想北京市的环境真不错，处处搞得园林般美。如今，这大城市胜过乡下，更具田园风光。

出了北京，绿色渐渐稀疏。我又把头埋进书中。此时，车内十分寂静，我发现车上二十多人除了司机和售票员外都睡得东倒西歪。本来是未谋过面的陌生人，进入睡态后，却你枕着我我依着你，互相支撑着。我面前的一个大个子男人，在上车后一直没有跟比他先上车的一个同排女子讲一句话，此时他却枕着那女子的肩膀睡得很香甜，如夫妻般亲密。我的身边是两个稍微上了年纪的大婶，她们在大嚼了一顿火腿肠和面包后，很快就进入梦乡了。挨着我的这位把头依在我的左臂上，我不忍心动一下。这些乡下个体户进京置办货物，批发抢购廉价衣料，搞得十分疲累，在车上睡得很沉。

看着这些在清醒时各自端坐的人，睡着后不分彼此地互相依靠着的睡相，我不由已地陷入一种感动中，意识到人们在同一种条件下和环境中还是能互谅互让、相待相容的。此时，没有谁把一个靠在自己肩上的熟睡的人粗暴地推开，也没有谁为一个陌生人压麻了腿而恼怒，人们在这一时间内都会表现出本质中的善和人性中的美。

许多时候，我们稍稍享受到他人的好处，得到一点微小的关怀和抚慰，就会深深地记住。为人类保存着这一种纯真品质而平添了几分欢欣和慰藉，觉得活得惬意和安宁了许多。

我在半路上下了车，和这一车人天各一方，没有人和我说一声再见。但是，自从有了这一次乘车的经历，我对旅途生活又有了新的体验。有时候一些冷落和排挤也能接受了。人生本来就纷繁复杂、甘苦参半，不去太多地强求别人，也就觉得生活不那么艰辛苦涩了。

——发表于1996年7月20日《农民日报》

那片绿色

我生性就爱花草树木，看不见花草树木便会怅然若失，便会万事无绪，便会心事重重，生命会觉得枯燥，日子会显得苍白。

我先后搬过八回家，每次都愿选一个有土院的居处，自己辟一块哪怕是桌子大的花池，以便种些花木菜蔬，留住一片浓浓的春。在工余饭后，弄一弄葱茏的碧叶，抚一抚妩媚的花朵，以慰藉被昏昏世事搞糊涂了的头脑，熨平大大小小的烦恼皱褶，日子似乎就惬意了许多。

在檐下拉上十几根绳子，让柔软的牵牛花盘绕上去，在茅屋窗前搭上如瀑的翠帘；在路边墙角处都种上向日葵，看万物如何追赶太阳，给自己以无限的遐想。我把小院打扮得花花绿绿，然后，静静地享受那一份难得的安宁与甜蜜。

我爱花草树木的习性，不知不觉中传染给了我的每一位房东。他们一次次来看花，夸花。我就把花籽赠送给他们，把盆花分栽给他们。于是，在他们原本很荒芜很枯燥的窗台上也慢慢地红了绿了起来。我搬走了，我的花的后代却在这里那里生了根结了籽，一代代繁衍下去，绿了许多人家，红了一幢幢村堡。

我家在县城外东南西北住了一圈，终于也打开了一处网口进了城。丈夫的单位分给三间旧瓦房，自家一处小院。虽然是旧屋，毕竟结束了十多年的奔波，上班再也不用顶风冒雪地赶路，也不用担心读小学的儿子日日穿公路有什么闪失。

然而，小院太小了，跨度不足两米，低头是窄窄的一条小院，抬头是窄窄的一条天空。城里的房屋太挤了，四面是红的青的灰的墙壁，梯形屋脊层层叠叠地排列着，三角的山墙积木般堆垒着，楼房拔地而起，这里看到的除了房还是房。

小院容不下一畦花木，抬头看不见一棵绿树，我的心境似乎也缩小狭隘了。沉甸甸的，呼吸也困难了许多。住久了，我就又怀念起旧日乡下那草屋土房来，怀念黄昏的浇花锄草，怀念满院飘飞的金蜂彩蝶，怀念枝头檐下啁啾私语的鸟雀。想极了，便到远远的郊外去走一遭，去呼吸青草的气息、菜蔬的气息，去舒展一下皱巴巴的心事。

没进城时一心想进城，进了城才知道城市如鸽笼般狭窄。真不知这是一种什么样的心态。我只能叹息着，把喜爱的盆花架在窗前，放在小屋顶，让盆花的几片黄瘦的叶，几朵贫血的花朵宽慰我被挤压的心胸。

城市的住房越来越紧，城里人的心胸也如我一样，越来越狭窄了吗？窄得容不下几朵花几片绿叶？

——发表于1991年5期《河北林业》

那句叮嘱

大概此生是不会忘记那句叮嘱了，也不该忘记。

因为是那句很短却很让我深省的话，给我指引了一个光明的出处，使我的生存状态有了一次大的转折，无彩的岁月覆盖了几许缤纷的亮色。

记不清准确的年月了，只记得是在一辆客车上，我偶遇了我的高中班主任谢自然老师。自高中毕业后，我没有去看望过任何一位老师，也没有见到过谢老师。因为自己在社会上没权没势没什么出息，没有给教过自己的师长们增光添彩，自觉无颜。若是老远地看见老师能躲尽量躲，实在躲不过去了，才硬着头皮上前去打一声招呼。

“谢老师。”我羞惭地低头咕哝了一句，就没有话了，我不想问得太多，太多了惹人嫌。

“参加自学了吗？应该参加。”谢老师也不问我的工作和琐事，劈头就让我参加成人自学考试。因为我是谢老师担任的高一排排长，学习成绩还算可以，且爱好广泛。

自学？在谢老师提醒我之前，我还从没想过。我是个懒散的人，许多流行与时髦的事都是在很久后才知道。工作之余我从不管别人干什么，只是在干自己应该干也喜欢干的事情。所以，我是个爱独来独往的心灵上的孤寂者。

我高中毕业是在“文革”期间，毕业后大学不招生，便不再读书，也无书可读。倒是开始教书，像许多寻常百姓家的孩子一样，去教比自己小三五岁的孩子。

因为从小好读书，教书和做其他工作的所有空闲时间都用来读书。因为读书可以一直把自己埋在书中，不去与人交际，不用奉承任何人，不用看别人的眼色行事。静悄悄地在书的五彩世界里漫游，是我最大的快乐。整天把自己的听觉视觉全都投入书中，竟然连社会上有了好几年的五大毕业生也不知道。

于是，回去后马上就去打听、报名，参加应考的十几门中文课程。四年后，也取得了大专文凭。虽然，这文凭也如其他一切空名一样来得很晚，遥遥地落在同龄人后边，毕竟还是拥有了，不，应该说是失而复得。

每当想起那次参加成人高考，就觉得那次与谢自然老师的相遇是一种天意，仿佛谢老师是专门为叮嘱我而来的。因为此后，再也没有见到他。不知以后再见到他时，他又会对我提出什么更高的要求。真希望早日见到他，听他下一次叮嘱，哪怕是一个严厉的训斥。

在我活得迷茫时，在我走到人生的三岔路口时，在我对世事困惑不前时，我希望有人能给我树一个路标，给我一声断喝。徘徊不前时重重地叮嘱一句，沟沟坎坎时拉我一把，让我在人生的路上做出一次次正确的抉择，不再如从前一般行进时跌跌撞撞，身心摔打得伤痕累累。

多少时候，我们不需太多的宽慰，不需太多的客套，只需一两句座右铭式的真言的引领，那才是一句胜过一万句的馈赠，那才是好老师的价值意义。

——发表于 1998 年 9 月 5 日《河北党校报》

好想融入那片春绿中

总是在千遍万遍的呼唤时，春天迟迟不归。总是在把春忘怀了时，她送人一副青青葱葱的美丽容颜。

当抽空走近春时，她已经是那般的亭亭玉立，十分的茁壮茂盛，非常的生机勃发了。让人更加感到时光的匆促，岁月的飞快。每过一个春天，就对春开始更加的珍爱、更加的关注、更加的钟情。因为，对于一个极其热爱生命的人来说，每过一个春就会少掉一个春了。对于那些已逝去的春色春景的很少观赏和赞誉，我感到十分的歉疚。

我住的涿鹿县交通局家属楼前去年冬光秃了一个季节的花池里，也早又在阳光和煦朗照的春三月时节里，再次悄悄地、静静地、不张扬不喧哗地绿翠得深浓浅碧了。

为了看看她这又一春的容颜，我特地近前来细细地观察了她的色彩和花种。

先说那色彩吧，有多少种绿啊——深绿、浅绿、蓝绿、黄绿、灰绿、黑绿，有的绿中带着红，有的黄中夹着绿，有的绿得轻柔，有的绿得凝重，有的在旭日的辉照下闪烁着晶莹的光泽，有的在水滴的浸润下长长地舒展着腰条。

常青树从冬季的墨绿中脱落出崭新的鹅黄，老山兰手掌般的叶片间绽放出一串串白蓝色的蝴蝶状的大花朵，大月季努出尖尖的鼓胀欲破的芽苞，龙爪槐倒挂着她的修长的枝条与叶片。还有那叫不上名字的花草，丛丛簇簇地一起葳蕤地竞生着、共发着，还有那正在吐芽的小草的茎芽密密地布满了地中的紫红色土壤的表层。

长草的帅气潇洒，短草的粗壮墩厚，尖叶的玲珑乖巧，圆叶的完满笑意。多姿多态、共同携手并进的花的家族，各形各色、一起并肩绽放的草的世界。唯此的互敬互爱，才有这份壮丽的春色；唯此的相依相靠，才有这种蓬勃的绿地；唯此的共生共长，才有这份春意盎然的袭人景象。如若红花嫌黄花的柔弱，紫花说白花的单调，复瓣嫌弃单瓣的轻薄，大朵要小蕾让开，那么就永远不会有这种团结向上的同心同德，就不会有这种百花齐放的五彩缤纷。

看到这种孟春时节的、惹人心动的、小小的、羞羞的、鼓鼓的新绿，那少女般正在生长的妙美的新芽，那少妇般正在窈窕的韵味，那老人般的成熟忍让与平和宁静，真是让人思绪万千且留恋不舍啊！

好想化作一茎细柔的小草，融入这份浓得化不开的盈盈青葱中，装点一回壮美的好河山。好想变成一朵粉红的小花，藏在这片妍妍春色里，享受那份同舟共济的纯情，躲开世俗的不能相容的眉眼，离开人间互相倾轧的繁乱。好羡慕花的世界里那种五彩缤纷的任性率真的自生自灭，好嫉妒草的天地里那种本性本色的尽情喷吐。没有夫子礼教的规范，没有人言制约的限定，即使只有一秋的浓烈喷放然后逝去也足矣。

小小花池里又春花怒放、春草疯长了。这一片红绿给这一片人家重复演练的日常生活增添了无限的情致，给我这样没有了激情的诗人心怀注入一点兴奋的针剂；小花池草中色彩的鲜亮，给我带来了心灵中的深深爱意；春景春意的生机活力，给我送来了精神的暖暖温馨。不大的一片花池啊，我们需要的有多么的少。要是我们生活在大连那样国际化的美丽的城市，我会有多少感动要倾诉、多少话语要讲叙啊！

好在另一层楼间又摆上了两个很大的白色花盆，里边盛满了红的黄的花。并且又在撬起水泥地板，垒砌新的花地。我们的苍白视野又有了崭新的秀色，每日打开窗能看见那几片红翠在亮目，也觉得居住在这里不亏了。同时，对想着这一片花地的局领导有了一种更好的印象，那是他们管理这个单位时，流露出的一份淡淡的人情味散发出的沁人幽香。人活着多么不容易，但是如果有许多花木做伴，精神世界就慢慢能真、善、美起来。所以我一直喜欢住在一个有花草树木的地方，哪怕窗外只有一株老树来遮蔽着烈日酷暑与风吹雨打，造出一份宁静的环境和清凉的天地，也会感到十分的欣慰。

所以，当楼前又在开辟新的花地的时候，我写下了这篇文章，作为永久的纪念与诚挚的感谢。

——发表于2000年6月4日《河北交通报》

雪　后

立冬前的一天早晨，一睁眼就觉得屋子比往天明亮，就像刚擦了玻璃一样的透彻，又似粉刷了墙壁一样的耀眼。

我知道一定是下雪了，而且还挺大。爬起来一看，果然一夜间竟然悄悄地下了半尺厚的雪。屋顶白了，大地白了，楼下那一畦畦翠绿的未收获的胡萝卜和小芹菜们也被捂住了，都被厚厚的白雪覆盖得严严实实，不见一点绿色。大自然用这场大雪划清了季节的界限，宣布了又一个冬天提前莅临。

楼下院子里有人用铁锹铲雪，是值班的门卫在清扫道路。后来又听到好几个人在边干活边说话，心想一定是单位组织人清理院里的积雪了。近年来，政府已经意识到雪后道路泥泞给当地人民生活造成了不便，特别是城镇街道上的雪会凝成冰，让行路人不敢放足行走，不少骑自行车的一路上摔好几个跟头。街道的脏滑会扭曲人心，无人清理的冰雪会尘蒙地方形象，更会影响市场交易。所以，现在一下雪就立即组织人清理。

扒在窗上一看，原来是几个退休的勤快男人主动出来扫雪。他们把雪堆起来，腾出一条路。看着他们弯腰劳动的身影，特别看到他们苍老的容颜，从心底里十分感激。不由得忆起乡下那一家一户的独居生活，每逢下雪天，男人们就早早起来先把院里的积雪扫干净，再把门口的路扫通，有的人还要上房去清理屋顶上的雪，不让融化的雪水浸湿屋顶上的土层。这样清理后，尽管外面冰天雪地，自家院里却干干爽爽，就跟没下雪一样，依旧可以打豆子、晒谷米，继续收拾秋天的毛粮。男人们的魅力在此时此刻充分地展示了出来，显得越发的可爱可敬。有这种责任心强的男人的家庭，大都是比较富裕强盛的。

现在住进了单位的楼房，几十家共用一个院子，上百人聚集在一起，下雪后竟然没有人出来扫一下雪，任凭院里的雪在脚下踩得吱吱作响，太阳出来后又化成水，夜里再冻成冰。楼里住着几十个健壮的夸夸其谈的男人、共产党员，可是他们宁肯把多余的精力用来积伙凑堆打麻将喝酒，或者聊大天骂社会，却心眼狭窄得谁也不主动扫一下院里的雪。他们不为自家女人孩子着想，就是踩着冰去提水，也怕多干一下，怕别人家沾了光。

现在，有人能主动出来扫雪清路，不能不说这是人世间的一缕温馨。心知如果这些男人住着一个独院，必定会早起晚睡，把家收拾得窗明几净，用他们的一颗爱心精心地呵护着家人，营建着一个幸福美满的好家庭。他们的家人因为他们的勤劳朴实过着甜美的日子，人间因为有了他们而整洁明艳，有情有义。

中午时分，屋里的光线越来越强，连那被窗前一座豪华新楼挡得黑暗的客厅也明亮了许多，外面的雪像摄影师的银铂反光板一样从四面八方返照进来，这是大自然给予的恩赐惠泽，这种广披角隅的照耀，让人世间的芸芸众生心地十分豁达了。在这种博大无边的光芒里，原本被世态炎凉黯然了的心情，也如刚刚擦洗过似的清新舒展，从来没有过的畅亮起来。

喜欢雪天，喜欢雪天后的明耀熠目，居室的清辉光亮，更喜欢雪天里那些勤快的扫雪男人的善良心地，喜欢那份宽厚仁心。人生中能遇上三两个心地好的人，不是光说大话的废物，也不是赌徒酒鬼，而是扑下身子默默做事，不断地打里照外的实诚人，哪怕他们只是左邻右舍，在他们心灵光芒的笼罩下，不论是环境还是心境，都会灿烂起来。

俗话说，好狗护三村，好人护三邻。邻居好也是个宝啊！

因为有这样的好人，雪霁后的大地人间，晶莹中透着灵动与秀美。

人在天地间

年年春种夏收，岁岁秋收冬藏。年复一年，岁复一岁。

天下种粮食的农人们却不厌其烦，就是在风沙漫天的日子里也要到地里劳作，因为那一日恰是播种的日子。在农人的心中，耕耧播种都是有日子的，错前闪后都会影响收成，天时与节令是农耕文化的重要组成部分，甚至是丰稔与歉年的决定因素。

吃着土地里长出的五谷五果，靠着阳光雨露的滋润，一代代活在天地的恩赐里，死也埋到天地间，化作天地间一撮尘埃的人们，只有农人明白天与地的重要。而身为农人的后代的所谓现代人，对天地知之甚少，爱之甚少。他们大嚼着油炸的膨化垃圾食品，厌倦五谷，一粒米也不会种，还嫌好道赖，半碗半碗地剩菜倒饭，一边暴殄天物，一边笑话老年人抠抠涮涮不会享受生活。刚刚过上几天好日子的农人的后代们，已经开始蜕化变质了么？

如果不是读了这一大批先人们留给后人的谚语，我也不会明白先人们为什么对天地心存无限敬畏与遵从，对于天地的赠予非常珍惜的道理。也不会明白老辈人为什么那么执拗地相信天命，执拗地膜拜土地与山神、水神、火神等有灵万物，执拗地节约着、捡拾着、怜爱着每一颗粮食，执拗地在天地间俯首躬耕。

而后人们却对天地既无知又大不敬，极力地刨挖敲榨，对先人们创建的园林毁坏灭绝，直至彻底破坏了原本的诗意化生存，几乎完全铲除了画一般的葱茏故园，把地球资源变成一把把金钱装进自家的腰包。

天时、地利、人和，是人世吉祥宁和的前提，三者不可分割，一环扣一环，缺了哪一环都不行。人和，建立在天时与地利上，天时是首要。让我们先来读一读先人们总结出的这些关于时令节气的农谚吧：“惊蛰闻雷米似泥。”“春分有雨病人稀。”“立夏东风少病疴。”“端阳有雨是丰年。”“重阳无雨一冬晴。”“但得立春晴一日，农夫不用力耕田。”“清明风从南方起，定是田禾大丰收。”“夏至风从西北起，瓜蔬果园受熬煎。”“三伏之中逢酷热，田中米谷多不结。”“立秋无雨甚堪忧，万物从来一半收。”“冬至天晴无雨色，来年定唱太平歌。”……

一年大旱，人们就要受穷。三年灾害，人们就朝不保夕。人们再折腾，幸福与苦难都还在天地的掌控中，天时的顺畅与节令的通达，是年岁丰稔的老根，万事如意的本源，国富民强的保障，健康幸福的基因。天道不可违啊！

从小到大，我们无不把风霜雨雪看作是四季的动静转换，气候的冷暖标志，从不知这四季的现象发生的时辰，直接关系到丰收或歉年，关系着人们的生老病死。节气不饶人，种地有时辰。“春雨惊春清谷天，夏满忙夏暑相连，秋处露秋寒霜降，冬雪雪冬小大寒”的节气歌人们都会唱，然而其中的奥秘知道的人甚少。二十四节气已经有几千年了，每一天的阴晴雨雪、寒暑冷暖都不是无缘无故的，都是气象的脉动，是季节的征兆，也都牵扯着天地间万物的兴衰生灭。

在《黄帝内经》中，神医岐伯说：“那些聪明的人，对上，顺应天气来养护头颅；对下，顺应地气来养护双脚；居中，则依傍人事，调节饮食，怡悦情志来养护五脏。天之气与肺相通，地之气与咽相通，风木之气与肝相通，雷火之气作用于心，五谷之气感应于脾，雨水之气感应于肾。六经好像大河，肠胃好像大海，九窍好像河流。如果以天地间的阴阳来比喻人体的阴阳，那么人的肝，就好像是天地间的雨；人之气，就好像天地间的风；人的暴怒之气，就好像雷霆；人的逆气，就好像久晴不雨。所以，养生如不取法于天地之理，当然要生病了。”

节气好坏不只是农耕时令，还是动植物生命的本源。无所不知的伟大的人文始祖轩辕黄帝也说：“春天生病，病多在头部；夏天生病，病多在心脏；秋天生病，病多在肩背；冬天生病，病多在四肢。”“春三月万物复苏，人们要夜卧早起，在院里散步。夏三月万物繁衍，天地阴阳之气相交，人们要夜卧早起，多在外面活动；秋三月草木成熟，人们应早卧早起，平和内守，不急不躁；冬三月万物闭藏，人们也应早卧晚起，避寒就温，保阳气不泄。”

先人中的圣人智者早就懂得人的灾病祸福与天时节令紧紧相连，懂得顺天者昌，逆天者亡的天道。无怪先人们对天地顶礼膜拜，对风雨雷电畏惧并隆重地祭祀呢！

再来看一组千年遗留下来的民谚：“有钱难买五月旱，六月连阴吃饱饭。”“头伏萝卜二伏菜，三伏种荞麦。”“谷雨上冻，谷子重种。”“小满前后，安瓜点豆。”……民谚是农人的日程安排，是一代代人总结出来的铁定的规矩，无人敢违抗。是啊，一场风能把一年的辛苦刮走，一场雨能把一季的劳作泡汤，一阵冰雹能把一秋的果实打落在地，一场干旱能让一个国家的人背井离乡，一场洪水能把一生的积蓄掠尽，一次地震能把一群人埋在地下。在大自然面前，人类永远是渺小可笑、微不足道的。

人不遵天时，不会有地利；违背了天时，只会惨遭报应。人，只有老老实实地踩着节气的脉搏起伏停息，随着昼夜晨昏的运转而作息。人，始终活动在天地间，脱不了天地的掌控。人，仍然是弱者，并不能把握大自然，来不得半点随心所欲。千百年来，谁违背天时，谁就会受到严厉的惩罚；谁不遵地利，谁就会被大地抛弃。人类至今没有走出天地间。

为什么农人敬畏天地？他们不扔一粒米、一尺布、一分钱。因为他们世代在靠天吃饭。只有农人，最熟识节气，最了解四季；只有农人，与天地最亲近，最融合，最知天性与地情。春萌地涨时及时撒下种子，轻轻地给田野梳理着肌肤，敲打着板结处，捡拾出石块，及时浇灌锄耧，不违背时令，不逆反天意。他们是天地的忠实子孙。尽管这样，人类仍然比不了其他动物的自觉自律，懂得规避与守成。

让惊蛰响雷，让春风夏雨，必须不去惊扰天地内在的规律与正道，不改变四时的行进与步伐。让草木生发，让土地呼吸，才有花香鸟语，蜂飞蝶舞的五谷丰稔。人类，既然承认蝼蚁般生存在天地间，就恭顺些吧，守住人类的本性，谦卑地俯首吧。吃粮时别忘了拜地头，吃果时别忘了拜树头。人不过是天地间一种生物，永远无法与天地抗衡较量，有一天人类把自己毁灭了，天地仍然缄默地微笑着永在。

唱给天下母亲的歌

把心血抽成根根细茧，编织出家人馨香的暖巢；将青春搓成柔丝，刺绣出家人岁岁的平安。一针一线细细缝合起的，都是浓浓烈烈的爱；密密匝匝补缀着的，全是望子成龙的心愿。

母亲是谁？母亲是把你含在嘴里顶在头上的那个人，母亲是肉呀蛋呀地喊你的那个人；母亲是千里万里寄寒衣的那个人，母亲是为你的伤痛流眼泪的那个人；母亲是吃她多少饭都不要钱的那个人，母亲是无处可逃时最后收留你的那个人。

有了母亲，就有一缕甜美的微笑；有了母亲，就有了一家人的温饱；有了母亲，就有了年节时的新衣裳、新鞋帽；有了母亲，就有了一个让人思恋的家；有了母亲，就有了不落的金色日头；有了母亲，就有了故乡里艳阳的朗照。

弓起腰劳作成一座桥的是母亲，让儿女在上面走向理想的未来；伸出手搭成一座梯的是母亲，把家人送到幸福的彼岸；母亲的怀抱永远是避风的港湾，那里风平浪静阳光明媚；厚厚老茧的手包裹住所有的棱棱角角，以防儿女们每一次磕磕碰碰，那种痛久久颤抖在母亲的心尖。母亲的臂弯是童年的摇篮，路途再长都把儿女紧紧抱在胸前，风雨再大也决不让吹着儿女的脸。

自做了母亲那天起，女人的话题都离不开自己的宝贝；自做了母亲那天起，孱弱的女子变得无比刚强。吃剩饭、穿旧衣、睡湿炕，再苦再累也无怨无悔。儿女们长大了要千里万里地远行，但是每一个都是母亲放飞的风筝，一根根绳子牢牢地拴在母亲的心尖，夜夜做梦都怕儿女有什么闪失，日日祝愿他们幸福长远。

母亲的心是人世间最绵长的牵念，母亲的情是人世间没有尽头的路，母亲的小院是人类灵魂的栖园。人们为何怀念故乡怀念童年啊？其实就是怀念故乡母亲那份最无私最不要报偿的奉献。走出天涯的人，走不出母亲的视线；走出海角的人，走不出母亲的叨念。乳名在母亲的嘴里无数遍地数说着，回归就成了老年时站在母亲坟前泪水纵横的呜咽。

对于母亲，孩子是她痛哭的根源；对于母亲，孩子也是她幸福的源泉。哪个母亲都盼自己的孩子成人成才，连要头不给脚的无知溺爱也是爱的极端。人类从母亲的身上掉下来，剪断了脐带却剪不断血缘，再老的人也是母亲的孩子，这一团血肉上印满了母亲的指纹。

母亲，用爱撑着人类亲情世界的天；母亲，用情浸泡着人世的真善美；母亲，用心铺垫着人类前行的坑坑洼洼；母亲，不愿看到任何一个儿女不成事。因为每一次出生都是生与死的较量，每一个人的出生都是一次重新的憧憬，都是期盼的萌芽，都是再次扬起的风帆。

——此文曾以长诗的形式被中央电视台《岁月如歌》栏目选中，由谢芳、朱琳、胡宗温三位老艺术家在2002年三八妇女节朗诵

致当代英雄杨利伟

你用你的沉着，赢得了你昨日没有瑕疵的历史；你用你的冷静，书写了你曾经没有缺失的半生；你用你的荣誉，填满了你的履历；你用你的成就，换来了百分之百的赞颂。

你没有多余的语言，所有的成绩都归功于集体；你没有轻浮的举止，每一个动作都是航天人的凝重。十三亿人中挑选了你，几千个铁骨铮铮的汉子中滤出了你；几百人的优秀品性滋养了你，几十个春秋的等待雕琢了你。你与飞天的梦一起诞生，你就是为中国航天事业而问世的英雄。

一切的胜利都来源于广博的知识，来源于忠诚的心灵，来源于完美的高贵素质，来源于高超的专业技能，来源于你知道自己是谁，来源于你知道自己肩头挑着的重任；知道赋予自己的神圣天命，知道自己站在无数先辈的肩上，知道自己是神舟五号的一部分。

中华民族五千年来第一次环绕地球，周游苍穹的炎黄子孙，身上看不出一点骄矜，心中没有一丝儿的虚荣；没有那种被胜利冲昏头脑的膨胀，更没有所有功劳归于一己的蛮横。这一切都因为你的生活中没有灯红酒绿阴影的浸淫，你的人生中没有醉生梦死熏陶的过程；你的人生与现代年轻人的人生大相径庭，你的年华岁月都耗在了夜以继日的飞行试验中。你懂得什么是真风流、真倜傥、真潇洒，懂得什么样的男人才是最酷、最帅、最有魅力的。你更懂得自己是前线一名反复排练的演员，身后面有成千上万做着巨大奉献的绿叶陪衬。你从来都不迷茫、不消沉，从来没有过找不到方向的沉沦。

空前绝后，你都是最值得信赖的人，是最不负重托的人，最有责任感的人，最能承担大任的人，最让人放心的人，最可以依附的人，最有吸引力的人，最具人格魅力的人，最值得珍爱的人。

你用几十年默默无闻的埋没换来了一飞惊人，你用你的刚性、成熟、冷静、智慧、稳重征服了世界，征服了十三亿华夏儿女的心，征服了一个个不甘重复走过人生路的老人，也征服了当代仰慕英雄的少年儿童。你用你的价值意义，诠释了什么样的活法才是世人心中最敬佩的那种人生；你用你的谨慎谦恭，解说了什么样的内蕴才是成功者必备的风骨品性。

杨利伟，你的风采是当代中国建设者们共有的无畏与坚韧的结晶。你的这种创造者讷言敏行的精神，是世世代代有建树的中国人严格遵守的道德标准。

杨利伟三个字已经写进了杰出人物的史册，千秋万代的炎黄子孙都将崇敬地讲述你轰轰烈烈的人生。

雨落在五月

一连五个月没有下过一场透雨，北方丘陵、山区、旱地、坡梁都不能下种。

已经是农历芒种时节，往年砖缝石垛间也早已杂草丛生了，而今水地里的庄稼秧苗也又细又瘦，绿色浅得淹不住鞋底，遮不严地皮。田畔路旁，去秋今春自行撒下的花草种子仍然寄存在土地里，风干得快要没有活力了，果树枝头叶片干瘪稀疏，屋顶、路边一色的苍黄干枯。

老天有眼，前几日终于下了一场及时雨，洗净了大地上尘蒙了长达半年的灰土。房屋、树木、车顶、花束都淋得非常洁净，土地温润浸泡得赭黄紫褐，尘飞不起土扬不动。山村人的脸上一起绽开了笑意，赶忙扛耧拉犁牵着牲口去土地上打格画线，播种谷黍、豆子、薯类，合力编结本年丰衣足食的五色梦。

山野里荆草花树们赶趟儿抽茎酿苞，田间紫红的土壤举出一层尖尖的蛋黄、青葱、翠碧，不再饥渴的昆虫们伸肱动股，满甸山花野卉共同喷蓓吐蕾，一沟荆榛乔灌集体雄起，果林梨园里珠珠串串的果实在枝头膨起鼓胀。

尽管春色迟到了许久，种子们等了太久，仍会在一场雨后吐出全部的碧嫩；瓦棱上倒伏的枯草静静地生青，道旁未发芽的蒲公英悄悄地开花。大地又要掐一下就流汁，碰一下就溢液。鸟雀们欢快地叽喳着鸣啭，蜂蝶在稚花短草中撞击出芬芳。老人们说着笑重新给瓜豆们搭架支棚，让它们的藤蔓日夜加班攀爬缠绕；女人们在旱地里补种向日葵，外出打工的男人们请假回来在埂垄上点豆安瓜。

一场好雨刮掉了农人们数月的惆怅与灰心，人人精神焕发，又开始长时间待在地里不想离去。他们高兴地看着芽生叶发，丛蓬簇勃，任凭第一场露水打湿裤角。是雨让大地再度姹紫嫣红，农家院里五彩缤纷，田野绿色连床接案，树木枝丫勾肩搭背，连城镇也花满池坛，草翠石板缝，人间溅起一片欢声笑语。即使是迟到的雨季，只要不错过五月，世间就草长花放，种子萌发，万物就会满怀感激与憧憬。

只要收获能到六七成，农人们就感天谢地了。

只需一场连日不停的透雨，大地就春色满园了。

哪怕这雨迟迟地落在了五月。

十字路口

十字路口是乡村最繁华的地方。

四角上坐落着商家店铺，有修车的、补胎的、卖面粉的、卖药的。凡外来的售货车也都停在此处，停放着外来的一个个菜摊、鞋袜摊。十字路口是乡村人与货物聚散的码头，是乡村的中心。

在那最避风向阳的一面墙下，必有这里最年长的白发老翁们在晒太阳。他们大多蹲着，他们都有蹲功。有时也会就地坐下来，两手抱着膝盖。凡是好天气，他们必来。他们已经从田地里退了下来，从家长的位置上退了下来，甚至从一切家事里退了下来。也有几个退休的工人或干部，回乡下老房子来居住。他们已经下不了田，连手工活也做不了了。儿孙们都分家另过，都是女人们说了算。他们一般都跟老伴单过，老伴没了的一个人过，顶好了的在儿子女儿家吃一两顿饭。家里的大小事一般不过问，也没有人来征求他们的意见。

他们成了最悠闲的人，时间最多也最少的人。每天吃了饭就来这里集中打发时间，剩下的日子就要这么度过，与老伙计们一起度过。他们一样的白发苍苍，一样的满脸皱褶，一样的豁牙扁嘴。他们要揪住岁月的尾巴，把这些属于自己不多的日子自由支配。儿子们吵架、离婚，孙子们打破头，他们都不过问。一切都是生活的必然，会很快过去，顶多留一块伤疤。孩子身上没有几处伤就长不大，他们就是这么摔打过来的。他们摇摇头，继续在阳光下闭目养神。回想那些从前有过的鲜亮的与黑暗的日子，咀嚼那些喜悦与恼人的悔恨。眼前修车小伙子们忙碌的身影，那外村来卖货的晃动不定的中年人，那走过的花枝招展的小媳妇都让他们想起从前，从前自己的老伴或相好。不过那都是唱过的戏，好坏都不能重唱了。

他们年轻力壮时走南闯北，吃尽了甜酸苦辣，饱历了生死离别，走过的桥比年轻人走过的路多，吃过的盐比年轻人吃过的饭多。就连手上的老茧疙瘩也有一铜钱厚，脚后跟裂开的口子比小孩的嘴巴大。什么离奇古怪的事在他们心中都掀不起波浪，什么人来了往了都不会去瞅一眼。他们只跟老伙计们对话抬扛，争得面红耳赤，对别人则一律保持缄默，特别是对后生晚辈更加从心底里蔑视。

虽然，他们看似什么也不关心，什么也不往心里去，心头却掩埋着许多的痛楚。那些有钱有权的人在婚丧嫁娶时的极力铺排张扬，乘机敛钱的贪婪是他们心中的痛；村干部娶儿媳请一村人坐席，家家出重金是他们心中的痛；村支书不给村民办事，先在集体的闲房里开饭馆、商店是他们心中的痛；刚走了一年的村油路，就因为偷工减料而坑坑洼洼是他们心中的痛；小学生们不收课本费、学杂费，可是国办小学的好老师们都被私立学校挖走，老师们偷着在家中补课收费挣钱是他们心中的痛；国家不收地租还补贴，可是他们一分也没有见到过是他们心中的痛；儿孙们娶媳妇有房的花三五万，没房的就得花十多万是他们心中的痛；十八九岁的年轻人去打工，挣的钱不够抽烟、喝酒、上网、换手机，是他们心中的痛；儿子们刨了苹果种葡萄，刨了葡萄植杏树地瞎折腾，折腾得家景越来越不景气是他们心中的痛；养了三男二女，结果老了没人赡养，儿子们住上高楼却把老人撵到场房里住是他们心中的痛。

还有那坍塌成一堆土的古汉唐时的城墙，是他们的最痛；因为饿肚皮的年代而贱卖了许多的古董是他们永久的痛；没有了祖辈传下来的蓝花瓶、铜水瓢、银手镯的家早已不是他们心中的家。没有了小时的小沙河，没有了老梨园，没有了鱼塘麻湖的村庄早不是他们心中可爱的故乡。愚蠢的儿孙辈们与他们年轻时很不一样，大多都吃不了苦弯不倒腰，大多是大手大脚的败家子，大钱挣不来小钱看不着，不少人骗钱借贷过日子，他们想起这些就想骂娘，就长吁短叹。

当然，他们也有慰藉的事情，有的大女婿老实厚道，能撑起大女儿家的基业；有的二儿媳妇节俭，让一家人过着细水长流的温饱日子；有的女儿教书，能培养出一个大学生外孙。有了这些善良的人，他们后代的日子慢慢会有起色，他们能走得安然些。村里的石头梯坡还在，饮马的老石臼还在，石碾盘还在，老水井也盖在石板下面。那几座百年的黑瓦老屋的原地主家的四合院虽然没人住，也还没有被拆掉，还在昭示着村庄的古老与曾经的繁华。

他们不愿待在家中，大多是不想看那些高价娶来的儿媳妇整天打麻将，不愿看儿子们奢侈地大吃大喝，孙子们不吃正顿饭专买零食吃，因为一夏天吃冰棍，个个皮黄肋瘦。他们来十字路口跟老伙计们大声地吐出心中的块垒，共同咀嚼不满。他们只有与同龄的老伙计们气味相投，处境一样，惺惺相惜。

近年来，村里人花不起昂贵的火葬费，死了人悄悄在半夜里埋掉。所以他们也早早地备好了棺木，就等着悄悄地死了，儿子们也半夜里刨个坑把自己塞进去。眼见的就是死也不会风光的人，他们还有什么可以夸说的呢？况且，有谁还愿意听他们这些棺材穰子说话呢？他们干脆对国家事、村里事、家里事骂上一通后就不再发一言，只管久久地沐浴阳光，一任后人去折腾，去败坏。

阳光的手温暖地抚摸着全身，连骨头都感到了爱抚。天上的太阳最公正，爱着所有的人。阳光是天下老人们的最好的治疗腰腿疼的药，老伙计们共同的遭迹是他们最好的疗心的营养品。每天，他们久久地盘踞在十字路口的阳坡弯里，与老房子、老树、老磨盘、断墙残垣一样凝固成乡村苍老黑硬的苔藓，坐成十字路口的斑点，组建成游子心中的故乡。

夏日，他们就转移到十字路口的大树荫下，比他们年长百年的大树站着，他们却蹲着。有的人的腰比树干还弯曲。他们是路标，是警卫，是仪仗，是村史。是一堆堆皱褶扭曲的黑铜烂铁，是一篇文章的一串省略号，是乡情乡音的守望者。十字路口是老人们最后的一个驿站，心中的苦闷憋屈都能在这里倾诉倒掉，装进老伙计们的嘱托与安慰，也装进村头的气象。怀抱着父辈们沐浴过的阳光，今天又无病无灾地过去了，又在阳坡弯里舒服地晒了一天，他们满足地呵呵笑着，拍拍屁股上的土回家去。翌日，他们更久地窝在那儿。但是，他们毕竟熬不过日头，晒过他们的曾祖的曾祖的日头，他们只能在那里晒几年，少的几个月。顶多让儿孙后代给自己选一块背风向阳的坟地，钻进土中接着晒，晒成一粒黑色的种子，生长出一个家族哭泣的理由，生长出后人清明节洒扫祭祀的土堆。

在十字路口蹲过的老人，似一瓶陈年的老酒，散发着积年的岁月气息，更像一尊尊雕塑，永远刻在后人的心头。如果有摄影爱好者前来寻找镜头，他们最上镜；如果有画家来写生，他们必定是模特；如果有人来寻根问祖，他们是必查的字典。他们是黑色的幽灵，说着笑着，突然就在某一天变成了一曲哀乐，溅起一片哭声，涨潮般在全村涌过一声此起彼伏的叹息，就又复归平静。

乡村十字路口晒太阳的老人，是乡村人们在最后的时光里，举行的对故乡对人生的依依不舍的告别形式，这种相传古久的礼仪只可意会不能言传。所以，乡村街道变了，房墙变了，支书换了一届又一届，十字路口晒太阳的老人们增增减减，换了一茬又一茬，那幅画亘古未变。

乡村十字路口晒太阳的老人，是乡村的精魂。

乡村秋韵

一

感到秋天肃杀悲凉的一定不是农人。

在农人的眼里，秋天流金溢彩、姹紫嫣红，既饱满，又充实；既欢喜，又香甜。

地里的庄稼、菜蔬、瓜果统统收割下来，采摘下来拉回家院，地里空了，家里满了；田野空了，场院满了。院子还没来得及收拾捣腾，一下子就变成了打谷场，男人们告知女人一声，就把地里的赤橙黄绿青白紫色的菜、豆、薯、粮一样样拉运回来，堆积在院里，又掉头去拉运。

馨香涂满了车轮，溢出了村外，欢乐随着小曲，飘进了巷子。女人们慌得手忙脚乱，赶猪进圈，拢鸡上架，牛啊羊啊都拴到门外边。所有的牲灵，无论寻常里如何受宠爱，这时节都被撵得呱呱叫，乖乖地给秋天的谷粮让路腾地。

金色的玉米码严了窗台阶上，翠绿的蔬菜腌渍进大瓮大缸，橙黄的瓜果装箱摆满了村口，通红的大枣铺满了屋顶，青红辣椒挂在墙角。簸箕里晒着红豆子、绿豆子，一袋袋紫皮的白皮的土豆与粉皮的红薯下了地窖。成千上万箱紫葡萄、甜苹果码进了冷库，路上高高垛着的车辆还在拉运着丰硕的收成。所有的蛇皮袋早已装满了谷米，所有的坛坛罐罐都腌渍上各式小菜，所有的地窖都塞得没有缝隙，剩下的还很多。

二

美艳的大丽花、寿庆花们被紧紧捆成了一束，路剩下一尺宽。关起来的猪们鸡们和门外的羊啊牛啊日日大嚼着的是青玉米、小白菜、生了虫的红果子、多汁的含糖的庄稼秸秆、筛子下面的碎豆子，一个个吃得滚瓜溜圆，毛发油亮，撑得一动也不想动。连猫咪吃足了肉汤泡饭，也整天趴在高高的粮垛上打呼噜。

庄稼全部割倒了，露出来爱美的崖头鬓角上，山的裙摆上插着的一嘟嘟蓝菊花、黄菊花。近年来路边新栽的火炬树举着一排排红色的火焰，紫红的爬山虎叶子装饰了道边起伏的墙垣。果园中的杏叶红了，桃叶粉了，梨叶紫了，杨柳叶都黄了，地上铺着厚厚一层五颜六色的叶片，那是树们换季时脱落的羽毛。卸下了一年的重负，弯着的树枝都挺直了黑色的腰杆，尽量不阻碍阳光对大地的照耀。没有了勾肩搭背的树叶的遮拦，村庄红瓦黄墙的平房们都一墩墩裸露了出来，在太阳底下无遮无拦地把一年的收获透透彻彻地晾晒。

三

男人们开车一趟趟把粮食运回塞进家院，脸上红彤彤、眼角笑盈盈的农家妇女们高高地挽着袖子忙出忙进，老人们在粮谷中怀抱着大簸箩静悄悄地捡着豆子，孩童们在粮堆上边啃着果子边玩耍，勤快的男子汉们把庄稼秸秆都拉回家，一圈圈围在院子外墙边。十月秋风凉，懒老婆着了忙。

这时节，心急的男子汉们把秋天一趟趟拽回家院，平时再懒惰的婆娘也不能等闲了，巷口没了坐街的，村口没了唠嗑的，桌前没了搓牌的，街上没了闲逛的。外出打工的请假回来了，收酒瓶破烂的不出动了，连路上的公交车也空空地来又空空地走了。所有人都要埋着头弯着腰，紧紧张张地收揽拾掇一个多月。平日头顶碎草的男人们口气大了，爱串门神侃的女人们胆子小了，都规规矩矩地在家里干活。

一户户仓满囤流地鼓胀起来，一座座村庄丰满肥腴起来，一孔孔地窖香气袭人，到处是丰产收获的欢声笑语。农家的秋天收拢进家院里，铺在了房顶上，挂满了院墙，藏进地下。家家是一幅喜洋洋的大红大绿大黄的五谷丰登的水粉画。这是季节的色彩，汗水的色彩，是大地的色彩，成熟的色彩，岁月的色彩。农人的心情米粒一样饱满，睡梦都会笑出声来。

四

整体是画，独立的个体也是画。那墙角里篓篓黄色的墨绿的大肚子南瓜就是一幅画，那门口一群大肥鹅是一幅画，那树头上剩下的十来个红果子是一幅画，那挽着袖子干活的容光焕发的农妇是一幅画，那开着三轮车唱着小曲运粮食的汉子是一幅画，那枯黑了叶子露出大大小小几十个番茄是一幅画，那架子上未摘的长的短的粗的细的翠丝瓜是一幅画，那桌子上的一盘红果黄梨紫葡萄是一幅画，更不用说绿蝈蝈、花蝴蝶、蓝蜻蜓、黑蟋蟀那些田野的精灵们了。

在画家眼里，秋天的农家农人都是画；在诗人眼里，秋后狼藉的田野一派落寞凄凉；而在农人眼里，秋天是最忙乱、最愉悦、最缤纷、最喜庆的日子。收完庄稼，田人们开始刨茬子，不让土地留下一个硬结。开始往地里送粪，喂养土地塌下去的肚子。开始秋灌，冻住土坷垃不让一冬的朔风裹着飞扬。女人们开始打玉米，换回一年的面粉与稻米，开始炒花生、打豆子、换豆腐，要在秋忙后的冬闲时好好为家人的身体补贴营养，开始为年节的红火热闹早早地铺陈。

五

秋天的野外渐渐寒凉凛冽起来，而秋后的农家户户煎炒烹炸，格外的火爆喜气。连窗台上的九月菊、洋绣球花也跟着一起争奇斗艳地盛开。城里人开始缩着脖走路，而农人头上却整天热气蒸腾。

秋收的疲累还没有歇过来，又开始置办年货。过了年再开始下一个春播。农人从来没觉得秋天是肃杀的，因为在他们的仓房里或脚下的地窖里多么的色泽丰富，多么的充实饱满。就一日三餐来说，勤劳的农人，种地的好手们面对旱灾虫灾从来都不焦急，早晚都快快乐乐的，因为他们存的余粮够吃三年，而且又一个五色斑斓的秋天很快就会到来。

每年金秋里，那一院院的金黄翠绿通红，是辛苦劳作的农人们的成就；那檐下的红辣椒大蒜头，是挂在农家胸前的花环；那房顶上堆的金色玉米，是发给农人的奖章；那即将到来的年节，是普天下的农人为自己开的盛大的庆功宴。

在农人眼里，秋天是收获的季节，是对自己一年劳作的回馈、报偿与奖赏，是最喜庆欢快的日子，也是最热火朝天的日子，仓满屯流的日子。

春

由沙尘暴伴着而来的春天，很少看到阳春三月的明媚，大多数天气都笼罩在黄沉沉的沙雾里。路上没有行人，即使有也都是蒙头盖脸，行色匆匆。近年来的春天，都是这样裹着黄风，披着黄沙，艰难地诞生。

但是地里有人，有种麦的农人。刮风的季节，恰是种麦子的季节。路人们急急地往家里走，牢牢地关住门窗，躲在玻璃窗后面咒骂沙尘暴的时候，正是乡下农人们扛着耧犁往地里走的时候。不行春风，不落春雨，农民们从不骂风。他们进了地，就脱下棉袄，穿着秋衣，站在风中把土地拉开一道道口子，将麦种撒进去。在他们眼里，春风是春天拉开大幕的那股强劲的抖动，是春天上演的第一个节目。

他们踏着季节的脉搏，倾家来到地里，来幸会去年秋天的相约，不能有一日的错失。不论风天雨日，必须到待孕的地里来，在回春的大地上及时播下他们的憧憬，滴下他们的汗水。他们必须在土地张开嘴的时候，把那一袋袋麦种拌着希望喂进去，让土地饱饱地吃上这一年中唯一的一餐，然后努力生长一年，回报农人几十袋麦粒。

他们心疼那飞走的一层层土壤，种麦也是在种拦截沙尘四散飘飞的篱笆，只有把土地踩实了，黄土才不再轻浮地飞扬；当这些麦根长出了浓浓的爱意，才能把尘土紧紧地抱住，不让它们四处流浪；只有篱笆长高了，才能挽住沙尘不再远游。黄色的沙尘是土地中的那些浮躁者，是土地的浪荡儿，它们乘着风的翅膀，高高地飞翔，长时间找不到心仪的落脚点。

农人知道，春天的沙尘，一如他们家中那些守不住性子的年轻人，那些不想再做农民的农民后代，都想飘到城市高楼里去过那种不受风吹雨打的日子，穿西装，着革履，梳油头，干鞋净袜的日子。近年来，农民们心事重重，年轻人统统进城打工，村庄里只剩下老人与女人、小孩，种地的都是六十岁以上的老一辈人，农民后继无人的问题已经十分严重。

即使在耕播时硬把他们叫回来帮忙，他们依然不劳作，只管在田野里闹情绪，边吹着口哨边捧起干燥的黄土，扬得昏天黑地。刮进他们父母的头发里、脖颈里、皱纹里、嘴里、鼻孔里、耳朵里，甚至毛衣缝里。如果在那里撒下麦种，不久也会发出芽来。农人，这些年轻人的父母，耐着性子与他们纠缠，并赶快把麦子种下去，想用新一春的希望把年轻人的心拴住。而年轻人则用嘲笑与讥讽抽打着他们的脸，伤着他们的心，说风沙是春天的伴娘，春天一来临，沙尘就要前来祝贺。疯狂舞蹈，大声歌唱，闹腾上好些日子，搞得春天不再阳光暖和，而乍冷乍热，反复无常。他们坚决不当农民，一心要远走高飞。

农人们默默地打磨着沙尘，梳理着沙尘。他们不抛弃沙尘，他们无奈沙土的躁动，因为土地是农民生命追求的全部意义。他们与沙尘角斗着、比赛着、搏击着。风掀起他们的衣角裤腿，往他们脖颈里猛钻，把他们的衣服、头发吹得旗帜般招展。农人吐着嘴里的土，一把把抓住沙尘，狠狠地摁在犁开的地垄里，来来回回地踩上几趟。用薄膜盖，用大棚罩，用铁锨拍，用鞋底踹。他们知道，等小麦与所有庄稼菜蔬们上来后，等浇上头一遍水时，沙尘们就没了脾气，只会懒散地欣赏路边开出的牵牛花，观看桃林果园的美艳了。

在地里躬身耕作的农人，是春天的田野上努出的第一茬紫黑的蓓蕾儿，沙尘里盛开的第一层玫红的花朵，所有的小草与禾苗都是他们生出的翠色的叶片，所有的庄稼都是他们流下的汗水变的。他们不是在种庄稼，而是在种他们的人生，一心要把这人生种得严严实实、花枝招展。但是他们知道，明年春天，沙尘又要像他们的儿子们一样咆哮着丢下初中学业，跑到城市里去浪荡。由于读的书少、不明礼、不知义，不停地换工种，然后吵闹着要在城镇里买楼居住，让父母出一辈子都挣不来的大笔钱。

土地继续严重地斑驳着，不少责任田都没有人种，长着高高的蒿草。而他们这批年近古稀的农人，越发衰老得佝偻起背了，将来的土坷垃有谁来敲打？土地也会像他们的儿孙一样连片地荒芜。农村的年轻人越来越少，眼看着农民就要后继无人，他们为此忧心忡忡。

从贾平凹的讷言说起

著名作家贾平凹小时候就是个沉默寡言的人，性格中充满了忧郁与孤独，爱观察思考，不爱议论评说，具备当作家的天分。由于时代原因，他没有读过高中，十九岁赶上了工农兵学员，被保送到西大读书。他不但没有膨胀，反而更觉得卑微。每天最爱做的事是从宿舍到图书馆，从图书馆到宿舍。就是这一行程他也是低着头绕边走，在图书馆里找一个没人注意的角落坐下来，读一本又一本书。同学们高谈阔论时，他都是悄悄地听，旁人议论嘲笑他，既没引起他的恐慌，他也没有因此而消沉，更不发一言去辩论。

他要做的事是抓紧时间尽量多读书学习。他什么书都看，看了还要做笔记，写诗写文章投稿，那时他就开始偷偷发表作品。由于身体欠佳，他在学校生了一场病，因祸得福住进了单间，更加挑灯夜读，勤奋写作。三年后毕业时，他提着那只旧皮箱默默地离校，正如他默默地来，没有引起任何闲言碎语。

成了名家后，贾平凹仍然不爱夸夸其谈。为了不在会上发言，也为了减少交际，他给自己找了个不会说普通话的借口，甚至为了少开口，他就干脆不学普通话。这样，他给自己避去了多少口舌是非，挡住了无数言论麻烦，赢得了宝贵的读书创作时间。因为作家是把话写在纸上让人看的人，要多写就得少说。从古至今，越是写得多的人越是说得少。鲁迅在别人喝咖啡的时间里读书写作，贾平凹省下说话的时间用来读书写作，他们都走出了大众化的世俗平庸，成了了不起的人。

终于，厚积广累的、笔耕不辍的贾平凹写出了一本又一本书，而且出一本火一本。《月迹》《爱的踪迹》印多少人们抢多少，这样还是供不应求。社会上竟然出了手抄本，人们都往他家寄钱要买他的书。他的散文《笑口常开》《闲人》《弈人》《人病》等被多家报刊转摘，如今成了经典，上了学生教科书。

近朱者赤。之后，凡是与他相熟的人都在他的影响下写起了文章或作诗作画，每天上他门求教和求序的人络绎不绝，他都是来者不拒。所做序文短小精悍，皆是对此人品性的赞美与诗歌文章或书画的肯定。于是，与他同期的西安文学队伍迅猛成长，在他这棵大树边丛生成一片茂密的文学森林。

无论做人做文，贾平凹都怀揣一颗平常心，不拉帮，不结派，不立山头，不排斥异己。继续读书，开始收藏，并写字作画，把所有能够涉猎的文化形式兼容并蓄，让其相生共长，沿着古今文学大家的轨迹走下去。即使文章引起了非议，即使在《废都》出版后社会上一片哗然，他的写作生涯跌到了谷底，他仍然不做任何解说。他明白自己也会随着时代潮流犯错误，也会一度被裹挟着共同迷失。古话说了："英雄不是没有卑下的情操，而是不被卑下的情操所淹没。"他更相信时间会解决一切问题，对于读者的褒扬与贬损，都是必然，都要虚心接受，因为这是读者对自己的厚爱。然后，正确审视认知改进。他牢记教了一辈子书的老父亲的教诲："没事别惹事，有事别怕事，今后的路还长着呢。"不论是功与过，他都宠辱不惊，从容淡定。一番心理调整后，他要做的仍然是读书写作。

贾平凹又一头扎进他的故乡，即商州的山山水水间，扎进商州人热火朝天的生活当中去，认真体验观察每一个普通人的幸福与艰辛。这期间他仍然没有说什么，贾平凹不言，因为他的时间要用在写作上，用在为同事们的书作序上，用在读庄子、泰戈尔、李商隐、司马迁、法克纳、李白上。贾平凹爱带的一本书是《道德经》，爱去的地方是破庙宇。他三上华山，三次半途而返，不是被山涧之水迷住，就是被路边之石迷住，山川万物都是他的最爱。

因为有贾平凹，陕西文坛百花盛开，春色满园；因为有贾平凹，陕西文坛拿回一个又一个大奖；因为有贾平凹，中国文坛 20 世纪 90 年代十分的厚重、繁富、魅力十足。

给四川地震灾区的孩子们

五月的艳阳失去了光泽，五月的大地变得面目狰狞，五月的女孩扔掉了花季的美丽，五月的男孩变得庄重且沉默寡言。小小年纪不该这样过早地体验血腥的死亡、接近死亡、触摸死亡，眼看着鲜活的生命在身边枯萎凋谢，目睹血肉模糊的生离死别。

原本一根根支撑故乡的钢筋水泥，不该扭曲成拦截生与死的栅篱；原本一块块搭架屋宇的厚重预制板，不该断裂成剥蚀生命的恶魔；平时多么温馨的家啊，平时多么壮观的学校啊，平时多么苍翠的家园啊，不该在一瞬间变成了要命的地狱。

灾区的许多孩子，在断壁残垣下经历人世少有的恐怖时光，经历了大人们也没有经历过的饥饿、寒冷、孤独与绝望。几天几夜的断粮断水，身体被挤压得一动也不能动，手脚没有知觉，破损处钻心疼痛。手一伸，抓起来的都是鲜血、死亡与痛苦的呻吟。在他们身上护着的老师与父母亲，就在他们眼前慢慢停止了呼吸，他们感觉到了那种渐渐的冰冷与僵硬。

童年的笑声从此戛然而止，少年的五彩梦开始一片漆黑，地震改写了孩子们的人生——11 岁的学芭蕾舞的李月失去了左腿，16 岁的郭婷婷成了无臂少女，3 岁的馨懿，8 岁的李为，11 岁的赵林，12 岁的杨坤与黎平，14 岁的陈桂清等，数百名正是花季的孩子，都在瞬间失去了一生依赖的双亲。还有多少孩子成为终身残疾，注定与轮椅相伴一生。地震砸烂了这些孩子的天真烂漫，折断了还没来得及凌空飞翔的翅膀。

但是灾区纯真的孩子们，一下子长大了、懂事了，集体在灾难中创造了感天动地的奇迹——9 岁的小班长林浩背出两个同学，小小心灵充满了人间正气；邓清清在废墟下打着手电看书，表现出少年的沉稳与对他人的信任；3 岁的朗铮一个报恩的队礼，让全中国人掉了眼泪；16 岁的可乐男孩薛枭为自己签名截肢，让无数人开始重新审视规划自己的人生；6 岁的任思雨给救她的叔叔唱两只老虎，用那份惊人的顽强与沉静把世界打动；小刘畅带着 36 个同学逃离死亡；11 岁的张吉万背着 3 岁的妹妹，在山路上一口气走了 12 个小时……灾区的孩子不再懒惰不再娇气，明白了什么叫祖国什么叫同胞骨肉，明白了什么叫众志成城什么叫同舟共济，明白活着就不能只关心自己的快乐，还要懂得牵挂别人的幸福与痛苦。懂得短暂的人生会发生想不到的变故，懂得生命脆弱时不我待，懂得孝顺老人，懂得刻苦学习，开始热爱生活，开始自尊、自强、自立。

全国人民从四面八方自发地去救灾，掏出了孩子们心中的痛苦塞进了自己祝福。接受过千万只手送来的关爱的孩子们，会用一千只手再把这份爱传下去。他们决心长大后也做救死扶伤的医生，做预测地震的专家，做哪里需要哪里去的人民子弟兵，当可敬的老师，当心理救助博士。祖国啊，已无须为孩子们声声悲泣，不要再用眼泪把孩子们久久地浸泡。

这些从死地上重生的幼芽，在忧患中挣扎出来的小苗，经历了死亡的考验，具备了卓越的意志、高贵的品性。他们知道此生永远失去了紧紧拥抱自己的双亲，失去了抚慰，他们成了永远的孤儿，没有了无微不至的照拂，没有人给他们洗衣做饭，没有人给他们开家长会，没有人陪着他们走过婚姻的红地毯，没有人给他们指出前行路上的无数困境与犹疑。今后的一切都需要自己去面对，漫长的人生之路都要自己去走，许多的困难艰辛都需要一一迈过。

这批孩子已经迅速成长，有这场巨大灾难做奠基，以后无论什么样的风浪坎坷都能闯过去，从零做起，从头做起。在他们手中不会再有形象工程、献礼工程与豆腐渣工程，没有虚假、没有贪官、没有污染、没有迷茫、没有徘徊、没有浮躁与消沉。他们是在灾难中历练过、淬火打造过的人，他们是脱胎换骨后有一种全新的价值品行的人。他们将会是四川的脊梁、中国的脊梁，是明天的民族的英雄、明天的豪杰、不平凡的人。他们会用非凡的成就来回报祖国，回报谭千秋校长，回报志愿者皇甫志友、宋志永与白玉冬们，回报那么多关爱过他们的人们。

他们必然是未来的志愿者、救助者、慈善家，他们注定是未来的劳模、先进工作者。他们已把华夏民族不屈不挠的品格铸进灵魂，他们会把看到的、听到的、亲身体味到的人间的大爱大美大道大德深深藏在心中，在华夏大地一代代茂盛地开散传播，让身后的祖国盛开满园善良优秀，让世上的好人们一百个放心，让祖国一千一万个放心。

让音乐为我挡住世俗

同样的人，身在吃喝拉撒睡的现实里，心在甜酸苦辣咸的世俗中，但是我尽量不让自己的灵魂完全沉溺于碌碌无为，也不使一己的情囫囵儿淹没进滚滚红尘，因为我有音乐几年如一日的熏陶与提升，有音乐在长时间洗耳养心。

我有一大堆光盘、磁带，有废弃了的电唱机，有录音机，凡是与听音乐有用的器具都拥有过。至今还有大小收音机，有随身听，有收录机，有 DVD。

只要在家，只要剩我一人，不论是读书写作还是做家务，我都要把音乐先放上，听着幽怨的二胡、悲凉的排箫、凄美的古埙、奔放的马头琴，我的心早已飞到了茂密的原始山林，飞到了广阔的边疆草原，再也听不到窗外的市声，家人的嘈杂，忘了名利的喧哗；听不到街区建筑工地上电锯割裂水泥，电焊焊接钢铁的咆哮，甚至视若无睹狭小居室的庞杂与老旧落伍的家具摆设。

音乐声起，我就仿佛坐在潺潺流动的小溪边那茸茸芳草地上，让心灵随着彩蝶金蜂上下翻飞；在密密匝匝的绿林中散步，情似叶芽般在岩石土壤间舒展通达；一个人行进在卵石累累的河谷中，感受亿万年时空的凝固静寂；仰卧在花甸上看蓝天万里白云流动，体味人生短暂天地长久。足没出家舍半步，心已徘徊在无垠长空。

音乐在我的岁月里融化着烦愁，涤荡着乱绪，把每一天涂染得青葱嫩翠，在分分秒秒上生长着刚烈的芬芳，在时时刻刻中缠绕着温柔的藤蔓，每一个音符都如春雨般浇灌着心田，每一首乐曲瀑布般从门缝窗洞里向外流泻我的爱好与情趣，泄漏我的生存方式。悠闲了，我会跟着音乐的节奏起舞，把切菜做饭扭动成一种舞蹈，把端盘送碗走成台步与秧歌。有人在家，我的音乐会暂时停止演练，任凭油盐酱醋茶磕碰出短暂的交响，任凭心事一刻回归家长里短。

耳中听得最多的是《雨后》《林苑漫步》《世外桃源》的幽远恬静，心中翻涌的大都是《苏武牧羊》《黄莺吟》与《龟兹断想》的兴衰沉浮。千年的幽怨积淀包裹，我的心绪似一株有疙瘩疤痕无数的老树，一块亿万年形成的丑石，已不会为一个年轻人的豪华婚礼感慨。经万载的离情别绪淘滤，我已不会为一个老人离世伤怆悲泣；世态炎凉的反复锤铸，我再不会咀嚼一句无谓的闲言；一茬茬重复人生的延续，我更不去计较人们的褒贬议论；楼下窗前女人们闲坐时评说的吃喝穿戴，在我就像听风声雨声一样一扫而过，小儿的哭声笑声似鸟鸣蝉唱一样亘古绵长。

音乐把我从世俗世界拉了出来，把我像蚕茧一样紧紧包裹缠绕。世俗只不过是我生活中的一个层面而不是全部。出门，我也会对邻居点头微笑；进家，亲近锅碗瓢盆，用美味三餐拴住家人的心，用周到的照拂砌垒人生的吉瑞。但是，我所有的空隙都会被音乐填满，决不让孤独寂寞与无聊有空可钻。我知道，音乐是一代代世人苦难悲欢的结晶，从中我听出古典的离愁、现代的别恨，一样的层出不穷。听出演奏者心中积蓄的郁闷，听出青铜、兽皮、竹木、丝弦蕴藏的呜咽。千年的真爱被二胡的柔婉细细倾诉，万世的怨愤在钢琴的雄宏里敲打成碎片，人世欢颜被唢呐吹得悠扬顿挫，岁月艰辛跟着古筝沉郁激越，一切体验知悟在器乐合奏中演绎成古今经典。

音乐听得久了，不知今夕何夕，忘了生老病死。灵魂与肉体不在一起，肉体的躯壳在人世上走动应酬，精神与心魂则在山水沟壑间徜徉遨游。

有音乐相伴，半生来心神得以逍遥淡泊，情志方显宁静致远。我活在世俗里，灵魂却在音乐里飘飞。

用音乐滋养灵魂

喜欢听音乐，喜欢独自在家一边做家务一边听音乐，喜欢伏案时一边读书写作一边听音乐，喜欢在田野散步时有古久悠扬的音乐陪伴，喜欢黄昏时在房间渐渐暗下来的暮色中把音乐咀嚼。

更喜欢让音乐夜夜送我进入黑白两色的梦乡，尤其喜欢在街市人声鼎沸的缝隙间听到音乐，让音乐飘荡着绕过碌碌世俗红尘钻进我的心房，让音乐穿越时空的原野，浸润渗透我的灵魂，洗涤淘滤我心魂中的杂乱浮躁。

音乐，为我挡住了人间市声。听不到东家长西家短的陈年旧词，听不到三只猫六只眼的无用老话，听不到午夜里邻居用麻将消磨岁月的噪声，听不到世俗一遍遍重复讲述日常琐事的叨烦。音乐，为我播放着天籁之声。我听到溪流在草丛间哗啦啦地长流不息，鸟雀在枝头叶后啾啾喳喳聊天笑谈，江河波涛冲刷着岩石哗哗地回旋，月牙儿在白莲花般的云朵里一遍遍地穿行。

音乐让我的灵魂走在丛林中、花园里、小溪畔，看千山千秋屹立、万水万世奔涌；小草年年重新发芽、百花春春再度吐蕾，看风过时树林都成了风的形状，雨住后天地都被雨洗濯出本来色泽；看深谷岩松弓身抱石，古寺老坛苔绿藓黑，看野花一茬茬新芳，孤坟一座座芜黄。

是音乐帮我从世俗重复的人生模式中，把沉重的孤独与寂寞赶跑，把世代毁灭人的物质金钱包裹的丑陋虚假言行冲刷。是音乐从混沌的价值观里把知足常乐与无求是福的启迪打捞，把现代人抛弃了清清白白地活着、认认真真地做事这个人生真理采撷寻找。

买了许多古典的音乐磁带与光盘，就有了一个私密的民乐乐队。他们抱着琵琶二胡，拿着唢呐长笛，摆着古琴古筝，整日坐在墙角，任我点播任何一曲合奏或独奏。无事时请出大师阿炳亲自演奏一曲《二泉映月》，我就到了无锡，与阿炳边走边聊一起走过石板桥。从琵琶曲《十面埋伏》我听出了古人“一将功成万骨枯”的哭诉。从《高山流水》我听出隐者“富贵与我如浮云，明月清风不要钱”的淡泊。如果伴着古筝《汉宫秋月》读《菜根谭》，会找到“苦是乐的种子，乐是苦的根苗”人生哲理的富矿……听着音乐，我会忘记了今夕何夕。身在家，足不出房，心已飞到了沟谷万壑间，做了山中云水僧，忘却了心头所有的寂寥与苦恼，不知不觉间日子泡在了音乐里，岁月浸入了琴弦中。自己不擅长也没时间拨弄乐器，却十分喜爱器乐，能从中听出二胡那马鬃的悲鸣，长笛那竹筒的呜咽，唢呐那青铜的长嘶，钢琴那钢铁的怒吼，木叶那森林的呼叫，大鼓那牛皮的叹息，古筝古琴那丝弦的呻吟，陶埙那泥土的低泣……听出演奏者与乐器心中共有的愁怨与惆怅、愉悦与感奋。

从音乐中听出天上没有长明的月，地上没有完满的人，人同此心，心同此理。人人都有怨愤与愁情，家家都有苦难艰辛。古今一样，往来一样，自己正在经历的前人都曾经历过，后人也都得经历一遍；千古一理，共出一辙，谁也逃不脱命运的造弄与天地的规则。

音乐是人类潺潺的心语，乐器是万物声声的泣诉，都是语言表达不出的酸甜苦辣。会写的写成了文章，爱说的说出来成了演讲，善画的画出来成了丹青，能弹奏的弹奏出来成了音乐，精雕的捏刻成了塑像。一切都是对世界与自然的认知与理解，都是对人心的绽开与疏放，对人性的一种潜移默化的引领、铸造与化育，对悲苦与欢喜的流泄与诉说。

音乐在屋里绕梁回旋，又溪水般从门缝里一股股淌出，在窗口处一波波向远方悠扬。听着音乐，夏天阳台上的紫罗兰与吊兰枝条疯长到三尺长，仙人头伸出十多个冬瓜大的脑袋，虎皮令箭簇生一米高一捆刀剑般的叶片，所有的花草都成了披头士。中秋的月轮伸进光的耳朵久久聆听，冬季的玻璃窗哭得泪水纵横。

听音乐听得久了，心魂竟然一点点远离了红尘世俗，仿佛走进南山下陶渊明家的菊园，跟着郦道元在山水间徜徉游览，如李白一样一日飞过长江巫峡天险，与介子推一起拒食人间烟火，做成了一个古刹敲鱼念佛人。音乐听得多了，再听人世间的恩怨纷争，只会淡淡一笑；再听年轻人们的失恋得宠，不想发一言。是非成败转头空，人间多少荣辱成败事，不过都是嘤嘤嗡嗡的笑谈，最后都埋进黄土中。

天长日久，音乐把我锤打成了一枚没棱没角的河卵石，雕刻成无心无肺的时光岁月。我看到一颗颗闪光的耀眼的钻石在人们手里争来抢去，最后仍然回归于地上，在人类肉体化成的腐土中继续闪烁。地球上一片寂静，唯有珠宝们在那儿独自光芒四射。宇宙上没有一缕人间烟火时，音乐也无声无息，阳光与明月仍在朗照。

音乐如流水，能洗涤出高尚情操；音乐如刻刀，能剔掉无用的牢骚。在独处时，在工作时，在读书时，在品茗时，听音乐吧。音乐的香醇会让人的心长出玫瑰与幽兰，音乐的晶莹会让人的性情凝结出琥珀玛瑙，音乐的厚重会让人的善美旭日般冉冉升起，音乐的深沉会让人学会宽容、大度、微笑与真诚，音乐的柔婉会让人活得吉祥、平和、长远、宁静。

饭养身啊歌养心，音乐养的是灵魂。

冬　雪

如果冬日里哪个早晨没有了人的嘈杂声，没有了车辆的轰鸣声，没有了鸟雀的叽喳声，甚至没有一丝儿风声，那就一定是下雪了。

只有雪，没有风那么张扬，让所有的空穴洞眼都发出不同的声响，也没有雨那么激越得让所有的器具都一起叮当歌唱。雪，以六角形的组合舞蹈着降落，像玲珑的花瓣凋谢一样旋转飘洒。

只有具备了花的态势，雪才能在空中轻舞飞扬，才能飘动着优美降落。天地万籁俱寂，一起欣赏冬的花信风，一齐领略季节的妩媚。雪花，以其寂静无声，制止了人世上所有的熙攘喧嚣，盖住苍穹所有的杂乱躁动。

结簇连朵飘落的雪花叠垒出的晶莹棉絮，给大地铺上一层厚厚的垫子。无论是人足畜蹄都不能再把土壤踩痛，多高的鞋跟都发不出马掌般的咯咯声，多么硬的马掌都敲不出痛击大地的节奏。漫天飞舞的白花组成的无边无际庄严地降落，吓住了鸡鸣狗吠，人嘶马叫，沙扬不起，尘飘不动，鸟叫不出声，雁不敢高飞，人不能远行。

雪，是一种对已逝时间的祭祀形式，是季节轮回举行的一种纪念仪式。

悄悄地，悄悄地，天地正在掩埋又一个秋季的尸骸。把稼禾们飞扬破碎的枯干毛叶整理，把昆虫们裸露的小小尸体或肢节捂住，把那四处飘飞找不到定所的落叶收拢在一起，把农人们遗留下的大量的菜蔬们的根茎拾掇，把不知季节变换仍在天真无邪地喷吐新绿的迟发的嫩芽包裹，把土地被耕犁磕打后的细碎弱小颗粒紧紧拥在怀里。

这是一场隆重的祭祀。祭祀一年的逝去，一个季节的逝去，一茬花草稼禾的逝去，一辈蜂蝶鸟雀的逝去，一段人生的逝去，一截时光的逝去。

祭祀许多的花草鱼虫脱壳、蜕皮、异变，在破壳中重生，最后化成赭黑泥土的悲壮过程；祭祀树木们摘下果实与叶片后，用光裸枯黑的枝干独自面对凛冽寒冬的英勇无畏；祭祀稼禾们从发芽到成熟后被齐根刈割时毫无保留的鞠躬尽瘁；祭祀大地田园生长累累芬芳的五果五谷五蔬后，失血的疲惫苍白与喘息。

大地披着白，山川披着白，房屋披着白，树木披着白，煤堆粪堆都是高高低低的白，一切都戴着重孝。世上停止了歌乐舞蹈，人间止息了游戏玩闹。活着的万物都蛰伏在家巢里感受雪的庄重肃穆，日月也收敛了普照的光辉，藏在灰色的云朵后唏嘘。

祭祀仪式长达一日或数日。

天地间，只有雪花组编的队伍在不停地飘，什么也挡不住地飘。把一夏一秋的姹紫嫣红统统用冰冻覆盖，把卷曲的霜打的树木的庄稼的菜蔬的枯叶覆盖，把裸露的埂畔渠堤的土地的肌肤骨骼覆盖，把挖成一个个坑窝沟槽的残碎狼藉大地覆盖。

一场大雪后，就不再有纷飞的飘叶与墙角的转蓬，轻舞飞扬的枯枝干柴不再从平川旋到坡顶。高原丘陵山川河谷间的草根、花籽们捂着雪被静静地睡在田地垄埂下。雪压住了沙砾尘土，压住了与尘埃一起荡漾的各种病毒，半个冬天的朔风吹不动一坨冻草与一撮花种，冬季没有沙尘暴。

出行的车和人们踏在雪上，雪发出咯吱咯吱的声音，那是雪花的断裂声。比米粒儿稍大一点的六瓣的雪花在脚下轮下一瓣瓣掉落、分开、碾碎，再迅疾粘结成大块的厚厚的冰的壳，改变一种形状继续护佑着田地、原野、河川、秧苗与道路。

几天后，雪开始融化，街市泥土紫黑，檐头瓦滴答着雨水。干柴吸饱了水分，沉重得不能翻动，顶着雪的种子们鼓胀得挪不动身子，联结在一起的土地的颗粒又冷又硬，再大的风掀不起尘。

天空如洗过一样的钢蓝，风似清漆一样透明，田园清爽得耀眼，屋内的墙壁像新粉刷过一样的白，连夜色也光亮了许多，人世人心一派洁净明媚。

一场又一场冬雪埋葬了一个年轮中的春、夏、秋三个季节，同时也埋葬了已去一年的许多浮躁烦愁，开始策划崭新的春日盛景。

是洁白的雪花吸附尽了世上的浮尘，雪最后还会被踩踏得黑污肮脏，化成黄酱般的泥泞。雪花用一己的垢面换来了人间一冬的温润与洁净。因为有雪，天地间多了几十天甚至几个月的纯洁与安静。

从雪堆的紫黑枯衰凋蔽里钻出来的新春的禾，虽然依旧同上年一样的翠绿，一样的鹅黄，一样的紫红，然而那早已是又一代禾、又一茬草、又一季花了。

——此文收进2011年度《河北散文家作品选》一书中

乡村的夏日

乡村的夏日与城市的夏日是很不一样的，乡村的夏日才像真正的夏日，暖融融、静悄悄、绿莹莹。泥草的房墙共同笼围出一种淡黄的色调，矮矮的平房投出短短的阴凉，葳蕤在房前屋后的草树们飘散着缕缕的清香，锄板翻松了的紫红泥土发出阵阵芬芳。

乡村的夏日十分的宁静、幽谧、和暖。那半掩着的一家家街门里，溢出农家粗茶淡饭的恬适温馨，疏疏的柴篱挂满农家的鲜美丰足，墙边成垛的积年老柴散发出农家的勤劳质朴，探出墙外的花树泻出农家的兴旺达观。还有那路边一堆堆的粪肥，发酵着农家的麦田气息。巷中滚动的雪白的杨花柳絮，一齐组合成夏日的酷热香熏。

此时，乡村正是绿满田园、绿上墙头、绿缠坡梁的季节。连土墙瓦棱上的草也茁壮肥硕，路边道旁长出茸茸青碧，老砖垣石缝里喷着朵朵的翡翠。土地上的插根柳条三天就能努芽，人走在其间，心也会觉得有一种东西在撞击着，支支棱棱地涌动，似乎也想发芽，也要长出簇簇的绿叶来。

一种少有的宁静温和把人的情绪从心灵深处抽取出来，沿着曲折的街巷游走，逛进淹没人头顶的绿海田野，闯入绿上房檐窗棂的门扉，踩着绿镶两边的村路。喜悦禁不住缠绕在牵牛花的藤蔓上，沾附在花蝴蝶的翅羽上，招惹在金蜂们的嘤嗡声里，落一身的粉红黄翠姹紫。

最能撩拨人心情思的是树间声声的鸟鸣，看不见鸟在哪里，只听见咕咕、啾啾、喳喳此起彼伏的悠扬。这些还是少年时听过的久违的天籁，只有回到乡村才能再次感受，住在城里楼丛中的人绝对听不到这种大自然的交响乐。因为一到夏天，连小县城也进入建筑的高峰期，前后左右都是盖楼的工地，耳畔全是叮叮当当的敲打声，夜半仍有轰轰隆隆的混凝土搅拌机声，脚下是一地的水泥、沙石。好多年夏天，没有听到过一声鸟叫，尽听了建筑声、人的喧闹声。乡下也有修房动土的，却听不到任何杂音，那钢铁的声音掉到土地上，震耳的尖音立即被土壤吸附，那刺激耳膜的敲打声一遇到树叶，马上就一层层分解了。

过了出工的时间，街巷里就很少有人了。偶尔见一个人，或是正在扛着铁锨，或是推着一车化肥下地去，或是挎着一篮绿草归来。他们悄无声息地缓慢走着，一点也不霸道张扬，很少有城街上那种骑着车横冲直撞的年轻人，没有少女们勾肩搭背目中无人的恣意说笑。他们大多谦恭地低眉顺眼地走着。他们劳作的时间均不等，有早上去的，有黄昏去的，全凭一己支配，自由得很。

夏日的牛儿羊儿都离了圈出了村，男人们大都不在家，女人们也下了地。鸡们忙着在土里刨着各种虫子，猪热得在墙根处喘气，看家狗们在院里吐着舌头。啄木鸟、麻雀都在树叶间藏着叽咕，只在早晨与傍晚时出来展翅飞翔。

正午时，田里的人们回了家，村里散发出一阵阵饭香，稍微一阵的话语声，就又归于平静。男人们都在抓紧时间歇晌，老人们拿个马扎领着孩子和狗们到门洞里或树荫下去乘凉，只有蝉抖开翅羽扇风，像个傻瓜似的在烈日下大声独唱。

夏季在乡村，在乡村凉爽的房墙下，在乡村浓重的树荫里，在乡村紫红色的大丽花里，在乡村酸出口水的青杏上，在乡村深深浅浅的菜畦里，在顿顿有苣苣菜的饭桌上，在乡村男人们的背心短裤上，在牛羊嚼一嘴的绿汁液上，在乡村孩子们头上戴着的柳条帽子上，在乡村短短长长肥肥瘦瘦高高低低的青草里，在乡村一早一晚躬身劳作的背影上……

金秋就在这种炎热的灼烤中，在这种大红深翠的包裹下，在这种农人锄板不歇的时节，一日加一日地丰满成熟起来。

——发表于2009年3期《散文风》，并获2011年度省散文学会作品二等奖

买一束春色带回家

菜市上又有了鹅黄色的一把把油菜花心出售，我立即眼前一亮，不管贵贱扑过去就买下一大把。尽管那菜秆老得发了白，指甲都掐不动了，叶子也卷曲起来，花朵也耷拉下了头，还是要赶快买下来，因为并不为吃菜，而专为那一大丛鹅黄的油菜花喷发的愉悦。

回到家中，马上找出几个玻璃瓶，装上清洁的水，然后一枝枝地拿起油菜花来，剥掉黄了的大叶，取下断枝，高的与高的为一把装进大瓶，矮的与矮的合在一起装进小瓶。装了四五个瓶，分别摆放在客厅茶几上、书房案头、厨房窗台与阳台上目光触及的地方，每天一抬头就能欣赏到一束束油菜花了。

很快，吸足了水分后，菜秆挺直，叶片舒展，花左一朵右一朵绽开，全部蓬勃翠碧起来，花茎还老梅般或向下或朝上扭曲着造型。于是，家中盛开了一簇簇鹅黄色的油菜花，铺陈出一片片的春光。我觉得自己仿佛站在油菜花地里，被花拥护着。再不是把春关在门外，吊在枝头上，或者让春光把自己孤寂地抛在远处，不知是春色遗忘了人们，还是人们把春色遗忘。

瓶装的油菜花一次能绽开五六天，在快要凋谢时，我会再到菜市上去寻找新的油菜花，拿回家插进瓶里，顶替先插的，继续那一片片饱满的春色。先插的菜花一瓣瓣落下来，洒在桌上、地上、窗台上，都是点点的春色，几天不忍扫去。

有了这瓶装的油菜花，我的家中就有了一缕缕的春色，犹如剪回湘西的一角田园，带回江南的一方山水。瓶装的油菜花，从心底深处鹅黄着又一年的花事。虽然身住绿色稀疏的北方，也会觉得少了许多荒蛮与枯黄，多了些许青嫩。

每年春天，只花上几元钱，我就能把春色买回，在家中久久保存绽放。家中有了这碧碧翠色，片片鹅黄，一如走进油菜花地，满眼春光，一心绿意，情趣横生，顿感神清气爽。

春色不只在江南田园中，不只在乡下野外，春色也能买回摆在家中。买一束春色带回家，恍如跌进春光中，溅起心花朵朵。

即使在北方，春日里，也要早早设法给自己营建出浓浓的春色来，即使只不过瓶装的几束油菜花，也能生出一种如生活在园林中的一缕赏心惬意，更似走进春的深处。

民　谚

民谚，是中华民族民间几千年口传心授的人生要诀。

“病从口入，寒从脚起。”“笑一笑，十年少。愁一愁，白了头。”“土垫土，打担五。”“种地不用问，勤耕多上粪。”“来说是非的，都是是非人。”“路遥知马力，日久见人心。”……因为博览群书，好做笔记，本人收集了许多条民谚。或一日心血来潮，把这些民谚按门类整理出来，竟然有三千多条，涉及生产生活方方面面。

当接触了大量民谚并认真阅读后，才惊奇地知道这是一门既源远流长又无限丰富的民间口头文化，它与民歌、楹联、歇后语、民谣、谜语、寓言、传说故事、笑话、绕口令一样历史厚重，辉煌灿烂。其内容之广博，涉及面之宽泛，语言之精练，寓意之深刻，修辞之生动，类比之准确，真是美不胜收，奇妙无比啊！

民谚是一代代老百姓生产生活的体验、教训、成败、荣辱、智慧的结晶。是他们生产生活遵循的原则，是他们做人做事的道德标准，是他们的文章，他们的诗词，他们的言论。民谚如老百姓的性格一样，质朴、简洁、明了、诙谐，字字珠玑，句句精美。真可谓一句顶一万句，似警钟敲响古刹，像明月照亮夜空。每一句给人的教益无不胜过一篇杂文，一首诗歌，一篇小说，一部戏剧。守着如此富有的民谚，中国的老百姓懂得怎么做人做事，怎样立足于世。

追寻民谚之所以意蕴深邃、言简意赅的根源，会奇异地发现，民谚无不是五千年中华文明的遗风，无不是继承了炎黄、尧舜、孔孟之道的精粹。上古以轩辕黄帝为代表的文明始祖的言论或著述都非常简洁明了，如轩辕黄帝论说治理天下："当断不断，反受其乱。""内乱不至，外寇乃却。""顺天者昌，逆天者亡。"舜帝论艺术说："诗言志，歌永言，声依永，律和声。"孔子论人生大成说："学而优则仕。""三十而立。""无欲乃大。""家和万事兴。"孟子曰："富贵不能淫，贫贱不能移。"……

民谚也是民间的五言、七言诗与绝句的演变。大多来自《增广贤集》《弟子规》《千字文》《百家姓》，还有佛言经文，合辙押韵，朗朗上口。每一句都是经过千锤百炼，口口传说，不断加工再造，越发地深入人心，深深地扎进传统。什么时候读了，都会让人拍案叫绝，让人心惊，让人顿悟。

知道了这些民谚，就等于了解了五千年文明的又一种无形的文化遗产，懂得了中国老百姓所想所思，他们坚持的真理，他们信仰的理念，他们赖以生存的哲理格言。他们秉性中那种平和、散淡、智慧、寡欲、勤劳、风趣、乐天与知足，那种甘于寂寞，忍受苦难的人生观的本根，无不来自他们所掌握的大量民谚及民间文化的熏陶。

民谚来自民间，服务于大众，是老百姓的创造，老百姓的大实话，老百姓的座右铭。

从民谚可以知道，老百姓喜欢直白通俗易于理解与记忆的文化形式，喜欢能够传承与讲述的语言结构，而不是深奥的大部头的长篇大论。大部分的中国老百姓不读书不看报，从没有空闲进戏院、影院，很少读小说、散文、诗歌，但是他们却能顶天立地地活着，像模像样地生息着，站得直，立得稳，行得端。一切都因为几千年承继下来的教人向上向善的民谚，一辈辈口传心授的助人爱憎分明、立场坚定的民谚等民间文化的充分滋养。

提起民谚，每个中国人都能说上十来条："功夫不负有心人。""耳听为虚，眼见为实。""要想人不知，除非己莫为。""打人不打脸，说话不揭短。""万事开头难。""人心齐，泰山移。""人要实，火要虚。""人不学不知义。""爱子多教子，娇子如弑子。""饭后百步走，能活九十九。""好男不争家当，好女不要嫁妆。""跟上好人学好人，跟上王八跳枯井。""天上勾勾云，地上雨淋淋。""秋冻春捂。"……

原来在所有中国人的记忆深处，民间文化早就牢牢地扎在了意识形态中，融进精神世界里，自觉约束着言行，自发地规避着举止，成为立言立世的依靠，与每个人密不可分。教人在一生一世做人、教子、交友、养生、婚恋、生产、生活时，有一整套约定俗成的尺度与分寸，牢记并严守这些准则，人们都会活得顺通吉祥，即使遭遇灾难不幸，他们也能正确理解与对待。

民谚，几千年磨砺出的无形的天书，刻在心上的人生要诀，老百姓世世代代喝着的心灵鸡汤，人手一册的幸福生活指南。

踏青去

桃红如胭柳绿似烟的农历三月，是一年里天色气象最平和温润绵软的季节。

由青嫩的春芽们铺出的四季第一道翠色，丝绸般温柔着人们的眼眸与足迹，覆盖住大地的破损与皱褶，让人的心性随着这份新生儿般的稚嫩善良了三分，品格也跟着阳春的明媚平添了情思万种。

树走出冬三月的黑瘦与沉静，一齐展示出活泼姣美的姿态。远瞧，杏林拉开白色的帐幔，堤柳张举鹅黄的迷离。近看，桃枝头缀上腼腆的万点红蕾，杨树在硬枝上努着葱茏的芽尖。等待人们在不经意时，百花在一夜间同时绽放花苞叶片，散发出浓烈的香馨。春仿佛总是不愿意在人的注视下卖弄风骚，而乐得在人们背后抽茎吐苞。

春天有圣人隐者的风范。

地上的小草已经有碗大盘大、拇指肚大，星星簇簇地铺洒在田间、小路、埂畔，紧紧地贴附着大地的肌肤。左顾右盼的冬天不愿离去，三番五次地回头，天气暖了冷，冷了又暖。墙角地边的冰雪到底经不住艳阳的拥抱，在白昼时融化成一摊摊红泥，大大小小的渠堤里涌满了浑浊的带冰凌的桃花水。

鸟雀们在新耕的黑土紫壤的波浪中东张西望，寻找刚出土的白白胖胖的虫子。许多动物在蛰伏了长长一冬后，缤纷的五彩梦还没有开始时，就稀里糊涂被食物链吞咽。江河的脉搏在地下有力地律动，顶破寒冬三尺厚的禁锢，开始流淌起压抑了一百多天的轰响。如果没有沙尘土雨的一场场蒙埋，春季是时间长河中最生机勃发的阶段，是四季之乐章里最甜美的童声合唱。

一切花草苗木都那么小巧玲珑、精致、清纯、细碎，紫红、蛋黄、青葱、碧翠，那么的无邪，那么的本真，那么的诚信。希望与重生从倒伏枯衰中绽放出来，茂盛蓬茸从冬三月长长的疏懒废弃中挺举复兴。田野如少女情怀般地躁动，草树二八年华似的妩媚，笋角荷尖的雄伟冲出羞涩，紧接着就到婚配孕育的时候了。等在这春青后面的，就是紫石雕绿玉琢出的青红果实，珠珠串串地从那曾经干瘪丑陋的枝头上鼓胀分娩。细细的枝条上垂挂着无数肥硕的新叶，吸吮着农人们的汗水，承载着许多心灵一年一度的热望。

春草浅得掩不住鞋底，小得看不清花式模样。弯腰躬身下来瞧时，个个都眉清目秀，有脉有络。同样的绿色，叶片却长长圆圆、牙牙尖尖，独自格致着，鲜得掐一下就流汁，嫩得碰一下就溢液。人们根据各自的情愫赋其无限的想象，任心中的触角编结出悲愁愉悦。

踏青的季节，屋里的炉火刚熄，冷冷清清，而室外却暖洋洋、热乎乎。人们大都想出去走一走，邂逅有违了四个多月的大自然风光。平素离不了的音乐也不管不顾了，去聆听枝头鸟雀们的叽喳啁啾，去晒骨头缝里积攒了很久的寒凉。心怀也如小草，从倒伏的瑟肃伤怆中萌发出簇簇崭新的无尽期冀。

当然，从枯黄凋萎中探出来的，早已不再是去年的旧茎陈叶，而是又一茬生命的新生面世。再过些时日，桃红李白，是蕾的都要迸裂，招惹蜂蝶们嘤嘤嗡嗡不停地欢叫，翅羽上沾满了春的芬芳，沉甸甸地在家巢与蕊粉间穿行飞翔。可怜的蜜蜂们为酿一公斤蜜，要采上百万朵花，作近三万次飞行，假如花丛与蜂房相距三华里，那么一只蜂儿酿一公斤蜜就需飞行十八万里路程。春花盛开的时节，蜜蜂们累死知多少，而大地看不见一只蜜蜂的尸体，它们不需要任何告别形式。

如果错过了踏青的好时节，等叶芽们长大了，茎秆坚硬了，就不可爱了。草花们就要开始如少女们一样疯狂地勾心斗角、争奇竞艳、横冲直撞、占地盘抢空间，一下变得如老女人般的丑陋凶恶了。再到郊外去，早晨的露水会打湿衣裤，成熟后懂得护卫自己的老叶片长出了尖利的刀刃或针刺，会拉痛踏踩者、攀折者的臂膀。夏日正在分娩的万物散发出滚滚热浪，能把窥视者的眼睛灼伤。那个时候的田野，到处藏着形形色色的玄机，蕴含着敌意与警示。

趁花稚草短时踏青去，把所有的功名利禄抛开，蕴蓄半日闲暇，带着忘却了很久的欢呼雀跃的童心，将残碎的生涯淹没在花事鸟声的馨香里一次。看农人在土地上打横格竖畦，给瓜豆们搭建攀爬依偎的柴篱，老牛不紧不慢地拉着木犁划开土地的肌肤，农妇们把种子洒进土壤大张着的嘴里。花红柳绿的自然景致任人不分贫贱一起拥有，温煦的和风似母亲手指般轻盈地拂着面颊，谁都会觉得有这份天与地的同等挚爱，俗世人间那些你高我低都远远地黯淡了下去。

踏青啊踏青，春天青嫩稚幼得毫无一点暗算。去染绿目光，洗涤一腔缠缠绕绕的忧烦，久久地品味一年四季开始时的纯洁厚道与天真烂漫。

踏青啊踏青，投入天地间三月阳春的怀抱里一次，把丢失很久了的人生趣味与欢笑一一轻轻拾捡。

——本文收进2011年《河北散文家作品集》一书中

回　家

又是腊月，又是年根，又是游子归家的日子。

所有的事情似乎都不那么重要了，所有的心情都不那么当紧了，只有回家过年是眼下最大的问题，只有那个千里万里外的家是眼下最思念的地方。

这时候，妈妈的慈祥面容一次次出现在脸前，父亲无言的微笑一遍遍地显现在梦中，妻子的眼睛里含着脉脉深情，孩子们倚门眺望成了定格的画面。回家过年，像打捞出来的装满珍宝的百年沉船，一下子凸显出来，凝聚了所有人的目光和话题，其他的事情都如海水一样珠破玉碎般滑落下去。

此时此刻，不论是在单位还是在学校，不论是在国内还是在国外，不论是在天上还是在地下，炎黄子孙们互相之间问询的第一句话必定是能不能回家。此刻此时，所有的火车上运载的都是着急回家过年的人们，所有的汽车上运载着的都是回家过年的思绪，所有的轮船、飞机上运载的都是回家过年的心情。

过年了，家变成了最重要的地方，家变成了最系情的归宿。回家去，去捧出一年劳作的收获，去奉献一年辛苦的报偿。半生漂泊奔忙，不都是为了家人的幸福吗？四季风餐露宿，不都是为了亲人的甘甜吗？

回家的人如彩色的潮，在车站上汹涌，在公路上奔流，在街市上飞涨。是年这个先人留下来的数千年的节日把人们赶回家，是年这个春之狂欢把人们吸附进家。做工的、求学的、经商的、为官的统统都达成惊人的共识——回家过年。年是中国人最看重的节日，是中国人最隆重的日子，这个节日要回家过，要跟父母过，要跟最亲的人一起过。不过年，不知道家的重要；不过年，不显得家的位置。家，永远是每个中国人停靠的港湾，永远是中国人精神的栖息地，永远是中国人灵魂的归宿，是所有人一生奋斗的目标与终点。

如果有人不能回家过年，那么，他就成了一片风中飘零的枯叶，一棵墙角回旋的转蓬，一个羁留他乡的无奈孤客。经历了一次最刻骨铭心的思念，他就有了一次最无法填补的孤寂体验，他就知道了什么是没有根的痛苦，懂得了只有家才有那份无法比拟的关爱，明白了唯有埋着父母骨骸的老家才是收留灵魂与肉体的最后驿站。

回家，在春联营建的一片红色里，坚守好全家那又共同增长了的一岁，去给又顺通地添了一寿的老人祝福，去给又健康地活过一秋的孩子贺岁，去把所有牵挂在心中的人看上一遍，去把已逝的亲人祭奠。去把爱牢牢地焊接上一层，去把情密密地缝补一次，去把悬着的心安抚一日，去把心里的话讲上一遍又一遍……

回家，是鸟儿垒巢时从池塘衔泥归来，是蜜蜂采蜜后从百里外归来，是农人背着庄稼挑着菜担从田地里归来，是孩子们放学后归来，是牛儿、马儿、羊儿们饱餐撒野后满足惬意地归来……

回家，是纯净的人性善美之充分流露，是中华民族传统孝心的展示，是给家人增福添彩，也是给自己扎牢幸福生活的根基。

祖国深深地爱着我们

作为一个普通的乡下人后代，虽然我从小就酷爱读书，学习成绩一直优秀，年年拿奖，从小学到高中都是班干部，且从小就爱好广泛。尽管在小学毕业，即传说中的古舜都今保岱村那所教学水平很高的国办高小扎下了深厚的功底，却赶上了“文革”开始，以后断断续续地上了一年初中，一年村办农中，“文革”后又读了两年没有课本的高中，便没有学校可上，成为被“文革”牺牲的一代人。

“文革”后，党和国家没有忘记我们这些无学可上的一代人。工农兵大学生可以说是对这些人的第一次救赎，种种原因自己没有赶上。1977 年恢复高考，国家对这批人实行第二次救赎时，自己刚刚结婚生子，命运不济，两次外出深造的机会都错过去了。三十岁前，我一直在社会底层挣扎，当农民、教师、工人，干个体，不论在哪里都干着最苦最累的活。由于铁矿下马、代课教师解雇等原因，一次次失去工作，遭打击，沉沦起伏，历尽人世的困苦艰难，饱尝过世态炎凉。

但是不论多大的挫折，自己从来没有放弃过读书学习，决不甘心做一个对社会、对他人没有益处、没价值的人。从小凡是能借到的书都要读，必须反复读的书就节衣缩食买下来。20 世纪 60 年代读小学时，就把当时流行的《红岩》《红旗谱》《林海雪原》《欧阳海之歌》《苦菜花》等大部头的长篇小说全部读了。20 世纪 70 年代当代课教师，又把《红楼梦》《水浒》《西游记》四大名著都涉猎了，再后来读《战争与和平》《复活》《红与黑》等外国名著，还把初中课本自学了一遍。

读书是我最大的乐趣，同时音乐、绘画也是舍不下的爱好，一张张的素描贴在家里的门上，还有许多压在炕席下面。在矿冶厂当合同工上三班看电机、水泵，就偷偷地把《唐诗三百首》藏在饭盒里带到班上看，一边读一边练习写下一首又一首诗歌，后来试着往县级、市级报刊上投稿，陆续发表了出来。1981 年铁矿下马，那时我已经发表了几十篇新闻报道与文学作品。县里成立计划生育三站，经在计生委上班的文友贾存奎推荐，我被招聘到计生委宣传站搞文字材料工作。所撰的计生宣传工作稿件上了国家级报刊，几年里作品多次获奖，成绩突出，1987 年由县人事局推举上报，转为正式国家干部，赶上了国家第三轮对社会闲散科技人才的救赎列车。

转干后，我一如既往，依旧埋头工作学习，不断完善提高自身水平，不论别人说什么做什么，我决不改自己的人生追求，选中了的人生路就义无反顾地走下去，是我一生坚持的做人准则。那时，电大、成人自学与函授大学是国家对“文革”中荒废的一批人的第四轮打捞救赎。为了提高写作水平，提高学历，1989 年，我 38 岁开始参加成人自学考试。在左邻右舍忙着打麻将时，我参加了河北师范学院中文系专科的成人自学考试，边工作边考试。为了有一个安静的学习环境，我在单位找领导要求搬到一间阴面的库房里办公，原计生委主任王祥理解支持我，同意我一人到单位面北的库房里工作，躲开了办公室的嘈杂，天天与杂物在一起，写完单位的文字材料就面壁自学。回了家，把一张写字台让给上小学的儿子，自己趴在床上学，坐在房檐下学。用了四年时间，攻克了十多门课程，取得了汉语言大学专科学历。

1991 年调到县文联，又利用办县报的工余时间细读完了《中国通史》《古文观止》，粗读了《史记》《资治通鉴》等历史必读书。读了《马克思传》《毛泽东传》《居里夫人传》《曾国藩传》等一大批人物传记。1996 年又到北京鲁迅文学院研修班进修四个月，所写作品选发在鲁院的《文泽》上，评为优秀学员。接着又通过自学英语，考上了中级编辑职称。

在办县报同时，所撰文章在《中国妇女》《女子文学》《女子世界》《河北日报》《长城文艺》《张家口日报》上发表，宣传当地改革开放初期涌现出的一大批带头致富的农民、私人企业家、厂长、经理及各类杰出人物的创业经历，这些文章获了许多奖项。那时，每年写上百篇内部材料，写通讯、诗歌、散文、小说、报告文学。当时还没有打字机，每年光墨汁就要用完五六瓶。用油笔复写的纸厚达六七寸，中指张都变了形。多次被县政府评为优秀通讯员，并记大功一次。

虽然在少年时失去了外出学习深造的机会，终生囿于一个角隅里，可是祖国没有放弃我们，一次又一次地搜索打捞散落在民间的自强不息的优秀儿女，即使我在偏僻的小县里，也没有被遗落。我再次得到该得到的学历与职称，县政府给了我一切应有的待遇，赢得了本应有的人格尊重，找回了当年那个刻苦钻研的自我。

我以自己的经历证实，祖国深深地爱着我们，擦亮眼睛在寻找着我们，爱着她的不屈不挠的儿女，用各种方法从芸芸众生中把我们淘滤出来，安置在合适的岗位上，让我们发挥余热。只要是锥子，迟早能扎破口袋；只要是大树，迟早能做栋梁。我不是栋梁，不过是一块经过夯打烧铸的砌墙的砖，祖国不嫌我渺小，把我砌在了民族的大业墙上。

近年来，大学扩展招生面，不限年龄，即使已经六十岁也能报考，获得硕士博士各种学位，依然是人们证实自己的机缘，是祖国对那一批正义诚实、勤奋努力的优秀儿女最后一次打捞，是对我们同龄人中佼佼者的不放弃不抛弃。

人的一生中有许多次机会，都是给有准备的人，给有建树的人，给有深厚造诣的人，给志在修身齐家治国平天下的人，给没有荒废青春，没有虚度年华的人，给没有染上一身恶习的人。天助自助者。如果不是“文革”，或许我能顺顺通通考上大学并读完，走得更远。就是有“文革”那十年的耽搁，我还是因为坚守而得到了回报。其实我只是顽强地坚守着一己读书写作的爱好，社会就给了我丰厚的回报，祖国就给我找回了那份信任与荣耀。

祖国时时刻刻在打捞搜索着每一个有用的人才，祖国需要诸多志在有为的人才，给所有的人时间与机会，祖国给五大毕业生的学习考试时间非常宽松漫长。祖国深深爱着她那在人生正道上努力拼搏的儿女，爱着心中有准则、行动有规范、志不在小、没有被社会黄赌毒等不良潮流左右、一步一个脚印干着正当事业的一直朝前走的儿女。

所以，我们有责任对年轻人说，多多读书学习，树立良好的道德品性，努力工作，打造好自己。酒香不怕巷子深，是人才一定能得到赏识，是金子迟早会闪闪发光。

因为祖国深情地注目着我们，国家建设需要有专业技术的杰出人才。

桑干河上旧大桥

第二辑 半生的知悟

涿鹿城旧牌坊

岁月如刀

一

岁月如刀，岁月是刀。

世人都逃脱不了岁月这把刀的雕琢和塑造。

岁月悄悄地悄悄地，把少年的苹果脸削尖或砌方，在那颗无忧无虑的心上刻下道道疤痕——落榜的疤痕、无业的疤痕、失恋的疤痕、逝去亲人的疤痕、现实与理想不融的疤痕、追求难以实现的疤痕。

岁月在把一个幸福的青年的微笑剔去后，划开心的空洞，填进社会的义务、家庭的责任、儿女的天职、工作的重负。

岁月又在中年人的肩头磨出血痕，手掌打上老茧，脚底走出裂纹，让他们挑起社会与家庭多副重担——事业的成功、儿女的学业、家庭的幸福、父母的病痛、人际关系的沉重。

二

岁月无时不在追赶着每一个人，在人们的眼角划上鱼尾纹，在人们的额头刻上抬头纹，在人们的唇上画上唇纹，在人们的颈上雕上瘦纹，把黑发染成白发……岁月的刀非常无情，在人们不知不觉中，就已把一个个风华少年雕琢成一个个憔悴的中年人、龙钟的老人。雕琢的过程是春夏秋冬轮回的过程，是风霜雨雪摧残的过程，是目睹生老病死的过程，是亲历悲欢离合的过程，是成功和失败无限重复的过程，是灵与肉经受锤炼的过程。

岁月的刀在人体上纵横游刃，把每一个人都当成它的艺术品。每一个少年都当成它的毛坯，每一个老人都当成它即将完成的作品。

三

岁月把古老的城堡斑驳成废墟，把青铜锈蚀成文物，把陶器敲打成碎片残块，再埋上厚厚的历史尘埃，欲把过去很深地掩埋。

岁月在老树枝上雕琢出无数黑色的皱褶，岁月让老瓦房顶长出铁一般老硬的瓦草，让雨水在屋檐下的砖地上咬出深深的坑窝，让旧门楼暴露出根根瘦椽的脊骨然后断裂倒塌，让龙钟的老树长出许许多多谛听的耳朵……

岁月让奋斗者先苦后甜，让无志者先甜后苦；岁月让人明白世事后十分懊悔从前的所作所为，却永远无法弥补种种遗憾。

岁月把人心切割得一次次酌痛，然后麻木地苍硬老死。

岁月如刀，岁月是刀。

岁月是一把柔软无声的刀。

——发表于2000年第1期《河北党校报》

用读书把空间填满

如果无聊，请读书。历史会告诉你人生该怎样度过，先人会指教你怎样做一个有用的人，大师们给你讲他们成功的经验，伟人们教给你如何制造奇迹。时间会告诉你，本来它公平地属于所有的人，但是有的人为什么嫌太长，有的人觉得太短。

如果空虚，请读书。至少可以知道一条人生格言，懂得有的人之所以能登上人生最高峰，是因为他们从不停止攀登，滑下去再重新来；明白有的人之所以一生都坐在谷底的缘由，是因为他们跌倒一次就躺下不起来，或者养上半年伤，呻吟连天，怨天尤人。

如果孤独，请读书。用一段时间换取一点智慧，不让时间之水白白从灵魂流过。也不让冷清一口口啃蚀伤残的心思，抽取出长长的无谓的自恋与私怨。假如没有人需要你、念叨你，你的生命就没有任何意义。

如果寂寞，请读书。书会告诉你，为什么有的人寂寞有的人不寂寞，并教你怎样不再寂寞。收藏家们从不寂寞，专家们从不寂寞，艺术家们从不寂寞，求知者们从不寂寞。寂寞的人是闲适的人，是无所事事的人，是游手好闲的人，是没有事业专攻的人，是虚度年华的人。

如果有闲，请读书。书会告诉你有的人用这闲暇打捞知识，有的人用这空白编织平庸。有的人的时间为什么少得不够用，有的人的时间为什么多得用不完。告诉你奇迹虽然来自瞬间，但瞬间是持之以恒这条线上的一个端点。假如把一生系在别人的事业上，那么收获的只能是蔑视与无奈。假如只想着昨天的悲苦与明天的甜蜜，那么就又一次输掉了今天。

如果苦闷，请读书。书会告诉你伟人也曾苦闷过，只不过很快就拨开黑暗找到光明；豪杰也曾迷茫过，只不过能从迷茫中尽快地冲出来；英雄也曾卑下过，只不过不被卑下拖进泥淖。有些事不由自己，但有些事全在于自己。每一次苦难都是一次淬火，如果拒绝苦难，就是拒绝成为有用的钢铁铸件。

读书能医愚，读书能治穷，读书能疗病，读书能砺志，读书能致远，读书能练达，读书能聪慧。读书能知道怎样交友，怎样识人，怎样说话，怎样做事，怎样活着才身心健康有价，读书能明白什么样的人称得上完美无缺。

谁用读书把空虚填满，谁就比别人聪明十分，比别人站得高，看得开，走得远；比别人更能承受苦难、经历伤痛；比别人成功的把握更大，更快速取得成就；比别人幸福百倍，快乐无限，活出一种独特的绚丽和精彩。

——发表于2003年《思维与智慧》并评为读者满意奖，又选发在本刊精品专号上

时　间

对于孩子，最长最多的是时间；对于老人，最短最少的是时间；对于有事业可干的人，最缺少最需要的是时间；对于无所事事的人，最多余最富有的是时间。

对于忙人来说，时间就是生命，就是技艺，就是知识，就是财富，就是成就；对于闲人来说，时间就是无聊，就是煎熬，就是愁绪，就是寂寞，就是惆怅。

有的人，把最好的时间用来做事；有的人，把最好的时间用来闲聊。有的人，把时间变成金秋的收获；有的人，把时间变成一片荒漠。有的人，花大量的时间喝酒玩乐神侃；有的人，把吃饭喝水的时间也用来创造生产。有的人，时间多得无处消磨打发；有的人，时间少得夜以继日地苦干。

聪明的人都知道，时间失去就再也找不回来；愚蠢的人认为，时间从来就与己无关。聪明的人黎明即起，披星戴月地把时间锻打成超人的技能和出众的才艺；愚蠢的人常常昏睡，等待着时间把好运的"肉饼"降临到自己头上。

了解时间秉性的人，把一分一秒都利用起来，延长自己的岁月；明白时间意义的人，争朝竞夕地和时间赛跑；不明白时间正在飞逝的人，一年一岁地大把枉废虚度，春又去秋又来都不觉有一点遗憾。

时间不饶过任何人。时间不会为你不珍惜它就停下脚步等你，时间不会因为你不利用它就在前面放慢速度，时间不会因为你一事无成就不染白你的头发，时间不会因为你没有播种就不降风霜雨雪，时间不会因为你懊悔就重来一次，时间不会因为你的浅薄无知就不让你繁衍后代。

时间赠给过所有的人一样的青春年华，时间赠给过所有的人一样的一年四

季，时间赠给过所有的人一样的甜酸苦辣，时间赠给过所有的人一样的儿孙满堂，时间也赠给过所有的人一样的一身病痛，时间赠给过所有的人一样的暮色晚年，时间也赠给所有的人一样的一堆黄土，时间也会赠给所有的人不一样的一纸悼词。

当然，时间也会把历史装订成册，时间会把人们一个个过滤淘选，在那本史册上记下不平凡的人，记下创造了奇迹的人，记下把时间雕塑成文化遗产的人，记下把时间凝固成不朽业绩的人，记下把时间写成经典诗词巨著的人，而把其余的人全部无情地抛弃……

今天，我们翻开历史保存下来的由时间精心雕刻成的簿册碑铭，品读的仍然是那些曾经开拓新时代、造福过一代代人的勇者、智者、创造者们的名字。时间将永远把这些人镌刻在背上，让他们与自己共同千秋不朽万代永存。时间只青睐他们，时间只记得他们，时间只歌赞他们。

时间公正地属于所有的人。

然而，不是所有的人都能正确地对待时间。不是所有的人都知道时间就是生命，不是所有的人都知道时间就是历史。

——发表于2002年第7期《演讲与口才·学生版》

为他人开一朵花

一个窗台上有一朵花，这个屋里就有了生气了。一棵树上开了一朵花，这棵树就饱满成熟了。一条路上绽放一朵花，这条路就多情缠绵了。一个人给另一个人送一束花，这俩人就有情有义了。一个健康的人给一个病人送一把花，这个病人就有了与病魔抗争的勇气了。

让自己的生命为他人开一朵花，为他人灿烂一片心地，增加一缕温馨，添一份生存下去的理由，多一点活下去的借口，就是提高了自己的生存质量。用自己的心为他人做圃，给他人吐一地绿荫，染一片色彩，就是给自己的人生喝彩。

一个遗体为一个失明的人捐献眼角膜是一朵喷芳的牡丹，一个不相识的人为一个白血病患者捐献干细胞是一朵吐艳的玫瑰。一群人为一个残疾人送钱送物是一枝流芬的茉莉，一个城市为一个濒临死亡的人奔忙是一棵溢香的米兰。

一次无偿献血是一朵花，一个受伤后的救助是一朵花，一次善意的批评是一朵花，一句关切的问候是一朵花，一次适时的看望是一朵花，一个及时的电话是一朵花，一个亲切的微笑是一朵花，一次碰撞后的忍让是一朵花，一次跌倒后的搀扶是一朵花，一次大度的让贤举荐是一朵花……

有的人的心是一座大花园，里面开满了吐艳的鲜花，能幸福许多人，如圣女贞德、雷锋。有的人的心是一朵花，只为一个相爱的人开放，如祝英台、林黛玉。有的人的心是一片草地，年年绿了却开不出花来。有的人的心是死灰，永远长不出绿叶，更开不出美丽的花。有的人的心是泥淖，让一个个人掉下去，窒息而死。

能为别人开花的心是善良的心，能为别人缤纷的赞美是真诚的情，能为别人的生活绚丽付出的人是不寻常的人。这类人必定有高贵的精神，有高尚的品格，有天使般的心灵。这类人是人心的旗帜，人世的脊梁，人群的魂魄。

为他人开一朵花，灿烂的是自己的土地。

为他人开一朵花，绚丽的是自己的天空。

——发表于2003年第1期《演讲与口才》，当年《读者》转摘

错过就是永远的失去

几年前，在北京孔庙的卖纪念品处，反复地放着古乐器埙的音乐磁带，十分悠远苍凉。从远古飘来的声音，重重地敲击着本人麻木的灵魂。问了一下价钱，15元一盘，只觉得太贵，就放下了。出了孔庙大门，立即就后悔了。可是，再进去还得再花15元买门票，便作罢，心想或许别处还能买到。然而，别处竟然都没有。那埙的奇音至今回荡在岁月里，揪扯着心中的悔，想起来就隐隐地针扎般地痛。

一日，街上来了位卖水仙花根块的，我正骑着车去上班，懒得停下来，心想等一会儿下了班再买也不迟。可是，下班后再去找时，那人早已不知去向。本来非常喜欢水仙花的翠叶，哪怕就是不开花，只为那一丛亭亭昂首的青葱也值得。然而，又一次与美好的东西失之交臂，那个冬的居处就没有了一簇蓬勃的春意在案头挺立，心中怎么也生不出些许的诗情画意来。

一次又一次的错过，一次又一次的失去。失去的都是让自己魂牵梦萦的好东

西。失去了，竟然就从此永远无法找寻，无处可见了。错过就是失去，人们非亲历不能明白这一点，我被这一点深深地灼伤。

青春错过了进高等学府深造的机会，以后如果不下百倍地努力补习必备的知识，将来很难有大作为。成人后不懂得挑选品性高贵的人做伴侣，注定家庭与工作都会十分的不幸。中年时没有择定一种喜爱的事业做主攻，注定不能对社会有大贡献。快退休了经不住利欲的引诱，开始了权钱交易，注定半世英名毁于一旦……

一次失足，将导致一生走不出创伤的阴影；一次堕落，就写上了黄河水洗不清的履历；一次抉择的不当，即能造成终生的懊悔与遗憾；一次关键时刻的错断，将形成永远不能弥补的过失。

命运有时就是洪水中的一根木头，抓不住就失去了生存的机遇；成就有时就是沿着选中了的路头也不回地走下去，观望等待得久了也会被淘汰；幸福有时就是吃尽了百般苦后品出的甘甜，贪图安逸享受的人很难体味得到；事业有时就是少说多做的人捡到的一枚果实，夸夸其谈的人永远嗅不到它的馨香；荣誉有时就是付给孤独的创造者的酬金，不甘寂寞的人不可能获得这份报偿。

功业、幸福、成就、荣誉，一个个都曾经从每个人面前走过，抓住的人就走出了碌碌无为的平庸，一步步踏上理想的顶峰；错过的人即陷入无尽的烦恼，一步步跌入失败的深渊。所以，世人永远有高低中下之分。

错过就是永远的失去，这一点也没得商量，不容置疑。

——发表于2000年第6期《演讲与口才》

寸心载世

一只麻雀的重量，有一根细树枝就能撑住；而一只苍鹰的躯体，却需要一座大山岩才能承接。青蛙吃蚊子，老虎吃山羊。同样是人心，可是心的容量却不同，有的可以装下五湖四海，有的只能承载一己悲欢。

有的人被别人撞了一下本不痛不痒，却会花上半天时间去大吵大嚷，得理也不让人；有的人血洒疆场、浑身疤痕累累，却无怨无悔一生，从不对别人谈起。有的人对国家、对故乡、对他人没有一点建树与好处，却要在待遇上锱铢必较，不放过每一次名利与好处；有的人为祖国创造出许多业绩，到老连党员也不是，也从不说亏喊屈。他们本不为别人的评价做事，只为自己的灵魂安宁；他们本不为别人的定论活着，只为一生的无憾无悔。

花大量时间在名利场上投机钻营的人们，没有工夫去发明创造；花一生心血在实验室里埋头科学研究的人们，没有时间去八面玲珑。而许多机遇和好处都给了前者，许多困惑与不平就留给了后者。一段时空里的人和事，不能做永远的注释；几个人的评语，不能做终生的定论。时间最公正，历史最无情。时间会自己选择是非功过，历史会自己评说价值意义。前者只看眼下，后者盯着未来；前者活在目前，后者活在永远。

时间说，当一个人具备了丰厚的知识和独特的生存技能时，就无须用华丽的服饰包装躯体，无须用精美的打扮来引人注目，这个人就是穿着最普通的油渍斑斑的工作服上街也会泰然自若、仪态万方，有许多人对其投去青睐的目光。相反，当一个在他人心目中是毫无建树、没有成就的浮浪子弟，即使他西装革履、油头粉面，也只会显得矫情、滑稽、可笑，没有人为其心悦诚服。

历史说，当一个人志在一己利益时，他就只能在每一次上下级职务变动时，上蹿下跳，竭尽表现之能事，以获得一官半职，甚至不惜出卖灵魂与人格。当一个人胸怀中选定了阔远的雄奇壮志时，他就会面对别人在官场上的左右逢源，同事在职务上的连连升迁心波不起，视若无睹。这个人会继续默默去做他认定了的工作，开掘他已抉择了的事业。时间淘汰前者留下后者，历史珍视后者蔑视前者。

人之形体的美丑，是随着行为的美丑自美自丑；容貌的妍媸，是随着成就的大小而妍而媸。而行为和气质，又来自一个人一生存在的意义与价值。为一己活着的人，形体再美也无人喝彩；为大众活着的人，形体再丑，也会有人欢呼。

当一个人活得宠辱不惊、笑对成败、苦乐能容、物我两忘时，这个人就有了盛得下天下的大心境。这个人肯定在形体上有了无数伤痕，在心壁上结着厚厚的老茧。这个志不在小的人也就可以赋其天下大任，让其去做天下之乐与天下之忧的大事了。国家的大梁就是靠这些人支撑着，历史的车轮就是由这些人努力推动着前行的。

天下不指望心中只有一己悲欢的人，世界唯仰仗心怀苍穹的人。

——发表于2002年第3期《演讲与口才》

成熟的哲学

玉米熟了，露出牙齿憨憨地微笑；土豆熟了，在地下藏得静静悄悄；茄子熟了，敢于浑身紫紫褐褐；白菜熟了，把心儿包得结结实实；枣儿熟了，一任棍子乱打乱敲；桃子熟了，歪着嘴儿不怕人讥嘲。

成熟是不再高高扬着的轻飘飘的向日葵，开始低垂下它鼓胀的头颅；成熟是不再昂首刺青天的无知麦穗，沉下了它饱满的籽粒；成熟是不再上翘的树枝，弯下了它果实累累的腰；成熟是不再自吹自擂的人，开始认真地躬下身去做好自己的每一件分内的事情。

每一次春夏秋冬的轮回，才有一次万物的成熟；几十年磕磕碰碰的摔打，才历练出一个沉稳的人物；多少豪言壮语的落空，才让一个少不更事的人懂得了天高地厚；多少次被猛兽咬伤，才让一个不怕虎的初生牛犊懂得了弱肉强食；多少次亲眼见到生死存亡，才明白人生短暂时间在飞跑，不敢有半点无谓的消耗。

成熟的秋天没有声音，成熟的人不再多言，成熟的果实羞红了脸颊，成熟的豆荚捧出了珍珠玛瑙；成熟的石榴捧出了心肝，成熟的稻谷弯下了身腰，成熟的树叶要去亲吻养育了它的土地；成熟的老树不怕羞地裸露着疙瘩疤瘤，成熟的人要摔够无数次跟头、跌无数次跤；成熟的母亲任孩子把乳头吸得扁扁，成熟的父亲知道身教重于言教。成熟的过程是从生涩到甘美的过程，成熟的轨迹是跌跌撞撞、曲里拐弯的轨迹，成熟的印痕是伤痕累累的印痕，成熟的脚步是循环往复的脚步，成熟的过程是高高低低、上上下下的过程。

大江大海不再如小河一样潺潺流动，高山险峰不再像沙石与卵石般随波逐流；五岳不再和土丘比高，湖海不再与小溪论道；大树不需要嫉妒小草，雄鹰不再笑檐下的小鸟；太阳绝不嘲弄星星那点光亮，蓝天绝不怕乌云遮挡……

人越老越思恋少时的故地，那是真与善的人性从一切自我为中心的惭愧中跳跃了出来；是非经过方知难，那是人类从理想与浪漫的梦影中走出来后，才有的脚踏实地的落定；淡泊名利，乐得清贫，轻视荣华，是人生沉浮后捞取的最后一条做人准则。

成熟是宽容，成熟是微笑，成熟是奉献，成熟是反哺，成熟是绽放，成熟是回报。成熟是人生最完美的一段岁月，成熟是大自然最富有的一个季节。成熟是千锤百炼后的钢，成熟是夸夸其谈后的沉默。成熟是不以物喜也不以物悲的宁静平和，成熟是脚踏实地的努力工作和创造。

——发表于2001年第8期《党员干部与人才》

幸福就在自己手上

谁有一双巧手，谁的生活就会完美无缺。

这双手会用五彩毛线编织各种花式的毛衣，用这一件件漂亮的毛衣网住家人的身体与心灵。有了这温柔、暖和的爱之缠情之绕，没有谁还愿意和邻里攀比，向别家张望。这双手会及时修补衣服上每一个破绽，钉好每一枚脱落的纽扣，不让这些小小的残损和缺失变成长久的冷漠眼神与艾艾的怨恨，不让亲情与信任从这里悄悄流掉。这双手会用一只花蝴蝶把丈夫袜子上的小洞堵住，用家庭无微不至的呵护遮住他们外出寻觅疼爱的目光。这双手会在孩子们划裂的裤角上盛开一朵醒目的红花，把委屈的泪珠儿融化，以满脸笑容回报父母无处不在的挚爱。这双手会拿出所有的劳动报酬，把家人紧紧地拥抱在衔泥叨草垒砌的小巢里，牢牢系在那阳光灿烂的港湾，热烈地熨贴每个人受冷着寒的身心，让他们享受人世间最真挚的爱抚，再不去外边寻找不道德的惬意。这双手会及时做好每一顿饭菜，用色香味抓住家人的胃口，让他们早早向家中的餐桌靠拢，目不斜视街头上琳琅满目的饭馆酒吧，也绝不会跌进纸醉金迷的泥淖不能自拔。

一杯冰镇啤酒能消解丈夫劳作后的疲惫，再不去嫉羡别人家的灯红酒绿；一碗热汤面能冲走妻子整日操劳的身心困乏，再不去攀比别人家的荣华富贵；一盘水果沙拉能打败孩子们手里的冰激淋，再不去街上尝遍五花八门的肮脏零食……

这双手把谷米豆子磨成喷香的炒面，焦煳的香气压住了方便面的味道，住校的儿女用这炒面饱暖了每一个早晨，精力充沛地迎接所有的课程。这双手用色纸剪出一个龙腾虎跃的动物世界，用彩笔绘出一座姹紫嫣红的美丽花池，盎然的情趣荡起阵阵欢声笑语，缕缕的馨香吸引了孩子们的课余饭后。这双手用按摩与调理治好老人的各种病痛，家中上上下下放飞一片欢声笑语。这双手往大说能打理出一座琳琅满目的商店，百忙中活出一份与时俱进的充实与心安，或创建出一个加工作坊，老老少少都有用武之地，各尽其能活得精彩荣光。这双手往小里说会把一只空可乐瓶折成一只流线型的花篮，饭桌上添一片亮丽光鲜；在阳台上垦出小小的五色花圃，生活增一缕耕耘佳话；在墙壁上挂上一篮翠绿，家居有了园林的景致；在桌布上绣出两只喜鹊齐登梅，在红纸上剪出一对孔雀戏牡丹，时刻不忘婚姻与家庭的责任重担；在墙上给孩子们辟一块涂鸦的画展，在客厅为妻子拓一片交友的空间……

不用去别处苦苦地寻觅，不能怨天恨地，不该说家人不争气，不应当光说别人有问题，不要到虚无的世界去无谓的求取，不要到遥远的空间去叩拜祈援，幸福其实就在自己真善美的心田里，幸福其实就在自己拼搏努力的手掌里。美满就萌发在自己的劳作里，和睦就掩藏在自己的勤奋里。不能等，不能靠，不能要，幸福只有用自己的双手来筑造，所有的依赖都是推诿责任，所有的埋怨都是耽误时间，所有的等待都是愚蠢的幻想。

只要有一双无所不能的巧手，只要有一双一刻也不闲着的巧手，只要有一双既勤劳又智慧的巧手，只要有一双不断创造制作出新的巧手，只要有一双让生活丰富多彩的巧手，日子就会蒸蒸日上，富足就会源源不绝，幸福就会蓬勃生长。

——发表于2006年第6期《思维与智慧》

无所不师

三人行必有我师。

孔子就是这样集众人优长，加上个人思考，学成了万古大成圣人，汇成了教育家、思想家，在世界享有极高盛名。他的言论被世人奉为修身养性的范本，齐家治国平天下的经典，千秋不朽，亘古永存。

大凡能不自满自傲，师从于众，师从于历史，师从于古人中的圣贤、今人中的英杰的人，都最终会成为不凡的人。大凡明白所有的人都是自己做人的镜子，所有的人都有可取之处，所有的好书都是自己思想的导师，所有的优秀人物都是自己懿范的人，都最终会成为不寻常的人。

善于向别人学习的人，善于不断弥补自身的欠缺，快速地进步，大幅度地提高。善于向别人请教的人，就明理得多，懂事得多，洞悉得多。善于把别人的优点嫁接到自己身上的人就聪明，就智慧，就超群。善于用别人的错误洗礼自己、警示自己、告诫自己的人就纯粹，就伟大，就高贵。

无所不师，无所不学，无所不懂，包罗万象，科学性，哲理性，历史性，人情味是曹雪芹的长处，也是《红楼梦》千年不衰，高踞其他名著之上的原因。天文地理、政治经济、军事科学、历史人文无所不包的《十万个为什么》一书是几代人共同捧读，几十年畅销的缘由。

取人之长己越长，补己之短渐无短。肯于学习，善于学习，乐于学习，勤于学习的人，是强大的人，是完美的人，是了不起的人。

向小草学习坚韧，向大山学习昂扬，向江海学习博大，向大地学习厚重，向天空学习无垠，向自然学习包容，向所有伟大的人物学习伟大，向所有不凡者学习不凡。

善于学习，肯于学习，不停地学习，活到老学到老的人，一定是通达的人，是开明的人，是乐观的人，是宽厚的人，是懂得怎么活的人，是有所造诣的人，是没有白活一回的人。他们也是一个地方上的名人，一群人中的智者，是一个村庄的中心，一个家族的头领。

从书本学习，从他人身上学习，从古今历史里学习，从现实世事学习，从贤言良行学习，从大德之举学习，从三百六十行中的状元们学习，从三教九流中的能人们学习。

学，然后知不足。学，然后知义。

——发表于《张家口日报》

只需一颗心脏

美国最胖的好莱坞影星利奥·罗斯顿，因为心力衰竭被送进了医院。尽管他有的是钱，医院也用了最好的药，动用了最先进的设备，仍然没能够挽回他的生命。临终前，罗斯顿仿佛悟到了人生的要义，绝望般地自言自语说：“你的身躯很庞大，但你的生命只需一颗心脏。”

罗斯顿因为有钱而肥胖，因为肥胖而心力衰竭。钱不但没能让他活得更长久，而是过早地剥夺了他的健康，并过早地让他付出了生命的代价。再以后，对于死亡的罗斯顿，所有的钱及物质都等于零。是啊，无论一个人有多少财富，都不能买回一颗心脏；在他的一部分重要肌体坏死时，他的钱对于他无济于事。

罗斯顿去了，但他至少应该给后人留下一个重新思考人生方式的启示。他让人们惊回首，看到当前我们身边中老年人中，特别是官场中的一种怪现象——在位时比官职大小，比坐骑的档次，比住房的面积，比工资的多少，比女人首饰的含金量，比大吃大喝的水平，比前呼后拥的人数，只知道财富、权势和享乐最重要。一朝退下来，又开始比胆固醇、血压、尿糖、血糖，才明白健康与没病最重要。可是，大多数人已经为时已晚。

钱不能让人们留住青春，钱更不能保证长寿。长寿的人都是吃粗茶淡饭的平民百姓，都是勤劳质朴的劳动人民，都是心平气和的劳动群众，都是凭劳动吃饭的草民。他们不会为钱的来路不正而忧虑，不会为收贿受贿后给人办事而烦恼，不会为欠下人情债而四处求人。他们无官一身轻，他们无忧睡得实，他们每日劳作无病无灾。人世上，他们需要的最少。他们花着自己劳动挣的报酬，活得最安然宁和，因为他们劳其筋骨，饿其体肤，所以他们的心之负担最轻。

罗斯顿的金钱没有保住他的一颗心脏，许多人的钱也没有保住他们能活得幸福。他们不是妻子出轨，就是儿子是败家子。没钱的人有清贫的安宁，钱多了有没法花的烦恼。没钱最多活得艰难些，但是没了心脏就一切无从说起。人活着，只需一颗健康的心脏，而这颗心脏却需要无忧无虑。

有钱的人每天大鱼大肉，超消费，快消费，早消费，换来血管的堵塞；没钱人每天青菜素食，血管畅通无阻。一颗心长在没钱人身上轻松舒服，是幸运；一颗心脏长在有钱人身上超载运行，却成了悲哀。

——发表于2002年第8期《张家口工运》

回不去的昨天

今天刚从昨天走出来，昨天已经永远地逝去，再也找不回来。

昨天已成为历史，成为定论。昨天说过的错话，再也无法纠正；昨天做过的蠢事，再也不能弥补。

昨天是什么？昨天是一场演唱会，有的人是主角，有的人是观众。有的歌震撼人心，成为人人喜爱的经典，如《常回家看看》。有的歌如一片落叶，无声无息的没人喝彩。昨天是童年时的学习时光，有的人认真听每一节课程，最后走进高等学府，证实自己的能力；有的人在课堂上说话走神，想着商店里的一件件新潮衣饰，把童年搞得一塌糊涂。昨天是一批人入党宣誓日，有的人把说过的话作为一生的座右铭，脚踏实地地诚实做事，成为流芳后世的好人；有的人把说过的话当成一次给人看的做戏表演，时时事事为己谋私，处心积虑要活得耻辱。

昨天是一场国际体坛盛会，有的人成为世人瞩目的冠军，定格成永远的民族英雄；有的人什么奖项也没有拿到，从此退居到黯然的角落，开始重新创建艰难的人生。昨天是一代人青春热恋后的隆重婚礼，聪明的人以德取人，走进了幸福的围城；愚昧的人以貌取人，陷入了痛苦的深渊。昨天是一茬年轻人无视的生离死别，远走天涯海角，抛弃亲情的挚爱，老年后再也找不到双亲那无微不至的关怀。昨天是许多人在离异搞婚外情，再回首已寻不见真心的关爱，寻不见幸福的踪影。

昨天……昨天……昨天……

昨天是今天的根，昨天是今天幸福的种子，昨天是今天欢乐的源泉，昨天是今天痛苦的因由。昨天埋下了怨恨，今天收获的只有怨恨。昨天你小肚鸡肠地揭了别人的短处，今天必然就会被别人无情地把你揭露。昨天你意气用事摔门离家出走，今天就没有了停下来歇息的港湾；昨天贪三分小利交友不慎，今天你就难以摆脱骗子朋友的纠缠。昨天你尝试着出一次轨，今天你就会为这尝试倾家荡产。

昨天是一场雨，刻进了树木的年轮；昨天是一个晴空丽日，缤纷过一个季节；昨天是一夜网吧的沉迷，找不到青春的支点；昨天是志愿者在义务奉献，感受到付出的喜悦。昨天是一次塌方，冰冻住多少家庭的欢声笑语。昨天是一页撕下来的日历，落叶般飘向岁月的泥土。昨天是有人在面对不相识的人的困苦伸出无偿援助的手，成为众人敬仰的道德模范；有人看着别人临危面险时的徘徊与躲闪，成为名不见经传的平庸之人。昨天是随着一座高楼竣工后一片耕地的消失，是随着一些人暴富后一个物种的灭绝。昨天已成铁定的事实，写进了历史；昨天已成一卷照完相的底片，不能再来；昨天是一场谢了幕的表演，不能重演……

无论多少钱，买不回昨天；无论多大的权势，拉不回昨天；无论多么懊悔，不能把昨天修改。

拉不住的是昨天，改不了的是昨天，回不去的是昨天。

昨天已远，明天不可预测，只有今天属于自己支配。而今天，又在一分一秒地无情地毫不客气地奔向昨天，变成昨天。

致女孩

一条街上有个娇美的女孩，这条街上的男人们目光炯炯了；一个单位有个漂亮的女孩，这个单位的男人都精神抖擞了；一伙人中有一个靓丽的女孩，这伙人都神气十足了；一个家庭有一个好女孩，这个家庭有夸耀的资本了。

有一个好女孩在场，男人们都变成无畏无惧的英侠豪杰了；有一个好女孩在场，男人们舍得大把大把地花钱装阔了；有一个好女孩在场，男人们因为争风吃醋大打出手了。

女孩们好金贵，女孩们好迷人，女孩们好骄傲惬意啊。没有烦恼的女孩们正在任意挥洒青春，没有责任感的女孩们正在满街抖落她们的妙龄，没有忧愁的女孩正在尽情展示她们的窈窕，没有顾虑的女孩们正在毫不掩饰地展示她们的水灵。

女孩们活在男孩们爱慕的眼神里，活在男孩们追逐的目光里，活在男孩们用梦话编织的五彩世界里，活在男孩们用憧憬勾勒出的虚无缥缈里，活在男孩们用浪漫描绘的缤纷天国里。

商场里琳琅满目的流行时尚属于女孩，柜台里形形色色的化妆品属于女孩，高领衫、牛仔裤属于女孩，瀑布般的披肩发与苗条的腰肢属于女孩，弹性的步伐与幸福的顾盼属于女孩，还有那小巧的背包与秀珍的佩饰。长长的粉指甲、艳艳的口红、崭新的奥迪、凯迪拉克与高跟鞋属于女孩，属于女孩，都统统地属于春风得意的女孩。

女孩们成群结队地在街上勾肩搭背地嬉戏，女孩们三三两两说着笑从大街上走过，女孩们缠绵地坐在男孩们摩托车电动车后架上，坐在男孩家的小轿车中。女孩们用女孩们的年轻赌着自己的后半生，女孩们用自己十八岁的俏容买断自己的前程，女孩们用自己的黄金季节做此生的资本到处投入。

女孩们不知道所有的女人都曾有过疯长的花季，不知道女人的不幸都因青春时的不自爱跌入了陷阱，不知道自己的一言一行正在为未来勾画。女孩们的轻率与稳重都是登上人生舞台的最初亮相，不知道一失足成千古恨能毁灭一己的人生，不知道她们的谨慎与轻浮都是在为一生做着铺衬……

当女孩们早早把一己托付给一个男孩时，当女孩们把一己的幸福系在一个男孩身上时，当女孩们过早地举行了结婚仪式时，当女孩们有了一个监视者的丈夫与囚笼般的家时，女孩们便不再是女孩。女孩们再也不是被人精心呵护的弱者，再也不是男孩们回头的目标，再也不是待放的通红花蕾，再也不是价值连城的珍宝，再也找不回做女孩的感觉。

当青春飞逝，美貌不再时，当女孩们变成女人时，女孩们方明白，一切的浮华表象都是易散的烟云，唯有知识、勤劳、专一、贤淑与智慧是通向幸福的大道。

放下即是赢

一个哲人在临终时，把少年的儿子叫到床前，谆谆告诫儿子，每个人生阶段该怎么做才能活得好一些，他让儿子从小到大到老要这样做——

世间人大多都想多多地拥有，同时被拥有而拖累进烦恼的泥淖。其实，试着把多余放下，减少过多的欲望与额外的追求，就进入了另一种开阔的洞天境界，就接近了幸福与安宁的福地天堂。

少时在街上吃亏时，放下揪住别人衣领的手，赢得街人的一份敬重。不为无意间踩一下脚碰一下车而出口伤人，甚至大打出手，逞了一时之能，泄了一时之愤，却落了个尖刻不容人的骂名。要尽快从这种小事小节中退出来，只需要对磕磕碰碰付以淡淡一笑的宽容与理解，即会融化出一片和气，生长一份海阔天空般的人性美，既赢得了做正事的时间，也得到了自家心灵的宁静，还赢得了许多人的尊敬。

长大了千万要放下抓别人包的手，赢得社会的一份敬重。莫以恶小而为之，清清白白做人，活出一份心安理得，获得一份众人的祝福而不是群体的诅咒。记住“自己挣的钱有根，偷别人的东西有眼”的古训。不忘“君子爱财取之有道”“要想人不知，除非己莫为”的哲理。

当官了一定要放下抓公款的手，赢得历史的一份敬重。获得“为人一世品德高贵，为官一任造福一方”的美名。即使不能流芳后世也能溢彩家乡。绝不要成为香了一张嘴臭了一世名的贪官污吏。终生远离骂名与污点，一生要拥有欣赏与赞颂，而不是指责与咒骂。要从小就活得平和，一生睡得安稳，老时去得无憾。

如果当一名普通职员，就要放下拿公物的手，赢得同事们的一份敬重。不要早早栽在物质享受上。牢记“世上的东西吃不完，世上的钱挣不尽”“福不要享尽，便宜不要占尽，聪明不要耍尽”“大事清楚小事糊涂”“点点滴滴铸就两袖清风”的美名，走到哪里也受欢迎。只要埋头工作创造，名与利面前不伸手，威望自会一日日升腾，成功会唾手可得，幸福也会自动敲门。

成家时放下抢遗产与家当的手，赢得家乡的一份敬重。自古好男不争家当，好女不要嫁妆。立下白手起家的远大志向，不为三斗米折腰，不为一根筷子争吵。坚持自力更生才能丰衣足食的一等操守，凭勤奋努力，挺直脊梁骨，拼搏出自己的缤纷天地，活得扬眉吐气，光明磊落，让父母为自己骄傲而不是耻辱。

做了父母时放下打孩子的手，赢得后代的一份敬重。懂得世人都会不断地犯错误，不要要求孩子事事都做得对，让孩子在失败与错误中成长，才能牢固地筑起一生坚强的心志。要与孩子朋友式的平等相待，遇事要和孩子平心静气地商量，互相尊重与信任。有了这份感动，会换来孩子深层次的思考与认知，树立优秀的人生观，建起对家长的真爱，构筑家庭的凝聚力与号召力。

不论贫与富，都要放下赌博的手，赢得妻子儿女的一份敬重。抖掉侥幸发财的心理，脚踏实地地挥汗劳作，用安分守己的自律，建造幸福安宁的家庭。用不沾恶习的美誉，凿开通向光明正大的岩洞。绕开一夜暴富的陷阱，迈过一日发财的误区，明白那不过是白日做梦，是懒汉哲学，是对自己、对家庭、对社会的极端不负责任，最后只会走向颓废失意的邪路，迈入囚车牢狱的大门。

一生要放下抓酒瓶夹肥肉的手，赢得身心的一份敬重。健康掌握在自己手中，生存毁灭随着一己习惯而定。肉体从不违背你的意志，处处与你的行为成正比，种下正确的生活方式就长出长寿的花朵，种下有损健康的恶习就长出扼杀生命的毒瘤。只有心灵与肉体同步，方能携手走向人生的终点。

与人相处时要放下争名夺利的手，赢得亲人朋友们的一份敬重。只管耕耘不问收获，只讲奉献别求回报，只管埋头拉车不要讲价钱，只管背后用功不在人前卖弄。

放下……放下……放下……

放下即是幸福。放下即是平安。放下即是远离祸患。放下即是走近和谐宁静。放下欲望即是快乐。放下害人之心即是帮人。放下攀比即是美满。放下恶即是善。放下假即是真。放下丑即是美。放下屠刀即是佛陀。

最后，哲人又强调说：因为自古以来舍即是得，利即是害。

成功之道

所有人都希望自己做个成功人士。那么什么是成功？成功的秘诀到底是什么？其实很简单，成功的秘诀就是无情地挑战自己。

大凡天下成功人士，必定从小就严格要求自己，决不虚度时光。上学时他们认真读书，不懂就问，把所有的时间都用来弄懂功课，每门功课都能取得好成绩，年年是优秀生，德智体全面发展，还要读大量的课外书，广学博记，心胸阔大，见识卓远。成人后更是立上等的品性，享下等的福分；行动在人前，语言在人后；从不说大话，只用行动证实自己。他们坚决走正路，对邪路歪路不闻不视，对坏人歹人不交不结，一心致力做有益于自己、有益于家庭、有益于社会的大事。

成功人士从不懈怠责任，对于分配给自己的工作，无论喜欢与否，先要做到尽心尽力，干一行就专一行。不管上学、务农、工作、当兵、教书、经商，还是从艺，都要力争做得最好，向最好的同事看齐，用最高的标准要求自己，拿出最好的成绩。他们说得少做得多，诚实可靠，从不误事，能独当一面，上级信得过，下级也拥戴。这样的人到了哪里都会人人喜欢，都有人重用，做什么都会成功。他们知道懈怠的结果是错过了面试自己的机会，不好好干是错失了一次挑选自己的机会，不精心干是弄丢了一次荐拔自己的机会。

成功人士在家中不逃避任何义务，从小就帮助家长做力所能及的事，主动扫地、做饭、洗衣服、下地劳动，为父母分担重担，替家长分忧解难。决不会让家长说了又说，仍然我行我素，以我为中心，不想为家里做一件事，只愿花家里的钱，不知感恩报德，让家长痛恨、流泪。聪明人会抓紧一切时间干完琐事后，赶紧去学习读书，去学一门技艺，或做自己喜欢的事。这种人打小就是人见人爱的家庭支柱。

成功人士做事绝不拈轻怕重，绝不挑肥拣瘦，也绝不绕过困难。他们准备无数次失败的击打，失败了再重来。在失败面前不气馁、不趴窝、不罢手，而是总结经验教训，积累成功的可能。即使偶尔成功了也绝不沾沾自喜，不停顿歇息，不四处夸耀，继续给自己加压，制定更高的目标。脚踏实地地一块块砌砖垒瓦，弯腰埋头一个台阶一个台阶地上。

成功人士处处事事抢活干，危难时总是冲在前，奖赏时必定看不见他们。他们从不斤斤计较得失，从不争名夺利。他们真正是只管耕耘不问收获的人，是只懂得做事不问报偿的人，他们大智若愚。绝不是看见吃喝往前蹿，看见做活往后挪；有了好事就抢，有了坏事就躲，耍心眼弄机巧的小人，玩心思斗计谋的佞人。他们从不因占小便宜而丢失人格，他们都有一等的高贵人品。

成功人士在人前人后一个样，明白“做人从不说话开始”的千秋真理，坚守“老实人常在，奸猾人常败的”的古训。他们不论在公开场合还是独自一人，永远忠诚、老实、厚道、讲信用。他们从不巴结人、恭维人、阿谀奉承，全靠自己的力量生存。他们很少说话，说了就算，从来不说大话、空话、假话、下流话。他们对自己说过的话一定要兑现，负责到底。他们都说一不二，该做的事都一定会一心一意地办好。他们爱憎分明，疾恶如仇。

……

要成功，就必须如以上说的人们那样，责己严，待人宽，永远举着一把尺子量自己，拿着一把刀削自己。永远不满足，永远不夸口，永远不发牢骚，永远不埋怨他人，永远把目标盯着下一个三分球。

挑战自我，就要浇灭任何一次的沉沦堕落，扼住任何一次奢侈欲望。把自己当成敌人，当成对手，对自己苛刻、严厉、强硬、残酷，绝不给自己任何妥协的机会。他们明白，虚度时光就是延长了成功的过程，等待观望就是浪费自己短暂的生命。哪怕能多写一个字，也是一个进步；哪怕多垒一块砖，也是增加一个高度；哪怕多加一次训练，也是向成功迈进一步。

挑战自我的人，是有可能成功的人，是成功的概率最高的人。谁不愿挑战自我，走出自我，谁在姑息自己，迁就自己，饶让自己，放任自己，谁就只能背向成功，离成功越来越远。

成功，就是面对苦难，就是经受铸炼，就是在苦水里浸泡，就是挑战自己的心理极限。没有坚强心志的人，没有承受得住千难万险历练的人，没有吃得住无数失败打击的人，就不要枉谈成功。

习惯、性格与命运

哲人说：种下习惯，收获性格；种下性格，收获命运。

有什么样的性格，就有什么样的命运，性格即命运。

你傲慢，就没人理你；你亲和，你就机会多。你心胸狭窄，众人就远离你；你大度仁慈，大家紧追着你。你急躁火暴，你摔跤磕碰受伤多；你慢条斯理，做事质量高效率低。你爱挑别人眼，你树敌就多；你爱帮助人，你朋友就多。

婴儿时一直跟大人在一个床上睡，长大了就胆子小，不敢往人前走。少年时被管制得小绵羊一样唯唯诺诺，长大了就没有主见与创造性，事事依赖大人。父母把孩子娇生惯养，从来不批评惩罚，长大了在社会上就会目中无人，不会尊重他人。孩童时很少接触书本，长大了就不爱读书学习，不知书识礼。小时候在外边偷了针拿回家无人过问，长大了就敢撬门偷金。小时候花惯了钱买零食吃，长大了就不爱吃正顿饭，每天要去超市。小时候总是见大人们吵架，成人后也会与别人过不去。

没有人愿意与斤斤计较、针眼不过的人交往，连朋友也渐渐疏远他们，亲戚邻里尽量躲着他们。大家不愿与他们搭伴，他们有了事也不会有人帮，他们整天陷进恩恩怨怨里不能自拔。老是挑拨是非的人，别人会绕着他们走，老远见了就从另一条街上走掉，大有老鼠过街之嫌。搬着石头要砸别人的人，别人会向他扔石头。有的人家里亲戚朋友来来往往，有的人家里冷冷清清；有的人朋友遍天下，有的人一个知己也没有。

小不忍的人，就会乱大谋；能忍让的人，是成大事的人。为了成大事，他们宁可被欺辱、被冷落，糊涂只是他们的伪装，他们的本质是要把全部心事用在他们追求的事业上，而不去为琐碎小事分心，宰相肚里能撑得开一只船。一个家长心中要有一家人，一个村长心中要有一村人。宽宏大量的人才能担当治国平天下的大任。担当一方人的领袖，就要造福众生，就要包容形形色色的人，就要管顾万人万性，心灵装得下世界，怀抱拥得下苍生。

坚韧不屈的人，最终会成就一番事业。爱憎分明的人，活得光明磊落。坦坦荡荡的人，都是长寿的人。唯利是图的人，生活圈越来越小。作威作福的人，成为众矢之的。阿谀奉承的人，丧失了人格。勤奋努力的人，肯定有好前程。辛苦劳作的人，年年有好收成。弄虚作假的人，不断地自圆其说。诚实可靠的人，不断有好事上门。耍阴谋诡计的人，总是鬼头鬼脑。锱铢必较的人，只得待在家里养病。埋头苦干的人，最后必能站在领奖台上。拈花惹草的人，肯定被家庭亲情抛弃。

做事先做人，只要人做好了，才有做成事的可能。习惯是从小培养的，是环境造成的，是家长引领的。习惯塑造出性格，性格又决定了命运。所以，从小就要培养孩子们与人为善、好学上进、宽厚仁义、大事明白小事糊涂、具有亲和力与众人缘的好品性。有了好品性，一生顺通。

不要坚持错误的坏习惯，不要放任自己的恶劣品性，不要将错就错，要知错就改，要敢于重塑自己，要走出家庭的坏习惯影响，要远离社会上的坏人。要善待他人，善待众生，目不斜视地、坚定不移地大踏步走在人生正道上。

去用好习惯培养好品性，用好品性赢得一生好运吧。

致失败

学步时被坑洼石头绊倒就不敢再走，是孩童时的失败；三岁前没学会说汉话、英语，没开发出智力，是家长的失败；读书时没听懂而不去问老师，不会做的题也不及时去弄懂，问题堆积，以致厌学，就是求学者的失败；少年时没有学会礼仪，不懂得荣辱廉耻，就是做人的失败。

上班后不尊重长者，不服从领导，不会与同事合作，就是人生失败的开始；做女人不会料理家务，不善于烹饪，不教育子女，不体贴丈夫，就是婚姻失败的开始；当男人没有一技之长，没有强健的体魄，又不做生意，不做苦力，是家庭失败的开始；年轻时不会识别人，结交坏人，跟着坏人去吃喝嫖赌偷，是一生失败的开始；没有人生目标，不确立奋斗方向，一味被世俗言论裹挟着往前走，就是未来失败的开始；没有鉴别力，没有做人准则，被时尚的物质潮流牵着鼻子走的，是彻底失败的开始。

听不进老人劝诫的，自以为是的，不睁眼看世事走向的，不善于向成功者学习的，肯定是失败者。不读书学习的，不积极进取的，不吸收有益知识的，不向能人看齐的，肯定是失败者。不敢尝试新生事物，不敢挑战自我，更不敢战胜他人的，肯定是失败者。循规蹈矩，抱残守缺，持着老观念不放，宁肯贫穷也不冒险去闯新天地的，肯定是失败者。做错了死不认账，爱虚荣要面子，到老也不悔改的，肯定是失败者。

只有一次失败的经历就举手投降的人，是永远的败者；不能踏着失败继续前行的人，是永远的败者；不知道有一百次失败才可能有一次成功的人，是永远的败者；乞求所有的一切都一帆风顺的人，是永远的败者；有一点曲折坎坷就叫苦连天的人，是永远的败者；不愿俯身劳作只想享受别人劳动成果的人，是永远的败者。

不敢踏倒荆丛探险的，必然看不到最好的风光；不敢登上最高峰的，必然不能一览众山小；没有站在最低处的心怀的，必然做不成辽阔的大海；刚种下庄稼就去拔苗助长的，必然不会有收成；栽下树不剪枝修理的，必然成不了栋梁之材；没人严加管束教导的孩子，必然成不了人才。

不研究成功之道的，不会成功；不思虑失败缘由的，只能失败。不从成功者身上总结经验的，不会成功；不去失败者那里吸取教训的，只能失败。失败在失败者面前是魔鬼，失败在成功者面前是财富；失败在失败者面前是怨恨，失败在成功者面前是历练；失败在失败者身后是虚无，失败在成功者身后是诗书。

多少代人的失败得出“智者为上，强者为尊”的哲言，多少代人的失败得出一句“失败是成功之母”的真谛。失败的人们是成功人们的镜子，失败的人们是成功人们的基石，失败的人们是成功人们的牺牲品，失败的前人是为成功的后人们照亮的灯烛。

失败是成功的先行官，失败是成功的探路人。失败是成功树上的叶，成功是树上的果实；失败是大江大河滚滚奔流的过程，成功是汇集江河的蔚蓝色大海；失败是长长的旅游路线，成功是路尽头那片风景。失败是攀登山峰的每一步艰难跋涉，成功是站在顶峰上的一声欢呼。

失败越多的，成功的可能性越大。无数次失败组成成功。害怕失败的，永远不可能成功。但是，可以在科研上无数次失败，在课题上无数次失败，绝不能在做人上连续失败，在道德品性上一再失败。不能在战场上当常败将军，更不能在做人上当常败的蠢蛋。因为人们只为成功者披红戴花，只给唯一的冠军颁发金牌。因为人生只有一次，没有回头路可走。

失败是成功之母。

无数失败诞生一个成功。

失败是人生路上必不可少的过程。

活到五十岁才知道

活到五十岁才知道，人是要在三岁时就开始训练如何做人的。那时的人思维一片空白，施以严谨则一生慎重稳健，施以宽纵则一生放荡不羁。人的成功与失败，在七岁之前就注定了。关键在父母的教导与影响，而不在孩子。父母是孩子的第一任老师，家庭是孩子一辈子的学校。所以，只有不称职的父母而没有不成人的孩子。树木在于园丁的培育浇灌，后人在于前人的引领指导。

活到五十岁才知道，别人的缺点是不能说的，更不能歧视。因为每个人都有许多短处，自己也具有不少短处，说了别人自己就有了一个新短处。要多看、多学他人的长处，避免重复他人的短处，多替别人掩盖短处，唯此才能越来越成熟完美。

活到五十岁才知道，自己的人生是要靠自己来把握的。许多时候，听了别人的话，好了有人来争功，错了没人为你负责。十字路口时的选择，一定要自己拿主见。前行的路只有两条，一条叫正一条叫斜，走哪条路全由一己去抉择。近高者高，近低者低。心是要约束的，形是要管制的，言行举止都有痕迹，都有人为你记录，都不能为所欲为。许多的越规与触法，都是抱起石头砸自己的脚。许多的损人利己，最后害的都是自己。

活到五十岁才知道，父母在世时一定要好好孝顺，自己有饭吃就不让父母受饿，自己有钱就不让父母受穷，不要让他们到老年时还流泪，不要让他们辛苦了一辈子临老时还悲伤，不要让他们养了好几个儿女谁也指不上，不要让他们养老防老的一腔热望成为泡影。否则在他们离世后，痛苦的是自己的心，懊悔的是自己的所作所为，惭愧的是自己的言行，鞭打的是自己的灵魂。

活到五十岁才知道，少小时一定要吃许多苦，读许多书，学一门精湛的技艺，有一身存世的本领。不然的话，成年后难以立世，得不到认可，不能养家糊口，让家人跟着自己受罪。那些该吃的苦仍然在等着你，那些该做没做的事变成了锋利的石头，牢牢地长在后半生的路上，将人绊得寸步难行。先甜必后苦，先苦必后甜，谁也绕不过这个天道。

活到五十岁才知道，许多许诺的话与暂时做不到的事不要说出来，说了兑现不了，断了自己的退路，降了自己的威望。事要先做，话要后说，尽量少说多做，有时做了也不要说。不许愿，不张狂，不靠大话活着。假话大话说多了，就堆成了华而不实的性格缺陷，让人远离。少说多做的人踏实稳重，是社会的栋梁；只说不做的虚幻无常，是人世的毒瘤病害。

活到五十岁才知道，古人说不能做的事就是不能做。没有不透风的墙，纸包不住火，要想人不知，除非己莫为，做了迟早会曝光，会像长在肉体上的痣，永远取不了；说了就是射出的箭，即使拔出来也留下了创伤。如果什么人的话都不想听，什么坏事都想尝试，什么话都敢说，就等于用一时的快乐来换半生的痛悔。这样的苦果只有用自己的后半生岁月去慢慢品味，做过的事错成了一生的耻辱记录，永远回不去那份善良清纯。

活到五十岁才知道，人们活着的每一天都是在给自己书写是非功过，不论是找理由懈怠，找借口萎靡，还是持之以恒地奋发有为，夜以继日地创造建树，一半是在养家糊口，一半是在给自己的人生抹黑或添彩。做过的事已成历史定论，说过的话已成钉在铁板上的钉。

活到五十岁才知道，得与失相连，利与害并存，福与祸紧随，成与败互转。言多语失，食多伤心。先甜必后苦，忍耐即是才干。欲望是苦恼的根，习惯是命运的由，成功就是寂寞的闪光瞬间，选择既是放弃，想清静就要淡漠红尘，想成佛就得无欲无我。爬得高跌得重，负得多亡得早。感天恩者幸福多，不知足者怨恨多，爱笑的人好事多，爱哭的人悲哀多。

……

叮咚作响的是小溪，叽喳吵闹的是闲人，风经过洞穴时才会呼啸，雨落在空桶上才会有声。春夏秋冬轮流转，生老病死无二般。天不言自高，因为天看人们是可笑的蝼蚁。地不言自厚，因为地瞧人世高楼大厦似蚁巢。人小时张狂，因为初生牛犊没有见过老虎。人老了无言，因为有用的话都被圣贤们写进了书中，大话废话又被人们重复了千万遍。人穷了低眉顺眼，人富了趾高气扬。优秀的人老觉得自己做得不好，浮浅的人到处卖弄显摆自己的一点本事。

孩子是这么学坏的

一个新贵的孩子在学校德、智、体各方面都不突出，唯独在打架生事、破坏学校纪律和公物上突出，经常为显露头角而无事生非。一天，这个孩子又用篮球打碎了教室玻璃，为此，老师把他的家长叫到了学校，告诉了他这件事，要求他与学校配合共同教育他的孩子爱护公共财物，遵守学校纪律，把孩子引导到健康向上的光明道路上来。然而，这位家长十分不耐烦老师的教诲，瞪起眼说：“不就一块玻璃吗？多少钱？我赔。”说完，掏出一张百元钞票扔在老师面前，扬长而去。

试想，这位家长能培养出好孩子来吗？能教导出对社会、对他人有价值的人吗？连这位家长自己都是富了以后不知道该怎么花钱的人，都是为富不仁、作威作福、祸害一方的人中末流，根本不可能给孩子任何有意义、有价值的教导，更谈不上把一个孩子培养成有用的人。有这样的家长是孩子们物质上的幸福，也是孩子们精神世界的悲哀。

这位有钱的家长，一是认为钱能摆平一切，二是想在老师们面前摆阔耍狂。可是他唯独不想的是他的孩子在这件事上学到了什么。不用说，之后他的孩子更不把公共财产放在眼里，也更不把老师和学校放在眼里，目无师长，违法乱纪，为所欲为，不学无术。最后的结局就是被学校开除，流落到社会上，成为没有本事，没有专长的无业游民一族，成为家庭的祸害，社会的烂疮。

为什么现在有钱人家的孩子学习最差，品行最坏？归根到底，就是这么学坏的。近墨者黑呀！许多新贵们的孩子一无所长，一无是处，就是这么开始的。诸多领导们的孩子犯错犯罪，就是这么迈第一步的。钱，让有钱人狂妄地将尊卑长者皆不放在眼里；钱，让他们的后代们蛮横得天理国法都不屑一顾。

这一切，说到底全在于民族教育的缺位，缺乏知识与教养的人是短视的人，短视的人只会做令人啼笑皆非的事。不少新贵们就是缺乏知识与教养的一代人，他们凭着无赖泼皮赢得了第一桶金，凭着拉关系走后门占领了最好的市场。他们率先暴富了，就越发暴露出他们的无赖嘴脸，既不能正确对待人生，也不能正确对待金钱；不能把钱花在回馈社会上，花在对国家对民族有利的事业上，花在后代的智力投资上，而是大把大把地花在吃喝嫖赌上，花在无恶不作上。金钱对于他们，是魔鬼与陷阱。

钱多了到底是好事还是坏事？有了钱以后怎么花？这已经是摆在中国人面前的一个大问题，特别是摆在家长们面前的大问题。为什么有钱家的孩子不学好？为什么富人家的子女都是公子、少爷、小姐做派？他们一掷千金，他们讲吃比穿，他们满街闲逛，他们无事生非，他们高消费、高支出，把一代人的消费水准带到了泥淖中。他们个个不能干、没出息，给社会带来的全是负面效应，给家庭带来的都是痛苦与眼泪。

钱，会让人们得到梦寐以求的东西；钱，也会让人们跌进万劫不复的深渊。到底把钱花在什么地方，值得新贵们深深地思考，特别值得有正在立志成才的青少年家庭的家长们深深地思考。

寂寞与随众

哲人说：看一个人品性好坏，不是看他公众面前干什么，重要的是看他背着人时在干什么。这便是古人讲究尊崇的“慎独”。

大多数人在日常生活中，不过两种表现，也可用现代人的方式理解成“寂寞”与“随众”。

喜欢寂寞的人，认为寂寞是非常重要的创造与用功好时光。喜欢随众的人，认为寂寞是非常痛苦难挨的日子。佛道说：寂寞是远离祸患，远离浮躁，远离喧嚣，也远离红尘，远离是非。俗人说：别人干啥咱干啥，大家说啥咱说啥，种地看邻家，天塌下来高个顶着。

成功人士们大多一生寂寞，因为只有寂寞才能沉下一颗心来做事，可以埋头学习，可以凝住目光，可以两耳不闻窗外事，一心只读圣贤书。他们总爱一个人躲在练功房里一百一千遍地做同一个动作；或者在别人聊天闲谈时远远地躲开去背几个单词。他们总是与众人走向相反的方向，大家去饭店宾馆，而他们却钻在后台里去再演练一遍担当的角色，或在大家说长道短时微微一笑，心里想着他们的研究课题。失败的人大多喜欢随众，害怕被大家抛弃，害怕被潮流扔在岸上，害怕被世俗冷落，害怕一个人独居。于是，他们干工作总是不能专心致志，一会儿站起来走出去，去别的同事那里听听在干什么，找点新闻，探点消息，打听到了马上再去传播。凡有人聚在一起时，马上赶过去掺和，凡是有酒局，一定要设法加入，紧紧跟随。

魔术师在台下不见人练功是寂寞的，体坛英雄们在封闭的训练场上是寂寞的，戏剧大师们在人背后是寂寞的，科学家们在实验室里是公认的寂寞，学者们在图书馆里啃书是极端寂寞的，作家们在午夜写作时是寂寞无声的，士兵们在站岗埋伏时是难挨的寂寞的，教师们在备课时是非常寂寞的，设计师们在工作时是极为寂寞的。所以，寂寞的人们才是创造世界的人，是正在建设社会的人，是开拓思想智慧的人，是推动文明进程的人，是支撑国家栋梁的人，是顶起中流的砥柱。寂寞的人十年不鸣，一鸣惊人。

寂寞的人绝不人云亦云，人退也退，绝不围观热闹，不轻易评说他人，也绝不跟众跟风，不随大流漂来漂去，不做墙头草、山间笋。而随众的人说的都是别人说过的话，没有一己的观点与爱憎。寂寞的人说的都是自己心里的真话，有鲜明的个性与风格，有独到的见解与理念。与寂寞的人做朋友，能得到与众不同的人生观价值观。与随众的人为伍，只能得到街谈巷议，蜚短流长。寂寞的人要独自承担创造成果或言论的责任，随众的人拥有共同逃避义务，互相推脱责任的灵活机动性。所以，寂寞的人总是在风口浪尖上摔打磕碰得伤痕累累，随众的人往往会在污泥浊水里缩头躲藏。寂寞的人总是成为众矢之的，随众的人往往是发出暗箭的射手。因为越是寂寞的人越是在人少的明处，越是随众的人越是在人多的暗处。

寂寞的人活得艰难、蹉跎、曲折，却活出了自我；随众的人活得容易、平坦、顺通，却迷失了自我。

满不是福

爬到山顶开始下坡，攀到树头开始摇晃。

水满了溢，囤满了流，屋满了堵，墙满了黑；肠子满了生病，人满了为患，口袋满了挣口，乌云满了变天。

田不能种得太稠，树不能栽得太密，饭不能吃得太饱，话不能说得太绝，事不能做得太过，觉不能睡得太多。过犹不及，太过了等于出格、出轨、出线，不合宜、不恰当。过刚了易折，过柔了易屈。量变的后面是质变，一切事物如果走到头时，下来便要开始向反面逆转，甚至回到原点。

于是，便有了自古的“穷家出贵子，富有出败子”“富不过三代”“乐极生悲，否极泰来”的古训。有了“满招损，谦受益”“后退一步天地宽”“知足者常乐”“比上不足，比下有余”的千古名言。有了“枪打出头鸟”“出头的椽先烂”的哲理警句。

凡事留一点空隙与余地。盖房不要超出邻家，种地不要在路上撒种，垒墙不要占道，脏水不要往大街上倒，做生意不要少斤缺两；当媳妇不要虐待公婆，当领导不要多吃多占，少年时不要好吃懒做，中年时不要拈花惹草，老年时不要争名夺利。如此你就是仁者智者，就能享受到仁者寿、智者昌的好运。

穷时不恨天怨地，富时不横行乡里，失意时不放任自流；得意时不忘乎所以，出了头时不嘲弄后面的人，落在后面时不埋怨跑在前面的人。掌了权不要任人唯亲，结婚时不要把老人啃得精光，一辈子大小事不靠老子，在位上兢兢业业不患得患失，退下来安享晚年不怕门前冷落。这样，你就能顶天立地地活在人间，活出高尚的光泽荣耀来。

对天地不要一味索取，不暴殄天物，不浪费粮食，不损坏东西，不欺凌弱小，不贪得无厌。人生观以有吃有喝为基准，幸福观以活得对社会对他人有益为标尺，你的心就是佛，就是天堂，就是明媚阳光，久久散发着高贵的人性光芒。

……

只要你开车不抢先，走路不霸道，说话不虚假，做事不欺人，吃喝不挑剔，穿衣不攀比，恶习不沾边，心不存奸诈，言不瞒天过海，行不投机取巧，知足、知满、知耻、知辱、知进、知退，你就永远平安无事，你就是大福大贵之人。

钱多了不是福，物质多了不是福，房子大了不是福，有车开不是福，吃喝嫖赌不是福，有权有势不是福，出尽风头不是福，一夜暴富不是福，灯红酒绿不是福，贪污受贿不是福，停妻再娶不是福，为富不仁不是福……只有平安是福，健康是福，善良是福，知足是福，勤劳是福，吃亏是福，无求是福，平凡是福，快乐是福，心静是福，随缘是福。

我们一生做过多少蠢事

只要活着，人们就会不断犯错。只要做事，人们就会出不少的差错。做大事的犯大错，做小事的犯小错。什么事也不做，那是行尸走肉。

一代代的人总会犯许多同样的错误，这是每个人都难以避免的。特别是三十岁前的年轻人，更是生活中错误百出的阶段。因为许多是非没有经历过，许多事情没有阅历过，更重要的是许多先人的劝告没有认真地入耳入心过。

比如，少时我们会把一些别人家的好东西拿回自己家去，此时如果大人们不及时发现和制止，就会习以为常，成为惯偷。我们见了人不打招呼，此时大人们不指点，就会目中无人，不懂礼义廉耻。我们会说许多脏话大话，此时如果大人们不纠正，就会成为口头禅，张嘴便露拙。我们会不按时完成作业，此时如果大人们不严格要求，就会半路辍学，成为街头混混。我们会一心贪玩不学无术，此时如果大人们不引领，就会没有任何生存本事，成为家庭祸害。

再比如，青年时我们会讲吃比穿，上课时心猿意马，把功课学得乱七八糟，假如大人们不耐心地辅导帮助，帮扶我们走过青春躁动期，就会成为不学无术的废物，家庭的累赘，社会的不安定因素。我们还会怕别人瞧不起，说许多大话、空话、假话、兑现不了的话来装腔作势，如果大人们不及时截住，就会一直说到无脸见人。我们会因争先进调职位一一登门去拉选票，如果目的没有达到，就怨社会不公平，领导不清明。我们见同事升职了、提薪了、获奖了会妒火中烧，到处讲他们的坏话、挖他们的墙角，如果没有理智来叫停，我们会把自己折腾得神经错乱。我们会用大把时间去谈情说爱，早早把自己一生的希望系在另一个人身上，如果没有智者解救，就跌入社会最底层，成为每天与锅碗瓢盆打交道的饮食男女……

还比如，少年时我们曾被社会潮流裹着前进，一起无知地打砸抢，把古老的文明破坏殆尽。中年时曾随着大众走，一起吃、喝、嫖、赌、抽，把历史早已扔进垃圾堆的沉渣捞起当宝贝，如果政府与大人们不阻止，会一直把自己玩得妻离子散，倾家荡产。我们会把老年的父母丢在脑后，找出各种理由来不回家尽孝心，如果不是我们的子女也如出一辙，给我们当头棒喝，我们就忘记做人的底线，一直把卑劣进行到底。我们会自己看不见自己的缺点，整天就爱说社会不好，政府弊端，牢骚满腹，一腔哀怨……

总之，社会与家庭对我们的教育跟不上，教化不及时，精神世界得不到健康向上的引领，我们即使活到七八十岁还会犯错误，还要知法犯法，以身试法，撕烂自己的人生，给后代脸上抹黑。我们在家里犯错，在单位犯错，出了国门仍然犯错，丢脸丢到满世界。愚蠢一辈子的人从不反省，永远亦步亦趋地跟着众人闹嚷嚷地胡来，看不清世事，不明白道理，没有做人的准则，缺少奋斗的目标，跟着坏人一起跳火坑，一块越雷池，活着是糊涂蛋，死了是是非人。

只有那些生在好家庭里的人，有好父母指教的人，读了许多书的人，受到高等教育的人，才会从小就十分聪明，主动接受学校教育，或自己读书教育自己，从世俗的混沌中跳了出来。绕过庸碌众生搅起的漫天红尘，不再犯或很少犯前人犯过的常识性错误，每日三省吾身，遇事三思而后行，找准自己的坐标与方位，全力以赴打造出一个有目标有建树的人生。

如今，多少人在为曾经犯过的错误悔恨不已，多少人在抱着侥幸心理继续犯错误；多少人犯错是蒙昧无知，多少人犯错是管不住自己；多少人犯错误是一生中难以避免的磕碰摔打，多少人犯错是明知故犯，屡教不改，一条道走到黑。

青少年时犯了错有时间来弥补，到老了再犯错将成为永远的憾事。青少年时犯过许多错误的人，有的会成为哲人，中老年时犯错误的人没有改正的机会，最终成为无法翻身的罪人。

一个人不断犯错可以理解为教育缺位，而一代人集体犯错误就是路线问题，一个民族共同犯错，就是一个值得深思的价值观人生观的大问题了，是这个民族的文化、教育、政府、意识形态、精神领域出大偏差了。

如果不想犯错，努力不犯错，那就多多地读书学习，及早给自己划定一条做人做事的底线，把握好这个分寸，时刻不出线。如激光照排发明者王选说的那样："多做好事，少做错事，不做坏事。"

舍得与利害

有舍才有得，有利必有害，这是千古不变的真理，也是佛家弟子挂在嘴边的禅语。

细细想来，真是这样，世上没有一件事不是相辅相成的，对立统一是万物的发展规律。福与祸、苦与乐、得与失、贫与富、好与坏、成与败等，无不是紧紧地黏合在一起，都是相比较而界定的，都是难以剥离分开的。没有高山也就无所谓小丘，没有江河也就谈不上溪流，没有浑人也就显不出智者，没有坏人也就不需要仁人。

事物都具有两面性，连人的性格也是一把双刃剑。江河水汹涌却泥沙俱下，小溪水清澈却流不出百里；正直善良的人可靠却不敢闯不敢为，要尖弄滑的人不足信却能蒙骗人；老实厚道的人却没有创新能力，投机取巧的坏人却能闯一片天空领地；种地好把式们死守三分耕地成了穷人，削尖脑袋四处钻营的率先致富发达起来；埋头苦干的成了扶不起的阿斗，阿谀奉承的都青云直上；物质丰富了的同时垃圾也一起增长，市场繁荣同时假货也兴风作浪。人们一起陷进这种矛盾与困惑里，久久不能自拔。

从小到大，每追求得到一样东西的同时，就有一样东西必然会失去。比如追求事业的失去了悠闲，追求玩乐的失去了理想，追求官职的失去了清白，追求吃喝的失去了健康，追求骨感的失去了口福，追求爱情的失去了自在，追求散淡的失去了进取，追求清静的失去了热闹，追求建树造诣的失去了花前月下，追求乐山在水的失去了人间红尘……以此类推，举不胜举，人们只能占其一，不能取其二。谁想样样都得到谁就苦恼无边，谁的欲望无穷谁就跌进了苦海。

要想得到先要懂得舍得失去，要得到其利必要带着其害。利与害是一对密不可分的矛盾。要有高知识好手艺，就得面壁苦学几十年；要当贤者圣人，就要忍受所有的人间苦难。出家人舍弃了七情六欲，才赢得一生的清静。入世人得到了繁衍生息，却为此劳累终生。想活得精彩的人不能享受人生，享受人生的没有活出价值意义。选择做生意当老板赢得了金钱，同时也失去了大量的良辰美景，所有的时间都在买进卖出中度过，都在考虑得失收支，都在为挣钱盈利扩展呕心沥血，既没有心旷神怡的野游，也没有随心所欲的娱乐。莘莘学子没有腰缠万贯的金钱保障消费，纨绔子弟们活得逍遥却没有超群技艺专长存世立人。贪官们钱多得花不了，也心惊肉跳得夜夜睡不安然；志士们造福一方，穷得没钱花，却流芳百年。

清清白白活着的人保持着一等品性，却只能凭艰苦的劳动吃饭；日日低头哈腰活得奴颜媚骨的却能获得一官半职。追慕时尚者用所有的金钱换取数不清的衣装配饰来亮丽时兴，只赚了满衣柜过时的旧存货；传统保守的人积累下大笔财产，却活得穷苦寒酸。大街上从来看不到科学家们的身影，领奖台上压根不会有玩世不恭者们的位子。麻将桌前坐的都是有钱有权阶层或者闲人，灯红酒绿场合中吵闹跳腾的都是醉生梦死的蠢人。脚手架上忙碌的都是珍爱妻子儿女的好男人，豪华别墅里养的金丝雀都是没有道德节操的坏女人。

不怕舍弃与得到，就怕什么也想得而什么也不舍。劳动应该得到报偿，奉献应该得到奖赏，但是追求超出分内的东西就是贪得无厌的开始，欲望无穷就是犯罪的苗头。想样样都得到的人，就会在名与利的泥淖中越陷越深，被欲望打倒再也谈不上什么道德品性。人不能占有得太多，得到了一二就要懂得感恩戴德，如果想一味地得到八九，那只能与眼泪、痛苦、烦恼相伴。

古往今来的人无不被名利二字牢牢地纠缠，最终跌进物质享受的地狱，只有能挣脱名利牵绊的清醒者才是人间聪慧的智者。整日与蓝天、白云、绿草、山花为伍的是云中僧人，从不抬头看太阳、月亮、星星的是官吏商人。

“天地间一幅大画，乾坤中两颗明珠。”有多少人知道这一点的无限内蕴？“是非成败转头空，人间多少事，都付笑谈中。”历史上一半人被敬仰，一半人被笑谈。精神世界完美的是神圣，物质享受过度的是烟云。

找个明白男人做丈夫

找个明白男人做丈夫，这个人没有多少钱，但是却能把钱如数交给妻子。他不像有的男人那样蛮横霸道，认为自己挣的钱自己有理由挥霍，不断地给自己添衣置冠，甚至去赌博、喝酒、买烟、找情人，在自己与家人之间划一条鸿沟，开一道裂纹，把自己凌驾于家人之上，一心当老爷做皇帝，视妻子儿女为奴仆。这个男人的钱全部用来养家糊口，赡养老人，哺育后代，虽然日子不富有不豪华，却能让一家人感到很美满幸福。

找个明白男人做丈夫，这个人不是高官大员，但是他懂得父母是孩子的第一任老师，一言一行都是在教育引领孩子。知道孩子们的一举一动都是在模仿父母。他会教孩子必要的人生道理，每周带着孩子去拜师学一门专长。他会把孩子在学校学过的每一门功课一一地过问一遍，把不懂的地方帮助孩子全部弄通。他会讲古比今，教给孩子什么是对的，什么是错的，给孩子买许多必读的书籍，懂得犯错是孩子成长路上的必然经历，与孩子像朋友一样交谈，遇事让孩子拿主意想办法，与孩子无话不说，锻炼孩子的自主、自立、自强能力，让孩子早早迈步走上正确人生路。

找个明白男人做丈夫，这个人没有多大的社会地位，但是他会在妻子劳累后，主动给妻子揉一揉肩膀、捶一捶后背、倒一缸热水，视妻子为生命中最重要的人。而不是一回家就倒在沙发上，拿一张报纸挡住所有的义务，饭来张口，衣来伸手，摆架子，不体贴人，却一味地要人关照伺候。他会在闲暇时或节假日，钻进伙房里，精心烹制一桌佳肴犒劳家人，会在每天饭后，主动抢着洗碗涮锅，干许多力所能及的家务。那是他对家人的真爱。

找个明白男人做丈夫，这个人远见卓识，他懂得与品性高贵的人交朋友，凡有恶习的人决不去迎合亲近。对社会上的灯红酒绿，醉生梦死有自己的正确见解。他从不拈花惹草，不出轨出格，对一切的不良风气都有高度的认知。不尝试，不体验，不同流合污，保持优秀的传统作风，坚持正义的言行，活得清白、智慧、聪灵、理性、端方，让家族亲人以他为荣而不是为耻。他是家族中一群人的主心骨，顶梁柱。

找个明白人做丈夫，这个人好学上进，他不停地读书学习，有机会外出求学深造，从不停滞不前，满足现状，故步自封。他懂的非常多，懂得常见病的病理与养生，会用几片小药治理家人的疾病，用一碗姜糖水抵挡冬季的寒冷，甚至会针灸、拔罐。他懂得电器的安装与修理，把问题解决在苗头前期。他诙谐幽默，会用笑话解开家人心头的烦闷。他见多识广，说出的话来有理有据让人爱听。因为他很少犯常识性错误，更能在家人生气时及时化解，逗得家人一阵阵欢声笑语。他活着给别人带来的是无限幸福而不是无尽的痛苦。

找个明白男人做丈夫，这个人心地善良，他会在节假日带着一家人外出旅游观光散心，探访名胜，开阔眼界，见大世面。他跑前跑后地忙着准备行李食物，抢着背包，给家人找座位。他会走在最后，保护一家人的安危。他会讲一处处风光知识，一家人在他的影响下胸怀宽广、视野远大、奋发有为。

……

这个男人有责任心，有事业心，更有爱心，他当得了老板也干得了小工，当得了将军也做得了士兵。像老校长一样谆谆教导每一个人，像老父亲一样细心照料每一个人，像老厂长一样既威严又慈祥地维护着自己的资产。他把妻子的家人当作自己的家人，把家人的幸福看作自己最珍贵的东西。他是一个吃苦耐劳的人，一个正大光明的人，一个无私奉献的人，一个忠厚善良的人，一个胜不骄败不馁的人，一个让人信得过、靠得住的人，能给家人幸福保障，与妻子白头偕老的好人。

找丈夫，千万要找这样的好人才谈得上幸福美满。

找个智慧女人做妻子

家庭是一个人的窝巢，是人们终身要归宿的地方，是人类最小的组织机构，是所有人闲暇时停靠的港湾，是国家之外每个人为之奋斗的一种较大成果。家中的每个成员都很重要，都是幸福的源泉或痛苦的根源。然而，女人，尤其是女主人的人选更加重要。老话说："男主外，女主内。""男人是耙耙，女人是匣匣。""男人是家庭的支柱，女人是家庭的基础。""男人有福一人福，女人有福全家福。"加上现在时代变了，女人在家中的地位一跃而上，成为第一位，既当家也掌财权，男人大多都靠边站了。有没有一个好女人，娶上了个什么样的女人，决定了一个家庭的走向，前途是一片光明，还是一片黑暗，这个女人至关重要。

这个女人的贤惠重要，而她的智慧尤其不能小视。因为只有贤惠，会显得柔弱，无主见，在一些事上妥协退让，甚至没有原则，给其他人造成许多犯错的机会。贤惠还会导致爱憎不够分明，让一家人在大是大非面前犹豫不决。也会对孩子过分溺爱娇惯，扼杀孩子的美好前程。所以，贤惠加智慧的女人，才是最好的妻子人选。本性善良再加上受过高等教育的女人，是做妻子的第一人选。谁找上这样的女人，谁家的日子必定会蒸蒸日上。

找个智慧女人做妻子，她不在乎丈夫有没有权力地位，而会与之一起白手起家，一面帮助丈夫在事业上奋力打拼，为其出谋划策，扛起很大一部分重任。一面把钱花在刀刃上，精打细算每一笔开销，可以几年不添器具，不买新衣服，不吃时令鲜菜，粗茶淡饭，与丈夫度过最艰难的起步时光。绝不会盲目地超前消费，攀富比有，无知地追时尚、赶流行，做物质的俘虏，衣装的奴役，既枉费了青春岁月，又浪费了钱财。

找个智慧女人做妻子，她会督促丈夫不停地学习，尽量多外出进修深造，不断地提高学识，拿一个又一个学位、学历与证明实力的资格证书，哪怕过多年的两地生活，一人挑起管孩子的重担。而绝不把丈夫紧紧拴在裤腰带上，不给丈夫任何人身自由，花钱自由，交友自由。她懂得让男人只考虑工作与学习，少为家务操心，更不无事生非，不为丈夫少洗一次锅而争吵，自己多做了一顿饭而打架。她是丈夫的有力助手，强大的后备力量，优秀的老师，而不是挖墙脚、拉后腿的人。

找个智慧女人做妻子，她会把一日三餐变换做出各种花样，粗粮细做，顿顿有一个热汤，三天不吃重样饭。让下班的大人、放学的孩子先暖暖胃。绝不会一进门就让他们吃饭，压住冷气，个个得上胃病。她懂得督促家人细嚼慢咽，每口饭至少嚼够二十下，保护好他们的身体。懂得在饭桌上不说让人生气的话，更懂得自己守着饭锅，给家人添饭夹菜，而不是一味让别人侍奉自己，指挥得丈夫团团转。

找个智慧女人做妻子，她购买许多教子书阅读，掌握儿童心理。给孩子一间屋子，创造良好的学习环境。在培育孩子上舍得花钱投入，陪孩子参加一两门特长班，从小就有成就感。带孩子参加各种社会活动，开阔视野，增长见识。遇事与孩子商量，让孩子说话。锻炼口才与自立能力。她懂得尊重孩子，循循善诱，而不是指使孩子，命令孩子。有岳母精忠报国的胸襟，孟母择邻而居的聪慧。懂得孩子结交朋友的重要性，不强加干涉。与孩子无话不说，让孩子轻松度过青春期。在孩子十八岁后，就让他们当家做主，挑大梁。

找个智慧女人做妻子，她有礼有节，尊老爱幼，贤淑善良，会把公婆当成亲人对待；不吵闹，不鸡婆，不横挑鼻子竖挑眼，搅得全家不安宁；不要老人的钱，不窥视家产，一切靠自己的力量去拼搏；回家不当甩手派，抢着做活，不把自己看得过重，甚至凌驾在丈夫一家人之上，搞得丈夫在妻子与老人之间两难做人，为此几年吵闹不休；让丈夫一家明白娶了她做儿媳是幸事而不是错误。

找个智慧女人做妻子，她有一副仁者的好心肠，与所有人都和睦相处，不说别人是非，更不挑拨别人家的关系。有力量就接济穷人，帮助残疾人，见人有礼貌，邻里关系好，有好人缘。遇事有人帮。有能力尽量帮助双方亲戚朋友。

找个智慧女人做妻子，她从不站在街头巷口说人闲话道是非，不气人有不笑人无，更不落井下石。她能扬人之长避人之短。别人也挑不出她的不是，人们愿意接近她，而不是疏远她。她是孩子的好榜样，而不是坏事的根苗。是家庭宁和的黏合剂，而不是破坏者。是福星，而不是灾星。

找个智慧的女人做妻子，她所有的空暇时间都陪着丈夫或孩子读书，从不外出去打牌，串门说闲话，或者招一伙不三不四的人到家中搓麻将。每天早早起来为上学的孩子做早餐，顿顿饭及时端上桌。尽到家庭主妇的一切义务，是个称职的好妻子好母亲。

找个智慧女人做妻子，她一有空就读各种书籍，懂得病理、医药、养生，会拔罐，甚至会针灸，尤其善于烹调。她不唠叨，不表功，默默地做事，静静地干活，从不大声骂人，无故发火。允许别人犯错误，对无意犯的错误过失从不放在心中，更不挂在嘴边。她体贴人，会夸人。不结交坏人，从不惹是生非。是家中温暖的太阳，幸福的源泉，而不是刺骨的冷风，惹祸的根苗。

……

这个女人很少为自己花钱消费去追时尚，却能在关键时刻拿出钱来，供孩子读书，给家人看病。这个女人从不把自己凌驾于所有家人之上，无理搅闹，呼三喝四。这个女人从不把自己的意志强加给孩子，让孩子去实现她的儿时梦想，为她挣脸面。这个女人不会把自己父母当菩萨供起来，把公婆当奴仆使唤。这个女人不会把丈夫当傻瓜，不体贴关爱光使用。

有个明白男人，再加上智慧的女人，这个家里必定是阳光明媚，一年四季温暖如春，大人孩子都愿意按时回家，享受那份无微不至的关爱。全家人畅所欲言，无所不谈，说天下大事，谈国内动态，论古今中外历史上朝代更替，人物兴衰成败。这家人大人胸怀天下，孩子从小就放眼世界。人人有专业主攻，个个有奋斗方向，儿女读硕士、博士、出国留学，活得信心十足，前途无量。

哪家能找到这样的好女主人，哪家必然是三生有幸，三世有福了。想好过吗？千万要找个智慧的女人。想幸福吗？千万要找个智慧的女人。想白头偕老吗？一定要找个既贤惠又智慧的女人。

人变了，世界就变了

一个人沦为囚徒，他的世界就缩小到一间封闭的小屋，能做的只有痛心跺足的懊悔，每日浸泡在泪水里，一千遍一万遍地假设，盘算着怎样才能减轻罪行，如何早早从牢房里逃离出去，重新找回身心的尊严与自由。

一个人得了绝症，他的世界就剥落到只有医院与药物，心思日日缠绕在病情的好坏上，眼中唯有医生、病床、苦涩的药片与偏方，交谈的也只是自家与病友的病情，掂量着怎样尽快康复。

一个人瘫痪在床，他的世界就崩塌到只有僵硬的肢体，千方百计想着如何让麻痹的手指能有知觉，一步步拖着病肢练习行走，幻想着自己还能端起饭碗与水杯，还能大步走路，一切都能自理。

一个人有了权力，他的世界就蜕变到天天面对走马灯一般前来走后门拉关系的亲朋，因为收了人家的礼品，然后绞尽脑汁四处联络，打通关节，给这些人的子女安排工作，为此不惜知法犯法，以身试法。

一个人做了生意，他的世界就局限在一间店铺内，或几尺柜台上，日日寸步不能离这个角隅。搭进所有的良辰美景，花前月下，没有机会再选择悠闲的散步，浏览外面的大好风光。

一个农民的世界是一亩三分地，年年计划种什么庄稼才能取得最好的效益；一个商人的世界是埋在货品堆里，为卖什么最挣钱思虑再三；一个富翁的世界在豪华居室与高级坐骑里，也在一个私营企业的管理中；一个士兵的世界在于如何立功受奖，最好提干当上将军；一个学生的世界在于熟习所有待考的功课，考上心仪的学校；而一个灾民的世界，只想得到一顶遮风挡雨的帐篷……

一个年轻主妇一心攀富，要过贵族化的奢侈生活，丈夫的收入再高也难以满足她的欲望；一个年轻人不读书上进，又没有手艺，永远不可能在社会上立住脚跟；丈夫的一次出轨，再也找不回从前的夫妻恩爱；妻子每天无理吵闹，只能让丈夫远远逃离。

借钱不还的人，失去了求人帮助的所有机会；用谎言骗取的名誉，会让此人的人品一败涂地。满足于现有的收入，乐呵呵地过日子的人，一生感到无比幸福美满；老觉得自己委屈，整天哭丧着脸的人，永生也得不到愉悦心安。

人变了，世界就会改变。人类内心世界，其实就是以人类自身的欲望与能力为半径画出的圆。许多时候，人们的世界在瞬间就会改变，人生会急转直下，乐极的会生悲，否极的会泰来。原本的计划与期求都会打乱。生离死别的，几年都走不出对亲人的思念，失意的在颓废的泥淖中久久徘徊，得意地在一片阿谀奉承中迷失自我。找不到理想工作的市民，满世界游荡，无事生非；打工的农民后人，再也不想回农村去土里刨食，经受风薅雨洒。

人变了，世界就会改变。许多的欲望会遮蔽人们的双眼，诸多的悲伤会把心撕成细小的碎片，一时的失败能把人拖进萎靡的低谷，暂时的成功也会将人捧上飘浮的蓝天。一次为了鸡毛蒜皮的争吵，会让一个刚成立不久的家庭破裂。一句冷言冷语，会让一个家人的心冰冻。一次不经意的出轨，会把一个人一生的美好前程打碎。

人生在世，会有许多不得已的变化，会上上下下，起起落落，兴兴衰衰，难得的是永远能把持住自己的一颗不变的心。难得的是社会万变，而做一个正直善良的人，一个凭劳动吃饭的人的准则永远不变。

颓废就是宣布失败

高位截瘫了33年的常俊新有理由颓废，他的四肢都不能动，只有头能转动。他就用唯一能拿笔的嘴咬着毛笔写字，最终成为书法家。他与保尔、丁晓兵、张海迪们站在了一起，活出了一份人生的精彩，给自己，给家人带来了欢乐，给世人带来了震撼与教益。

是的，身体残疾了的人有理由坐在家中无所事事、以泪洗面，没有人埋怨他们，没有人为难他们。痛苦已经浸透了他们的身心，不该再对他们有过分的要求。但是他们还有人生的追求，还有一些器官能运用，特别是有非常充裕的时间，比正常人多得多的时间，还能用没有残疾的那些肢体做自己早就想做的事。

于是，坐在轮椅上的张海迪开始学英语、写文章；躺在床上的常俊新开始练小时候就喜欢的书法，他们只不过是运用他们那些剩余的肢体在做事，在实现他们的心愿。

而我们许多不少胳膊腿的健全人，却总要找许多理由萎靡不振，找诸多的借口颓废不做事。青年时不刻苦努力，没有考上向往的学校，就有了放弃所有理想与追求的借口，从此一味地放纵自己，晃荡进无业游民一族，啃老人；中年时没有得到重用与提升，就会倒塌了人生信仰，从此怨天尤人，一蹶不振，整天泡在烟酒与麻将里不能自拔；老年时病病痛痛，更是不做事的理由，甚至连养花弄草的兴致都没有，过早地进入颐养天年，排队等入土的行列。

更有的人小病大养，无病呻吟，当上和尚不撞钟，强调官场腐败，而几十年没有任何政绩；有的人因为家人一度把持不住自己，红杏出了墙而悲观失望，用别人的错误惩罚自己，用所有的时间唉声叹气；有的人因为父母离异或失恋而看破红尘，心如死灰，不能生长一片上进的叶芽；有的人因为别人都在沉沦而跟着一起沉沦；有的人因为别人浮躁而盲目地跟着一块浮躁……

更可笑的是，连刮风下雨这样的日子，也是不做事的理由；连节假日这样的时空，也是吃喝嫖赌的机会。要结婚了，中断了学业；要生娃了，停止了工作；要接送孩子上学了，不再要求上进。总有理由颓废，总有理由萎靡，总是认为人生得意时须尽欢，极尽铺排张扬之能事；人生不得意时便牢骚满腹，找的都是别人的错；失败了，怨天不时，怨地不利，怨人不和，怨父母没有铺出阳关大道，怨同事抢了风头，怨生不逢时。好像世上所有的人都对不起他，连天地菩萨都欠他的情。

埋怨的人日日在角隅里悲啼，怨恨的人夜夜在黑暗处长叹，勤劳的人早已更进一步，创造的人早已又一副容颜。世上总有人在不停地颓废抱怨，世上总有人在不停地劳动创建。历史在建设者手中滚滚向前，把颓废的人们抛弃。创造者们从来都是白手起家，生机无限，落伍掉队的人永远在后面一贫如洗，垂头丧气。

人生需要早早订立做人的准则，青年时就要选准自己一生奋斗的目标，认准了一条路就要一直走下去，不被人言左右，不被困难打倒，蔑视蜚短流长，不怕冷嘲热讽。在你埋头做事时，没有人疼爱你、关心你，只有你站在领奖台上那一刻，人们才会为你欢呼喝彩。人们注重的不是过程而是结果，过程只有一个人去经历，这个过程或许要长达几年几十年，甚至一辈子。

颓废是人生的大忌，是跌倒了不爬起，是自己都瞧不起自己，是自己打倒了自己，是最终的掉队。颓废的人等于早早宣布自己要退出竞争的舞台，等于把成功机会让给别人。

人生很短，没有多少时间用来颓废，时间与天地平等地对待每一个人，给过每一个人机会，也给每一个人艰险，是越过艰险抓住机会，还是在艰险面前趴下来丧失机会？是奋起振作还是萎靡颓废？全在于自己。成功的人士都是很少颓废的人，是奋力拼搏的人。

如果不是比常俊新还病残，颓废就是提前宣布自己不行，过早承认自己的人生是失败的人生。

世上永远有人在积极进取，有人在时时叹息着颓废。

因为年轻　所以不懂得谦恭

秋后，凡成熟的都低垂下饱满的头颅，仍然昂扬坚挺着脖颈的都是空空的稗谷。最凶猛的动物都最沉静安稳，最古老的树木都疙瘩疤痕，无边无际的大海在地球最低处。大爱无言，大美无形，大象无声。

老年人走路都爱贴着街边，骑车横冲直撞的人都是不谙世事的年轻人。遇事微笑缄默不语的是古稀老人，他们明白一分收获全凭十分耕耘；开口就是将来我会怎么样的，都是在憧憬天上掉金元宝的年轻人。老年人保持着中国人勤俭节约的好传统，几年不添一件新衣，从没进过麦当劳吃过肯德基，急难时却能拿出多年的大笔积蓄。一味追求现代化的年轻人，凡流行的都要尝试，从不愿错过一次时新，收入大多送到卖手机、衣装的商家手中，他们购房买车都得让父母出资。向时间称臣的是浑身磕碰的伤痕累累的老人，他们在无数次的失败、碰壁、沉沦后知道自己不过只能拥有一种贫贱的劳动岗位，甚至一生呕心沥血也没有做好几件像样的事情，最终只留下无限的遗恨。而年轻人大多以为自己能征服世界，他们敢大言不惭，指点江山，激扬文字，目无一切，怒批横责先人。

因为年轻，所以不懂得谦恭。

那就赶快捧起书本，读几百本伟人的传记，读几十本历史书籍，多读几本成功人士的经历与名言。在他们荣辱兴衰的人生链条上摘取那截有用的启迪，把自己稚嫩的人生观、幸福观入炉淬火，狠狠地猛砸上几通。

因为年轻，所以不懂得谦恭。

那就主动走近成功人士，听听他们的成功经历，看看他们怎样在苦水里泡，在泥泞里淌，在失败中挣扎，在烈火中涅槃。把他们拥有的体悟与教训吸取为自己的座右铭，也能缩短这段青涩的长长空白过程，少犯错不犯错，及早进入优秀杰出的行列。在寻觅前程的出路上不再踟蹰、迷茫、浮躁、徘徊，勇往直前去攀登理想中的高峰。

因为年轻，所以不懂得谦恭。

只要不枉想、不等待、不埋怨、不放弃，甘心去做一个洗碗工一个泥瓦匠，开一个车床种一片树林，凭自己的双手去挣劳动报酬，都会赢得众人与社会的敬重。再执着些、顽强些、坚持些、努力些，或许几年就是沉稳的职业经理，技艺精湛的大厨，一个好建筑工人，一个带着几个徒弟的人人敬重的优秀车工、铣工、铅工大师兄。

因为年轻，所以不懂得谦恭。

不要把结婚看成幸福的大门，把成家当作最后的底线，把自己的花枝招展寄托在男方一家人的积蓄上，把两人世界建筑在公婆压弯的脊骨上，把一腔不满不足统统倾泻给辛苦劳作了半生的老人，把自己的惬意嫁接在老人生活直线下降，甚至逼到赤贫的地步。如今儿孙们开着奥迪，住着大面积楼房，老人们只有两间烟熏火燎的小平房。有的养了好几个牛高马大的儿子的农村老人，最后竟然无家可归，依靠捡破烂艰难地活着。

因为年轻，所以不懂得谦恭。

不要花大量的时间把手指甲修得珠圆玉润，再涂上漂亮的花纹。花大量时间去市场购买当下最流行的衣饰，花大量时间去泡酒吧上网聊天，吃羊肉串啃汉堡包，带上孩子去吃冰激淋，买昂贵的电子玩具。却没有时间给老人打个电话报个平安，给家人洗一只碗打一壶开水，揉一揉劳乏的肩膀捶一捶酸疼的后背。让老人们在晚年后感到心灰意冷，一致选择养老院去度过可怜的余生。现在的老人们对年轻人基本不再抱任何侥幸依赖心理，中华民族养儿防老的古训在当今被无情的后人一把扯断，又远远地抛弃。

因为年轻，所以不懂得谦恭。

不要一脚踢开了几千年来启迪蒙昧、教化文明的百科读物《千字文》，培育了几代人德行的《弟子规》，踢开了喻理蕴智的《论语》，与五千年文明基石的《四书五经》，一步迈进贷款、借钱高消费，吃遍天下活物，杀完地上动物，一味追求今日有酒今日醉的世纪末情绪，一夜风流的泯灭人伦；追求一切都不在话下的唯我独尊，与前无古人后无来者的狂妄，追求倒洗澡水把黑眼睛黄皮肤孩子一块倒掉，与先人与历史彻底决裂的愚蠢。

因为年轻，所以不懂得谦恭。

不要摘花折木，扯断小树，上房掏雀，下河捞龟，碾死蚂蚁，捅掉蜂巢，玩弄动物，笑话残疾人，以貌取人，不尊重老人，不扶助幼小，倒掉粥饭，扔掉果品，暴殄天物，损坏公物，不惜生命，不能担当，患得患失，毫不付出，一味索取，荣华享尽，不思报恩……

因为年轻，所以不懂得谦恭。

不要浓妆艳抹，把寻常日子当成舞台来扭捏表演；打情骂俏，把青春岁月作为价码来飙升上涨。外貌的靓丽最终会被内心的善良打得垮塌坍倒，衣装的华丽最后被品格的高贵冲击得稀里哗啦。修心、修智、修言、修行，千万不要只看重外表，看重别人的回头与注目，那目光中有多少对于轻浮浪荡子不屑一顾的蔑视，那回头率中有多少对于水性杨花女子不值一信的疏离厌弃。总爱在街头展示的大都是招蜂惹蝶的低贱妓女，从不在大众面前露相的都是高贵的贤淑闺秀。

因为年轻，所以不懂得谦恭。

……

所有的轻浮、狂傲、消沉，最后都只会成为无边的悔恨，成为老年后流泪的叹息，成为失败后迟到的清醒。赶快捡拾现在欣赏的、奉行的、喜爱的、亲近的、拥有的、争取的一切进行一遍淘滤与清洗，只留下最实用的、最有价值的、最真诚的。只有那些脚踏实地，一步一个脚印地从平凡小事做起的人，干着最苦的差事，精益求精地做好不起眼的分内工作的普通人，大处着眼小处着手的、话少行动多的实在人，才有可能在最后流露出欣慰的笑容，在奖台上站着接受大捧的鲜花与久久的掌声。

何为糊涂何为清醒？何为聪明何为愚蠢？一辈辈先人早已界定，一茬茬光阴早已言明。无须今人再去选择，无须后人再去论证。只要去好好上学，多多读书，读《千字文》《弟子规》，读《论语》《四书五经》，一切都会心知肚明。但愿以后不会再出现一批批不谦恭地走过的年轻人，一批批的年轻人因为对天地万物、对历史、对先人的不够谦恭，再造出许多灰色无光的失败人生。

谦恭，是一个人应具备的最起码的优秀品性。

谦恭，是一个人走向成功必备的首要素养。

成功的三个关口

一个人要成功，要做点事，必须要过好自己、家庭、社会三个关口。过不了这三个关口的人，就是失败者，过了这三关的人，就是成功者。然而，要过这三关谈何容易。

首先是自己关。

难道自己还会成为自己的绊脚石吗？对，俗话说，谁也打不倒你，是你自己打败了自己。如果你没有信心，没有志气，没有吃苦耐劳的精神，没有做大事的准备，没有走自己的路让别人去说吧的观念，那么你就无从谈起事业与成功。所以，先要有做事的信念，立下坚定不移的志气；要胜不骄败不馁，要吃得下千般苦，咽得下万种难。要经受得住各种考验，把自己的心关在训练场里，把屁股摁在图书馆的椅子上，把目光紧紧盯住图纸。在别人玩乐的时候学习，在别人逛街的时候做事，在别人闲聊的时候思考，在别人酣睡的时候读书，在别人恋爱的时候创造，在别人下棋的时候背诵。总之，要比别人勤奋上百倍，比别人更顽强、更坚韧、更忍耐、更持之以恒，不达目标不罢休。

同时，还得具备识别是非的能力，有认准了路就不回头地走下去的倔强，有不被别人左右干扰的立场。不人云亦云，不犹豫不决，不追风逐浪，不跟在别人后面爬行模仿，不苟且、不等待、不迁就、不依赖、不娇气。不一受到批评就罢工，不一被冷落就伤感，不一得不到奖励就停止。远离人群，远离红尘，远离繁华闹市。你能做到这些吗？如果做不到，那就不要枉谈事业有成，人生有彩，你只能做一个碌碌无为的饮食男女了。

其次是家庭关。

如果你有家庭、有父母、有妻子儿女，那么你首先得尽到自己该尽的那份义务，做好该做的事，担当起自己的责任。然后，才谈得上修身。第一，要敢于抛开家庭的束缚，不让家人牵着鼻子走，不陷进琐碎的生活泥淖，不被油盐酱醋淹没心志，不被吃喝拉撒睡绊住手脚，不被婆婆妈妈把岁月浸泡，不被家人的好恶把意志削弱。能在平庸中辟出一片高地，能在繁乱中创造一份宁静，能在灰暗的人生中独闪一片光亮，能在嘈杂的环境里开拓一片真空。甚至能及时地走出家人的羁绊，脱离无为的网，咬破阻隔的樊篱，斩断囚禁的锁链。第二，要推翻传统认知中忠孝不能两全的误区，忠即是孝，大忠即是大孝。一个事业有成的儿女是父母最大的荣耀。第三，人们会对一个成功的人要求更高，评头论足，千万要瞄准自己前进的方向，不要在这挑剔中迷失了目标，不要被追捧夸奖冲昏了头脑。

还有的老人让儿女守着自己，又嫌他们没作为；有的妻子把丈夫紧紧搂在怀里，还让他们有出息。这种情况下更需要做大量的艰苦细致的说服教育工作，把对方一点点培育引领成为与自己志同道合的知己，绝不能让家人为你的努力而痛苦，还不能让家庭因为你的事业而破裂。这不是一般人能做到的，这需要更多的努力，更多的付出。

还有社会关。

你有大志，家庭也支持你，但是社会不会为你铺下红地毯；社会只承认站在领奖台上的冠军，只为最后的成功者喝彩，并不管过程，不同情失败者。过程是多么的漫长与艰苦，只有一己去领略品味。包括单位领导、同事、邻里、亲戚、朋友的闲言碎语，包括奋斗时人们的猜忌、冷落、打击、讽刺，成功后人们的嫉恨、责难、侮辱。失败后人们的挖苦、嘲笑。包括要办成一件事的千辛万苦，办事过程中的误解、拖延，包括办成事后人们的许多无根无源的流言蜚语。

成功，要走许多的路，要接触许多的人，要说许多的话，要进许多的门槛，要赔许多的笑脸，要背许多的人情债。怕难、畏险、惧危、恐败，都将一事无成。还要打消一举成功的念头，打消一口吃个胖子的梦想，打消画一张画就成了画家的幼稚，唱一首歌就成了明星的可笑。要有无数次摔跤、碰壁、挨骂、失败的准备，要有被冷落、被辱没、被陷害的准备，要有睡在街头，连冷馒头也啃不上的准备；要有跑到半路倒下去的准备，要有寄出去几百篇文章都石沉大海的准备。

总而言之，在成功前，所有的苦，所有的罪，所有的不理解、不支持都会向你袭来，都得你一人去承受，一人去吞咽。谁让你想出人头地，想与众不同呢。除非你甘愿做一个一事无成的人世过客。否则，只要你想有一点作为，你就要过好这三个关口，就必须在这三个关前经受脱胎换骨的淬火铸炼再造，在三关后，才有可能重新诞生一个全新的你。

因为你想要不同于众，你就得有超越众人的思想观念，行为方式。走众人不走的路，爬众人不爬的山，做众人不敢做的事，说众人不敢说的话。如果处处事事和大家一样，你就是别人。你老实顺从，你就是顺从者的奴隶。你不敢推陈出新，你就是旧秩序旧事物的牺牲品。

你在三个关口前的任何一处卡住，你就得败下阵来。而要过每一关，都需要很长时间的交涉，耗费心血去磨合，都要停顿很久。所以，只有坚持到最后的人才算成功。成功者无不被撕扯得头破血流，浑身伤痛，筋疲力尽，心力交瘁。

成功者是铁砧上的那块被敲轧千百次的钢，成功者是风口浪尖上漂流颠簸的舟，是被无数次雕琢打磨的玉，是被深深埋在土中的种子，自己钻出来的就成了禾苗，干枯在地下的就成了尘土。

谁已经过了这三关，谁就即将要走向成功。否则，离成功还非常遥远。

选择就是放弃

人在一生中要面临许多的选择，选择学校，选择职业，选择配偶，选择朋友，选择商品，选择居住环境与工作单位。

每一次选择都是一个痛苦的过程，每一次选择都是个取与舍的过程。因为，选择就是放弃，选择一个学校就要放弃另外所有的学校，选择一个人就等于放弃其他所有的人，选择一种职业就意味着放弃其他的职业，选择一种活法就得放弃其他的活法。这是人生必须遵守的法则，人一生只能学好一种专业，干好一种工作，只能与一个人相伴终身，否则就是违天道背人伦，自取其辱，自讨苦吃，自行灭亡。

选择的同时就是放弃，没有放弃也就没有选择。什么都想要的结果是什么都得不到，什么都想做的结果是什么也做不好，什么人都爱的结果是被许多人一起抛弃，什么都想拥有的同时就是失去了自己。

爱一个人的美貌，又爱另一个人的才华；爱一个人的财富，又爱另一个人的学识。想让一个人具有所有的优长，既有钱又有才学，既有容貌又有品味，既有事业又会做家务，既有男子汉的气概又有小保姆的逆来顺受，既有传统女人的温柔贤惠又有现代时髦女郎的浪漫开放。要求所爱的人十全十美，样样具备，挑来挑去，比来比去，最后必然是一场空，耽搁的是自家的前程。因为世上根本就没有这么完美的人。这是许多大龄未婚青年的通病。

住在青山秀水间却思念城市的高楼大厦，拥有田园风光还想浸泡进城市的声光电中，抛开自己的责任田到城市里去开挖矿藏，远离父母双亲与妻子儿女去远方淘金，放下尊严到城里当牛做马。宁愿在大城市当清洁工，也不想到田地里劳动，以当农民种地为耻，眼看地里荒草萋萋也不心痛，导致家人少无所教老无所养，这是当前农民后代共有的通病。

选择了一种职业再羡慕另一种职业，干哪一个职业都不能全身心地奉献投入，不是想通过钻研与积累获取成功，而是有了一份工作却不去珍惜，一次又一次地更换，既想挣大钱又要贪图安逸舒服，小钱看不到眼里，大钱又不会挣，站在这山望那山高，这是许多一事无成、心无所向、志无所定的年轻人们的通病。

拥有了人民给予的权力，不是造福一方，而是马上开始贪图荣华富贵，千方百计编织关系网，解决个人的种种问题。把妻子儿女安插进最好的单位，给自己倒腾大面积住房，坐骑由旧换新，由小换大，从腐败堕落一气走向一败涂地，这是当前官场人们爱犯的通病。

成立了一个家庭，不能全身心去维护；千方百计寻来的另一半，不能一个心眼去珍爱。吃着碗里看着锅里，出墙出轨，破坏他人的家庭，也撕烂了自己的生活，这是缺德的愚蠢的出轨者的通病。

……

现在的人们欲望太多，贪图的太多。现在的吃喝玩乐场所太多，物质的引诱太多。现在的人们要什么有什么，可是现在人们迷失了前行方向，精神萎靡，意志消沉，道德缺失，怎么也高兴不起来。

学会放弃，才会解除丛生的烦恼。学会放弃，才会轻装快乐。学会放弃，才会有坦然的心态。学会放弃，才会有阔远的胸境。

选择就是大量的放弃，多多放弃，简单生存，目标专一，才是最好的人生。

学　问

学问不只是书本的事，不只是学生的事，不只是学者的事，而是每个人必须面对的日常生活的方方面面。

人生是一门大学问，怎样活得好是一门大学问。人生是由一个又一个小事连接而成的，而许多小事情要做好并不容易，都有许多的学问，都是一门学问，都是一个包含深刻的科目，都可以开一门课程来讲。每一个人活得好与坏，就在于学问的多少，不信，请看——活着是一门学问。从活着为什么，到怎样才能活得好一些，如何活得不后悔，都应该早一点明确下来。在少时就走上正途，不被他人左右，不走弯道歧路，更不能走上邪路等问题都值得早早警示，在心中有一个明确的远见与准旨。不然的话，一耽搁往往就是几年甚至十几年光阴。这些事，是长辈们要做好的事。所以，做一个好家长并不是那么简单的事，他们会从孩子一出生就着手教其如何做人。生在一个好家庭的孩子大多会有一个好前程。少时没做好，就如基础没扎实的房屋，迟早要倒塌。少时没做好，青年时要费大力气纠正过来，读许许多多的书来检讨，校正自己，重新树立正确的人生观与世界观。要成为一个有价值的人，从小就对心志的训练是不容缺失的。

家长是一门学问。家长是孩子的第一任老师，是懿范，是榜样，是指路灯，是带路人，是驯马人。有一个什么样的家长非常重要，这是一个孩子幸与不幸的关键，是一个孩子成为有用的人还是废人的起点。岳飞因为有一位助其精忠报国的母亲，岳飞就成了民族英雄；爱迪生有一位相信自己孩子的母亲，爱迪生就成了大科学家；孟子有一位择邻而居的母亲，孟子就成了圣人。“爱子多教子，娇子如弑子。”“给他一条鱼，不如给他一张网。”“跟上好人学好人，跟上野狗去咬人。”这些都是前人的古训。要孩子做什么样的人，家长先要做什么样的人，还要让孩子交往什么样的人，时时刻刻把孩子往正道上引。

家庭是一门学问。“龙生龙，凤生凤，老鼠的儿子会打洞。”“俭可成事，奢能败家。”“上梁不正下梁歪，下梁不正塌下来。”家庭是人类的摇篮，是形成习惯的模具，是水流的渠道，是做蛋糕的模型。每天听的是什么话什么歌，接受的是新鲜空气还是烟味酒气，是音乐还是噪声，是哭闹还是欢笑，是宽厚还是狭隘，是博爱还是仇恨都要在家里形成。家庭是成什么样的人的第一炉火，家庭是塑造形象与品性的模具，家庭是能不能安心工作的保障，家庭是幸与不幸的基础。

人际关系是一门学问。"近墨者黑，近朱者赤。""跟上好人学好人，跟上王八跳枯井。""平时肯帮人，急时有人帮。""黄鸡一窝，黑鸡一窝，黄鼠狼跟兔子一窝。"交往什么人，受什么人的影响、教诲，是一个人走向哪里的大事，必须慎重对待。一定要交正人君子，交往优秀的人，千万不要交到坏人，那样会把一个人带到沟里。俗话说："看一个人好坏，只要看他的朋友即可。"交友贵在交心，贵在雪里送炭，不在平时的锦上添花。交友贵在不占朋友便宜，而是要多吃亏，要"人心换人心，八两换半斤"。交友贵在精神上的支持，心理上的疏导，朋友要做心理医生，而不是解馋的饭馆。朋友，不见得天天见面，关键时伸出手来拉一把。不仅要善待朋友，而且要善待所有的人。

婚姻是一门学问。"人之相爱，贵在知心。""苗好一半谷，妻好一半福。""会选的选儿郎，不会选的选家当。""欲除烦恼需无我，各有姻缘莫羡人。"婚姻的好坏，首先在于选好所爱的人，千万要重人品轻外貌，这是家庭幸与不幸的根本。其次，一定要互相敬重，珍惜。一方把一生的幸福建立在了婚姻上，另一方却让人家每天哭哭啼啼、悲悲惨惨，这样的人不配拥有婚姻。得来很不易，珍惜眼前人，莫要到失去后才后悔。

职场是一门学问。"少说话多做事。""不说人短，不道己长。""干一行爱一行。"尊敬领导，团结同事。每个人都有长处与优点，不要看自己用放大镜，看别人隔着门缝。想要别人怎么对待自己，先要怎么对待别人。要从最基础的工作做起，要从最不起眼的事做起。

做人是一门学问，其中的道理难以一下子说清。最根本的要诚实厚道不害人。养生是一门学问，方法多得无以计数，最起码要懂得"生命在于运动""病从口入，祸从口出"等最简单的生活常识。

……

学问，即是学与问。向书本学，向他人学，向现实学，向社会学，向幸福家庭学，向成功人士学。学的同时，还要问，不耻下问。要思考，要对比，要天天有长进。只要能做到又学又问，就会诸般皆有标准，有目标，有方向。就会少走弯路，少犯错误，少遭罪，少困境。只有这样，才能活得平安、顺通、吉祥。

甜蜜的爱情　痛苦的婚姻

人世上有的婚姻是爱情的继续，用爱的丝编织着婚姻的网，而有一种婚姻与爱情完全是两回事，我说的就是后一种爱情与婚姻。

刚结识不久时，爱情是花前月下的相拥散步，然后下饭馆，逛公园，进商场，看电影，说不完的悄悄话，以为婚姻就是永远这么浪漫。结婚后才明白，婚姻原来是常年锅碗瓢盆的碰撞交响，一日三餐的忙乱又烦琐，做饭洗碗的劳累又平庸，你做少我做多的牢骚不满。

爱情是总想牵着你的手的触电震动，抚摸每一个脚指头的流连。婚姻是用手指头指着你鼻子骂的无情，甚至动手打得你一脸青黑也不心疼，很长时间不牵手，牵了手也没有感觉的冷漠麻木。

爱情是一周或十多天才能见一次的思念，见了面舍不得离开的难舍难分。婚姻是天天在一起大眼瞪小眼的厌倦，互相监督互相考问的心烦，为一句话一件小事吵闹得无话可说了，一人一屋或同床异梦，女人长时间地哭泣呜咽，男人一支接一支地吸烟。

爱情是西装革履，油头粉面，精心化妆打扮后的绅士淑女，嚼着口香糖，目不斜视的道貌岸然，风流潇洒。婚姻是袒胸露背的暴露无遗，满嘴大蒜味大黄牙的丑陋。走在路上东张西望，眼珠四处乱转的不老实，在单位里荤话连篇，拈花惹草，处处表现得没有教养学识的低级下流。

爱情是说话时慎之又慎，总是满脸堆笑，专拣甜言蜜语的引诱，装得一副绅士派头。婚姻是我是一家之主我说了算的专横霸道，你说一句我还三句的不饶不让，或者干脆甩门出走，夜不归宿的不管不顾，对己对人极端的不负责任。

爱情是不停地借书还书，仿佛非常勤学好问，一种学者风范。婚姻是从来不看书学习，知识停留在初中或高中毕业的阶段，再不思进取，用现有的一点可怜的过时的知识面对纷繁的世事，面对转瞬的变化。你批评他一句“不学无术”，他回敬你一句“我就是这样，嫌我不好去找别人”。心理上的破罐破摔，实质上的掉队落伍。

爱情是冒着风雪带着你回家，把你当作雪中的炭一样围着你转，要把你化掉般的灼热。婚姻是风雪中让你一个人趺趺撞撞地回家，节假日也得一个人度过的冷清寂寞。星期天溜出去喝酒打牌，还要说是在单位加班的满口谎话。

爱情是有点小病就赶快带你去医院找医生，兴师动众的关心备至，让人觉得这个人是此生可以依赖的大树。婚姻是有了病让你自己去医院，不是说你无病呻吟，就是你躺在病床上痛哭也没有人过问的孤寂悲惨。

爱情是只知其表不知其里的一团迷雾，是二十来岁的清纯天真，轻率地相信，天真地被骗。婚姻是从头看到脚的了解，是不断犯错误后的展示，品性如剥洋葱般一层层暴露无遗，是不思悔改，越说越严重，仍然我行我素的顽固不化，是不再把你当宝贝，见异思迁，朝三暮四，人之本性难改的大彻大悟。

爱情是一天一个电话的殷勤问候，向你汇报一天的行踪，同时也把你收拢在视野之内。婚姻是出门不开机的神秘，唯恐你知道行踪的鬼祟。爱情是专捡雨天约会，然后脱下外衣给女孩披上的阴谋。婚姻是再大的雨也不去给送一把伞的忽视与冷淡。爱情是千方百计往一块凑，没事找事陪着你。婚姻是星期天尽量不回家，找许多理由少回家的逃避。爱情是满宿舍的香水味，婚姻是熏得你睡不着觉的一双臭袜子。爱情是挖空心思去寻找另一半，婚姻是得到了再也不珍惜的扔在一边。爱情是年轻人们心中描绘的五彩梦，婚姻是成年人饱尝后的噩梦。爱情是年轻时追寻的理想中的欢乐天堂，婚姻是过来人饱蘸泪水的无边苦海。爱情最多的是笑与满满的自信，婚姻最多的是哭泣与倒塌的理想……

从爱情走到婚姻是人前二三十年的幼稚幻想，是把自己人生系在一个外人身上的天真愚昧。婚姻不是幸福的保障，需要饱尝过这种苦难后才明白的一个道理。从婚姻返回到当年的爱情，需要五六十年的含辛茹苦与默默奉献，白头偕老的只有等待双方成熟老练，美满幸福需要耐心地坚守那份纯真。只有坚持到最后的婚姻，只有用全部的爱换取的婚姻，才能得到人世间那份迟到的挚情真爱；只有坚持的最感动人的婚姻，才会品味出天地间真正的人性的甘甜。

境　界

境界，本人认为就是人的心胸襟怀。

有的人的心装得下五湖四海，宇宙苍穹，他们在为天下人的苦难辛劳，为天下人的幸福奔走。有的人的心只装是下一己的悲欢，他们只为碗里的肉不够多而叹息。前者不会为一时的得失苦乐而烦恼，后者只会为鸡毛蒜皮的小事哭泣。前者的目光能越过墙壁、山岳、大海、蓝天，看到更大更多的景象。后者的视野看不到自身利益以外的事物。后者是人群里的“我”与“唯我”，前者是人类历史上的志士仁人。后者活着或逝去都不留任何痕迹，前者活着与逝去都意义非同小可。

有了大境界的人，才会有做大事的言行，他们不会因为一句伤害到自身利益的话纠缠不清，不会因为有人踩一下脚耿耿于怀，更不会因为一次得失成败恨天怨地。他们只一味地朝前走，所有的苦累忧烦都挡不住他们的脚步，所有的鲜花掌声都迷不乱他们的目色，所有的奖杯与荣誉都淹不没他们的理想，所有的吃喝玩乐都不能扭曲他们的志向。他们能抖落所有的羁绊，一往无前地直奔既定的目标。而那些目光短浅的人，则一路走走停停，算算计计，张张望望，等待奖赏，等待扶持，等待恭维，稍不顺心就躺倒不干。

人世间需要的是前者而不是后者，前者多了世上就真善美，后者多了人间就假恶丑。前者不断地给世上增光添彩，锦上添花，却从不谈报酬不讲条件，生与死都洒一路香气。后者不断地给人间造恶加丑，抹黑使坏，还总要说三道四，挑肥拣瘦，存与亡都流一缕恶臭。

大境界是容得下千万条涓涓细流的最低处的大海，默默无言地滋润养育着世间万物和生灵；小心眼是搁不下一滴水的高仰的檐头，把落在身上的雨水叮叮当当地响着向四处飞溅。大境界是怀揣着千沟万壑的山脉，静静地穿越无限的时空岁月；小心眼是河溪里的卵石，踏上去就滑人一跤。

人世上最宽广的是人心，人世上最狭隘的也是人心。所有的人都有一颗心，但是心与心想的事情则完全不同，人世上的挑战较量，其实就是心与心在上下攀比，争强斗狠。是心的不满，是心的不足，是心的贪婪，是心在行善作恶。

境界不是一日形成的，境界在于学习，在于引领，在于教导，在于培育。境界也不是一成不变的，在一个有大境界的人身边，人人光明磊落，直抒胸臆，一片阳光明媚。在一个小心眼人的四周，个个心怀叵测，嘀嘀咕咕，一片乌云压顶。在一个褒扬大境界的社会，人人德美业精，争着建功立业；而在一个奖惩不明的地方，处处藏污纳垢，尽是衰败没落。

社会需要大境界，大境界就像大花园，里面开满五颜六色的花朵，连各式各样的小草都一齐绽绿吐芳，让天地生辉、光彩、灿烂，如雷峰、张海迪；大境界就是头上的暖阳，照亮角角落落各个地方，让许多人感到温馨、惬意、幸福，如焦裕禄、孔繁森。

当人们的境界都提升了时，当人们不再为一己得失奔走争斗时，当人们都为别人着想时，当人们的眼光不盯着现世享受时，当人们都为天下之忧而忧时，环境一定会秀美起来，家庭一定会和睦起来，人心一定会善良起来，地方一定会富足起来，国家一定会强盛起来。

人世上所有的美好事物，无不是从大境界的胸怀中生长出来的七彩鲜花；人世上所有的丑陋行为，无不是从唯我的小心眼里膨胀出来的苍黑枯草。古今中外的伟人们都有大境界，有大境界的人能成为人类领袖，目光短浅的只会做蝇头小百姓。

提高人的境界，扩大人的情怀，是一个社会，一个时代进步的根本，也是一个人成败的根本。

长大需摔无数跟头

古人说："溺子如杀子。"宽是害，严是爱。谁碰上一个严父或一个严母是谁的幸运，谁遇到一双娇惯孩子的父母是谁的悲哀。

千万不要羡慕锦衣玉食者的饱暖，更不要嫉妒无忧无虑者的享乐甘甜，不要追求饭来张口衣来伸手的过度溺爱，不要希望婴儿般布包线缠的呵护。那些都是一步步把人带进陷人误人的泥淖，都是无知者为后代挖的失败大坑，是极端不负责任的推诿。失败训练、挫折训练、苦难训练，才是人生路上必须经受的做人训练。没有经受过这种训练的人，缺乏这种必要的磨砺的人，在社会上不能独当一面的人，不能单独解决问题的人，是不会有作为的人，是心里不长牙的人，是担当不了大任的人。

长大需摔无数跟头，肉体的成长不等于心志的成熟，年龄的增加不等于素养的必备，人高马大的不一定具备驾辕拉车的力气，一表人才的也大多是绣花枕头。什么都代替不了一次次的失败给人智慧的启迪，什么都抹杀不了教训给人的心灵上的震动。

成功的人必定会感谢那些曾经摔过的无数跟头，牢记少时吃过的无数苦头，感谢那些跌倒后学到的深刻体验，感谢舍得让他独自走过的那一段艰辛的人生路的父母。没有过这些失败的酸涩，永远体味不出成功的甘甜。没有品味过大风大浪的冲击，永远感受不出阳光明媚的珍贵。没有过艰难的千百遍苦练，就不会有获奖的那一刻。没有遭受过嘲讽责骂，就不会有刻骨的记忆。没有人前的羞辱，就不会有人后的拼搏。没有孤独寂寞的努力，就不会有众人的拥戴。

当人们看到某个年轻人在一点点打拼，从小事做起，从零做起时，成不骄败不馁时，披星戴月地学习工作奋斗时，苦不怕累不说时，就知道他的将来肯定错不了，肯定是个有出息有前途的人。而当有的年轻人什么都不去尝试，赢得起输不起时，好面子好虚荣，人前夸夸其谈，从来不去动手做，十几年甚至几十年没有变化，毫无建树时，人们就断定，这个人一生必然一事无成。更有的人去做那种超出本人能力的事，去做那种不切合实际的事，等待他的必然是一场空，或者碰得头破血流。

只有在可能的范围内不停地走，过沟壑，越坎坷，才可能到达终点。唯有不懈地去干，失败了不回头，才有希望成功。所有的磕碰都是走向成功的打磨，所有的失败都是迈向成功的阶梯，所有的摔打都是接近成功的铺垫。坚忍的意志是摔打出来的，聪明才干是摔打出来的，结实的体魄是摔打出来的，丰富的经验是摔打出来的，成就与荣耀是摔打出来的。

长大需摔无数跟头，成功源于无数的摔打。成功的人感谢他们受过的苦难，失败的人会怨恨他们曾经的娇惯。养在笼子里享乐安逸的金丝雀不会在天空飞舞，驰骋万里的都是穿风沐雨展翅翱翔的雄鹰。

幸福是一种对比

幸福到底是什么？谁也不能用一句话概括，世上没有一个共同的诠释，也没有一个共同的标准。幸福，一个人有一个标准，一个时代有一个标准，一茬人有一个标准，一个阶段有一个标准。

古人讲究五福，即长寿、富裕、健康安宁、修养美德与年老善终。近代人说人生有四大幸事，即：洞房花烛夜，金榜题名时，久旱逢甘露，他乡遇故知。现代人说：要钱有钱，要房有房，要车有车，想什么有什么。听一听，里边还有道德品行的事吗？真是历史越前行，人们的幸福观离道德品性越远，世俗的铜臭越发地直接与急切。当然，还有不少普通人切实地说，幸福就是干上了想干的工作，幸福就是念上了理想的大学，幸福就是没病没灾，幸福就是儿女齐全。当然，人的境界不同，幸福观必然不同。

其实，具体到每一个人来说，不同的人生阶段，幸福观是不同的。童年时不懂得幸福与痛苦，高兴了就笑，难过了就哭。年轻时与喜欢的人出双入对，不要老人，过上二人世界就是幸福；中年时有一份收入很高的工作，社会流行什么都能让家人享受上就是幸福；老年时对生不带来死不带去的物质越来越看淡，钱多少不重要，有一个健康的身体就是幸福。残疾人能生活自理就是幸福，瘫痪病人能下床走路就是幸福，聋哑人能听声说话就是幸福。

不同阶层的人，幸福观是不同的。老百姓盼着风调雨顺，有个好收成；工人盼着进个好企业，遇上个好领导；为官的盼望不断地升迁，一生飞黄腾达；没钱人盼着有个万儿八千，有钱人盼着成为亿万富翁；白领盼着当总经理，蓝领盼着多发奖金，时髦的人要整容美容，家庭妇女盼着吃饱穿暖；厂长局长们变成新贵后举家到大城市去住几百万元的别墅，普通职员们有一处旧房就满意。

再往细里说，日常生活中，饿极了时有一个馒头吃就是幸福，渴极了时有一碗清水喝就是幸福，冷极了时有一件棉衣穿就是幸福，憋极了时有一个方便处就是幸福，累极了时有一块平地躺下就是幸福，坐长途车有一个座位就是幸福，迷途时有个灯光就是幸福，寂寞时有一个人来骂几句也是幸福，孤独时有一只猫做伴也是幸福，不能生育的有个孩子就是幸福，老了有人给捶捶背揉揉肩就是幸福，看不见了有人给读一篇文章就是幸福，离世了有人给添土上坟就是幸福……

没房住的有一间房就高兴，有房住的总嫌房子还不大而痛苦；没儿女的生个残疾孩子也当宝贝，孩子多的送给外人也不心痛；盲人看见点光亮就欢呼，亮眼人天天看着阳光也不愉快；年轻人坐上自家小车最高兴，老年人每天走路最开心；富豪们出国观光为时尚，老百姓在国内转一圈也满足；哲人的人生哲学是常想一二不思八九，蠢人的人生观是吃着碗里看着盆里；年轻人的幸福观是别人有什么自己就得有什么，竭尽享乐之能事；过来人的幸福观是够用就行，粗茶淡饭成了最好的保健品；没有爱好的人用大块大块的时间打牌闲聊，爱好广泛的人总觉得时间不够分配；喜爱音乐的人听虫吟鸟鸣都是享受，不爱音乐的人听着梁祝也是噪音；年纪越轻的人越觉得物质上欠缺，欲把超市搬回家；年纪越大的人越知足常乐，想把家当全部交给社会。

有事业的人忙碌得欣慰，无事做的人懒散得生非。有爱好的人充实又饱满，没追求的人空虚又放纵。年轻人自认愉快的少，老年人感恩幸福的多。大德的人因为积善而安宁，无义的人因为累恶而失眠。有的人离幸福很近，有的人距幸福很远。有的人浸泡在幸福里，有的人找不到幸福的边缘。

幸福就是需要的时候能拥有，幸福就是盼望的时候能解决，幸福就是梦想的事能成真，幸福就是追求的理想能实现。其实，这个需要满足了下一个需要又填补了上来，这个盼望达到了下个盼望又来临了。这个梦想成真了下个梦想又憧憬了，这个追求实现了下个追求又涌出了。所以，人们幸福了又痛苦了，满足了又烦恼了。这几天幸福，过几天烦恼。大多数年轻人在幸福与痛苦的泥淖中挣扎，许多老年人在分分秒秒地享受着越来越少的幸福时光。

到底什么是幸福？还是没有说清。因为人们的欲望如沟壑，永远填不满。不过，要是能守住这几句话，大概就算是摸着幸福的鼻子了：无欲无求，无怨无恨，无病无债。这或许要活够五六十岁、被人世闪抛得伤痕累累、被物质牵绊得趺趺撞撞的人才能领悟得到吧！

祖先早就告诫过我们

现在的人们理直气壮地吃着祖先培植的五谷五果，住着祖先创建的城池屋宇，穿着祖先养蚕纺丝制作的衣装，弹奏着祖先发明的琴瑟笙笛，用着祖先品尝的草药医病，用着祖先创制的陶木石各种器具，都以为是顺其自然的，是理所当然的事，无可厚非。从来没有人探究过这些物质的由来，也没有人扯断这条物质的老根，很少有人以祖先的物质创建为耻，致以悖逆反对，而以拥有这些物质越多越感到荣耀。唯独对祖先的人生忠告不屑一顾，把祖先的著作扔在一边，对祖先的戒律不以为然。甚至抛开祖先的忠告，从思想上重起炉灶，意识上另辟蹊径，一心要抹去先人五千年精神文明的印痕，扔掉民族信仰的大旗，甚至以先人的儒道思想为耻，走上与祖先完全不同的人生路。如今多少年轻人要住家长的住房，花家长的钱，却不要听家长的话。现在的学校从来不教本土人接触《四书》《五经》，阅读民族历史，不知道孔子孟子等历史人物的世界观方法论。这就是现在人们迷茫的原因，浮躁的缘由，沉沦的本根。

现在的人们要抛开的不只是先人留下的精神枷锁，同时也捣毁了民族信仰基石，扯断了人文链条。年轻一代人大多没有读过《论语》，对《名贤集》《弟子规》更是一无所知。其实，祖先的这些书籍都是留给后人的忠告，是一辈辈人总结出来的经验教训，是做人的方法，是成功的道路。现代人之所以迷茫，之所以浮躁，最根本的就是不知道把人生建立在什么样的基石上，不知道走哪条人生路，不知道有了钱以后该干什么，不知道吃饱穿暖以后该干什么。所以，出现一批人有了钱却道德缺失，走向了灭亡；多少人掌了权，顶不住贿赂，走向了腐败。到底是贫穷好还是富有好？钱到底该怎么去挣？有了钱该怎么花？又一代中国人民在精神的十字路口徘徊，爱面子的好强的中国人被金钱打倒了。特别是现在的二十来岁左右的年轻人除了爱钱什么也不爱，除了会花钱什么也不会。

其实，祖先早就给后人指出了光明的前景，早就告诫过人们，敲响过警钟。人们对此充耳不闻，视若无睹，硬要自己苦苦去寻找、思索。去空白处寻找，到不同的民族中去寻找。让我们翻开典籍，读读祖先的忠告吧，这声音多么的如雷贯耳，多么的习以为常，只是人们把其抛弃了多年——对于金钱，祖先说“人为财死，鸟为食亡”。金钱超出了必要的开支，余下的多了就要胡花。多少人为钱违法违规，跌进万丈深渊。多少人为钱出卖良心、人格与党性。一切皆因超出了需要的范畴，一切皆因为他们对金钱的错误认知，一切皆因为没有一个正确的价值观与人生观，在于教育的滞后与道德的缺位。对于人生，祖先说：“生于忧患，死于安乐。”忧患能创业，安乐必生邪心。多少企业家在创业时艰苦奋斗，历尽艰难，而在成功后就开始蜕变。所有的人都走不出历史规律，一坐上皇帝的宝座就开始与百姓为敌。他们吃得了世间的千般苦，却经不住世间的享乐腐蚀。对于做人，祖先说：“忠厚传家久，诗书继世长。”现在的人们专门要手段玩机巧，钻法律的空子，在刀尖上跳舞，在地狱门口演戏。要尽了心眼，怀揣着侥幸心理，最后把自己玩进了法网，抱着石头打算砸别人的人最后都砸了自己的脚。

对于做事，祖先说：“勿以善小而不为，勿以恶小而为之。”多少人专门在为恶，在明知故犯，在闯雷区，在以身试法。一步步把自己送上不归路，跌进万劫不复的地狱。对于教子，祖先说：“行万里路，读万卷书。”如今的穷人根本做不到这一点，他们需要孩子打小就担起一部分生活重担，他们没有能力供他们的孩子读许多的书。而有钱人却又绕过了这一点，他们直接把子女装进蜜罐里，上最好的学校，进最好的单位，从不经风雨不见世面，没吃过一点苦，没历一次难，他们做不了基石，更当不了栋梁，是他们有钱的家长毁了他们的一生。

祖先还告诫后人，人际交往时要做到：“人心换人心，八两换半斤。”成功无他法，唯有“吃得苦中苦，方为人上人”。教育要早，即：“幼不学，老何为。”“人不学，不知义。”“种瓜得瓜，种豆得豆。”“善有善报，恶有恶报。”等等等等。

祖先是这么做的，也这么教育他们的后人。所以，中华民族因为拥有炎、黄、尧、舜、孔、孟这样的先人才享有五千年文明的荣耀。因为出过先周、大汉、盛唐、康乾盛世，一轮又一轮继往开来高度发达的时期才让世人仰慕。后世心中装着祖先告诫的人，处处用祖先的告诫严于律己的人，仍然是中华民族坚挺的脊梁，支撑着民族的精神。那些数典忘祖的人，那些无视圣者贤人的为所欲为的人，最后都必然是民族的败类。

做人很简单，做个成功的好人也很简单，只要按着祖先的告诫去做，只要按先人早已约定俗成的戒律去做，就一定错不了。背离祖训的人，最后都得翻船。扔掉传统的时代，必然要迷失了前进的方向。让我们高举传统的旗帜，恭恭敬敬地面对祖先，打开圣者贤人们的典籍，认真听取他们的谆谆教诲，做个循规蹈矩、货真价实的炎黄子孙吧。

现在，已有人预言，将来的人类，必须靠中国的国学才能拯救。

人生如树

人生如树。

这株树起始只有几片小的知识之叶和几枝疏疏经验之茎。这些叶和茎慢慢地随着年龄的增长而多起来，渐渐由小树长成一棵大树，观赏之树、经济之树、结实之树、绿化之树、建材之树……

这些树由于受各自生存环境和所受培植的不同渐趋分化，成为挺拔的杨、弯曲的柳，成为常青的松、落叶的乔。有的成为果园里一棵幸运之树，有的成为崖头一棵孤独之树；有的成为园林一片娇贵的风景，有的成为荒野一株凄凉的点缀；有的成了材做栋梁，有的没有成材被烧掉。

人生之树要常青，要做栋梁，要被人青睐，它就不能有病虫害、腐朽、枯枝、败叶。它不能任蛀虫挖掘，不能过早地倾斜了身躯。

那些园林中幸运的宠树之所以能成材结果，能开出美艳的花，能成为一片靓丽的风景，主要因为它们自身是良种，因为它们生长在丰腴的土地上，有懂园艺的人为它们修枝剪叶，有爱树木的人为它们去虫除害。

一株杨树需及时削去旁枝斜出才能聚集力量长成参天大树，一株果树需要剪去空花余朵才能结出累累硕果。一个孩子需要大人们灌输正常的知识和礼仪，给予必要的教育和斧削才能成人，成为对别人对社会有用的人。否则，他们只会成为灵魂不健全的人，成为愚昧的人，成为多余的人，成为社会的公害。而这种人多了时，我们的社会与民族将难以想象，更谈不上发展。

得到了修剪整理浇灌的树最终都能成为结实的树、观赏的树、做建材的树、打家具的树，它们是树中的上品，是有用之材，是树中的骄子。而空谷荒野崖头渠畔那自生自灭的孤树野树，因为无人为其去掉空枝截掉病叶，无人为其喷药除虫，它们只能成为一株永远长不大的病树、丑树、枯树、小老树。它们不会开花，不能结果，永远做不了栋梁之材，甚至做不了柱檩锨柄，它们最终只能当柴烧。有的连烧柴也不受人喜爱，因为它们结节太多、尖刺太多、毛病太多，只能永远被抛弃在荒山野岭，直至腐烂坏死。

人生之树与自然之树同情同理。人生之树也需要人的精心护理，需要对其极端的爱护和负责，需要对其生长的每个阶段进行严格的监察、斧削和除病去害。

谁栽下了树谁就该有管理树的才能、技术和知识，懂得树的生长规律和天性，不能只管栽不管育，任其疯长成一株野树、病树、残树。作为万物灵长的人类，生育后代容易，而教育后代则十分不易，他要付出艰辛，付出汗水，不仅要为后代选择合适的环境与营养，为他们斧削病害缺点，还要以自身去做表率，需要自身的素养、知识的导向与楷模。

人生如树，人生是树，愿人生之树棵棵成材，株株常青。

——发表于1996年1月8日《张家口晚报》

冷峻与温婉

——读曹森的散文《母亲是山地的一株垂柳》

每当看到好的文章，能原文剪辑的一定要保存下来，不能留的便会仔细地摘抄，以备日后反复地阅读与揣摩。抄的当中，又常常为其中的美语佳句拍案叫绝，也会为作者的独特体味而敬佩。我抄过张长、葛昌永、黑白、梅洁、马德、程宝林、玄武……也抄过本省作家曹森的作品。

曹森先生被选发在2005年5月号《散文海外版》上的《母亲是山地的一株垂柳》，是我至今久久不可忘怀的一篇散文佳作。这篇作品最早在《中国矿业报》和《中国煤炭报》上发表，被《散文海外版》和中国散文学会的作品集选载，获2005年度“中国产经好新闻”奖（副刊作品类）。在此先节录一些原文吧：“母亲的恩德是没有页码的书。”“她没有可食的果实，但千手千眼营造出一片绿荫，冬天，遮掩着风雪，她该是佛。”“我是母亲身旁最高的一棵草，承接着她的脉息和雨露。”“毛毛、欢欢、虎子是依偎在她身边的三条狗，虎子已十四岁，欢欢也三代同堂。鸡、猫、鹦鹉，还有鸽子，济济一堂，母亲是生灵堂主。”“虎子还教会了我们如何忠实、回报，怎样互相理解。只要是家里人，无论你多久没有回来，换了什么样的服装，它依然能够识别出来，然后从街门将你迎入家门，躺在你的身边……临别时候又会把我们领出村外，蹚过沙河，送上汽车，跑上一段路。若看不到你打开车窗和它摆手，它会没命地追着。”

天下至亲莫过于父母亲，他们想着你勤回来，他们舍不得你走，留你住了一天又一天。他们心中记挂着你的冷暖，为你的忧而忧，为你的喜而喜。可是人们为了生计却硬是浪迹天涯，为了浪漫又非要远走他乡，为了小家庭的幸福抛弃父母亲的关爱。所有的人都要在成人后设法展翅高飞，挣脱父母，让父母有多少儿女就得把心分成多少份。而儿女们却并不知晓，甚至不领情这种撕扯的痛，迟迟不愿回家去看一看，把这份责任一推再推，直到人去楼空。

抄过了，我知道了曹森的母亲，知道过了天命年龄的曹森心灵深处那份失去亲人的悲苦，知道只有年届半百的人才会生出这种歌泣般的情愫。记得看过他写妹妹的坎坷生计，很为他们家人的不幸命运而叹息，很为他妹妹一样的乡下人的共同命运而黯然神伤。

一如曹森为自己起的笔名瘦石一般，他的文风就这样既瘦硬又冷峻，像他的外表；读到文中又很温润很曲婉，又似他的内心。这样有骨有肉，便成了一篇好文章的精魂。这样有情有义，又成了感动许多灵魂的原委。

曹森有板有眼地活着，一丝不苟地做着。很累很艰难，对自己的生活、文章、家人都认真负责到底。不像我，简直就是狗熊掰棒子，写一篇寄出去就不过问，连寄出去的书稿都忘了寄到哪里了。他不，他对自己的作品精打细磨，写了就如生出的孩子一样在顾爱着、珍视着、打磨着。让人从中望出一份生性的谨慎，寻到一份高度的自尊。每一篇文章都像是一枚从血肉中铸炼出来的精美的宝石，让他的目光久久地停滞、凝固在那里，离不开，走不动，直至修琢得闪闪发光，冰洁玉润，才捧出来问世。

方方正正的人品，精精致致的文风，大有蔚县人的特色——既精明又傲岸，既自信又唯我。他写新闻，以新闻生存于世，那本《乌龙出山》是一本新闻选集，是他半生职业的一个总结，是他就职的煤矿的辉煌业绩，虽不能代表他的文学创作高度，却也浸透了他的心血汗水，同时也拖累着他的时空岁月。

这篇《母亲是山地一株垂柳》，是他散文的一个突破。文章的内容让人回味，从母亲与虎子们的情分中，我们隐隐触摸到一种大自然共生共存、和谐相倚的命题。“母亲病重之时，虎子也病了，亦不知冥冥之中有什么说法，它竟然食水不进，只是卧在母亲床前发愣，用什么药也不见效，不几日，便垂头而去。死的时候，没让母亲见，悄悄躲在院里一角。”这是一种什么样的情感啊？母亲养了许多的动物，来寄托她余生浓浓的爱，这爱不能给儿女，就给了生灵们，与生灵相依为命。真让人悲伤啊！悲伤老人晚年时独守空巢时那种无处打发的寂寞岁月，悲伤虎子那份超越人类之上的忠贞，也悲伤知天命之年的曹森渐渐领悟到失去双亲后无处话凄凉的悲苦。这所有的一切都是人类的通感，曹森的母亲是所有天下好母亲的代表，虎子也是所有好生灵的缩影。曹森的伤感是所有人的痛，是人之常情，却也是青少年们还不能体验的常情。而等到中老年时，许多的伤害与缺失都成了再也难以弥补的遗憾，凝聚成自己背后吞咽的泪水。

这就是我喜欢这篇文章的因由，也是喜欢曹森散文的因由。字里行间皆是人类的知足与感恩，动物的缄默与可信，淡淡的人间俗世哀乐忧愁，深刻的芸芸众生浮绘万象。普通人们具备的坚硬不可夺的心志，以及老百姓们给一点阳光就微笑、物质不求甚多、只要吃饱穿暖就谢天谢地的吉宁祥和之品性。

——发表于2006年9月26日《中国矿业报》，2006年10月21日《张家口日报》，2007年第1期《长城文艺》

第三辑

古风与遗韵

从黄帝城与蚩尤寨捡到的古陶片

正　月

说正月是福月，真没有说错。一腊月地忙活，采卖、收拾、洗涮、烙炸，都是为了正月的享受。

正月面容洁净、齐整、崭新；正月的颜色亮丽、鲜艳、缤纷；正月是服装展览，比富夸有的日子；正月是烹调竞技，肥吃海喝的日子；正月是美酒飘香，流光溢彩的日子；正月是佳肴满桌，杯盘狼藉的日子；正月是合家团圆，父母亲心无牵挂的日子；正月是儿孙绕膝，老人们享受天伦之乐的日子；正月是门红窗粉，鞭炮炸响的日子；正月是大红气球飘扬，各式彩球飞动的日子；正月是冰糖葫芦串串紫溜溜红的日子；正月是五色风车飞转，万千彩旗翻卷的日子；正月是摄影机不停闪烁，电视机昼夜不息的日子；正月是孩子们最快乐最称意的日子；正月是大人们互相走动、祝福、拜访的日子。

正月是人与人和睦相处的季节。过去有什么积怨，有什么裂隙，都要在这时一个大度的问候、一次诚恳的拜见中解除。正月是文明礼貌广扬的季节，没有了平时的污言秽语，不见了平时的横眉竖目，所有的人都展示出人性中的善与美，所有的人都约束自己言行上的丑与恶。正月是世代憧憬的梦幻理想之国的闪现，是祖辈为之奋斗的大同社会的缩写。正月是幸福美满生活模式一闪即逝的光影，是应该挽住而没有挽住的灿烂未来。正月是东方神州最浓烈、最火爆、最喜气、最美满的一段好时光。

所有的霓虹灯把城市雕塑成玲珑剔透、珠镶玉刻的童话世界，让星光失色，天宇黯淡。所有的农家院落红灯闪闪，长夜不熄。所有的乡村门楼红唇赤腮，十分妖冶。所有的孩子放下所有的功课与作业的压迫，沉浸在欢乐和嬉闹之中。所有的大人抛开收成与指标的重负，尽情地放松自己。所有的人都平等地长了一岁，包括工龄与年龄、党龄、学龄……

正月的喜事真多，正月的忌讳也真多。忌讳骂人和被人骂，一年会不吉利；忌讳打碎家具，一年会不顺通；忌讳拿针线做活计，一年会辛苦；忌讳捅破窗纸，一年遭饥荒；忌讳初五出门，路上遇灾祸……很多的忌讳是很多的憧憬与期盼，很多的忌讳是很多的祈求；很多的忌讳是深情的心声与心语，很多的忌讳是古久的追求与构想；很多的忌讳是期盼多些幸福少些苦累，憧憬多些完美少点缺憾，想望多增福禄减少灾难。

正月的吃喝玩乐不在于吃喝玩乐，而在于它的深远喻义，在于它的丰厚内含，在于它的无限蕴藉；正月的春联鞭炮不在于它的红火热闹，而在于它的民意象征，在于它的民心抒发，在于它的民情展现。正月的祝福问候不在于它的短暂礼仪，而在于它导向的塑造与铸就，在于它的潜移默化的精神冶炼与人格垂范。

正月啊正月，智慧的祖先为后人遗留下的一个内涵丰富的年之魁首，聪明的前人给予后人圈定了一个洗礼言行的人生驿站。

多么希望月月像正月一样文明祥和，季季似正月一样美满幸福，人人如正月里一样品行高尚，处处像正月一样洁净鲜亮。多么企盼出了正月还有正月的好心境，过了正月还有正月的好素养。

愿一年十二个月，月月是正月，和睦、文明、高雅、富有、圆满。月月是正月，安宁美好，丰衣足食，喜气洋洋。

——发表于2000年2月14日《河北经济报》

贴春联

刚进腊月门，第一件年事——写春联已经悄悄开始了。此时，县城的文具店里，乡村的供销社及私人小卖部，都抢行情购进大批的刷红纸。来买红纸的人渐渐多起来，人们挤着、拥着、堆着，笑着、喊着、叫着。

这些日子里，会写毛笔字又有好人缘的机关干部和乡村秀才们，又该大显身手了。他们桌上堆着一卷卷红纸，不断有人微笑奉承着送来红纸。寻常里忘记了他们，这时他们可最红最香。尽管他们有些怨烦有些恼怒，可谁让他们有这一技之长呢，谁让他们写一手好字呢！

凡找上门来的，都是熟人亲戚，一村一堡，一机关一单位，乡里乡亲，左邻右舍，叔伯大婶，领导同事，怎么好意思顶回去呢？于是，放下自家的年不办，家不扫，也得先给大家写春联。也有的村由村委会出面雇人，给村人写上几天，还有人摆桌子上街写春联挣钱。

大概从一进腊月开始，一直要写到腊月二十八九。这些写春联的人家是最热闹的去处了，不断有人夹着红纸来，有人拿着春联走。写对联的人顾不上喝水、休息、抽烟，一劲儿写下去。手边放着人们送的十几支酬谢的烟，可是他们顾不上抽一口。

春联是年的第一需要，家家户户要贴。机关厂矿、街道乡镇、公司店铺、大家小户都想红红实实地过个年。过年了，人要新，房要新，连门窗都要一新，更要让这些春联红了大门，红了窗棂。那是民间百姓喜悦激动的粉腮红唇，是他们一腔的企冀和心声。

贴春联沿袭了多少年，谁也说不清。传说最早只是贴红纸，后来在纸上画符，再后来是写上祝福的话。有山里人不会写字，就在红纸上画圈。这些祝福的话经过一年年挑选，一部分承袭了下来。如“出门见喜”“吉庆有余”“五谷丰登”“春色满园”“福”“春”，差不多年年写年年贴，这是民间世代的共同心愿啊！

春联可称得上是一次民间书法的大展览了，每村、每庄、每个单位、每个厂矿的书法家们，此时都挥毫大书特书。他们的字不受约束，可以尽情地挥洒。瞧，那字或龙飞凤舞，或苍劲有力，或潇洒风流，或清秀圆润，或端庄秀丽，条条上品，幅幅佳作。人间真是藏龙卧虎，大有能人哟！

贴春联大多在年三十。年节前，家里大门红，巷口红，街道红，红得激动，红得喜气，红得洋溢。这样的红春联一直要贴到下一个春节来临，才撕下来旧的换上新的。旧的已经褪色变白，人们更看重的是新，新的憧憬、新的期盼、新的开始。

——发表于1996年2月13日《张家口晚报》

挂红灯

随着街市上进城的乡下人一拨拨地增多，年节的气氛是一日比一日浓了。

不时有乡下人夹着一对对大红灯笼走过。便让人意识到，年节的喜庆内容有不少正在默默地增加改变，挂红灯大概要算近年来出现的一种张扬富足的普遍形式了。

在改革开放中，首先富起来的殷实人家在年节时，便要想着法子把一年一度的大年过得尽量红火、喜气、吉祥。努力把自己的居室院落布置得五彩缤纷、花团锦簇。按照传统的方式贴了红对联、粉窗花，挂了七色的彩旗、长钱，还觉美中不足。那些善于创造的人，便学公家的样子，在自家的大门口、窗檐下、阳台上挂起了一盏盏一串串大红灯笼。左邻右舍羡嫉其十分红火喜气，便也去买了来挂上。于是，红灯笼一年年遍布城镇乡村。

红灯笼大多是买的绸布做宫灯，或一个，或一双一串，从大年三十晚上挂起，一直挂到正月十六，映得檐下窗子红彤彤，屋内红彤彤，人面红彤彤。用这种红色冲刷所有的邪秽，涂染一腔的渴求。衷心希望以后的日子就这样红火喜气，这般亮丽绚彩。

年节挂红灯的人家正在一户户多起来，街上不时有人买了红灯笼笑盈盈地归家去。不挂红灯的人家反倒显得日子过得寒碜了些，或家人关系不够平和，或生活不够有声有色，或孩子没有长进大人缺乏心劲，或有人赌钱败完了家产，或女人攀比花光了积蓄……年节时，总有人家因为不善理家，不会致富，不能来钱，没有跟上时代的步伐，把日子过得提不起兴致，缺情少趣。在如今改革的大潮中，所有的人都在被无情的市场经济筛选着、考验着、洗礼着，每个人都在被适者生存的自然法则划分着、归并着。那些天性中只善于模仿和追随，生来就不会创造与开拓的人，只能攀比效仿，随波逐流地跟在别人后面亦步亦趋。

时代在发展，人类在进步，生活水平在不断提高。古老的年节内容也在不断地改变。旧的习俗跟着老辈人的减少一点点淡漠了下去，新的形式也会随着年轻人的好恶一件件地兴盛起来。这是历史的规律，也是发展的需要。不断地改变自己才会不断地进步。许多时候，往往因为太固执一种已经约定俗成的习俗，就会走向自封和僵化，走向历史的后面，甚至走向可笑可悲的迷茫歧途。只有善于破旧才谈得上标新，只有善于否定才能够创造。而发展和进步需要的就是大胆的标新和立异，是不断地创造和改变。模仿别人只能跟在别人后面缓行，永远谈不上进步。传统必须在继承与批评中扬弃，现实也只能在大破大立中更新。繁荣与进步紧跟在创造与开拓者身后，故步自封只会让历史停滞不前。

年节，正在把更多的灯笼挂起来。年节，也正有更新更美的方式被聪明的智者创造出来。年节，正在把古人的千年期盼变成现实，正在把先祖的百世梦想变成行动。年节，将不再神秘与短暂，相信之后所有的日子，都将如年节一样美好起来，红火起来，绚丽起来。

——发表于1998年2月14日《张家口晚报》

本是同根生

沿着桑干河一路向东行，便能捡拾到一个又一个洪洞县老槐树下人的故事。

如果到了下游地段的涿鹿县境内，就要停一停，因为在河南岸有一个个带堡字的村落，它们分别称为头堡、二堡、三堡、四堡、五堡、六堡、七堡、九堡。不知为何，七堡与九堡中间夹的村子不叫八堡，改名杨窑，大概是嫌八字不好听。这些堡子全都是明景泰三年，从山西省洪洞县广济寺大槐树下迁来的移民。不远不近一个，依次居住在桑干河畔，他们大小路相通，鸡犬之声相闻。

每来一批人，就划一块地建村居住。有的富裕些的大户还垒起了厚厚的堡墙，同一批来的几个不同姓氏的人家一齐住在堡子里。现在，不少村子的堡墙还在或高或低、或残或破地矗立着。有的堡子里还住着许多人家。那就是当年移民的标志，是一页历史的真实见证。有的村子没有建堡，但是他们也留着一种事物作为纪念。

岸南有一个村名南二堡。南二堡村南的路口处有一株造型奇特的大柳树，大柳树树干向西深深地弯曲，形成一座树门。村人称“爬爬树”，这棵树，就是当年移民们从山西老家带过来的。

本县志书记载，当第三批移民按宋、范、赵、周、李五姓抽签后，抽的是乙丑，序数为二，照事先编排好的安排，这五姓人家得到保安州桑干河南岸筑堡建村，故名南二堡村。

这五姓移民，千般难舍几代老家情，万种难离数辈故土热，却怎能抗拒官府一纸令。他们唯一的办法就是从老家的大柳树上折下几枝嫩枝条，又从树下包起一堆土，精心保存，一路带到了新安居地。人家未安定，先把土撒在村里各处，把柳枝插在村口，人人着意浇水看护。这知情知意的柳条儿，当年就成活扎根，春去秋来，渐渐长成一棵参天的大树。脚下踩着故乡土，头上顶着老家树，南二堡村人，浓浓的思乡情结都有归宿了。

南二堡村人视这棵树如祖，神圣不可侵犯。有胆敢毁树者，全村人来拼命。440多年来，南二堡的人换了一茬又一茬，一茬茬讲着老柳树的故事，一茬茬精心呵护着老柳树。仿佛只要老柳树在，他们的灵魂就有了一种依托，他们的精神就有了一处栖息之地。

1890年，八国联军侵占北京后，又进一步向西进犯。当时，南二堡村是义和团的一个活动据点。洋鬼子想彻底剿灭义和团，从北京拨出一队亲兵经官厅直扑南二堡，被义和团一举歼灭在村南的河滩上。洋鬼子恼羞成怒，统帅瓦德西又派来大批侵略军，运来洋枪洋炮狂轰滥炸南二堡，义和团构筑的工事被炸平，大部分义士壮烈牺牲，少部分人以大柳树为掩体，继续与鬼子战斗。

洋鬼子以为义和团已全部覆没，都来观看这棵百年古柳。义士们从树上跳下来一阵刀砍斧劈，又杀死十几个洋鬼子，义士们也全部捐躯在大树下。

在那次战斗中，大柳树也被炮火烧着，继而渐渐枯萎下去。后来，村里来了一位义和团弥留的拳师，他站在大树下向大树深深地三鞠躬，又培了土浇了水，后来不知去向。南二堡人流着泪像爱孩子一样细心照料着枝焦叶枯的树，一遍遍去看望它，希望它再生。来年，枯柳果然再次复活，长出了新芽。然而，新芽却不往上长，偏斜着向里长，躬身垂首，仿佛是缅怀什么。

现在的“爬爬树”，也就是死而复生的第二代树身。

古柳树默默地长成了一座树门，静静地护卫着南二堡移民们的后代。他们祖先的移民已经久远成迷茫的故事，但是先人们栽下来的大柳树真真实实地站立着，老柳树证实着他们是山西洪洞县广济寺迁过来的移民后代，他们是小脚趾指甲两半的人们的后代。老柳树让他们记得历史，让他们莫忘祖宗。

桑干河畔的河北省涿鹿县的许多村庄都是从山西洪洞县广济寺抽签移过来的，至今他们爱唱的仍然是山西梆子，爱听的仍然是晋剧。他们说起洪洞县来，都有一种难以言说的情感。他们知道，那里有一棵老槐树，那里也有许多老柳树。那里的老树，有千千万万的后代，扎根在四面八方成材成林。

凡是在南二堡大柳树下村里出生的人，都想有机会一定要回去看看广济寺，去看看洪洞县，看看老树们。

——发表于 2001 年第 5 期《朔风》

街上有花的日子

近年来，县城的主要街道上也有了人工摆放的盆栽鲜花。

虽然只是普通的黄色秋菊与红色的串红，但也是过去从来没有过的，这足以让小城的人们眼睛清新了几天，心境怡悦了许久。因为，有小不愁大，有少不愁多。人们相信，只要有了这份文明的认知，这种打扮生活的举措，以后的街道就会不断改变模样，渐渐地优雅洁净起来。因为有花总比没花好，花多总比花少美。仅仅几盆花就能推进文明建设的进程，那些难得作为的领导们何乐而不为呢？

在那有鲜花的日子里，街道的颜色鲜活了起来，小城的空气温馨了起来，来往的人们喜悦了起来，人心与情意激昂了起来。

鲜花让小城人们的节奏缓慢了下来，所有的目光和评说向花丛围拢过来。生活在这个时空段里的人，为赶上越来越文雅的好日子庆幸，为确实在日新月异的环境感动，为不断出现的暖人心事而振奋。鲜花让那些日子的天地格外的灿烂，鲜花让那些日子的人性格外的儒雅。

尽管这花并不多，颜色也单调，这里一堆那里一簇，十几盆一丛，最多的不过几十盆，形不成龙跃，也编不出凤形。但是毕竟在视野荒芜的偏远角隅有了靓丽，在苍灰的人生背景上点缀上了几片绚彩，在低调的沉重意绪中，有了种异样的欣悦在心中蓬勃起来，有一些洋洋喜气笼罩着人群与楼群。年轻的情侣们上街拍照了，放假归家的学子们在街头驻足了，孩子们在街头蹦跳了，老人们在街头欢笑了。曾几何时，他们多么地羡嫉大城市那花木葱茏的公园，多么地嫉妒新城区大片的绿色草坪啊！

真的有花了，真的有美了，政府真的开始把钱花在老百姓的所期所盼上了，花在公共基础建设上了，花在健康向上的文明事业上了。这花的事不是小城人的创举，小城人的日子大多都一个形象，很少改变，连节假日也没有什么波澜。花的事或许还是上级的行政命令，花的信息不过是京城飘过来的幽香，是落后的模仿，是迟到的效仿，甚至是被动的无奈。小城人还缺少与众不同的创意，缺少出类拔萃的竞争意识，缺乏人无我有的先锋前卫头脑。更重要的是经济不够富余，带来了文化上的萎靡不振。养花、护花、栽花、展花的活动更不值得一说，懒得一做。从来没有过大城市的花坛、花池、花盂、花圃、花市、花园，更谈不上国际化大都市的那种楼上有吊花，街上有柱花，巷内有丛花，几上有插花的繁复热闹。不知道那些花会给社区带来亮人眼目的妩媚，抚人心肠的温柔，感人肺腑的拥爱。这是经济发达的见证，更是精神高扬的红晕，是人心五彩缤纷的绽放啊！

昔日，小城人们不是乐意那一地包装纸的脏乱，也不是喜好踩着厚厚的垃圾过日子。小城人们老老少少都想有一个优美的生活环境，都想生活在花木簇拥的园林中。所有的人都在怨叹，但是每个人都在随手扔垃圾，糟蹋着自己的家园。因为没有严格到一个塑料袋怎么处置的管制，没有必须把果皮扔进垃圾桶的规矩，随手扔掉也不受任何监督与惩罚。有一个人在扔，别人都会跟着扔，有一堆垃圾没有清理，就会再生出一堆，有一小堆就会很快长成一大堆。没有引领，没有典范，没有奖惩，所有的人都嫌脏乱，所有的人都在制造脏乱。公务员们擅长坐在办公室里清谈论道，争工资争待遇，一任真善美与假恶丑一起生长，等待别人去做琐碎的细致的工作，等待理想社会从天上掉下来。

自从有了花的那天起，世风在日日好转，人心在天天向上，政府在谋划实事，想着民生，一切真的越来越好。随着季节的变换，街上的花早已凋零了，但是久久地留在了老百姓的记忆中，留在茶余饭后的言谈中，留在对明年春夏的芬芳憧憬里。

祝愿那花们的种子飞向四面八方，明年早早开满小城所有的街道院落，开满人们敞亮宽展的心扉，开满人们欢愉的明眸，开满 2008 年的脸腮。

——发表于 2007 年 1 月 13 日《河北政法报》

北方的冬季

如果能把目光从街市的屋顶或城镇的楼群缝隙间暂时挪开，从街巷里五颜六色的商号店铺里的油盐酱醋茶上挪开，从目不暇接的时尚流行上挪开，从纷乱如麻的烦愁心事上挪开；豁上半天时间，一个人行走在冬季北方的郊外，顶着朔风孤零零站在衰草瑟瑟的旷野上，就会知道，曾经春华秋实过的田野此时是何样的辽远广袤。除了在风中摇曳的几丛枯禾，冻僵了的一两畦秋菜，就只有黝黑的树木与焦黄的土壤。它们都已冻得又冷又硬，连劲风也难以掀起一层浮土。然而，这就是北方冬季的主色调，黑与黄的交响。千里万里地庄重沉郁着，光秃赤裸地舒展挺伸着，毫不掩饰它的雄壮，绝不羞涩它的枯瘦。

脱尽了繁华的田野，一览无余地袒露着高原的胸膛，伸展着山脉的臂膊，一任风雪在它躯体上长驱直入，冰冻着它们疙疙瘩瘩的肌肤，撕扯着稀疏的树毛柴角。一任五颜六色的垃圾袋在它的须发上灵旗鬼帜般迎风招展，把它打扮得乞丐般丑陋。为了养育无数的生命，那些真善的与丑恶的生命，那些正在抛挖毁坏着它的生命，那些四处乱倒废物的生命。大地在又一度的奉献后，浑身伤痕累累，疲劳困顿得瘫软无力，只想躺在那里久久地酣眠。

所有的禾茬谷柴都冻结在一起，与土壤一个颜色。那曾经妩媚地鹅黄过，青春地葱茏过，丰满地翠绿过的禾苗粮蔬的叶，都毫无例外地融进土地的紫褐或枯黄，投入了冬天的怀抱。那蝉与蟋蟀及麻雀的欢叫，也冰冻住。它们没有其他的选择，即使偶然有一些物质想腾空飞跃，脱离开大地，只是走不了几步，最后依旧跌落下来，羞愧地化成泥土。

田地里的农人们挑出来的喂养土地的粪肥，那曾经的金黄翠碧，早已成为柴灰一样的丑陋，在地里风干成臭烘烘的片块。然后再被敲碎撒在土中，与土地再没有任何二致。所有的色彩都不能像土地那样保持得长久古老，所有的赤橙黄绿青蓝紫都将化进土壤，在大地的怀抱中获得永恒。土地吸附着一茬茬动植物的尸骸，是万物的最后归宿，是万物的坟墓。不论大与小，饱与秕，美与丑；不论早熟还是晚成，完整还是伤残，都是土地的原材料。离开只是偶然，回归才是必然。鲜艳只是偶然，苍黄才是必然。

从春到秋一直在地里忙活的农人们，此时没有一个再到旷野里去看一眼，他们都躲在家中精致地拾掇这一年的收获；在瓜豆间走来走去，把珍珠般的粮米搬来挪去。暂时忘记了为他们生产果粮的耕地，只有一两个牧羊人或放牲口人赶着羊群牛马在沟沟壑壑里耐心地捡拾一两穗遗落的谷粮，在滚滚白石河床里觅食干柴下的嫩草。然而，不管它们吃得怎样缤纷，拉出来的粪便依然与土地一色。

村庄内外那几株稀疏的细树，落尽了叶片，不能再给村郭任何庇护。老砖旧瓦堆积得村庄无遮无拦，粗粝的黄风裹着转蓬在街巷里扬着粪味的飞尘四处游荡，破碎了的玉米秸秆的叶片发出唰啦啦沙哑的干音。傍晚时分房顶烟囱里冒出烧庄稼秸秆的炊烟，庄稼默默献出全身来供农人过日子，它们的籽粒与秸秆填满了农家的角角落落，到处迷漫着秋收的饱满。村庄像驮着柴草的搁浅的小船，一只只停在苍茫与凄迷里，柴草们把那墙那瓦那树涂抹得与土地一样凄迷。

土地用其博大的胸怀，等待收留一切的倒伏、衰枯、凋零、朽蚀、遗弃、灭亡，等待着把所有的美艳都还原成黄土，把所有的喧嚣都变成沉寂，把所有的鲜活都化成腥臭。黄土与沉寂才是事物的终极本质，五颜六色的喧嚣不过是一代代世俗人间循环往复的幸福瞬间，人们追来逐去，谁也无法把握在手，而自己却被土地永恒地怀抱着。无论生与死，谁都走不出黄土的胸襟。

冬季，北方万物凋零，只留下大地一派苍黄，长达五个月的苍黄。

窗外的老杨树

我家的窗外是一个汽车站，全城的客车都在这里停留等人，然后到点出发。

往年一到老杨树光秃赤裸的冬季，就经常从那个院子里传来人们吵闹的声音。每天一大早，或在中午休息时经常会被人们歇斯底里的辱骂声震醒，醒后为人类的相互不能容纳，为同行们的各自为政，为人们不能互尊互敬的人性缺失而久久悲哀。好几次被吵醒后就开始怀念原来长在院内的那几株老杨树。因为老杨树，我才愿住在这里。

不到仲夏，无论如何也体验不到被窗外的老杨树掩拥着的许多好处。窗外没有树，也永远无法感受在那一片温馨的绿色中，藏掖着多少人们需要的宁静与平和。

什么时候，忽然听不见人们的吵闹声了？

原来是窗外那几株参天的老杨树又长出了密密匝匝的叶子，那万千的叶子如手掌层层叠叠地伸展着、挺举着、交织着，编出的绿网挡住了各种吵闹，为喜欢它的人们独辟一角宁静。此时方真正体会到树木的绿叶，不但能净化空气，降低温度，还能减弱声音。

有几棵老杨树在窗外，每年夏天就是青葱油绿的，就是静静谧谧的，就是清清凉凉的。在老杨树的拥爱抚慰遮掩中，一个又一个长长的苦夏，都在不经意间就一滑过去了。许多的酷热，许多的烦恼，都在这片绿荫中融化。

没有了人的吵闹，却有了鸟的啁啾，在茂密的叶丛中的枝头上，有看不见形体的各种鸟儿发出吱吱啾啾的鸣啭，那或自得，或悠然，或急切的轻轻的、亮亮的鸟语，让人生出渴望家巢的浓浓温情，渴望亲人多多关照，渴望空间的重重美好的诸多渴望，让人的心变得温柔细腻，多情多趣。

偶尔一阵暖风吹过，树叶一齐抖动，发出雷鸣般的鼓掌声浪，十分的欢快。风过去好一会了，那树叶还在激动得前仰后合。看到了风被树叶打败的狼狈，听到了风戏树叶发出的歌乐。风大的日子，树与风就要做一番激烈的拼搏打斗，有时风会把树撕扯得披头散发，掉几片伤残的叶子与几根树枝在地上，经受一次苦难的历练。

树叶在春日里是鹅黄的、青葱的，夏季时是碧翠的、油绿的。到了秋天便一日日地开始褪掉绿色变得薄瘦枯黄，从第一片叶子离开树干，悄悄地、静静地飞旋飘零下时，就是冬的信息：冬已来临。老杨树会把春夏秋冬的界线分割得清清楚楚的，也会把年与年的接替交代得明明白白。更可贵的是，叶子一旦到老的时候，就主动把位置让出来给下一个春天，比人要活得理智得多。

老杨树每年能长一尺左右，因为有一枝紧挨着阳台的玻璃，每年会折断大约一尺长一截，而到秋后，那折断的半枝又在玻璃窗前探头探脑，想进家看看了。

窗外有几株老杨树，就留住了缠缠绵绵的慰人鸟声，拽住了爽爽快快的掠耳风声，听到了同心合力的神秘树声，远离了尔虞我诈的可恶人声，老杨树能给人带来美好的东西。不曾被树木拥爱过的人不懂这一切，也不知道树木的珍贵。谁的窗外有一株老杨树，那么，谁的生活就会增加几分别人不具有的幸运与浪漫色彩。

如果有空地，在窗外多栽几株杨树吧！或者别的什么树。如果有树，一定要让它们好好地活下来。然而，本人这篇文章还没有发出来，窗外本来不多的老杨树就又被砍了一半。说是要在那片地上盖家属楼，楼不知什么年月能盖起来，树就先没了。在人居的地方，总是楼房越来越多，树木越来越少。人们难道都爱住进四周没有色彩的光秃秃的楼房里吗？最怕的那可恶的吵闹声又要扑窗而入了吗？

好想那几株老杨树啊！

——发表于1999年第10期《森林与人类》

一路平安

今天运气好。

一上车，就觉得车内干净舒适，乳白色的车顶和车壁上没有一处黑印，玻璃窗擦得闪闪发亮，车靠背的坐套也清清爽爽，有一种坐轿车的感觉。开车的司机与售票的是两个高大英俊的男人，他们西装革履，干净利索，脸上一直带着微笑。

车上已经上了不少人，都安安静静地坐着，售票的开始售票。“老哥去哪儿?”小妹、兄弟、大姐……他按乘客的年龄不同地称呼着。在这种清爽的空间里和亲切的称呼下，人们的心情一下子都好了起来，脸上不由得也漾出了笑意。

一路上不断有人上车下车，车一路停停走走。大概是因为车门有些低，每逢高个子下车，售票员都要提醒，老哥小弟弯一下腰，小心碰头。

半路上有一个小姑娘搀着一位七十多岁的老大娘上车，本该每人收七块钱，可是他每人只收了四块钱。在他们的服务项目中，还有优待老人与孩子的内容。

在车上，所有人都安安静静地坐着，就连最爱张扬的年轻人也不大声说话，呈现出一种平时不见的文明祥和。这是被人敬出来的文明祥和。当一个人被别人尊敬着的时候，就会藏起他丑恶的一面，而展示出他美好的一面吗?面对美则美，面对丑则丑，在一个文明的环境中，人们会不由己地文明起来吗?

而人们是多么期盼这种祥和与宁静，社会多么需要这种平安与文明啊！在生活富足以后，人们急需一种安定来保障他们的外出旅游，享受大自然的百般美丽和温情。

离终点站不远了，车上的人上上下下，位子渐渐地宽松了，一路站着的售票员也有了坐的地方。他环顾四周，见没有等车人，就坐了下来。

没有吵闹，没有小偷，没有混乱，这趟车一路宁静祥和地到了终点站。

一路平安。

这是我近年来坐过的最安全、最平和的一次长途车。

一下车，我就有一种冲动，觉得应该为这趟从涿鹿县城开出来的胜利中巴写点什么——关于社会风气，关于人与人，关于精神文明如何构建，关于社会与人的形象塑造，关于经济发达后人的思想意识，关于不同服务观念带来的不同效应……

后来，我打听到这趟车上的两个男人的名字，开车的名朱全录，售票的名吴生。两个普通的名字，一种不平凡的服务方式。对他们来说，或许是一种谋生的手段，而无形中却给社会培养出一种精神高度，给行人带来许多的文明因子，让乘车的人享受了一次难得的文明祥和。

真希望这样的服务越来越多。

——发表于 1999 年 6 月 9 日《河北交通报》

楼道里的纱窗

刚住进崭新的交通局家属楼时，似乎新楼还不够称意，家家装修，户户粉饰，换家具，买沙发，好几日忙乱。

共同的楼道里便整日有人上上下下地搬东西，纷纷扰扰地繁杂。有人家的新家具买大了，在楼道里左右摆着，抬上抬下地折腾。有人家的席梦思床进不了门，在楼道里东碰碰西磕磕，有人抱的物件太沉了，抬起脚蹬着墙休息……

终于家具都进了家，楼道里稍微安静了些。

然而，本来雪白的楼道墙壁画上了好几条紫痕，留下了好几只大黑脚印，六层楼道里所有的纱窗，也无故地被谁家缺乏教养的孩子用小刀划了个大口子。

尽管自己家都布置得或豪华，或典雅，或赛酒吧，或似宾馆，铺着红地毯、绿地毯、花地毯，可是不少人的德行并不高，一出自己家门就往楼道里吐痰或扔瓜子皮丢废纸。尽管现在的孩子们打扮得花枝招展，却会白痴般无知地在公共的楼道墙上，用红粉笔、黑铅笔写上骂人的话，画上一条条长长的黑道……

楼道很快就脏了、黑了，走在共同的楼道里，感觉很不舒服，很不是滋味。对住在楼里的人，对那些有富丽堂皇居室却不教育子女，那些全家都不遵守公共道德的人，那些一出家门就吐痰、扔烂纸、咚咚跑，不尊重他人、不遵守公共道德的孩子，从心底深处生出一种不屑与怨恨，对没有公心的人，损人利己的人产生了种种疑虑与担忧。住在这样一群人中间，会生活得怎么样，心中好几日忐忑不安。住楼房与住平房可是大不一样啊！

或一日，见楼上因脊椎生血瘤休学在家养病一年多的十几岁的女孩侯燕，静静地站在纱窗前，一针一针地缝补划破了的纱窗，大家共同的纱窗。此时的人们大都没有在家，楼道里悄悄的无人走动。阳光透过窗口射进楼道里，映照着女孩苍白的圆脸。这个梳齐耳短发的女孩专注地缝纱窗的倩影，她从美好的心灵里放射出的人品光芒，强烈地震撼着那些破坏环境人的卑微灵魂，涤荡着世俗人们膨胀的私欲。

在无人时，拖着病体出来缝被同龄的健全孩子们划破后，却再不屑一顾的楼道里的纱窗的女孩，如一幅人物油画，永远光芒四射的灿烂地映在我的记忆深处。

当我再次走进楼道，见六层楼道里破了的纱窗都缝好了，密密的针脚融进女孩的纯真与爱意。这是一份对丑陋行为的严厉批评，对缺少公德者的警告与鞭策，是下一代人对美好生活的向往，对优美环境的追求，是发自一个少女心底的对大人们的期盼，对世界的期盼。那缝好了的楼道纱窗，什么时候看到都会从灵魂深处产生一缕震颤，一缕对美好世界的竭力渴望。

自有了这个病女孩的缝合，楼道里开始有大人们被她感动了，举起扫把经常打扫楼梯上的碎纸和瓜果皮，举起麻刷粉刷污黑了的墙壁。没有人再敢觊觎楼道里那方寸天地，人们开始想着那些心脏不好的老人，开始轻轻地抬着脚上下楼梯……

洁净多了的楼梯添了许多暖暖的温馨，使我原本对住楼房的担忧恐惧减少了几分，对周围的世界和人类陡增了信心与崇敬。特别是对小一代展示出的美好心灵，使上一代的一些一心为自己的人汗颜，也使那些忧国忧民的老人们，对祖国的未来生出了一片光明。

——发表于1999年2月26日《文明时报》

这还是我的故乡吗

一

没有了清清亮亮的小溪河，没有了河中白色、红色、黑色的鹅卵石，没有了河边长长扁扁的搓衣板，没有了说说笑笑的洗衣服的姑嫂，没有了听姑嫂们说悄悄话的弯腰曲背的老柳，没有了老柳树下枝枝杈杈的柴篱，没有了柴篱内畦畦格格的菜地……

村中那圆圆的麻湖哪里去了？麻湖里傍晚此起彼伏的蛙声哪里去了？还有那淡淡臭味的地边路旁晒着的沤过的白麻？

村中那眼老泉为什么干枯了？那一片苇草和绿汪汪的颜色为什么一下子消失了，还有那摇头晃脑的小鱼？

二

从什么时候起，村中站起这么多房屋？房屋盖满了菜地，盖满了小学操场，盖满了沤麻的麻湖，盖满了鱼塘，盖满了七个生产队打谷场。

岁月魔术般摇几摇，便有新房率先矗立起来。连路边道旁也立着新房，连老梨园也砍光了树只结新房，连烈士墓地也挤跑不知去向，连老巷也切下一刀垒起有钱人家的墙角。

老家没有柳叶桃、石榴花的妩媚了，老家没有四千年奶水的叮咚了，老家没有各种鸟的啁啾了，老家没有杂树的遮掩了，老家没有四月一枝枝出墙的红杏花了，老家没有六月柳絮满街飘了。

老家只剩下房的拥挤，房的媲美，房的膨胀，房的苍黄，房的林立了。

三

村里干部在电杆上安上几个路灯，用来照亮黝黑的夜路，当晚灯泡就被砸得一个不剩。一伙长头发青年在街道上的黑暗中逍遥窃笑。再没有人来安上灯泡，人们打着手灯在老街上走得深一脚浅一脚。

老家的夜晚黑暗如一座废弃的城堡，唯有一栋栋房与拆了一半的旧墙峭愣愣地立着，仿佛有许多鬼魅在黑暗中张牙舞爪。

夜晚，走进黑色的乡村老家，犹如走入地下深处般没有光亮，呼吸窒息，总担心有什么在身后紧紧跟着。

四

村街上又出现了衣衫褴褛的老人，他们的衣服上打着补丁，他们的脸黑得像煤炭，衣褶里汗渍斑斑、泥土道道。

而他们的子孙却骑着崭新的摩托车，在街上兜来兜去，穿着花衣裳，戴着黑墨镜，挎着一个放浪的小女孩。

这些老人的一生积蓄，被儿孙们一块块分割了，割一块给大儿子盖一栋房娶一个媳妇，割一块给二儿子盖一栋房娶一房媳妇，有几个儿子就得割成几块。古老的讲究风水的四合院拆得七零八落，老村成了残垣断壁的空心村。

儿子们各自去过他们幸福的小日子，或者为他们的儿孙们奔波劳累。剩下榨干了骨血的老人被扔在街头巷口唉声叹气。晚上他们还得慢慢走回那个祖上留下的墙皮剥落的老屋居住，拾一把柴烧那口冰凉的残破的冷灶。

五

为争取一点赡养费，老子逼不得已把养了二十多年的儿子告上村委会，争争吵吵、哭哭闹闹才取得一点尊严——凡得过财产的儿子每人每年给老人三百块钱生活费，老人用这点钱买口粮，买药，打发残生。

为了这一点钱老子与儿子成了仇人，钱通过村委会从卖粮款中扣除，由村委会转交老人。

儿媳妇们为这一点钱不断地找上门去大骂老人。老人们只能在背后悄悄地掉泪，饱尝了娶一个媳妇卖一个儿的古训。老人们见了小辈人就像老鼠见了猫一样颤抖，深深地懊悔此生生了这些不孝的儿子，十分嫉羡那些生了女儿的老人。

六

我的古老的乡村哟，我的牵肠挂肚的乡情哟，我的把儿孙扛在肩头赶集看戏的父老乡亲们哟，我的把希望都寄托给儿孙们的乡邻哟，我的一辈子没出过远门苦巴巴儿女做为的乡亲们哟。

远方的游子在梦中千万次地念叨着要回归的故园，多年在外的浪子口口声声要在晚年时来祭拜的老家，艺术家们准备来采撷淳朴的乡风乡俗的本根哟，让人无法言表……

你何时变得如此狰狞可怕，变得如此冷酷无情，变得如此野蛮势利，变得如此不肖生分了呢？

我的老家哟，我再也不想走近你了，我真的十分害怕走近你了。

——此文曾获1996年度《文艺报》笔会三等奖

高墙壁垒皆祸端

——《张家口现存的古长城》读后感

若论和谐，入画的万里长城永远是一个悖论。凡长城经过的地方，必是战乱频繁的交点，左右山河家园破碎，邻近人民流离失所。为了画地为牢，垒高墙设关卡，以他为敌，给天下带来了无穷的灾难。

作为边界，长城不只是东起山海关，西至嘉峪关那一面墙，而是纵横交错，层层叠叠的数道边。张家口境内的长城就是从战国时开始修的防御工事，至今有两千二百多年的兴衰史了。如今，这些城墙尽管绝大部分已经东倒西歪，豁缺塌陷，有的分化成耕地，墙基轮廓仍然牢牢地盘踞在华夏民族的高山峰岭上，凝固成炎黄子孙们心灵中恩恩怨怨的永久创伤，中华民族脊骨上分分合合时留下的巨大疤痕。

至今，张家口境内四区十三县3.7万平方千米的崇山峻岭上，仍然纵横着自战国时燕、赵及后来的秦、汉、北魏、北齐、唐、辽、金、明朝的土夯墙、石片干垒墙、土石混垒墙、石条墙、砖墙，长长短短歪歪斜斜共十三段长城，全程联结起来达1470千米。这些长城墙与山峰一起曲折盘旋，在这里傲然地坚挺着。这里的长城从南到北称三道边，一条条割据着这方土地，撕扯破碎的故土家园。

两千多年来，这些城墙在塞北这块草原与农耕地交界处的山脉上互相积淀叠压，不断地增补修葺，历朝分支蔓延，一直结实地镶嵌在公路边山脊峰峦上，随着山势起伏跌宕，隐回闪现。从秦朝大将蒙恬的帅旗到明朝戚继光的鼓角都曾在此飘扬呼号。真是秦时的边关明时的隘塞，何等的紧要啊！而他们留给后世的馈赠，唯有这起起伏伏的乱石碎砖了。倒塌四散的残垣断壁难堪地在山脊上错杂地扭曲着，黄土城墙大都委地成泥，插石墙坍塌成蟒蛇般的垄埂，砖垒的残破地剥落，石条与砖头被附近的村民剥去垒墙砌圈，被人畜踏得少皮没毛、断断续续。往西，仍然依稀可见当年蜿蜒远去戈壁荒漠的不能挽留的悲壮；面东，可见它从崇岭峭壁逶迤而来的势不可当。在地图上短短的一小截曲线，大地上就是一去几百里的垛墙，几百个城镇村庄同时笼罩烽火狼烟。

这些长城墙上的峰燧墩台无以计数，据张家口市委著的《张家口现存的古长城》一书统计，下西路有255座，上西路有132座，东路有214座，南路有132座。为争夺长城内外的田园，从秦汉时的匈奴、东胡，后晋时的契丹，北魏时的鲜卑、柔然，明清时强大的蒙古、女真，都一次次南下扩边，在这里发生了一场场争夺、抢掠、杀戮，一回回死伤、亡故、哀号，一摊摊将士鲜血涂地。到了1941—1945年间，日寇又在长城两边实行三光政策，烧杀百姓35万，使长城内外再次成为无人区。拥有长城，就等于拥有了万劫磨难。

这里有汉刘邦与项羽争夺的飞狐口，汉飞将军李广、苏建、霍去病与卫青都在赤城龙关打过败仗，唐朝安禄山在宣化的葛峪堡一带辟有训练军队的校场，唐朝女将军樊梨花在赤城锁阳关屯集粮草，程咬金在赤城雕鹗驻军，明朝大将常遇春在这里病故，明成祖亲征蒙古病死在这里的榆木川……一茬茬历史潮流人物来这里出场，只为当权者一朝霸业，何曾顾及老百姓的生死存亡。

曾几何时，这里城门紧闭，烟光草色，残月斜阳，声声呜咽叹息。守城的士卒不是配军就是罪犯。万里来的民工早把青春朽成了白骨，思妇们还倚着柴门向这里张望。或许越是高墙壁垒，越是让人想窥视。层层城墙没有挡住各地民众的繁衍兴起，渐渐融合壮大起来的蒙古人骑着肥硕的牧马，跃过道道长城，征服了大半个世界。墙外的女真族从长城大门山海关大摇大摆长驱直入紫禁城，在太监们的服侍下，统治中原三百多年，并且没有在长城上再添一块砖。长城在他们眼里是个摆设，守城的人们全部落荒而逃。而再后来，拥有了坚船利炮的不再费力筑城的人，最终还是把中国分割出卖得四分五裂。长城，白白屹立了两千多年。守城将士们的鲜血，白白流淌了几个世纪。

张家口，拥有一页被条条长城镇压，被刀枪剑戟划伤，被炮轰弹击得七零八落的战争历史。尽管这一切已成为史书上发黄的文字，仍然留给张家口人长时间的惊恐动荡。一段段残存的城墙上布满了累累弹洞炮坑，深深地刺激着人们的痛苦记忆。经过战火兵燹的洗礼，这里几十年山秃水枯，树焦田荒，村毁人亡，沙埋尘蒙，付出的代价十分惨重。万里长城什么也没有阻挡得住，却人为地割碎了自家版图，生生把长城外的辽阔土地遗弃成千里内没有人烟的荒山野岭。

长城让这片土地历遭劫难，城墙既是屏障也是祸患。城门大开时天下太平，商贸流通；城门关闭了，必然战乱四起，天下涂炭。战争给了这个民族分治割据必起祸端、和谐平等才能宁和的警示。所以，长城两边饱经战乱的人民不愿流血战乱，也不愿过多地评说歌颂这些功过参半的长城墙，高墙壁垒永远抵不住人心的凝聚与民族的强大。

——发表于2009年第9期《乡音》

跑到北京看老园

从百里外的乡间山野专门跑到北京去逛百年老公园，只为那自明清以来的公园里，有峭岩、森树、奇花、异木、怪石，有曲径、幽栏、飞檐、翘角，有历代的鞋靴踩踏出来的美丽石头花纹，有能工巧匠们精心雕琢的石头兽头莲枝。花草树木在这里汇集，大自然的精华在这里凝积，万千的气象在这里聚合，天下的丹青妙手在这里留下珍贵遗作。而本该花香鸟语的僻野乡间是连百年老树都难以见到了，更不用说杨花柳絮、溪水小桥，如今的山村除了房屋还是房屋。

更重要的是，这些数百年的老园，层叠着几朝的历史文化，蕴含着千载岁月的印痕。一代代文人墨客的脚步把石砌的花甬路踩踏得光洁打滑，似打磨了无数遍的收藏彩石；园丁艺人从四面八方收集的一棵棵名树长成塔松弯柳，共同葱茏成一块凝重的翡翠；从山南海北移栽来的异卉形成一畦畦牡丹园、芍药圃，像倾倒了一桶桶七色油彩。一花、一草、一树、一木、一石，在这里达到了应有的尊敬与膜拜，人与大自然和谐相处，人从大自然中得到了人世上缺少的体贴与爱抚。

这里有古今艺术性最高的建筑，格局巧妙，疏密有致，三脊四楹。在树掩花拥间，独露飞角翘檐，花墙透雕，把笨拙与黯淡藏在不知处，像工于琴棋书画的大家闺秀，只偶尔地远远从高处向人潮张目眺望几眼，从不把一己投入滚滚红尘，反引得世上倜傥少年苦思梦想那份含蓄庄重与澹然。像顽皮的儿童在花间石后躲藏，等着大人去寻找。建筑因为不直面观众，游客甚至找不到它的进出处，也就显不出它的傲慢与霸道，不那么平庸世俗，在这里所有的一切都回归平等。

路在这里的花间树丛曲折迂回，又四通八达，忽而摇身变成步步高上去的一截十几层或几十层的石阶，忽而幻化成一段五色鹅卵石铺就的各式花甬，忽而躬背成为一座汉白玉兽雕拱桥，忽而从翠篁秀竹间细成一条窄巷，忽而在假山下逶迤洞穿。

水在这里波光涟滟，或圆出一池荷花，或捧出一塘芦草，或跌出几层叮咚，或碎出满潭绿漪。水中有沿岸的桃粉，有半堤的杨柳，有一轮黄月，有数段红墙，似一块块镶嵌的碧玉镜，似一方方铺展的蓝绸缎。园子沿着湖水的皱褶砌垒着白色石头坝的花边，花、树、山、楼、台在湖边错综成一幅幅水墨国画。

还有石头，大的如屋，小的似桌，立起的像山，平放着当盘。每一块都各具风采，每一块都是一个艺术品，都值得收藏。亿万年前的矿物的集合体上，生着树干的眼睛与一圈圈岁月的年轮，长着龟壳的斑块，巨蜥的鳞纹。不论是大块的太湖石还是小粒的河石，都如宫女般精心选拔，个个姿彩出众，连摆放的地方都十分的恰当和谐。山妖石怪，大自然的精华，都在这里了。赏石是逛公园的又一雅趣，像走进了一座不饰雕刻的原石博物馆，心境与见识都添一份富有，眼光与视野别有一种拓展。

更主要的是，这个公园的主角，一棵棵百年老树在这里栖身存活，没有像街头的树那样，因为要给楼房腾地方，一夜间就受到杀伐屠戮。想看老树擎天的深荫，想看老树扭结的疙瘩沧桑，只有到老园里来。是弯腰躬背的树支撑着老园的框架骨骼，是密密匝匝的叶铺衬出公园的第一道底色——鹅黄碧绿，才有花丛啊，奇石啊，草地啊在其间勾画成一步一景，诞生出无数的传奇与童话，缠绕出所有人心中扯不断的牵挂与回忆。

公园不只如教堂一样庇护了劫难中的老树，还精心管护着每一株小草，细细浇灌着每一朵小花，让它们不蒙尘不落灰，尽情地展露着独有的色泽与寻常的个性，公园具备了博爱众生，天人合一，救赎苦难的大善、大美、大德、大道。

北京的老公园很兼顾包容，集他园的长处于一身。江南水乡的小桥流水韵味，苏杭园林的玲珑、透巧、别致，太湖石的露、瘦、透的空灵，秦淮河妆装艳抹的脂粉，庙堂雕梁画柱的绚美，荒野蓊郁苍茫的僻静，还有农家的竹篱与草屋，田园的纵横阡陌，湖海的跌宕与柔媚。

这一切，在别处都是找不到的，即使现在都注重城乡小区的绿化，也只不过是两块草坪，或几畦花丛，或数株小树，三块石，一座喷泉。一眼观到底的疏露，几步就到头的浅短，没有闪回，没有错综，没有深入，没有幽静，特别是没有百年老树的拥爱，没有鸟语枝头的温情。遮不住脏乱，掩不严垃圾。亡羊补牢式的急功近利，诊治不了地皮的沙化，抚不去人们心头的创伤。放眼四望都是得意的摩天大楼，无不心生憋屈与压抑……

老公园留有大片的空白，敞亮着胸襟，心肺在这里得到了足够的氧气。从花的彩丛与树的浓荫中出来，阳光暖暖地混合着各种芬香芳馨，空气格外清凉温润，心中最苦痛的地方得到了抚慰。于是，所有的烦愁都在花蕾与花朵间柔软成缤纷的惬意，所有的烦恼都在燕飞燕语里溶化成甜蜜的欢欣。花能用花的美艳涤荡人心中的惆怅，树会用树的蓬勃洗濯生存的几多悲凄。

苦难在老树上钻出疙瘩疤瘤，风雨在石岩上留下墨藓青苔，过客把石阶踏得坑洼不平，游人把甬道走得光亮晶莹。时间在林树里一层层生长出高高低低的青葱墨碧，岁月把湖石坐出一尊尊写意抽象画幅，春日落英与秋季飘叶在花间堆积出紫色的肥厚，夏天的孕育与冬夜的衰枯在老根上交替兴衰成肥壮与苍褐。

老园已不是老园，而是一轴百年粉绿的山水画，古久、丰厚、深刻、悠远。老园是一个历久见广的老人，拥抱着每一个投抱她的人，不论善人恶人，都会把他的悲苦从心底抽掉，填进无求、淡泊、宁静、致远的圣贤般旷达的心境。老园是一本唐诗宋词的古集，凝结着李白的飘逸，杜甫的沉郁，苏轼的幽怨，柳永的婉约。老园是无数个春夏秋冬堆积成的大花坛，盛满了赤橙黄绿青蓝紫……多少人来了，都似一把豆散在田亩垄埂，一粒一粒四散开来，自去寻觅那一份憧憬与喜爱，偌大的老园，只闻人语声。

老园是一个难得的知音，任凭来人倾诉心中的恩怨。老园是一位资深的禅师，点化世上所有的愚顽。老园是一座过滤机，人们进去时风尘仆仆，拧眉皱目，出来时精神饱满，容光焕发，把每一个来者淘滤洗濯了一遍，抖落了两肩风尘，喷涂一身清爽。

多少人千里万里，跋山涉水，跑到北京来逛百年老园，来寻找心中需要的那一种山水赋予的仁和之源与智慧本根。老园迎接普天下人，普天下人心中装着古色古香的老园。如今，老园成了晨练的地方，首都成千上万的百姓来这里尽情地唱啊、跳啊、舞啊，老园伸开臂满怀地抱着现代人们追求的健康长寿心意，一任人熙来攘往。

含蕴、豁达、古久、宁静、旷远、有容的老园啊，永远看不够的老园啊，雕琢了人心的老园啊。

——发表于2008年《散文风》

怎一个愁字了得

传至今日的赵明诚著的《金石录》一书，先后辑录了上自夏、商、周三代，下至后梁、后唐、后晋、后汉、后周五代的钟、鼎、鬲、盘、樽、敦等各种古代铜器上镂刻的文字，以及碑碣上所刻的显要人物或无名之辈的事迹，共计金石拓本两千卷，全部经过订正讹误，挑选评价，真是洋洋大观啊。

《金石录》能存留至今，是李清照的一大功绩。

李清照十八岁嫁到赵家时，丈夫明诚二十一岁，在京城里当太学生。那时，他二人就在余暇日赏玩书画，自称是与世无争、悠然自得的葛天氏时代的人。两年后，明诚出仕做官，就立下了吃蔬菜，穿粗衣，走遍边远人迹稀少的地方，搜尽天下先秦文字的大志。日积月累，逐渐增加积藏。亲戚故友手中有了亡佚的诗、散失的史料，或从王墓中挖出来的书，都要尽力抄写下来。有时发现了名人的书画，夏、商、周三代的珍奇器物，还要脱下衣服去交换。宋徽宗崇宁年间，有一人拿了南唐名画家徐熙画的牡丹图来，要二十万，他二人把画留下来两昼夜，终因拿不出钱来又退还原主，夫妇二人相对惋惜了好几天。

经济有余时，就尽其俸禄，用来刻印书籍。每获得一部古书，就共同订正校勘，整理成集，每晚工作以点尽一支蜡为标准。所以能做到纸札精致，字画完整，在藏书家中名列第一。李清照记忆力十分好，在堆积的书中，能指出某件事在某本书中的某一卷某一页某一行。准备老死在这书史之乡了。虽忧患困窘，却志向不屈。

有谁把书弄脏了，一定要责成损污者将损污处揩拭干净。遇见经史子集各种古书，只要字没有损磨缺少，版本不是错误百出的，就买下来，储藏起来作为副本。各种书籍在桌上几上到处都陈列，在枕席之上纵横堆放。为积书，他二人吃食去掉第二道荤菜，穿着略去第二件锦衣。易安头上没有明珠翡翠，室内没有描金刺绣的器具。

到靖康丙午年，金兵侵犯京城。明诚南下，书籍不能全部带去，就先去掉重复和大部头的，又去掉画中篇幅多的，又去掉古器中没有刻铭文的，后又去掉书中的监本，画中平常的，器具中又重又大的。几次减少，还是装了十五车。在青州老家用十余间房锁藏了余下的书籍杂物，等待次年春天再用船运。十二月，金人攻陷青州，这十多间房的书，都被烧成了灰烬。

建炎二年秋九月，赵明诚奉旨去任湖州知州，临别在船头上大声叮嘱李清照：实在不得已时，先抛弃包裹香笼，其次弃衣被，其次弃书画，其次弃古器，独独这些帝王宗庙铜器的拓本，要自己携带，与人共存亡，不要忘记了。就是那次，明诚在半路上得了重病身亡。当时还在战乱中，朝廷已遣散后宫六院。李清照一人带着二十万卷书，两千卷金石拓本，到洪州去投奔妹婿。十二月，金兵又攻陷洪州，运去的十五车书籍全部散烟般丢失了。此时，李易安所剩下的只有随身携带的稍许轻小的书画字帖，平时最喜爱的李白、杜甫、韩愈、柳宗元集子的抄本，《世说新语》《盐铁论》，汉唐石刻副本数十轴，夏、商、周三代鼎器拓文十几件，南唐手抄本几箧了。

在逃难中，易安跟踪高宗逃亡的路线，从建康到杭州、越州、四明、奉化、天合、黄岩，从海路到温州，经衢州、越州，最后回到临安。一路逃亡中，这岿然独存的十分中的五六又丢失了。有的被军官趁乱劫去，有的被偷走。最后，留下的只有一二残零不成套的书册，几种算不得佳品的书帖。她仍然像爱护眼珠一样的爱惜着。所幸的是，那本传世的《金石录》还在。

此时，悲恸不已的李清照，开始声声叹问，这是为什么啊？为什么好东西得到时那么艰难，失去时如此容易啊？她后悔不该相信高宗皇帝，一个丢下江山社稷不管、抱头鼠窜四处逃命的懦夫，根本顾不了他人，更别说这些书籍拓本。当初不带着四处逃亡，而把它们埋藏起来，也许还失散不了。

是啊，曾几何时，有谁能像他们夫妇那般夫唱妇随，志趣相投，又那么同心同德，那么相濡以沫。明诚二十一岁，在太学读书时，就每逢初一、十五日请假出来，典卖衣服得五百钱，到相国寺买些碑文果品。二人常常以猜书中记事比赛胜负为乐，胜者举杯开怀大笑，笑得茶水倒入怀中。还有谁能像赵明诚那样，允许她一个妇道人家整日埋在书堆里咬文嚼字；有哪个男人能像赵明诚那样一任家中书籍纵横，积如山丘；又有谁能如赵明诚那样任妻子尽兴喝酒嬉闹，沉醉到"溪亭日暮"，连归去的路都找不见了……理想的伴侣与自己的爱好，这两样东西，她都得到了。在那十二年里，李清照如鱼得水，漫游书海，幸福无比。

然而，幸福易逝，痛苦长久。不久，知音病逝，所藏书画器物一次次散失殆尽，人去楼空，留给李清照的只有一腔凄苦与无尽的孤寂。大喜大悲，大起大落，造就了李清照这位南宋的著名女文学家，造就了她超凡脱俗的词赋。也才有了惜惜春悲秋而咏叹身世凄凉的"昨日风疏雨骤，浓睡不消残酒"。有了后半生痛苦忧郁的"风住尘香花已尽"。有了掏空了心的"寻寻觅觅，冷冷清清，凄凄惨惨戚戚"。有了"此情无计可消除，才下眉头，又上心头""卷帘西风，人比黄花瘦"的滴血泣吟。

千千万万的男人易得，而知己赵明诚不会再有；灯红酒绿的荣华富贵易得，而有价的书画不会再有。只剩下连头也懒得梳的李清照，憔憔悴悴，酒杯不离手，泪水湿不干，躲在竹帘后面，看别人嬉戏，从心底流出一首首带血的引人涕下的相思苦恋，长出千古名句。

不是战乱，不是高宗无能，不是颠沛流离，不是亲人早逝，不是集书散书，不是甘尽苦来，不知还会不会有个南宋的女文学大家李清照。是赵明诚造就了李清照，是金石书籍造就了李清照。所以，古往今来任何一位失去亲人的女子，都没有像李清照一样，从心中抽出如此瑰丽雄婉、惊世骇俗、兼泣兼诉的千古绝句来。让今生的好文的女子们，倒嫉羡起李清照的生逢其时，婚配佳婿了。

所以，谁能挡得住李清照为赵明诚长泪永流呢！

——发表于2000年第1期《朔风》

潇洒在清晨

我家巷口正对着县城唯一的体育广场，即旧日大仓。

广场是小城人们锻炼身体和孩子们上体育课的地方。每天早晚，广场上都聚拢不少人，来活动筋骨，锻炼身体，学骑车，学开车。

广场上的人增增减减，总下不了几百。青年人打羽毛球、跳交谊舞；中老年人打门球、练太极拳、舞剑、练气功、跳迪斯科，各选其爱好。

守着操场，凡醒得早时，我都要硬撑着起来出去，边穿衣服边迷瞪着向广场上走去。见人们做保健操就跟着做保健操，做完操又练气功，练了功又随着人流到老头老太太那里去跳中老年迪斯科。

早晨锻炼的目的是为了呼吸新鲜空气、活动筋骨，用不着那么认真。只是跟在大家后面，不动脑筋地看到人扬手就扬手，顿脚就顿脚，摆胯摇臂，随着音乐节奏自得其乐地手舞足蹈一番，跳出些汗来，达到舒筋活血的目的而已。

跳着舞着，不经意间，我却看出些情趣来。这些年纪半百的、退了休的、上班的，或是生过病懂得养生之道的，不再年轻的人们、怕去的人们，可跳得得意、自信、认真着呢。瞧那腰扭得如摇箩一样，那手臂摆得舒展有力，尽管有的人很拙笨，可是他们就用自己的方式自己的动作，毫无顾忌地扭着摇着、摆着、跳着，如入无人之境般忘情。仿佛整个广场是属于他们的，似乎清晨只属于他们。

渐渐地，我明白了，人们把此时此刻看得十分重要，他们此刻忘记了他们的年龄，忘记了他们的病痛，忘记了他们是爷爷奶奶，忘记了老年的孤独、退休的冷清、儿女的婚事及一切的人生苦累艰辛。他们只求在此时此刻也潇洒一次，潇洒如回到少年，潇洒如雄鹰展翅，彩蝶纷飞，如飞燕凌空。为了这一刻的到来，他们每日五更起，要刻意地打扮一下，淡淡地化一下妆，还要挑一些得体的衣服穿。

他们爱美爱漂亮，他们不满意自己变得肥胖的身体形状，不满意脸上的皱纹，不满意随着年龄而添的病病灾灾，不满意年轻人们看他们那轻视的目光。他们中不少人在悄悄地发生着变化，他们去烫了他们灰白的头发，穿上白的运动鞋，蓝的运动衣，他们大大方方地穿上了花上衣、红上衣、紫上衣……

他们走路挺起了腰板，昂首阔步走出年轻人的矫健；他们举止增添了激扬，举手投足透露出优雅；他们言谈内容扩展了，海天大地不再只是一己琐事；他们心中好美气，美在柔韧的腰肢上，美在红润的脸颊上，美在轻盈的舞姿里，美在围观者的艳羡里。

此时此刻，他们展示了他们的存在、他们的憧憬、他们的健美、他们的活力。他们曾经为祖国、为社会奉献过青春岁月，奉献过无数的心血。如今，他们仍然在奉献，为儿女、为子孙。

不知不觉间，受这些热爱生活热爱生命的前辈们的感染，我也爱上了这清晨，这潇洒的漂亮的清晨。翌日，又起了大早，投身进这潇洒的漂亮清晨里。不知不觉间，竟然悄悄地盼望每一个清晨的到来了。

——发表于1994年1月20日《张家口晚报》

灿烂的文明之光

自从街头竖起精美气派的大型阅报栏开始，张家口市的市民就开拓了自己的视野，开始了一种文明人的世界式的追求，开始对自己的过去静静地思考与自责，开始与改革开放的需要拉近距离。

街头展示出《人民日报》《光明日报》《经济日报》《文汇报》……展示着整个中国的局势，展示着北京人的动态、上海人的思想，展示出东南亚金融变幻，海湾的战争风云。人们读懂了江总书记出访四十多个国家，是因为中国的经济大幅度发展，在世界上有了地位与实力。人们明白了国有企业的改革和职工下岗再就业，已经成为每个人必须关注的生存焦点。重新面对生活，彻底放下旧体制遗留下来的包袱与观念，自身发展，重新就业，在丰富的市场经济中实现自我价值，是唯一的正确选择。人们懂得了高科技、高度文明的时代只需要大量有专业技术的人才，有专业的人才可以双向择业，没有专业没有技术就得下岗让位。这是改革开放向纵深发展的需要，是现代文明对传统方式的挑战，是历史对每一个人的又一轮检验与筛选。

阅报栏前站着一伙细细阅读的人，他们用读报医治自己的迷茫与疑惑，点亮自己心灵的灯，照亮自己的未来。他们用读报教育自己，充实自己，改造自己。他们用读报给自己定位、择业、设计下一步人生走向。他们用读报理解时代的问题，把握改革开放的脉搏，决定自己的存留。读报人走了一伙又来了一伙，人们在阅报栏前，让心灵接受未来的检阅。

阅报栏是一片片灿烂的阳光，温暖着阅读者的身心；阅报栏是一架望远镜，给阅读者辽远的风景；阅报栏是一位循循善诱的导师，讲一种崭新的未知。阅报栏是海上航行的航标灯，是世界级的导游，是一处新鲜的风景，是时代慷慨激昂的演讲，是瞬息万变的信息时代咨询。

张家口的每一个十字路口站都站立着一座漂亮的阅报栏，一如站着一个个指引方向的领导，站着一个个心灵的路标，站着本市改革开放的蓝图，站着本届领导人强市致富的真心。张家口出现的崭新的阅报栏，是张家口要繁荣昌盛的美丽愿望和正在实施的行动。

阅报栏，人们从心底赞美你。阅报栏，人们为你的出现叫好。

相信会有小学生来给你擦去身上的污垢，相信会有志愿者为你修理破损……因为你在改革开放的关键时刻脱颖而出，让本市人民迅速调整自己的心态，紧跟上全国改革开放的进程，也让外面的世界重新认识了张家口以快补晚的决心。

张家口的阅报栏，愿你永远崭新，愿你的姐妹们和你一样亮丽地站在县城、乡村的街头巷尾，让这股文明之风沐浴全市400万人民的心境。

阅报栏，张家口领导人干的一件应该赞颂的好事情，但愿这种该干的、能干的、正在干的实事越来越多。

——发表于1998年《张家口日报》

北京映象

素妆的女性

从小城时装的背景和脂粉的熏染中逃出去，在京城觅到了胸襟畅快和令人耳目一新的是那些端庄大方素雅的女性。

没有珠光宝气的富贵味，没有浓妆艳抹的庸俗气，没有金光灿烂的项链与耳环，没有太太小姐的忸怩和娇气。真佩服北京女性的高雅气质和高层次的审美品位，她们懂得穿着与颜面的主次关系，绝不会用浓艳的大色块来包装掩盖她们清丽的面颊；懂得人不能为衣装所累，让自己成为时装的广告与模特，把日子变成一件件堆积如山过时的衣裳，让它们占满空间和思想；懂得唯有淡淡浅浅的不刺眼的底色，才更显脸庞的白净与眉目清秀，顶多用深一点的口红来展示鲜活；懂得用钱去买知识，构筑内在的丰厚、高深与纯洁。

在街上，很少见到化妆的女性，即使化也是淡妆居多。她们素面朝天，飘一街清爽和本真，不知她们有意还是无意。北京的女性好文静好优雅，她们在现代和传统之间选择了中间方式，不过分雕琢自己，也不过分固守那份寒碜。她们和她们背后故宫的红墙灰瓦相互衬托，和白色的英雄纪念碑牵牵念念。她们是走动的古风古韵，是活着的街头雕塑。她们的身上有古老文明的典雅，也有现代文明的大方。她们不愧为典型的东方女性，是华夏民族巾帼英雄的后代。倒是奇装异服、浓妆艳抹的人，显得那么俗不可耐，那么浅薄和不和谐，那么不伦不类、不中不外。

或许是1995年的世妇会给北京刮来这股世纪风，让北京的女性关注起服装以外的许多事情；或许是北京的女性大多数是教授、编辑、科学家、作家、研究生、大学生等高级知识分子的缘故，知识告诉她们一个人的美不只在外表，而更在工作和奉献的一颗心。

素和艳在划分着知识和素养，随意与刻意，检验着女性的层次与水平。面对现代气息和高度文明的考验，北京的女性确实掌握好了潮头与分寸。北京的女性最大方漂亮，不失为中华民族的尊严与身份，又走在了时代的前面。

园林式的环境

绿色层层叠叠地合拢，合拢起对北京的珍爱。各种各样的花木树种从四面八方向北京输送万缕馨香，万片绿荫，万种色彩。

杨、柳、槐、桐树卫士般排列在每一条大街小巷，深深浅浅的绿色庄严地环护着楼群和车流。爬山虎网住房屋外墙的丑陋，网住立交桥的骨骼，也网住水泥的大面积苍灰。绿色吸附了嘈杂的脚步声和车轮滚滚的噪音，用林墙花丛编织出一片幽谧与宁静。

绿色彩带捂严了边边角角，掩藏起人们的双休日，遮掩黄昏时情侣的依偎。钢筋水泥挽住树木的臂膀，一栋住宅小区的奠基，同时也植下一角园林，因为现今的人们选择房屋时会把一畦花木作为重要的条件之一。

在有绿色的地方就有家的温馨、人的柔顺、心的拥爱和情的浓淳，在没有园林的地方垃圾在舞蹈，心在皱巴，人在逃离，情也枯萎。真羡慕生活在园林中的北京人，有花木、树林、草坪、浓荫，能够生活得惬意，空气清新。不是乡村胜似乡村，处处园林处处诱人。所以，人们便拥向北京、汇集北京、向往北京……

扭秧歌的老人

每逢锣鼓响起，一定是各个区的各个街道的老年秧歌队又开始活动了。

北京的老年秧歌队称得上是北京街头新近一景。老人们穿红戴绿，擦脸抹粉，一头鲜花，许多人扮演着媒婆和丑角，愿意把心事抖落得淋漓尽致。

老人们过去的日子太严肃、正统、压抑了，他们的青壮年时期是群体意识的时期，他们的志向和理想由社会来决定，他们的行为规范靠集体规范与约束。今天，他们才意识到个性的觉醒，创造力与生产力的觉醒。他们要走出家庭和儿女的羁绊，走出别人的意志和世俗，他们要找回当年的青春。他们曾经用秧歌庆祝一个国家和人民物质上的翻身，现在他们又用秧歌庆祝一个民族精神上的觉醒。

老人们寻求到的表现形式，是他们认为最美的形式。然而他们并没有意识到寻找到文明与文化传媒时，不由己地又掉头返回了历史，他们在自己的所知所历中打捞真善美，但他们又一次重演了过去。他们扭秧歌的形式显得陈旧，队列也还体现着集体意识。老人们仍然没有走出传统，走出世俗，走出自己。

扭秧歌的老人，在徘徊和回溯中给社会启示，重现八十年不变的老秧歌让人欢喜让人悲。

——发表于1996年7月13日《张家口日报》

故园老树

一位致力于宣传故乡的老领导说他最近正在拍一个关于老树的专题片，想引起世人对环保的重视，这让我想起了当地的几株老树。能证明涿鹿历史悠久的除了老城墙、老村庄、老井泉外，就是这几株老树。而老城墙不但天天在残损还在坍塌，迟早有一天会灰飞烟灭，就是残留下一截半段，人们也不知那曾经是几千年前的古城废墟。那老村庄也由于偏远，没有几人知道它们曾经是炎黄二帝打仗时的演兵场、八卦阵。倒是这些古城墙边凄迷了一大片天空的老树们，不用查资料，不用人介绍，一看就知道已经中空半枯，不下几百上千年了。

老树像老人一样，远离尘嚣，避隐乡野，一棵棵衰老得枝不动叶不摇，墨色间闪着不少指天的枯秆，奇纹怪状的疙瘩老皮里包裹着许多与鬼仙有关的传奇故事，笼罩着的浓浓的怪异气息成了它们的保护神。别的树一棵棵被砍了，这些老树依然巍巍挺立着。就说黄帝泉边那棵黄帝杨吧，传说是四千年前，轩辕黄帝擒伏泉水中的恶龙时，插在泉边的一把木剑扎了根发了芽，长成了参天的大树。后人们砍了它身边那一批又一批新树，却不敢动其一枝一叶。有一年，一个年轻人不信这个邪，往大树上撒了一泡尿，结果大病了一场。前几年，暴风劈下来一段枯干，竟然两个人合抱不住，虽然空洞朽蚀得自己往下掉灰，也没有人敢拿去当柴烧柴。至今横在大树下，静观一辈辈世人做腐鬼，一块块田园立荒坟。

还有蚩尤泉边的那棵萧萧瑟瑟的蚩尤松，传说当年炎黄联盟与蚩尤在涿鹿大战时，烧光了那里的所有竹林和树木，人们也都逃得无影无踪。有一天，一个白胡子老人背着一篓柴跟人们换饭吃，一个小和尚可怜老人，用一个窝头换了老人一捆柴，老人嘱咐他把柴栽在水边。小和尚半信半疑地栽了，一栽下就枝动叶展地活了，很快长成一片入云的大松树。有了树，人们又回来了。

所有的传说都是先人们的美好憧憬，是聪明的人们想出来保护树木的一种方式，也是人们知树惜树的智慧结晶。特别是那些寺庙废墟上的老树，举着刚劲倔强的枝干，仿佛要扫尽凡间浮云空花，独留一片佛意道心。鳞鳞老皮如碑似铭般篆刻着历史的沧桑巨变，承载着千年风霜雷电对那方人的洗礼，以自身的伤残老迈站成大地上的一片歌叹般的远古，又似一副张开的挡风的宽肩，让树下轮回的常人们享用其福荫。

是啊，一株遮天蔽日的老树，就能独立构成一派辽远苍茫的气象，它枝如铁干似铜，独自撑着一段辉煌的历史，肃穆沉郁地站在村边，迎送着无数的春去秋来，连接着笔难描口难诉的前朝后世，为一代代人怡情铸性。蚩尤松与老榆黑树们联袂成云，搭建出一种凄美古久的悲壮气氛。它们鬼魅样狰狞飘逸，铁片般的树叶间夹杂着杂果，震慑着人类的丑恶行径。执着地给凭吊先祖的人们护佑着风化成残垣败址的、兴兴废废过的故园老家。

它们是树精老怪，它们垂挂着积年的忧思感喟，它们看过无数的云消雨霁，听过千万遍春声秋韵，见过一代代转头空的成败人物。它们落风傲物，绝尘遗世，最知清风明月之长，高山流水之静，也最笑为吃食劳劳碌碌的常人，更蔑视那些因为贪得无厌而迷失了本性的人。没有这些老树的地方，不曾有悠久历史，更不曾有英雄圣贤。有老树的地方，虽时易地殊，岁月变迁，后人们依然能在树上看出脚下这片古地上曾经发生过的光华荣耀。

老树，是天地有意留给后世的擎天巨柱，是历史赠给后人的清风绝唱，让后人永远仰视天地造化的神功，明晓天人合一的难违，知道山川风物的永恒亘古，人类世界的短暂和渺小。有老树的地方，是人类文明十分悠久并持续发展的地方，是值得观瞻的角隅。

——发表于2002年第10期《张家口工运》

桥山有段功德路

有些景致，看过也就忘记了，因为它们大多很雷同，或很一般，不是自然的造化，就是人为的虚构，处处流露出不真诚不善良的商业操作嫌疑。而有的地方，只看过一面就永远忘不了，深深地刻在了心里。因为它闪烁着人性的光芒，曾感动过许多人，能让人在那儿久久地驻足、打量、品评。

在张家口境内涿鹿县桥山的盘山路上，有一段打了水泥砌了砖墙的陡岩崖畔边的小路，几年来仍然让人牵挂着。那段路的水泥与砖是由台湾同胞徐映基和胡瑞两家捐资三万元钱修筑的。那路由于砌进了这份深厚的赤子情，已经变得格外的不同凡响，格外的蕴情含义，而不再是一截普通的山路了。

据当地史志载，在涿鹿县桥山中，从前有轩辕黄帝大冢、祠庙与帝尧、帝舜庙。从秦到北魏五个朝代七位皇帝都到此祭拜黄帝，后来石敬瑭把幽燕十六州拱手送给了契丹，才中断了到涿鹿桥山的祭陵活动。但是，当地老百姓仍然称那里为“大祀”或“祀上”。近年来，一批批的中国香港、中国台湾同胞进山祭祖，寻宗归根。他们大多都是七旬的老人，千里而来，一路颠簸，满脸风尘，再让他们走好几里盘山路，实在有些为难他们了。

去桥山的路经过村庄，绕崖走谷，沿着起伏跌落的沟壑岭头盘旋逶迤，眼看着巍峨高耸的桥山在前面雄伟地矗立着，就是一时半会到不得。路是在半山腰上开出的一条羊肠小道，擦岩靠壁，又窄又高，不少老人得手脚并用小心翼翼地攀缘前行。1997年，来此祭祖的徐映基与胡瑞老人看到此情此景，主动找到当地政府，要求捐资修路，为老家做一些贡献，为始祖陵地尽一份孝心。于是，就有了这数百阶水泥小路，有了那些高高低低的花砖墙。

快走近祭黄帝碑前的轿马地时，远远地先看见这段与山岩一起陡峭蜿蜒的百米长的红砖墙，看见那块为徐胡二位老人立的功德碑，游人们的心就会泛起一圈圈涟漪。两个远在台湾的老人，为这段路镶嵌了水泥砖石，用他们细腻的爱，为后来的游子们保证了一份安全，用他们真诚的情，托举起祭拜者们的脚步，把一份炎黄儿女的浓浓心意留在了始祖故地，让人们在上面踩踏。走在这段变得平整安全的路上，每个进山的人都会对二位老人产生敬重，都会从心中遥遥地向他们致谢。

在长长的绕山的土路、沙路、石路上，有一段更加陡峭的地方，是远方的同胞用爱国心包裹了那山岩的棱角，走在上面，谁不泪花盈盈？谁不感慨万端？如果更多的华夏儿女都能在这段路上献上一份爱心，一人砌上一段路，就能达到一种从来没有过的高度，让进山的人们为这种不凡的义举，经受一次心灵的震颤。那样，捐资者的人生就会有一次精神的洗礼，受众者们的心灵也有一次境界的提升。

深深的大山里，有一段砖石砌的环山路，有一首可歌可颂的精神赞美诗。人们不能对其漠然置之，人们没有对其冷淡，人们正在被它引领的炎黄始祖的盖世功绩熏陶着，人们正在被这段路的无私捐资人的大境界铸炼着。虽然，进山见过这路的人，没有人表达过，但是所有走过这段路的人，都被此义举着实感动了一回。

登上桥山的顶峰后，去寻找先人祠庙坟冢的废墟很不容易，那种一边临深壑，一边是直立的大山高，就像五千年前始祖们在野蛮的基础上创造文明时期的难度一样，就像炎黄尧舜拥有的精神高度一样，没有几个人能企及。而这两位老人仅这件事，他们的人生价值就比他人高贵了许多，与始祖的境界贴近了好几分。

——发表于2002年第12期《相知》

长城与孟姜女

难道说孟姜女就是长城的一个悖论？为什么哪里有长城，哪里就有孟姜女？或许孟姜女就是与长城一起诞生的民族血泪史的象征。千千万万修长城的民工的骸骨堆起了一个范杞梁，千千万万民工妻子的血泪汇成了一个孟姜女。

他们像两个黑色的诅咒，永远在长城砖上飘荡，在长城脚下徘徊，给长城做出了一城屹立万骨枯的诠释。当年在山头上垒墙的战乱割据，不过是劳百姓命、伤国库财的千古噩梦。

秦朝时有孟姜女，汉朝时有孟姜女，宋朝时还有孟姜女。山海关有孟姜女庙，河北涿鹿的燕山长城脚下也有孟姜女庙废墟与孟姜女哭夫的仙人台，而且这一段燕长城守城名为马水城，据说又是孟姜女哭倒长城处，还是最早的孟姜女故事的原版呢。

马水城又称马水口，为燕长城守城官居住处。明景秦二年建北门正城，嘉靖二十二年设守备、把总，后改守备、参将、都司。马水城建城至今530年，随山就势修城建衢，虽是一座非常小的守城，却具一夫当关万夫莫开之势。东关门外有操练兵马的教场，还有一兵器库。城墙嵌在长城上，由方石垒砌，白灰抹缝，墙平缝直，十分坚固。

当年，在这城衢四周的高处设有八道箍火炮、牛腿炮与谷山鸟炮、大将军炮与二将军铜炮。城南有一后营，驻有亲兵 50 人，以备后援。城门楼上都有亲兵把守，对进关人员检查格外严格，即使是城里农民也不能挽着裤腿过往。每天夜晚放炮三声，名为夜炮，炮响之后，人们就得关门闭户，路人绝踪，守兵开始巡行。拂晓时放三声“放明炮”以报天亮，人们才可以开门行动。

为什么马水城又称马水口呢？这就说到了孟姜女。

当地人都说：战国时燕国上谷郡独鹿有一马家，老两口只有一个女儿名孟姜，才貌出众。马孟姜从小与本地一青年范杞梁结为秦晋，不料在洞房花烛夜时，范杞梁被官府抓去修长城，一对新婚夫妇被拆散。杞梁一去不归，孟姜女思夫心切，决定去寻夫。

农历十月一日，孟姜女带着给杞梁做的寒衣，跋山涉水，走到天门关，被长城挡住了去路。孟姜女看不见修城人，只见长城下白骨累累，一位老人正在哭泣。孟姜女上前寻问，老人听说孟姜女是范杞梁妻，就告诉她，范杞梁是个了不起的男儿，在筑长城时有成群的民工因饥饿劳累而死，他多次带头向管城官论理。在长城快要修成的最后五天里，因为要赶时间，民工们连续五天五夜没有休息，不少人累倒了。范杞梁气愤之极，带领一群年轻民工打死了一个官兵，这下惹下大祸，总监工把范杞梁一伙人活活砌进了长城墙里。

孟姜女听说杞梁已死，哭了三天三夜，直哭得眼中出血。最后一头撞向长城墙，只听得轰隆一声，山摇地动，长城坍塌了一道长长的口子，孟姜女不见了。那修好的长城墙被孟姜女硬是哭倒了一个豁口，官府也被孟姜女的节烈感动了，后人就在这个豁口处建起一座守城，称马水城或马水口，用来纪念孟姜女。

当地人在孟姜女哭夫的地方修了一座孟姜女庙，把她坐过的平台称为“仙人台石”，并把孟姜女死去的那天称为寒衣节。每年农历十月初一，人们都要给亡故的亲人们粘御寒的棉衣焚烧。孟姜女庙毁于 1471 年，仙人台石至今仍存。传说上面可见斑斑泪痕。唐诗《捣练子》云：“孟姜女，杞梁妻，一去燕山更不归；造得寒衣无人送，不免自家送寒衣。”当地民间还有歌谣《孟姜女哭长城》，唱道：“九月里来是重阳，重阳美酒菊花香，满碗斟上奴不饮，无夫饮酒不成双；十月里来稻上场，男女老少收粮忙，人家都是粮满囤，孟姜女家是空仓。十一月里雪花飞，姜女千里送寒衣，前面乌鸦来领路，哭倒长城好伤悲。”

崇山峻岭间夹着的马水城已成了一片废墟，但是冰冷的城墙上一座城门洞还高高屹立着。在风磨雨蚀的千年岁月里，早已苔盖藓掩，锈迹斑斑，仍然名称马水，城里住着百户人家，过着山里人日出而作的宁静日子。

孟姜女在这里又有了一个马姓，而且这个马孟姜比后来的孟姜女都更早，更有真实性。燕长城比秦长城还要早二百多年，马孟姜的故事与燕长城一起诞生，说明了古代劳动人民对长城的憎恨是从有了长城那天起就生长了出来。他们借马孟姜的故事，把对长城的怨怼淋漓尽致地发泄了出来，老百姓用她的形象对万里长城下了过大于功的定义。

长城不是用砖石垒砌起来的，是用劳动人民的血汗堆积起来的。每一个缝隙间都流淌着修城民工们的声声哀叹，每一个晨昏都散发出思妇们的血泪控诉，孟姜女不过是她们中的一个代表。

长城无情，像皮鞭一样抽打着裸背赤足的百姓，蛮横霸道地盘踞在神州的脊梁上，却没有挡住一个个朝代的消亡，最终只会成为中华民族统一史上一道巨大的疤痕。孟姜女有义，用一腔青春热血与统治者死拼，将新婚的思念全部注入城墙，与丈夫的灵魂相携在一起，绽放成芬芳在天地间的一朵忠贞于家庭与爱情的仙花。当代人歌颂长城，老辈人却更敬重孟姜女。所以，长城断墙与孟姜女一起站在大地上，碎城墙在日渐颓废灰暗，孟姜女则越发端庄靓丽。

——发表于 2008 年《乡音》

残碎的古陶

拥有一地残碎古陶片的涿鹿，是炎黄子孙最古老的圣地家园，是中华民族的摇篮。

最能证明涿鹿这片古土岁月悠久的，除了那半段半段的土城墙，剩下的就是俯拾皆是的古陶器残碎片块了。一个城邑最后的遗留，连人类自己的尸骨都无处可觅，唯留下这一地的陶片，一地华夏民族最初文明的辉光，穿透岁月的时空，在大地上闪烁。

这里的古陶片真多，沿着炎黄子孙出走的足迹，在去往都城的途中随处可见，在越接近华夏古都黄帝城遗址的地方越是多见，及至到了黄帝城中，那古陶器的残碎片块就成堆成群了。捧起这五千年前的土陶碎片，明白不灭的不是人类自身，而是人类聪明的智慧和伟大的创造，以及在这些创造过程中不屈不挠的民族精神。

在这片怀抱黄帝城、黄帝泉、蚩尤寨、蚩尤墓的古征战地上，在这里的田野、路旁、街巷，甚至民居的房墙上都砌有这种古陶片，这里俯拾皆是华夏民族五千年智慧的结晶，俯拾皆是炎黄始祖伟大的创造。

这么多黑陶、灰陶、夹砂粗红陶的豆、鬲、鼎、甑、纺轮的柄、足、颈、底、口沿、肚……这些轮制的陶体外是手工的捏纹、绳纹、勒纹、刻划纹、附加堆纹的粗糙、朴拙、原始的花纹，从中仿佛听到骨链和贝链叮当作响，树叶和兽皮衣裳瑟瑟发抖，看到仓颉那无数记事的绳结，嫘祖织的蚕茧的丝缕，宁封和百工们被烧陶的炭火映红的脸上的泪和汗。古老的文明被后人和着土壤一起耕种，古陶片被农人当作破砖烂瓦扔来扔去更加残碎破损。历史就是在这种不断打破中创新，在这种永远的超越里发展吗？

大量的陶器在这里沉睡时被犁铧划破。

神农时还使用石器，黄帝时诞生了陶器。当第一件陶器问世时，人们是怎样的激动和高兴啊。是陶器的产生使人类结束了茹毛饮血的野蛮生活，开始了人类文明的初曙。到了舜时，制陶工艺已达到空前的繁荣。传说，舜就出生在涿鹿一个名保岱的古城，舜在那儿建立了初都。至今在那座古城的土城墙下，随处可挖出无数的古陶片，那儿的陶片比黄帝城的更完整、精细，有的还上了釉彩。另外，从黄帝城到舜都去釜山的古道边，一个名古夕阳关的古老关隘的一座小山上，也有一座古城遗址，那里的陶片更多得出奇。土崖下裸露着一窝窝的陶片，石头堆里夹杂着一捧捧的陶片，这些陶片有和黄帝城内陶片一样的手工花饰，一样的质地与陶土。

无数的古陶片和动物与人类的尸骨一起掩埋在厚厚的土中，又被耕种古遗址的农人犁出来扔在一边，农人视这些陶片如去秋庄稼的秸秆一样冷漠，如去冬飘零的枯叶一样的熟视无睹。五千年的文明已残损成碎片，成为模糊的记忆，不完整的记载，神话般的故事和缕缕缥缈的梦幻。然而这些真实的陶片曾有过如何的灿烂和辉煌——轩辕黄帝和神农炎帝结盟时用它们盛过血酒，九黎部落迁徙时用它们祭祀首领蚩尤，岐伯用它们熬煎草药为百姓医治疾患，人们用它们饮水煮饭……

古陶片静静地躺在这古土上，祭奠着那场规模盛大的战争和战争后华夏五千年的文明。

近年来，一批又一批前来考察观光的文人志士，捡起这古陶片，捡起华夏民族伟大的文明史，捡起始祖的馈赠，捡起先人们的生活方式，捡起炎黄发祥地的标志。细细地审视，庄严地谛听，仿佛从上面听到涿鹿大战时氏族部落碰撞的斧戈之声，听到有熊氏部落人堆土垒城时的呼啸呐喊，听到轩辕黄帝在静夜里吹响的《刚鼓十曲》。看到七旗村飘扬着的熊、罴、貔貅等猛兽图腾的旌旗，看到八卦阵上六十四卦人马的无穷变换，看到合符釜山时诸侯咸归轩辕的彩凤翔云……

残碎的古陶，佩戴在古战场的胸前，古都的胸前，为这古土做了无言的注释。

——发表于1997年10月6日《人民政协报》

亘古的遗存

有的山水看起来非常普通，纷乱的草丛，裸露的村庄，苍黄的崖头，没有多少人为它的残损驻足留恋，但是它们却有着灿烂的过去，辉煌的历史。

五千年前，发生在河北省涿鹿县的原野上的那场最原始的氏族部落间的械斗，尤其是战后牵手共建的古老文明，缔造了伟大的中华民族。如今，发生过涿鹿之战的地方，仍然藏在这方偏远的角隅，五千年来不为多少人认知珍爱。

不论人们如何漠视冷淡，那里的土地上还牢牢地镶嵌着古黄帝城、蚩尤寨的残墙，那一眼眼被唤作黄帝泉、蚩尤泉的龙池水还灌溉着数万亩田园，那里的荒草道边还突兀着一座座轩辕冢、蚩尤墓，还有绝辔之野、凶黎之谷、七旗、八卦、车台地等相传已久的村庄地名。那里有一本本当地文人整理书写的记载着轩辕黄帝、神农炎帝与九黎君蚩尤大战等故事的书籍。虽然这些城池堡寨剥落坍塌得低矮了，古冢被切割得渐少了，民间传说也变得含糊不清了，但是它们都一直扎根在那里的土地上，铭刻在那里人们的心中。

三个上古先人在那里械斗、生活，把鲜血洒在那里，把遗体埋在那里。他们磨砺出的陶器、石器、青铜器的残碎片块裸露在地表或埋在浅土层中，被人们随便捡拾了几千年，大量的古老文物流落到民间。

那场木石兵器与青铜兵器的械斗，是华夏民族有史以来的第一场战争，是王权制度兴起的必然历史进程。战争本身并不重要，重要的是部落之间交汇融合后的新生，是碰撞后英雄圣贤们牵手共建的繁荣盛世，是中华民族五千年文明的滥觞。

“千古文明开涿鹿。”人类文明的火种就从那里燃起，熊熊烈烈地一烧五千多年。铸出铜鼎、瓷器、秦砖、汉瓦这无以计数的中国特有的历史瑰宝，让世人永远瞻仰赞叹。后来，炎黄后裔的脚步随着大禹治理出的平原一代代走出一隅，走向四面八方，他们追求更富庶之乡，把始祖的故地抛在苍茫的北野。但是他们拽不断老根的牵连，也走不出始祖已经划定的版图，更改不了黄皮肤这黄帝后人的血脉。孕育出文明古国的涿鹿之野，久久地酣眠在《山海经》《帝王世纪》《史记》等一本本志书里，数千年的倦卧沉睡着威武雄奇的身躯，伛妪偻翁般笑看天下最终铸剑为锄。

如今的涿鹿故地，果林茂密，菜蔬青翠，千顷麦田葱茏，万亩稻地馥郁。但这一切都遮挡不住始祖遗址的巍峨雄壮，因为它们有着我们这些后代无法企及的海拔。

——发表于2006年《中国纪检监察报》，并获河北散文作品“西柏坡杯”奖

泥河湾的辉煌与苍凉

平凡的生活，一日日重复着过去，似乎无波无澜，那是生活寻常的一面。生活又在不断出现一个又一个惊喜，给人们强烈的刺激，那是生活不寻常的一面。寻常和不寻常都是人们创造的，平静与波澜都是历史的一段经过。

当我们再次听说阳原泥河湾轰动了国际考古与地质界的时候，听说泥河湾出土了数万件两百万年至一万年前早期人类使用过的石器和无数的动物骨骼化石，引来一批又一批各国的考古与地质专家时，不得不对泥河湾刮目相看。而此时的泥河湾出土的人类生活器具，已经挖掘了 82 个年头。在那里的桑干河两岸的土丘下面，发现了 73 处早期人类生活遗址，其广度几乎遍布了阳原县所有的大小村庄崖头。而这些遗址只不过是其中极小的一部分，在桑干河淤积成的四十多千米长十四千米宽的泥河湾里，还蕴藏着不知其数的早期人类的遗存物等待出土。

从古至今，动物们都是沿水迁徙。水源丰足的地方，动物必定成群结队在此出没，植物们也定然会茂密繁盛。百万年前，还没有桑干河，而在大同、阳原、蔚县、涿鹿一带却有一个个深不可测的内陆湖泊，湖中有鱼，湖畔有树，动物从四面八方向这里涌来。据资料记载，当时不少的湖边都生长着松、柏、云杉、冷杉、麻黄、蒿，禾本科与藜本科植物，草树丛中生活着原始牛、羚羊、鹅喉羚、葛氏梅花鹿、野猪、犀牛、野马、野驴、古棱齿象、三趾马、三门马、虎、狼等草食类及肉食的古猿等灵长类动物。弱肉强食的无情竞争，渐渐把这些动物分化开来。灵长类的古猿饿红了眼，拿起了尖利的石头，向其他动物的头砸去，喝它们的血、吃它们的肉……从此，类人猿成了地球上的强大征服者，它们一点点站立起来，灵巧起来，学会了打倒别人而保护自己。连魁梧的大象也成了它们的猎物，而野驴野马更是它们的主要蚕食对象。

后来，随着古猿数量的增多，不停地咀嚼和烧烤，树木水草一年年减少，动物们也杀的杀，逃的逃，一块风水宝地面目全非，随着树林的锐减，湖水渐渐干涸，湖底的泥层暴露，变成了土崖，变成了山丘。类人猿们也再次迁徙，向着水源充足的地方移去。这里便留下了他们敲碎了的动物骨骼，大量的石器，与少量的病弱的类人猿的遗骸。

水一而再地萎缩减少，人们也一而再地跟着水移动，原来的湖泊变成了今天的河川盆地，当地的人们也住进了原来的湖底，把远古人类的遗存丢在两岸的土丘上。而积年累月的坍塌，动物们的遗骨与先民们使用过的石器露出了地表，当地无知的农人们捡了骨头去卖，或捡了石器当玩具。是 20 世纪初驻在泥河湾的有见识的法国传教士们，发现了这些骨头是稀有的动物化石，这些石片是先民们的生活器具。他们一次次地挖掘，偷偷地运回自己的国家，仅动物化石，他们就先后运走了10大箱。

从20世纪50年代，我国的考古学家才开始在这里发掘，他们在那一座座黄红色的土崖下面，在白垩纪形成的白色山丘下面，切开一处处几米、十几米、几十米的探方，在每一处坑槽里找到大量早期人类刮削食物用的石片、石核、石叶及各种动物骨骼化石碎片。仅在侯家窑一处，就挖出石核2578件，石片8449件，刮削器1676件，石球1079件。这样的遗址，在阳原有73处，遍布桑干河两岸，纵横阳原大地。在那里的地下，不知还有多少这样珍贵的人类遗存。这些遗存从二百万年到一万年前后，层积层累，绵延不绝，人类活动在这里从没有停止过。人类的祖先在这里茹毛饮血，钻燧取火，吃光了动物，也砍光了树木，导致水土大量流失。一个个蓝色的湖泊消失了，洪水摧枯拉朽地向下冲击，形成现在两岸光秃赤裸的桑干河。

站在桑干河两岸的高处，看泥河湾远古的地形地貌，那是多么无色无彩的荒芜啊！没有绿树，没有花草，没有庄稼，只有起伏的条条黄土沟壑，只有无边的白垩纪土层的惨白。白色的山，白色的梁，白色的沟壑峡谷。因为寸草不生，便没有新人类的足迹踏入；因为没有腐殖土层，便没有垦成农田。这里静止了137万年，也沉睡了137万年。但是，这种苍灰的丑陋与死寂的凝涸，就是沧桑巨变的见证，是恐龙灭绝不久的侏罗纪与白垩纪的缩影，是哺乳类动物诞生时的真实地质状态。是亘古不变的苍老，是人们恐惧而苍荒逃离的地方，是考古和地质专家们梦寐以求的地方。

膜拜泥河湾，寻找人类的足迹，让人感悟深刻的惊醒，竟然是水与人类紧密相依的关系，水让生机向这里走来，也让生机弃这里远去。而生命多起来的时候，树木花草必然会遭到灭顶之灾，被烧掠洗劫一空。泥河湾一带的湖泊就是这样悄悄地消失了，花草树木不见了，动物们也逃遁了。后来，由于人们的需要，把那少之又少的水汇集成一条细弱的桑干河，人们仍然在河边勉强休养生息。现在的桑干河也萎缩了，动物远走高飞，只留下一些甘于贫穷的人，甘于宿命的人，跟着河水的回缩，一步步向河心的浅水聚拢，终于住进了盆地的中心。

历史就是这样沧海桑田地变动着，但是事物总具有坏与好两个方面。泥河湾古人类遗址的问世让沉默的阳原这块盆地再次轰动起来。人们从四面八方向这里汇集，寻找人类的遗迹，观瞻祖先的创造，感受进化的邈远，体悟土层下的奥秘。就是这种始祖的遗存，让泥河湾的土丘土壑变成了得天独厚的风景，变成了诞生人类的摇篮，变成了全国重点文物保护单位，成了国家级自然保护区。不远的将来，旅游观光的人们会成群地向这里涌来。阳原，会再次人头攒动。

泥河湾，是人类的先祖们曾经选择过的一方风水宝地，也是先民们抛弃掉的一种赤裸荒芜；是一块曾经水源丰足、物产富饶的地方，也是一块被反复践踏破坏过的地方。而这所有的变迁，都是动物群的演进史，是植物类的灭绝史，是水源的破坏史。因为今天的桑干河仍然在严重地干涸，两岸几乎没有多少植被，一望无际的尽是盖不住的地皮的浅草沙漠，这样发展下去，迟早有一天，依赖和仰仗这河水的人们也会望水兴叹，也得向先民们那样背井离乡地迁徙到他处，丢下一地的生存残骸，供未来的考古学家们寻找并叹息。这一结局的悲剧性已露端倪，值得当代的人们深深地思考。

泥河湾，让我们振奋，也让我们忧虑。为脚下稀有的人类遗存而振奋，为地上日日枯竭的河水而忧虑。

——发表于 2003 年 12 期《旅游纵览》

怀想老槐树

那几株如盖的老槐树，是县城最老的树丛。原本非常葱茏茂密，比别处的树格外高大翁郁，在小城的半空飘着一种浓重的护爱，为安宁的日子洒一地深情的垂怜。尽管那深荫只遮盖了短短一段街，仍然让夏季的热暑有一片清爽，黄昏时的乘凉有了一些惬意，傍晚的散步有了些许的欣慰。这些树不只生长着如盖的绿叶，更生缕缕的温情。

然而，这几株老树依旧被砍了去。等人们一觉醒来，小城又多出一片荒芜，少了一簇翠碧。在树倒下不久后，矗立起一座似曾相识的办公楼。在少数人们又为宽敞舒适的办公环境热热闹闹地剪彩时，大多数的百姓在为那失去的绿色悲哀。

新楼尽管安装了几块蓝色的钢玻璃窗，有些色彩，但因为失去了树的掩映与衬照，显得十分裸露光秃。一目了然的浅显，一眼观到底的枯燥，毫无迷人之处，连那建筑形式也没有什么可夸耀的地方。楼主人在砍树后，又在楼前搪塞般栽起了一畦绿的紫的花草，可是那花草又低又小，根本形不成荫，更称不上景致。加之楼太高太大，越发觉得楼前太空旷，草太少太矮，比例严重失调。没有了画面的美，视觉上格外的不舒服，老觉得那楼想往后倒去。

不知有的人为什么那么不喜欢与树为伍，那么的不了解树，不愿意让树存在。其实，那几株槐树离那楼还有几十米远，一点也不妨碍楼的采光透视。更重要的是，有树在前面，既有一片绿色，又让建筑有了隐回闪现的神秘美，不至于在展示自己的雄伟的同时，也暴露出自身不少的丑陋。

那没有了树的遮挡的新楼，一眼见到底的坚硬苍白，没有花草的点缀，没有树木的环绕，在刺目的阳光下反射着耀眼的白色，在风打雨淋中独自经受吹打，显得很孤单落寞，很无助可怜，没有人爱怜也没有人赞美。

一座没有树木陪衬的建筑，就像一条干涸了的河床，一座不长草的秃山，一潭不流动的死水，没有生机，没有色彩，没有迷人的魅力，让人无论如何也爱不起来。走近它的身边时，脚步不由得加快，匆匆而过，以便赶快逃离那种死寂，那般灰暗，那样灼热。立即快走到有树的地方去，有树的地方才有凉爽的舒适，才有温馨的情趣，才有飘逸与灵动，才让人生出许多熨帖。没有人不喜欢树，没有人喜欢蛮荒。

没有树的建筑再美，也称不上风景。因为它在杀伐了树木的时候，先丢掉了大度与宽容，丢掉了对人世间的亲近与福荫，丢掉了大自然包容万物的本色，丢掉了与大众共荣共存的品格，更主要的是抛弃了天人合一的生存大道。只剩下人类高傲、专横、冷酷和自私的劣根性，圣者贤人们只能对它敬而远之了。

每走到那新楼前，总会产生一种怨恨，总会想起那几株老槐树洒下的大片花荫，思念那一地的白色槐花，总会在心里说，没有树木环绕的建筑是丑陋的建筑，丑陋的建筑多了的地方，是留不住人声与鸟语的地方。

——发表于2003年2月17日《河北法制报》

梦断开阳堡

怀旧的人们不妨去看一看古老的开阳堡。

那是一座战国时遗留下来的老城堡，曾做过郡、县，是茶马古道上一处很久远的人类栖息地。这座北方的老城堡，至今仍然环抱着昔日曾经荣光华耀的残殿剩庙，尽管墙坍顶塌地衰落了很久，但是从厚厚的老土堡墙上的疤痕，似乎还能嗅出燕赵七国的烽火狼烟；那大石条砌出的穹隆状门洞，还保持着战国时代的风骨余韵；那一座座没有消失的庙宇，还散发着神佛对于灵魂的缠绕。

开阳堡坐落在阳原县境内桑干河北岸的一块高高的土丘上，堡门正面对着桑干河无垠的画意，视野遍及河东、河南、河西三面的青渺黄茫。开阳堡与众不同处在于它的土质，全部是惨白的白垩纪的白垩土垒成，城堡城墙是这种白垩土叠的，堡内所有的泥屋均是白垩土的顶，白垩土的墙，白垩土的门脸，满目一派令人惊惧的起起伏伏的白。一排排的白屋羞怯地萎缩着，散发着积年的老态与霉味。

开阳的四围土城墙大部分还昂首屹立着，高大的石条城门十分坚固，坐北朝南的城门上顶着三间唐代斗拱楼阁，门口三面有三座庙殿。方正的开阳城内的每条巷底都有一座庙宇，真武庙、龙王庙、阎王殿都保存着大致的框架，塑像也看得出轮廓。庙内的内墙上有大块的彩绘壁画，一起诉说着开阳曾经有过的昌盛与文明，有过的浓厚的宗教信仰。

开阳果真是太古老了，古老的土城墙豁豁牙牙，倒下的化成了泥堆，站着的都变得圆头滑脑；古老的圆形拱城门洞内的大石条上布满划痕，依然严丝合缝，半块不缺；古老的庙殿只剩下顶、墙与柱梁的骨架，依然飞檐翘角，风姿不减当年；古老的碑铭躺在尘土中，蒙受着无知的践踏，依然光可鉴人，字迹清晰；古老的残砖碎瓦堆积在庙殿院或街巷边，依然裸露着汉纹清花，顾目流盼，散发着那段时光的瑰丽，展览着那个年代的荣华。

古城内废弃的庙殿的木窗棂上雕刻着精美绝伦的飞龙舞凤，连天翻卷的白云，一地汹涌的海水。彩漆剥脱尽，更显雕功的细致圆润。悬山式的庙宇，皆悬空垂直吊着层层叠叠的木雕的白蓝绿色的云纹，象征着天上仙界或地下宫殿。墙上绘着一组组教化人类的各种仙佛与冥界故事。特别是阎罗殿内的两面墙上，还保留着二十多幅凡人逝世后在地宫受刑的图画，组画完整，色泽鲜艳。还有几座庙的门窗用草泥严严实实地插封着，不知里边有什么精美存留。

堡内很少看见别处那种商家店铺的乡俗花彩，也没有见交易市场讨价还价的欢声笑语，偶有一两条巷的老墙基与旧门洞却是大大小小的花石垛出来的，紫的石，红的石，白的石，展示着城内富人的排场。废弃了的城堡，成了孩子们游戏的迷宫，他们在真武庙、阎王殿里出出进进。庙门前的大石阶成了开阳人的座椅，他们在城门口的高台上谈古论今。堡门前正对的桑干河，瘦弱得形不成一整片蔚蓝，无水而皲裂的土地被浅浅的杂草覆盖着，东不见来头，西不见去尾，凄迷成一派朦胧的雾岚。

当年，开阳堡紧紧地依偎着桑干河，仰仗着河水滋润，期望河水的福荫照拂。如今二者曾经的辉煌已逝，只遗下一份无奈的荒凉。桑干河一股混浊的细水瑟缩在河床内，开阳堡的人躲藏在城堡内，共同过着古旧的日子。文明曾经在水边驻足，并闪烁着耀眼的光泽。后来，文明的脚步随着水的变迁而迁移，留不住文明的地方只能渐渐地沦落成一种偏远的落寞，直到被人遗忘。

从远处看开阳，只见高耸的墙，不见低矮的房。即便走到了城下，也还得三拐两绕，才能进入城内。残破的开阳城，仍然保持着它的幽秘与威严，现代的繁华远离开阳，但是开阳的古风遗韵，仍然是最具北方色彩的一页民俗画。来这里的人都会为那林立的城墙叹惋，为那一座座庙宇的残骸惊异，为那倒着或立着的碑碣唏嘘，为那昔日的风采长嗟。

在北方，特别是在桑干河两岸，类似开阳这样古老的土城堡有三十多座，只不过它们都被越来越多的人口冲破踏倒，村庄溢到了堡墙四周，城堡只剩下几堵残墙或一个名字。而开阳地处荒蛮偏远，方能保存得比较完整。这座老城堡，经历着最无遮拦的风吹沙打，悄悄地飘零着、贫寒着，却也自得了一份人世的清静淡远，还有一份最具历史本色的古久。

——发表于2004年第7期《旅游纵览》

乡村丁玲纪念馆

人们到桑干河下游南岸去看那数万亩葡萄园的时候，还应该拐进河北省涿鹿县的温泉屯村去看看那座简易的丁玲纪念馆。

温泉屯村北依古老的桑干河，南偎雄峙的轩辕黄帝陵寝地桥山，村中昔日曾有夏至秦代帝王们祭祀轩辕黄帝时驻跸的温泉宫，有几千年前的古无乡城，如今宫与城都变成了一个名字，变成了一段记忆。但是，村中还有明清时的旧城堡，有古老神奇的槐抱榆树，有冒着热气的温泉水眼。村里村外是几万亩被文学巨匠郭沫若赐名“北国名珠”的龙眼葡萄园。城堡、老树、水流与葡萄林都环绕着丁玲纪念馆，共同承接着昔日人类文明的辉光，维系着古往今来不寻常的人生价值观。

土改的时候，丁玲作为下乡工作队，在温泉屯村住了十八天。后来，她就用那里热火朝天的土改素材写出了获斯大林金奖的长篇小说《太阳照在桑干河上》。这本反映社会重大现实题材的名著获奖后，她拿出五千元钱，为温泉屯村建起了丁玲文化站，购置了书画刊、留声机、乐器、电影《白毛女》及木偶戏、戏剧胶片，并安排专人管理。于是，千里桑干河畔有了第一座农民文化站。

纪念馆原址就是原来的丁玲文化站。这座小院坐落于村子正中心，从前是二进院的庙宇，民国大改良时，拆了神像改成学堂。至今，后面闲置，屋里的墙上既有斑驳的彩绘神像，也有教学的黑板，院里有石砌的甬路。从前院门正对的是一口水井，现在院外正南只剩下苍翠欲滴的槐抱榆树，西南是明清时古城堡。村里旧房老屋大都不在，街道也一变再变，唯有文化站旧址老院依然一动不动地矗立在中心位置。因为这里留着一位作家的印记，有着不同凡响的纪念意义。

在这旧日小院里，纪念馆成立时，丁玲的爱人陈明先生提供了大量的丁玲著作、未发表过的珍贵照片和实物。温泉屯村丁玲的老房东曹永明从家里搬出了丁玲睡过的床，坐过的马车车轮，以及她用过的一些生活用品。现在，这些实物都陈列在馆里。这些平平常常的物件，因为与一个不同凡响的人物有关，就超越了普通用具的意义，成了历史文物，让人们观瞻。

一座乡办的纪念馆，坐落在偏远的村野乡间的古庙院里，一种简易朴素无华的缅怀，一份深沉久远的感念记忆。自从有了这小小的纪念馆，这块古老的土地，就有了独特的文化感知。外地来的游客，特别是从京城来的丁玲那一辈的老革命家、老作家，都要绕进去恭恭敬敬地观瞻一回。

平时，这里很少有来来往往的游客，也没有进进出出的参观者，纪念馆静悄悄地在温泉屯村默默无闻着。馆里的物品不多，简易的不收费的丁玲纪念馆，处在树荫掩映的农村古庙小院里，由第三任文化站长崔守福负责管理。很少开门的小院有些寂寥，更多的是幽静。偶尔有几个人专程来看过了，久久地站在那斑驳的器具前，站在那一本本沧桑的著作面前，就会有许多感悟一丛丛生长出来。

——发表于 2003 年第 5 期《相知》及 2003 年 11 月 15 日《人民日报》

黄河畔的花圃

沿着黄河岸畔栽种各种形状的花圃，培育四十里长的花廊林带，是兰州近年来打扮家园时实施的美好创意。在原有的竹筏、水车中间，铺下无数块花布，倒满缤纷的姚黄魏紫；在长堤、铁桥周围，展摆万千幅油画，盛绽绚丽的赤橙黄绿。

把沙滩铺成香径，把黄土织成丹崖。就地取材，捡来黄河石，一块块砌进沙土，让心中的五彩图案，如黄河样在祖国的版图上曲折幽长。用郁金香和仙客来留住游人的脚步，让惊喜的目光和夸赞的话语在月季、绣球、金菊中间久久环绕、蜿蜒、飘飞。

黄河在这条峡谷里久久地徘徊，在岸边孕育出一个叫兰州的市镇。兰州现在已经是一个高楼林立、人头攒动的庞大的家族，五泉山是她古老的花园，大铁桥是她童年时的摇篮，羊皮筏子是她冲浪的勇敢，大水车是她少年时举着的风葫芦，牛肉拉面是她家传的创造，白兰瓜是西部阳光抽出的甘甜。还有那座精美温柔的黄河母亲雕塑，成了兰州的象征。

从前，人们到兰州是奔黄河而来。黄河从兰州穿流而过，给兰州系上一条赭黄色的飘带。兰州川流不息的车浪与黄河的涛声一起汹涌奔腾。兰州的高楼大厦挡不住黄河拍岸的雄姿。从戈壁沙原而来的黄河，裹挟着源头的野芜，沿途的荒凉。多少年了，远方的客人来了，沿着四十里河堤品尝母亲河源头赤裸光秃的悲怆，叹息千年不变的浊黄依然。世世代代，黄河不能就这样让人心伤，捞不出水中沉积的贫穷，就努力改变眼前的这段河堤的模样。种树无法快速生长成茂密的青葱，就移栽仙人掌、椰子树，大面积种花种草，就展览黄河的石头。给黄河戴上花环，为城市铺出石径，给铁桥系上长长的彩裙。要想生活得美好惬意，就一定要把家乡打扮得花团锦簇，就要让花木来填充环境的空白。

如今，多少城市都在精心装饰自己的家园，多少乡村都在雕琢自己的容颜。在道边植树，在楼间种草，在房前栽花。让所有的园艺家展示独特的才艺，让所有的雕塑家拿出看家的本领，让所有的房前屋后五颜六色。

为了回报母亲河的养育，为了自己城市的俊秀，为了生活的幽香，为了让客人来了待得久一些，为了让人们对这里有个好印象，兰州人勾画出一张最大的蓝图。请来最好的园艺师、雕塑师、画家、诗人，一起举起手中的刀和笔，用几年时间，在楼下的河畔描绘这块四十里长的画卷。河边少一些荒芜，人心就少一点浮躁；城市少一些脏乱，人心就少一些怨怒。花草林木是大自然的笑颜，也是人类精神世界的色彩。一丛花能换一伙人的微笑，一坛花能带出一群人的激情，花不再是花，而是一个地方的风貌，是一个时代的底蕴，是一伙人的文明高度。

四十里花路的姹紫嫣红，正在沿着河堤一米米向两边延伸。翠色的草坪正在河边蓬蓬勃勃喷吐翠碧，河卵石砌出的小径在花间光洁圆润，花与花盆摆出的图案迷了人的眼，节假日的欢笑在花间徜徉，如入他方仙境。即使远方来的游人，竟然也忘了这里正是几百里没有人烟的戈壁深处，是去滚滚黄沙淹埋的嘉峪关、莫高窟的路上，忘了那两肩仆仆风尘。

兰州有了四十里花圃的妩媚，就不再唱从前的苍灰、萧瑟、凄凉的阳关三叠，不再需要友人在初春聊寄一枝红梅，来安慰陇上的寂寞。兰州就像现在的老人，越来越懂得养生，一年比一年穿得楚楚华丽，打扮得格外年轻漂亮。让人不再惦念兰州境内的橘色黄河，却开始思恋那四十里花丛的嫩粉、雪白、鲜红、橙黄、浓绿……

——发表于2003年9月6日《人民日报》

静谧的郭沫若故居

北京城里有一条静谧的小巷，小巷里有一座幽寂的故居。

那一日，除了我们一群在鲁迅文学院研修班进修的人专门来参观，小巷里似乎没有一个人走动，和那一条条人流如潮的大街相比，这里真不像在京城里。如若不是门楣上挂着“郭沫若故居”的金色大字，光看那窄窄的小门，那普通的白灰墙，就不会有人知道这里曾是一代文豪生活过的地方，不会知道这里曾经是各国友人们频繁出入过的地方。

故居为京城老四合院建筑布局，两进院落，游廊连缀。是那些林林立立的廊柱和大面积的红漆，才显示出了一些富态和昔日遗风。

郭老的卧室、书房和客厅布居依旧，里边的一切一动不动地放置了几十年。那一床颜色苍灰的被褥很薄，那一双普通的布鞋还摆在床前，让人联想到郭老在午夜掌灯疾书的瘦弱身影。书桌上还摆着一叠线装书，参观者透过门窗似乎看到书中密密匝匝的甲骨文，嗅到绿锈斑斑的青铜器的气息。这里的生活用品那么简洁又甚少，而那笔筒中的毛笔却一大抱。那些粗的细的新的旧的笔，都曾经一笔一画地流淌过郭老无与伦比的文字，曾经激扬过郭老心中涌动的大潮。郭老就是用这一支支笔，写下了问天的《屈原》，写下了弹断琴弦的《蔡文姬》，写下了惊天动地的《虎符》，写下了揪心的《孔雀胆》么？就是用这些笔写下九百多首诗么？

在书房和卧室里的墙上，挂着巨幅的大字书法，两幅都是毛泽东气势磅礴的《沁园春·雪》，又都是郭夫人于立群所书，那苍劲的字体，那精湛的书艺，无不展示出那位女杰的阔大胸襟和厚重的文化素养。

在三间展室里，挂着郭老各个时期的照片，摆着许多的手稿和书信，摆着郭老所有的著述与译作。那里有《辞通纂》《甲骨文研究》，有《棠棣之花》《蜩螗集》《战声集》《羽书集》及一本本译著。从中可以听见诗人在20世纪30年代，祖国正处水深火热时的战斗号角和愤怒控诉，听到剧作家以古喻今的悲壮呼喊和昂扬激情。

郭老的故居太静了，即使来了这一大群参观者，依然是那么静。那么爱夸夸其谈的文人们都一下变得缄默起来，变得深沉了起来，连很少的几个故居管理人员也在静静地伏案阅书。没有人喧哗，没有人侃侃而谈，没有人评头论足。是啊，谁有资格在这里说三道四？谁有资格在繁复的文化历史中暴露自己的无知？谁敢在这满溢的戏剧志里说自己的浅见？有几个人读过《高渐离》，读过《天地玄黄》？

参观者们被这里博大的文化气息窒息了，被这厚厚的汉语言文学淹没了，被没有识几个的远古的甲骨文震慑了，被五千年灿烂眩晕了。人们能做的只有静静地从这里的简洁的居室窗前走过，从这历史文化隧洞中钻过。谁还敢说自己写了几篇小稿就成了文人？谁还敢说自己读了几天书就是个知识分子？这就是这里静的原因。无论来多少人，无论有多少人在这里的游廊上走动，也没有人大声说话。这里是一个过滤机，凡是来过这里的人都会变得沉默起来，变得少言寡语起来，那些空泛的语言都留在小门外了么？

院里的一株大海棠树落光了叶子，但是在十月初冬季节里，却在老根处又喷吐出几枝粉红的新叶，还有几簇不知名的丛花在树根处绽放，铁黑色的空杆上也高擎着紫红的蓓蕾。

而从郭老故居出来后的参观者，却一律继续哑言沉思，无人再讲一句话。

——发表于1996年鲁迅文学院《文泽》

井水不再打湿的街道

家乡曲里拐弯的黄土街道，在我小时候每天一早一晚总是湿的。因为男人们都要在早晚下地前挑满水缸，备好一两天的用水。水桶里溢出来的水珠一点点浸湿了街巷的黄土，一条水痕曲曲弯弯地通向每一家门口。

铁制的水桶梁与扁担的铁钩摩擦，随着脚步的走动，发出吱扭吱扭的有节拍的韵律，是故乡早晨的乐音。听见水桶一阵接一阵的吱扭声，村庄就开始有了鸡鸣狗吠的交响乐。

那时，老家人吃的是几口老井里的井水。井口很小，不过尺半，井很深，都说是十三丈。用石头砌了井口井壁，周围还有石头砌的走水梯坡，石头凿的饮牲口槽，石头垒得挡风隐避。被磨得光光滑滑的石头，证实着水井的岁月古久。

站在圆圆的井口处，朝下望一片漆黑，只能听到水声，什么也看不见。石井口被岁月的井绳磨出好几道深深的凹槽，人踩得石上有深深的脚窝，井壁半腰石上长着黑厚的苔藓，绳痕边的石缝里生着簇簇的绿色水草。

早先时，井上有辘轳与藤编的公用水斗，后来辘轳没了，再后来水斗也没了。人们挑水都要自己另外再带一只小铁桶，小铁桶上系一根长长的绳子，把小铁桶放下去打上水倒进大桶，两小桶倒满一大桶。每挑一担水就得打好几次。长长的绳子一圈圈缠绕在手臂上，多少人的青春年华就这样一道道缠进了井绳里。

那时，缺少劳动力的人家，吃水是非常困难的。有的男人在外上班，家中就买水吃。买不起的女人去半桶半桶地挑，或者两个孩子去抬水吃。孩子太小，就得求邻居给挑。

夏日天暖还好说，一到冬三月，井水冒出的热气在井口处结了茸茸的一圈晶莹的呵雪，井台上的滴水冻了二尺厚的冰，成了一个大滑冰场，男人们都不敢往前站，在离井口一尺多远把小水桶滑下去打水。女人和孩子们根本不敢去挑水。为吃水，多少人家的男孩子大了不能出远门；为吃水，多少在外上班的男人得起五更把水缸挑满才能上路；为吃水，多少女孩子十四五岁就替生病的父亲挑水，手指骨节变得又粗又大；为吃水，多少人家发生过伤心的往事。

有一家人孩子生得多，口粮不够吃，那家的男人为省点粮让孩子们吃饱饭，自己每年冬三月要外出去找饭吃。每年，他走时都要嘱托了好友帮着挑水。一次，他走了三年也没有回来，女人无以报答那位挑了三年水的单身男人，就让他搬过来住在一起了，生了一个儿子。第四年，自己的男人又回来了，两个男人没有打架，而是抱头大哭，最后，挑水的男人带着儿子悄悄走了。而女人年年要给他们爷俩缝衣服，家中吃点好饭，男人都要打发孩子给他爷俩送一些，因为是人家在困难时帮衬了他一家人。那年月吃水是人命关天的大事。

一缸水只能吃一两天，养猪的户一天就得一缸水。所以，男人们每天得早早挑一次或早晚挑两次水。

吃水难的户，一缸水精打细算着使用，一盆水先洗菜再洗锅碗，洗了锅碗最后喂猪饮羊。一瓢洗脸水要洗好几个人。年轻人若是衣服洗得勤了一点，就会挨老人们一顿臭骂。手脸脏一点没事，浪费了水可不行。

20 世纪 70 年代，老家人依然挑水吃。每次回家，看见水缸里舍不得用的一点水，看见年事已高的老父亲摇摇晃晃地挑水，就怨恨老家的贫穷和落后。

后来村里打上了浅水井，稍微宽慰了些。这些井水很浅，离地面一尺左右，直接用水桶就能提上来。吃水方便了很多。可是由于水浅口大，有风日，街巷里的柴火粪便刮进水中，每日在水面漂一层脏东西，心中依然惆怅不快，心想什么时候老家人能吃上自来水就好了。

渐渐地，周围村庄有的吃上了自来水。人们羡慕不已，年年盼自己村也能安上龙头。直到几年前，老家人也挖了自来水，虽然是方圆五村最后一个吃上自来水的村，毕竟心上的一块石头终于落了地。

村里定时放水，自来水龙头一拧，水哗哗地流。看母亲在晚年时能吃上自来水，还在院里侍弄了一片花草，不用为吃水的问题而求人犯难了，脸上增添了笑意，我们这些在外的游子也放心了。

如今，村里的老井都封了口。村街小巷里没有点点道道的水痕了，没有了挑水人，也再听不见吱吱扭扭的水桶声响了。挑水吃，已成了一页快要被遗忘的历史。水桶和扁担也成了历史遗物，开始与风箱、柴笆、独轮车等过时的物品并列在角落里，一任时间蒙上厚厚的尘埃。

家乡不再有井水打湿的街道，家乡正在年新月异地发生着变化，再找不到少小时的旧模样了。

——发表于 1999 年 2 月 23 日《河北日报》，并获该报当年举办的“大天力杯”三等奖

窗外的风景

再次到郊外，已经是浓绿的仲夏。

小麦已经抽齐了穗，有的正在泛着杏黄。麦垄方方块块、条条畦畦，大块地绿着。玉米正锄头遍草，地里有稀疏躬身锄耕的农人和农妇。午后下了

一阵小雨，地里的土润得紫红紫红的，潮乎乎的，空气也湿润了，清爽了许多。

脚下田畔一旁是不大的水渠，渠里一夏水不断，渠沿儿的草便格外地蓬勃着，丛丛簇簇，密密匝匝，似乎比地里的庄稼还长得好几分。

此时正五月间，花儿还不多，打碗碗花刚绽了零星的几朵莹粉的小花，夹在草叶间。唯有一种叫不上名的小白花开得正盛，一片片一埂埂，如云如雾。因为这花太小，蕾儿只有米粒般大小，开的花瓣竟看不清是几片，十几朵结在一束上也只有蚕豆大小。可这花枝枝杈杈都开，也就星般烂漫了。远处闻不见其香，拿到鼻前轻嗅，就会闻到一缕浅浅的幽香。

大概油菜花也能染出灿灿的黄，可是附近没有油菜地。倒是有菜农扔掉的水萝卜缨儿，缨儿上分明已经努出了粉的朵，有的裂成了白色的小花。

低头折了几茎萝卜花，细细地瞧时，发现花蕾原本是碎碎的玫红，而绽开时却苍白了。不由想起人的十七八岁也如蓓如蕾，一旦年纪大了便褪了粉腮，渐渐地憔悴苍老。落水处听得叮咚水声，才知水一直在流动，只因在平坦处掀不起水波浪花而已。

水渠本很细，水流也不过一尺左右，便有了水声，有了波浪和涟漪。不由得止步，沉思起“不平则鸣”这句话的来处。一切事情很公允时便无争无声，一旦稍有不平，就会有声有音。水也然，人也然，同情同理。

沿了水声继续前行，发现靠水渠一边的花草很肥硕高大，而靠路边一边的则低矮瘦弱。近水者阔叶粗柄竞相强盛，远水者窄叶细茎匍匐于地。地势和环境造就了这么大的差异。虽同为草花，却因为落籽生根的地方不同而逐渐地分化开来。同时随风飘落，落在土中的就发芽了，落在石上的就干枯了；近水的丰盈繁茂，远水的自生自灭，总有近水靠土的幸运，也总有远水缺土的不幸。相信连脚下的这路也落有籽粒，只不过被践踏而亡了。

尽管已入夏，该绿的都绿得很浓了，依然有鹅黄青葱的幼苗在探头探脑，吐叶舒茎。只要是种子，只要得到阳光雨露土壤就迟早会发芽，即使是秋天不也有新绿吗？

小麦高玉米低，春菜收夏菜种。黄瓜、西红柿、豆角开始上架。此起彼伏，稼禾菜蔬如人一样竞相争碧，你一季我一季地不相让呢！倒是农人们不偏不倚，一样地精心侍弄，一样地梳理管顾，也就一茬又一茬不断地有收获。

——发表于1995年8月5日《河北人口报》

洒在轩辕湖的心愿

去年晚秋到白洋淀，带回来的礼品只有一捧白洋淀的有黑壳的熟莲子。在买这捧莲子时，我就想着要把它们带回我的故乡种下去，让白洋淀的莲花在自己生活的土地上开放出美艳的花，增加一种色彩，一份靓丽。

种在哪里？种在有水的地方。那水必定是碧波的湖水，荡着细的清涟，湖边有一排排垂柳。那水四季不枯，百年不涸，那水能为许许多多的人共享共用，那水也让许许多多的人牵挂着思恋着。那水有着博大的情怀，一头连着远古的始祖伟业，一头系着当今的志士们创举营造的宏伟蓝图。

于是，便把有湖的地方一处处地想过，最后，决定种在轩辕湖里。那是我很爱的一处风景，很关注的一方气象，很心仪的一池涟漪。也知道那一湖曲曲弯弯的堤岸环拥着的水，迟早能引起有识之士的青睐和关注。那紧紧依偎在古城墙脚下的得天独厚的地势，迟早会有一番不同于其他湖的作为。尽管它已经被一条直通通的浮桥切割得不再柔媚，它岸边原有的长草也被践踏倒伏，草丛中古陶的碎片也难以寻觅了。那种沿着蜿蜒长堤行进的感觉已经变了味，我还是对它抱着无限的希望，希望有一天它会变得旖旎起来。

然而，在决定把这捧莲子种在轩辕湖之后，又过去了半年时光。因为没有一个合适的机会特意去撒下。想过让工作在湖边的人们给捎去。但是又想，有谁能如我一样如此多情于故乡山水，如我一样想着这一池碧波呢？怕他们不当回事，把这捧莲子弄丢了，怕他们那惊奇不解的目光。于是，便决定亲自去把这捧莲子撒进湖中。

春末一个绵绵细雨的日子，陪一伙北京来的老人到黄帝城去观光，我便把这捧莲子带了去。关于莲子，我没有与任何人讲过，包括我的家人。它们只在我的心里生长出一片粉红的希望。因为怕它们不能成活，或者三年五载之内不能吐绿，让自己一向言必成行的性情打了折扣。

在老人们静静地聆听导游老孙讲轩辕黄帝与炎帝战蚩尤的时候，我悄悄地独自撑了雨伞，踏着雨水洗涤后光滑鲜艳的各色石头垒砌的小路，冒着如丝的春雨到湖边去。没有一个人的湖边静极了，只有细雨千条万缕地沙沙落在湖面上，砸出无数的小麻点。黄帝城笼在一片白色雾霭中，只看见大块的城墙高耸，湖畔垂柳酝着绿丝，吐着仲春的生动与意韵。

站在湖边，我把黑黑的莲子掏出来，抓出三五粒抛在水中，莲子在空中划成一条条美丽的弧线，然后落入湖水中，再换一个位置撒下三五粒。一捧莲子，大药五十多粒，分七八处全部撒进了湖水里。我把我的一腔心愿撒进了那片水中。等老人们走过来，我已经全部撒完，一任雨水打湿了衣衫。没有人知道我在湖边久久地徘徊是为了什么，没有人知道我在这片距离我住的县城50多里外的蓝色湖水中种下了一捧白洋淀的莲子。

我把白洋淀的莲子带回来，并撒在了轩辕湖中。不知我买的莲子能不能发芽开花，不知我这种法能不能成功。千年后还要发芽的古莲子，不知它们能否让我如愿以偿。我倒是希望它们迟些发芽，等到湖边有了亭台楼阁，有了彩舟画舫，有了专门的管理时再吐绿。等到人们有了环保意识，开始珍惜这难得的山水风光时再开放。

为了我的故园变得更新更美，为了故乡的人们变得更亲和文明，为了这片圣地变得瑰丽多姿，我把我的心愿种进了轩辕湖中，等着它开放的那一天到来。我要让轩辕湖中开满大朵大朵的莲花，我要让从远方风尘仆仆赶来寻根的人们不至于对故地一年年的荒芜感到失望。

——发表于2000年8月12日《张家口日报》

雨中秦皇岛

去秦皇岛恰逢五月雨季。

第一天到山海关、孟姜女庙、海神庙和老龙头做一日四游，还是朗日晴空。由于时间限定，每一处只能做匆匆的一过或一观。天下第一关的雄奇和长城的逶迤都来不及细细审视，海神庙和老龙头也只是在海上做了一次远眺。对海神庙几乎没有什么印像，倒是对长城的起点——老龙头感慨颇多。

入海的老龙头，把长城的起始放在深海里，可见戚继光初建长城的苦衷。他拟把海作为长城的一部分，作为向东延伸的长城。但是一只小小的渔船便轻而易举地从其上掠过，尽管海水拼命地反抗、涌动、起伏，但那熟识海水规律的舵手站在晃动不已的船头上如履平地，在远海处也是神态自若，嘴角还挂着轻微的蔑视的笑意，不知是在笑海的无能，还是在笑一船游客的无知。

原本北戴河之行准备了足足一天的游览时间，想好好看看蔚蓝的渤海湾，呼吸一下海边清凉的空气。然而，翌日一早却下起蒙蒙细雨来。冒雨前往，心情不由得有几分沮丧。不料从火车站旁那条低洼的小旅馆路出来，街上竟洁净如洗，无泥无泞，不污不浊。乘车从秦皇岛到北戴河，一路上空气格外清新，路边树葱茏翠绿，全无一丝脏乱。秦皇岛的环境如此之美，树绕蓝路，花环红楼，细雨蒙蒙。想其每日接待几十万游客却能保持这么干净的环境，确实难能可贵。其间可看出这方土地上的人们的大境界大胸怀。真羡慕生活在这里的人们，有这么浓密的树，这么缤纷的花，这么洁净的街市道路，这么纯净的空气。

车到北戴河老虎滩公园门口时，雨下得如瓢泼般大了。地上积了半尺多深的水，咕嘟咕嘟冒着水泡，却不见一片废纸一块瓜皮之类的弃物在上面漂浮。穿着凉鞋，挽起裤腿，人们都在水中行走，且大声欢笑着。

海滩上人不多，稀稀疏疏。在雨天，腰里套着黄色、黑色、红色的救生圈的勇敢者竟敢在海水掀起的数米白浪中扑腾，一次次被海水推到沙滩上，又一次次扑进浪中。因为站得远，听不到海浪的咆哮声，而更多的人则被雨水赶到了岸上的商场店铺里。

天灰蒙蒙，雨灰蒙蒙，昨天还蔚蓝的海水今日却似铅样灰了。灰海和灰天相连，唯有海边白浪触滩时扬起一层层发怒的雪堆样白花，像抖动着白色镶边的灰连衣裙。海水并不是蓝的，我似乎一下明白了这一点，海水与长天一色。当天蓝时海水方蓝，天灰时海水便灰。我们不是还见朝霞把天映红时，水便如霞样玫红；晚云把天烧成金黄时，水亦似金般光灿；无月之夜，也看见水如墨汁那么黑稠吗？所以海水本无色，它的颜色是天的颜色的倒映。

雨继续在下，坐落在海西岸上岛城的街道、公园、草坪、建筑群里所有的雨水都一路向低去的东海奔波，倾注进海里。那水晶莹澄澈，不必为海水被污染担忧。

打了一把临时买的处理黑色折叠伞，远远站在海边看无垠的灰色海水在雨中欢快地舞蹈歌唱，看少数的健壮人冲浪。雨中的秦皇岛北戴河空阔、无际、豁朗，别有一番情趣。

回旅馆后看浑身淋湿的衣裙，却找不到一点泥渍脏痕。虽然被私人出租车宰了一刀，但因为看了一回雨中的秦皇岛，雨中的北戴河，雨中的大海，心也足矣。毕竟这是座令人向往的翠碧美丽的海边岛城，一个洁净的去处，一如把身心洗礼了一回。

——发表于1996年2月10日《张家口日报》及《旅游纵览》

泰山雾

泰山归来已经半年有余，镌刻在脑海深处的记忆每每闪现出来，搅动起对泰山雾的几许感知和一种理解。

泰山高拔独尊自有定论，林林石刻也无须多言。石刻之多皆因其高拔出俗，其自高拔出俗就必会有人攀登依附。然而，石刻再堆砌也难写尽泰山雄巍，文字再溢美也难表泰山之齐天。何论石刻大多都是题词之人眼中的泰山，而石刻在某种程度上把登山人的注意力导向一种他人的定论，让游客不能有全方位的认知。

于是，我在泰山上的一夜一晨，便被其上的大雾紧紧缠绕。及至归来半年有余，那雾仿佛依然在眼前涌动不去，向我诉说着泰山的难言苦衷。

泰山之高不能言，只记得到达其脚下时已是掌灯时分，丛丛的黑色山岭淹没了视线，只看见半天云中有一串串星星般灯光闪烁，明白那就是泰山之巅的宿地了。为赶在天亮时能看到日出，只得放弃徒步登山的计划，改为乘汽车和坐缆车上山。

汽车沿着泰山脚盘旋而上，足足走了有一小时，到达停车点又改乘电缆滑行了近二十分钟。下了缆车徒步拾阶而上，仍然只看到红红黄黄的灯光在空中摇曳，便知到达泰山之巅还需要继续攀缘。然而，山上夜色黑得赛墨，更兼白雾一点点包拢了上来。一路上都是出租绿大衣的人，棉大衣堆积如小山，周围攒动的人都穿上这种半旧的棉大衣，一群群一片片地蜷缩在山弯避风处或崖头下的坑窝里，无以计数的人都把身体团进大衣里露天过夜，等待天亮时看泰山日出，那是一辈子的夙愿啊，那是一种人生的企盼，是人类共有的奢望。

继续边攀登边寻找合适的住处，便看到沿山阶两侧密密麻麻地坐着、躺着、半仰着的都是裹着绿大衣的年轻人在紧紧依偎着窃窃耳语，心说泰山之夜真是年轻伴侣之夜，泰山的曲折拥爱着多少情深意笃的少年男女，为他们畅叙爱慕与共勉提供了多么无垠的空间。一夜长谈一夜的依偎，还有什么缺憾呢？何况还有翌日凌晨那一幕壮丽的日出来涤荡胸襟，扫除心的狭隘角落里的幽怨苦闷。登过泰山看了日出的人，就应该成为豁达淡泊的人，因为人于泰山好比大海边上一粒沙，苍穹中的一颗尘土。泰山千年如一地托举着登临者的躯体，日复一日地接待四海来客，吞吐着一代代仰慕它的人，让人类感知自己的渺小与短暂，给人类以震撼灵魂的告诫与警示。

刚刚找到一处避风寒的地铺供疲惫不堪的双足歇息，返出来想一观泰山脚下的景致，团团浓雾就占领了所有的空间，出门只能看见周围三米以内的景物，只听得山下和左右一片吵闹之声，却不见人影。一个南方口音的男人怀抱着孩子左手拉着一个女人，嘴里骂骂咧咧，埋怨女人乱跑，害得他差点掉进万丈深渊。浓雾禁锢住所有正在行进的脚步，切断了视野，人们再不敢随便走动。

怅怅地往回返时，发现漫天的浓雾仿佛青藤般长了触须，跟着自己进了宿息的气象站的厅屋客房，在地上打转。人在雾中行，雾在屋里居，恍如走入蓬莱仙境一般飘然似神。关了门，雾竟从门缝下钻进屋来，在地面上留下一层水汽，知道整个泰山都裹在了雾中，人们都担心明早的日出要成为一生的遗憾了。专门出去问气象站的工作人员，工作人员说："看出星星不，只要星一出就能看到日出，到时去叫你。"

由于太困乏了，就一觉睡去，顾不上雾的事了。梦中听到说天亮了，让去玉皇顶看日出，朦胧中起来，雾还没有退去，半信半疑地跟着人上了玉皇顶，空气中嗅着雾的重重湿味。

天渐渐发白，山下九州四海都被厚厚的浓雾覆盖着，地上的人们还沉静在黎明前的黑暗中。东天的红云海水般汹涌起伏，旭日久久不肯露面。忽然，大雾迅速退去，红日跃出中天，漫山遍野的黑色人头一齐发出欢呼声。可是，大雾又快速地包抄上来，把红的朝阳遮盖成一轮苍白的圆月，这雾的一开一合，让这批登泰山人没虚此行。我为这雾的灵性和善解人意而十分感动。

下山时，捡一条人少的小路行走，看见僻野处的一片片垃圾与粪便，想起山上的公共厕所收费既高，有的门还不开，收了费让人们到房后随地方便，就再次感悟泰山何其雾大，何其雾浓了，何其如此遮掩了。

泰山雾，我知你是泰山的语言了，我知你要告诉我什么了。

——发表于1998年8月8日《张家口日报》

初游云冈石窟

大同市与我们隔省相邻，游大同市的云冈石窟早已成为一份夙愿。直到有了大秦线从我们家乡穿过，在一个午夜，走一小段路到大秦线上的一个小站乘车，翌日清晨便到了大同。

在人们的印象中，昔日的大同是一座脏乱的城市。如今似乎洁净了许多，更大的变化是有了无数人的小摊点、饭馆。火车站前的出租车一串串挤着拥着，乘客被抢来夺去。

从市内乘中巴到云冈，只需八角钱。中巴在市外西郊大同煤矿路上向北行驶，油路两侧撒着厚厚一层黑屑，有许多人骑三轮车到路边收集那些煤土，扬起的尘土飞进车内，车内便弥漫着细细的煤尘。下了车，浅灰色的衣衫上便沾了一片片的煤灰。

从中巴上下来，就看到北面层层高上去的云冈石窟寺门的中部洞窟，看到那陈年古旧的彩檐画柱。因为到得早，寺门还未开，便看到寺门外空场上花花绿绿的小摊点上出售的佛像、小纪念牌子和刀剑。随手买了一本导游图册，方知道云冈石窟位于大同城西16千米处的武州山南麓，东西绵延一千米，现存45个石窟，塑像51000余尊，占地面积40平方米。营建工程始于北魏文成帝和平初年（公元460年），终于正光年间，历时60多年，是中原北方地区开建最早的石窟群。

门票不贵，游客也不多，幸得安静。上午九时寺门打开，稀稀疏疏的游客鱼贯而入。从第一塔廊窟看起，此窟又称寒泉洞，有泉水在南壁潺潺渗出，窗内森冷沉肃，光线幽暗，令人肃然。窟内是一双洞，第一窟后壁主像是弥勒菩萨，第二窟雕释迦佛，窟内各雕一方形塔，塔柱直抵窟顶，游客沿方形塔四面转。昂起头看，惊讶这窟四周岩壁上从上至下，乃至顶部雕满大大小小的石佛，坐佛立佛皆有，一佛一龛，大的高十几米，小的只有几厘米。

出寒泉洞入灵严寺。这是云冈最大的洞窟。史载可容纳三千僧人听法，疑为昙曜和尚译经处。

第五窟大佛洞因岩而建，飞阁危檐。窟内释迦牟尼坐佛高17米，体态超然，双眼微闭，俯瞰人寰，为本寺最高石佛。第六窟释迦佛洞，带状浮雕，形象生动地再现了佛教创始人释迦牟尼从诞生到成佛的过程……

出一窟进一洞，窟窟石佛云集，洞洞佛面各异。武州山南麓壁立的山岩聚集着佛的家族，仿佛所有的佛都来这里云集，来这里听经颂法，坐成一尊尊石像。这些从北魏开始到唐初至辽代逮及明清的石雕艺术，叙说着兴佛废佛的曲折历史。此石窟由北魏高僧昙曜开凿起，展示了古中华一段历史的雕刻艺术、建筑形制、书法、乐舞之风格。早期昙曜五窟为椭圆形大像窟，中期又时兴多佛殿窟和塔庙窟，到了晚期则流行三壁三龛式的方形窟。北魏佛像面型清秀，全用褒衣博带服式，初唐佛像则肌肉饱满圆润，到清代又以彩绘华丽而独特。

公元439年，北魏灭北京，俘掠凉州僧徒三千人，吏民工三万户徙至平城（大同），开凿云冈石窟。如今这大同市居民，或许都是三万户的后裔，他们的祖先都雕凿过这石佛，使这里成为一片佛教圣地。也因为佛的庇佑，在佛对面平野地下便有了无尽的煤炭，养育着大同人，富裕了雕凿石佛人的子孙。

云冈石佛沿武州山南麓围环排列，洞窟渐渐低小，石佛也渐渐粗糙起来。从最西头无佛处往东回返，游人们都拥向南边的出售工艺品的棚摊买纪念品，或在佛像前留影。游人大多不高声喧哗，都静静地走，悄悄地看。也有体弱多病的中年妇女在每一窟前合掌祷告，乞求佛佑康泰无恙。

在这里，看的不仅是佛界的豁达、安谧和静处，还有别样一种心境，似乎悟到了一点佛的禅意，朦胧中也说不清是什么，只觉得心情豁朗了些许。

然而，当乘中巴返回市区时，却两手灰一身黑，再看同伴一脸黑，禁不住放声大笑不止，方明悟佛带来煤，肥了大同人，同时也带来了煤黑，脏了大同人的环境，让大同人留些遗憾，有些欠缺。因为世上万物万事本不完美，完美了，人们谁还去努力去创造？

——发表于1995年12月31日《张家口日报》

永远的福字

年节又踩着渐渐彤红起来的街市走来了，穿过一条条披红戴花的胡同走来了，穿着大红大紫走来了。年节用铺地的红做吉祥背景，用粘贴绛红点唇抹腮求得安康，用衣着绯红包装童年、青年、老年的又一茬希冀。

在红色的调色盘上，印着最多的是那个远古走来的福字，年年离不了的福字，岁岁盼望的福字，人人期待的福字。

年节前，在红色的大街上，到处可见卖春联的摊位，那些数米长的竖联红了一面面墙壁，那些巨型的斗方红了一街街地面。北方年节的气氛是由春联、窗花与年画浸染出来的，那是最极致、最浓烈、最惹人情绪的传统意韵了。因为大凡春联摆满城镇乡村的街市时，春节就已经到了眼前了。

不知多少年代了，春联上写的都是“五谷丰登”“春色满园”“风调雨顺”等祖辈人们的缤纷梦想。伴着这些祈求的最多的字是那个有衣穿、有田种、有饭吃的古老的福字。瞧，“门临百福”“五福临门”“五福萃华门”……福，还要够得上五种，五种幸福是古代先人们祈求的最高的福分。古代的五福指：长寿、富裕、健康安宁、修养美德与年老而得善终。现代老百姓的五福大体也出不了这个范畴——活着吃穿不愁，居有定所，无病无灾，家庭和睦，临老得个寿终正寝。那样他们就心满意足了。而有的人的追求早已超出了这个界限，正在为得不到比别人更多的福禄四处奔走，转而愁肠百结，他们钱很多房很大，却依然不幸福，因为他们的幸福观变了，他们欲求的太多。

五福从哪里来？看，那各种形状各种图案的斗方，无不在五谷上面，在瓜果上面，在鲜花上面，在胖胖的福娃们手中，在耀眼的金玉珠宝上面，在老人的笑颜里，都毫不例外地统统地托举着一个大大的福字，形体繁多的福字，变化多样的福字。福在百姓眼里就是这样，从劳动中来，从丰收中来，从家庭和睦、子孙绕膝、健康长寿、生活美满中来。福生长在五谷五果中，生长在花香鸟语中，生长在儿孙满堂中，生长在和睦家庭里，生长在老有所养中。

无数的斗方叠压着，无数的大福字垒堆着，无数的长钱悬挂着。这些福字斗方长钱最后都要被办理年货的人们买了去，别的可有可无，这春联、斗方、福字可少不得哟！哪家都要买好几幅，多的十来幅，因为每个门楣上都要贴一个，有多少门就要贴多少。还有窗，还有树，还有车，还有农具，还有猪、羊、牛、马、兔们的圈，所有的生灵都与人类息息相关，应该无病无恙的；所有的物件都是生活离不了的，都需要珍爱。

千千万万个福字，无以计数的福字，红了门，红了街，红了院，红了春节，红了北方半个华夏神州。

好一个福字，好一个几千年来就没中断过的福字，好一个所有人的心语和愿望。那是俗世人间需求的老人们的健康长寿，孩子们的平安生长，那是男人们的事业有成，女人们的贤良回报，那是民族的安定，那是家园的繁荣。那也是勤劳的果实，创造的汗水，善与美的结晶，正直诚实的馈赠，奉献与拼搏的报酬。

啊，福满门，福满院，福到，福临，福至，福来，福降，福星，福门，福人，福地，福天……如果人们还嫌现在的福少，那就有点身在福中不知福了。

又一个春节来临，看着满街的大红春联，看着满街的福字斗方，无不让人深深品味先人们创造的这个无以替代的汉字的绵长古久，深深思索世世代代人们追求的幸福生活的内涵意蕴，今人能感悟多少，知足多少？

不论人们幸福不幸福，春联中的福字是年年在改变着形象，变得更立体，更有层次，更金光闪耀，更色彩缤纷了。

年　根

大概在一个月前，人们就开始置办年货。办年货已经成了目前理所当然的头等大事，人们不用商量都把其他的事往后推了一推，一年一度的春节是个重大的节日，草率不得，马虎不得。

最早的年货大概要数年节时穿的衣服了。大约在一个多月前就有男人领了孩子、女人在县城的国营商店、私人衣摊，凡有衣服出售的地方转了一遍甚至几遍，他们精心地挑选着各自喜爱的衣装和鞋袜。现在，年节时穿的衣服很难买，因为平时就穿得很不错了。街上来来往往的行人穿着打扮天天如过节般齐整鲜亮，特别是少男少女们更是又时髦又整洁，小伙子们西装革履，姑娘们花团锦簇，比她们父母穿得好上几倍。所以，年节时要比平时穿得好，就要更费一番心思，精心地挑选了。

衣服早早备下后，稳住了孩子们的心，剩下的就是大人们的事。买窗花、年画、鞭炮及各种食品、烟酒、糖茶……

这时候，街上的货比平时多了几倍，摆出平时没有的各式点心，花花绿绿的礼品盒，还有麻刷、涂料、扫把等清扫工具；有大堆的鲤鱼、一块块的冻带鱼、活鸡、白条鸡、家兔、野兔和漂亮的野鸡……街两旁摆得满满当当。越是人多的地方，买卖人越愿意去。

如今，乡下人的饭桌上也有了鸡和鱼，虽然是廉价的鲢鱼，但毕竟是吃上了鱼。

年前，乡下除了老弱病残和太小的孩子外，凡健壮的男人、女人、孩子们都要轮流进一趟城，进城买衣服、选布料、烫头发、洗澡。男人们则不止一次地进城采购。所以，腊月里，县城几条主要的商业街和市场都人头攒动，如流如潮。

时下，尽管不少经济发展比较快或交通比较发达的乡镇设了集日，打通了市场交流，缓解了县城的拥挤，但是人们还是改变不了对县城的向往和信赖。县城是乡下人心中的繁华去处，因为县城的货更集中、更全、更新、更有挑选余地。

同时，进城也是一种精神上的追求和陶冶，在如潮的人海中挤一挤，走一走，让寂寞的心感受城市的热闹和涌动。进城，欣赏城里人的穿戴打扮，学习城里人的走路姿态。城里人通过乡下人进城后，更比较出自己的现代化，分外增添了幸福感。不能不说赶年集是一次美的大竞技，文明的大推动，精神的大升华，城乡的大交流，家底的大亮相。

在春节到来之前，人们的心情一下都愉悦了起来，振奋了起来，因为人们相信这个年节会带来好运，带来喜庆和吉祥，希望这个年节能实现自己的愿望和憧憬。

——发表于1996年2月17日《张家口日报》

闹社火

一年一度的新春佳节，一岁一次的元宵灯会，一载一轮的社火队又要在城镇街道上敲锣打鼓地开始了。

虽然同样的社火热闹了几千年，尽管越来越简化蜕变，没有了点旺火、迎喜神和财神的程序，别的形式仍保留着，不绝地继续着。流水般远去的已逝日子，却流不走古老的传统。这种老百姓自发的祝贺春节的方式，以老百姓喜爱的、惯常的，从老辈人手中接过来的庆典形式，又要在一个春节之后冲出平淡的日子，穿绿戴红地手舞足蹈上几天了。

元宵节里，各单位出的装饰得花团锦簇的巡游彩车，路边流光溢彩的鱼跃龙舞彩灯，两旁人行道树上的流星雨灯，商家店铺门楣上的霓虹广告灯，及闹社火时县里与乡下来的穿彩衣戴彩花的秧歌队、花鼓队、舞龙舞狮队、大头娃娃队，还有那鼓乐队，都是年节中不可缺少的一道风景，年年要上演要玩几天。

虽然这种庆祝形式早已耳熟能详，看过几十次了，没有多少新意，但那也是世间普通人们早就等待的振奋激动，也是人们早就期盼的迎新送旧的古老民间乐舞。这是一种无法改变也难以改变的祖传技艺，牢牢长在民间的节日狂欢，一改变就失去了深蕴的内涵，丢弃了先人的信息。就如民歌老戏一样，最好还是原汁原味地继承下来，那才是最本真、最原始、最民族、最有纪念意义的文化传承，也是华夏民族的本色，是中国式的狂欢节。

社火队的锣鼓响起来了，社火队的队伍从楼群排列的街道上走过，从被街道垒长的人流中走过，从被欢笑眯缝起来的万千目光中走过，从人们积蓄了一年的憧憬等待里走过。社火队不走过，鼓胀饱满的年节气氛就不会松弛下来，老百姓的年节盛装就不能脱下来，上班族也不能安心地坐下来。社火队不走过，年节的仪式就没有进行完，没有进入尾声，似乎一场演出没有压轴戏一样，一台戏没有谢幕一样的虎头蛇尾。社火，划定了旧年与新年的界限，社火活动一结束，所有人方开始心满意足地谋划新一年的各种举措，描绘一套全新的又是延续的发展蓝图。

几年了，长长的社火队没有再走进老城区，因为老城区太老了，老得低低矮矮、瘦瘦细细，老得扭扭曲曲、斑斑驳驳。老城区的台阶交错隐现，老城区的路面起伏凹凸，老城区的电线如网似织，老城区老得经不起鼓潮人浪的汹涌摇撼，老得耐不得几千只脚的踩踏了，盛不下万头攒动的熙攘喧哗，与新时代的节奏不合拍了。于是，画片般的，年画般的，古董性质的老城区不久就被拆除，全部改成摩天的方块的灰楼了，没有了老城区古色古香的味道，没有了旧街巷的青瓦白墙老窗高阶做背景，城镇都切断了历史，抛弃了传统，全部一个面目一种色泽了。

与往年大同小异的社火队，走在从旧城区改造出来的新城区宽阔的大街道上，踏着新城区平整洁净的分着车行与人行道的崭新水泥路面，有一种奋进的坚实与发展的骄傲。因为街道与楼群是近年来县域经济发展的最大变化，街两边鳞次栉比的商家店铺是地方改革开放的显著成果，从东南西北贩运来的琳琅满目的货物是繁荣富足的标志。新城区的三车道五车道环拥得下全县数以万计的群众，新城区包容得下来自十里八村进城比富的乡亲们。新城区的路不曲不折，方正平直，让彩车轻松前行，让舞龙人甩开了臂膀，让耍狮子的人摆足了架势，让花鼓队畅快地跳跃表演全套花样，让军乐队走出自己庞大的方阵与雄姿。

新城区凝聚着时代的最新标志，拓展着时代的最大视野，新城区牵引着时代的方向。新城区是老城区繁衍出来的最风流的倩男靓女，是老城区最时髦的儿孙，是城区未来的中心。然而，这中心也随着车流的迅速扩宽，正在日新月异地改变着，不断地成为旧城区。

不论是新城区还是老城区，打鼓的老人们仍然用一套又一套的传统鼓点放飞自己的心声，舞龙的汉子用布龙扭摆着自己那掩藏了一年的爱玩爱闹的童心，登高跷的后生诙谐幽默的动作是他们对生活的全部构想，骑驴的小媳妇扭动的驴步是她追求的五彩浪漫，打腰鼓的大嫂们飘扬的红绸带是她骨子里爱美爱俏的真情洋溢。

社火队从新城区走过，节日的烟花放过，今年春节的所有迎春仪式就宣告演练完毕，接下来就是实实在在地过好每一天，用全身心地勤奋工作劳动，一笔一画地写好这一年的履历了。

为什么一浪又一浪的文化形式流过淌过，许多都云烟散去，不留一点痕迹？沉淀下来的保持着的还是闹社火呢？因为它最大众化、最古久、最长远吗？它起源于哪朝哪代？当然是大唐贞观之治或康乾盛世那样的升平嘉年华。五千年了，民间年节时的文化形式参与人数最多的仍然是一年一度的跑驴、舞狮子、耍龙灯、扭秧歌、耍旱船、踩高跷、放烟花，这些民俗表演已经成为经典，成为一种执着的传承，与古城古戏一样可以列入中华民族的艺术范畴，值得作为一门学问来专门研究探讨一番。凡是能留下来的，千年不朽的，必然都是深入人心的，是大众的最爱，是藏在民间民心里的无价瑰宝。

古老朴拙的闹社火，一年又一年用其斑斓的色彩渲染着、演绎着、装点着百姓平淡的日子，用一次高涨与突破放飞着对幸福生活的满足，用一次集体的放歌劲舞尽情地狂欢，歌颂民富国强的太平盛世。

彩色周末

骑着自行车在街上无目的闲逛的年轻人过来了，驾着摩托风驰电掣兜风的少男少女们过来了，饭后散步的和睦一家过来了，连溜弯的郊外农家汉子都过来了，建筑工地上打工的年轻后生也过来了。他们带着微笑一起向彩色周末的演出地点聚拢，或远远站着，或就近蹲着，或偎靠着路边的树。每七天一次的彩色周末演出成了他们消夏的重要内容，成了他们心中流淌的一份喜悦，成了他们长长夏夜里的一个个期盼。无数的人们跟着演出场地挪动，东城一晚西城一夜，不论远近，只要锣鼓声响起，他们就会从四面八方拥过来，抢占最佳地势，站满了旁边的台阶。几百人的嘈杂声说笑声，与高分贝的打击乐汇集在一起，把小城的夏夜搅起一浪浪歌的潮，一旋旋笑的涡。

尽管节目都是各个机关部门自排自演的业余水平，是看了多少次的摇滚、迪斯科、健身操、独唱之类老掉牙的套路，习以为常的形式，人们依然不厌其烦地从始看到终，不断地给以阵阵掌声、喝彩声。在他们的生活里，一种又一种的娱乐形式兴过又废，如卡拉 OK、交谊舞、霹雳舞、街舞，都已经成为或即将成为历史的记忆，唯有深深地扎进民间的社火、秧歌经久不衰。彩色周末这种不知起源于何时的消夏形式，在几年内持之以恒，成了每年夏季的风景，成了与春节、元宵节一样约定俗成的民间文化，成了固定不变的精神生活。他们需要这种微笑，需要这种激励，需要美妙的歌声填满他们精神的空洞，需要音乐的柔美温顺他们情绪的烦躁，需要这种文化来调剂紧张的心事，松弛他们紧绷着的神经。

每周一场的彩色周末，是城镇文明事业闪烁出的金色光华，是健康向上的公德教育工作跳动着的迷人音符，是人们心灵深处压抑久了的一次亢奋，是宁静的时间长了时的一阵呐喊，是对昂扬向上的歌咏的呼唤，是对奋发图强时代的颂扬。同龄人嘹亮的歌喉打动着同龄人，少女们优雅的舞姿振荡着少女的心。一个机关的演出水平，牵动着全机关人的荣辱，一场精彩的演出让另外的机关跃跃欲试。机关风貌在这里得到百姓的检阅，个人才艺在这里得到充分的展示。

彩色周末，近年来塞外坝上城镇值得一说的夏日风采，是张家口城区政府工作中形成了风气的一道风景。有歌与舞的季节是应该赞美的季节，有精彩演出的夜晚是和平宁静的夜晚，能让百姓欢呼雀跃的地方是五谷丰登的一方山水。如果演出的节目再新颖些、生活化些，那就更好了。一如从前宣传党的政策与好人好事的村办广播，一如从前宣讲科技知识的黑板报，让人长久地怀念。

消失了的报刊亭

先是间三隔五地换一次，然后就是长时间地不换，那份省级党报就那么一角耷拉着，发着黄，蒙着尘土，最后终于没有了报纸。报刊亭没了报纸，空空地站在一条大街道边，一条当地人来来往往的街道边，没有人关心，没有人过问。过了些日子，终于连报亭也没了踪影。

当然，这亭主人不是主管宣传的上层建筑部门，不负责引领老百姓思想导向，不能对其苛求得太多，但是有关部门完全有责任把它接管过来，设专人负责。那么多的人在办公室里无事闲待着，那么多的人因为半生不得志发着牢骚，为什么不能出来做一做这琐碎细小却意义重大的工作呢？一座很想让世人喜欢的城镇，却不会做让人赞美的事，比如报刊亭，比如广告墙，比如阅览室，比如干净的街道，比如园林式的环境……

终于再没有一座报刊亭，一座消失了的供普通市民们阅读的报栏，阻隔了老百姓与国家大事的信息联结。一座偌大的城镇，容不下一座小小的报刊亭，却到处是五花八门的吃喝穿戴等消费品，到处是琳琅满目的电器商行、声光电闪烁的枪战言情磁盘，到处是美容厅、网吧、金店、服装店、药店、食品店，人们只需要物质消费与肉体享乐，不再需要精神支撑，不再需要信仰的引领了吗？而这一切都是生意人搞的，政府都做了什么？

巨大的广告牌，巍然的店铺门脸，高耸的商厦，缤纷的彩带，所有的商业操作都尽量扩展膨胀着身躯，所有的私家买卖都悄悄地抢占着地盘。一条条街道上，林林立立的是奇装异服加配饰；一座座城镇内，挨挨挤挤的是饭馆酒吧加快餐；傍晚时青年们吃烧烤时的烟雾笼罩在城街上空，人头攒动的夜市上摆着赤橙黄绿的消遣玩意儿。然而，唯一的报刊亭与图书馆、文化馆就在这种潮水般流动的繁华中悄悄地被挤没了，消失了。消失在21世纪第一个10年里，中国的改革开放深入进行的时期，没有一座城市有勇气有眼光独自保持着这一个个文明窗口。

一沓沓报纸在机关公务员的办公桌上铺展，与报纸做伴的是一杯杯酽茶。一杯酽茶一根烟，一张报纸看半天，就是机关干部们的工作写照。翻来覆去的人浮于事，洞穿着一批批无奈于时事之人的岁月，周而复始的无所作为浪掷着一笔笔巨大的财政开支。如果没有了报纸与酽茶，不知道机关干部们还能做些什么，还能不能坚持坐够七个小时！报纸与酽茶把机关干部们粘在办公桌前，很少下基层去，很少了解城镇街角里那一堆堆臭气熏天的垃圾。

那么多报纸堆在机关，读都读不过来，当天的《人民日报》就拿去洗澡垫屁股，刚发的《经济参考》就拿去包早点油条，而街头百姓竟然没有一张报纸可读。花大笔钱订的各级党报只给三五个人看，有的锁起来谁也看不了，党报并没有发挥任何引领人、教化人的作用，不久就成捆成捆被当作废纸卖掉。

难道有报刊亭的时代已经结束，难道人们再不需要教化？为什么还有那么多的孩子念不完初中就辍了学？为什么那么多的少年在街头无聊地闲逛？一撮撮闲人蚂蚁般围着一张棋盘，到处哗哗响着打发时光的麻将。一座没有了报刊亭的城镇的人们到哪里去寻找文明的因子？到哪里去沐浴灿烂的阳光？凭什么蓄积对政府的尊敬？在没有报刊亭的地方，再感受不到思想的阳光，再领略不到精神的洗礼，再体悟不出公共道德的力量。人心再度沉沦低迷，刻苦学习的学童抵不住电子游戏的引诱，向上进取的人群抗不住吃喝玩乐观念的嘲弄。

这一切把20世纪五六十年代出生的老人们的心深深地灼伤，他们流血流汗打下的天下难道就是为了让后人们萎靡不振？就是让后人尽情地享乐？不该失去的正在一点点失去，不该泯灭的为什么正在渐渐泯灭？社会为什么如此不负责任地把孩子们推进黄色网吧，把青年们带进时尚流行的洪流中不能自拔，把中年人一夜夜拴在麻将桌上？泯灭了两代人求知上进的愿望，泯灭了人类起码的义务与责任。随之而来的将是一地的垃圾，公共物品的损毁，花草的无情践踏，树木的折叶断枝，青少年们在街头横冲直撞，许多人造假骗人，违法乱纪……

不能小视一座小小的报刊亭的力量，它的存在就是一种潜移默化的教育，就是一缕民族传统的滋养，就是一个地方该有的高度尊严。点滴的知识可以磨砺粗俗与愚昧，榜样的示范可以铸造奋发向上的正气。一篇好文章的流行能培育一份优雅情操，一台好戏的渗透能救赎一个三岔路口徘徊的浪子，一条政府法规的广播能约束一颗不安定的心灵。正气高扬的地方邪气必然不能横行无忌，真善美占领的舞台假恶丑必然不敢粉墨登场。

允许报刊亭存在的地方，是有人在做着艰苦细致工作的地方，是文明程度很高的地方，是有高瞻远瞩的领导者的地方，是能出杰出人才的地方，是值得人们敬重的地方。没有报刊亭的地方是粗俗野蛮的地方，没有报纸可读的人群是一伙蒙昧无知的人群，跌进物质堆里的一方土地，只会距离清明时代越来越遥遥无期。

一座报刊亭消失了，人们不语，但是人们的心在刀割般痛苦；一个任报刊亭自行消失的地方，自行降低了品位的格调，物质再怎么繁华也引不起人们灵魂深处的爱戴与颂扬，只有国富民强、环境优美、世风高扬与人心的纯净，才是世世代代人的憧憬与向往。

忆念有黑板报的岁月

那个年月，只要任意在一家后墙上刷上一块宽一米长两米的墨汁，就是一块黑板报，一张村办的报刊，一片文化阵地，一角学习的园地。

那时，村庄都有这样几块报刊，在上面登方针政策，登科学种田知识、科学养猪、养生保健、本村作家的文学作品。由团支部与文化站共同负责，每半月换一次，七彩粉笔勾画出来的学习园地，催生着健康向上的民情风尚。

黑板报大都在十字路口或人多热闹处，面对所有的村民。是最低层、最公开、最直接的农民自我宣传教育。由于内容明确、简洁、健康，能一下走进村民的心窝里去，触及他们的思想观念，改变他们的生活习性。

担水的后生走过，止步看几眼，心里亮堂了许多；上山砍柴的老汉归来，停下来瞅几眼，精神抖擞了许多；下地的人们走过路过都会读一读，心里缤纷了许多；特别是那些乡下读过私塾的老者，会在黑板报前摇头晃脑地品上好一会，崭新的思想让他们思索上好久。积极向上的思想意识在村中一日日培育起来，点点滴滴的科技知识在乡下人的心田里潜移默化，道德品行与正气培育在字里行间生根发芽，特别是那夸勤讽懒的漫画，让那些懒汉们笑不出声来。那时，没有不赡养老人的逆子，没有半路辍学的孩子，没有弃家逃跑的年轻媳妇，没有一夜夜打麻将的风气，没有……没有……许多的恶习都没有。

这些办者与读者都不用花钱的报刊，牵动着全村青年一代人们的心，多少人为之出谋划策，多少人为之勾画着版式，多少人为之写诗歌、通讯。工余饭后，写一手好字的能人大展身手，善于画几笔的人在此描绘着农村的蓝图。这批年轻人在村中威望高起来，在村里得到器重，他们都成了村领导待选的接班人，他们是同龄人追慕的偶像。而且，写美术字与绘画成了那一代年轻人的时尚，他们不少人就因为字写得好，会写文章，走进了村支部或乡秘书室。打扮得五颜六色的黑板报与村外的田园一起青葱，长着各式菜蔬，各式翠碧的希望，更似那一园园盛开的花树，结着累累丰收的果实。

随着十年浩劫文化受诛，黑板报与村办广播一起停止。

怀念有黑板报的岁月，怀念那份心灵的纯净，那种文化的引领，那些科学教化的理性，那积极向上的社会风气，那菜根味走进心灵的质朴简单，那个给予黑板报生存条件的时代，那批奋发有为的年轻人。

如果黑板报能存在到今日，上面登载普法知识、养生知识、科学种田知识、教子育儿知识、养殖、市场供求、招工信息等有用的知识与信息，前面一定聚满了村民。这样的村庄是有文化品味的村庄，这样的党支部是有先见之明的党支部，这样的基层党支部组织是有头脑有远见的杰出的党组织，这样的一方山水的人群不会迷失、不会浮躁、不会丧失道德品性。

尽管现在已是信息爆炸的年代，网络是现在的信息高速路，但是有电脑的、能操控电脑的农民毕竟还很少。电视上虽然有了农业频道，但是人们还是爱看电视剧，况且纯商业广告覆盖所有的电视屏幕，娱乐性节目充斥着人们的眼球，由电影改版的电视剧泡沫四溅，演过几个电视的艺人成了明星大腕，占据着电视频道，这些离老百姓的生活十万八千里。再说，乡村人的电视不是有线电视，天线都是自己随便安装，从来收不到教育类频道，更不用说《健康之路》《法治天地》等栏目。书店里装潢精美的图书价格昂贵又互相抄袭，村民们根本买不起，也从来不进书店。电视教育的单一性、自我教化的随意性会让老百姓越发无根地浮躁，找不到方向。

电子时代与老村民们还没有同步，他们还挣扎在现代化的边缘。然而，本没有多少知识与远见的农民，急需要一种信仰支撑和灵魂的引领。

黑板报，北方乡村曾盛开过的一丛艳丽的文明教化花朵，一段灿烂的文明时光，一页值得赞颂的历史，让村民们无不怀念到今。在那个工作不讲任何代价的年月，共青团员们曾用粉笔与铁笔拓宽过北方乡村人的境界与视野，无须集体走到城市去寻找心灵的归宿。

理论指导实践，上层建筑与经济基础互为依托。要让人们走出一味拜金的社会怪圈，建设高尚、绿色、文明的国度，全方位的心灵救赎已经刻不容缓。当然，再度拾起黑板报的可能性已经很小，但是这种类似的面向大众的文明教化方式，却是十分缺乏、急切紧要的。虽然上级要求村村通广播，但是执行起来是那么不力。不读书不看报，观念陈旧，思想落伍，滞后与贫穷，无知与愚昧仍然是北方农村的主要民情。建设的速度赶不上破坏的速度，贫富两极悬殊造成的怨怒，会给新农村带来巨大阻力。思想的教化与经济帮扶，是一张网与一条鱼的概率，一个人的信仰倒了，靠外人的救济是立不起来的。

怀念有黑板报的岁月，期望村村有阅览室，恢复村办广播、村头报栏，憧憬乡亲们有科学头脑，跟上时代步伐，真正过上文明、富强、理性的好日子，共同生活在一个守法、高尚、洁净、繁荣、文明的时代。

徐渭与涿鹿山水

山水再美，在没有情趣的俗人眼里，也只是没用的山白流的水罢了。只有在那真性情、真爱生活、爱山水自然、爱花草树木的多情多趣者眼中，山水方有了懂它怜它的知音，也才体现出它们存在的真正意义和价值。

涿鹿县南山区自远古时就独得如画风光，那山似雕塑，水如银练，加上建造于崇山峻岭上那腾龙般的苍灰色燕长城，城下当年守城将士居住的府第，以及耸天摩崖上的那幅巨大的汉代以来的古石刻，一起笼罩着静谧的神秘和永恒的意韵。然而，这好山好水又有多少人能解出其中妙处呢？

直到明朝时，大书画家、大文学家、中国大写意画的创始人青藤道士徐渭，在人生失意落魄之后，疯狂地自残，后来又走出囚笼恣情山水，浪迹天涯。他寻觅荆轲的故乡，来到齐鲁燕赵大地。他走过易水河畔，满怀悲怆，出紫荆关又向北行，沿拒马河逶迤而上，慕名到涿鹿南山，看山，看水，看石，看燕长城……

他刚走到拒马河上游，看到龙门峡那如刀削似斧劈般的入天摩崖，和崖上那幅巨大石刻，就情不自禁地诗兴大发，一连作诗三首。其中一首为："四壁龙门铁削围，枉教邓艾裹毡衣。莫言虏马愁难度，即使胡鹰软不飞。"人们都说龙门峡山峰高峻，但是怎么个高峻，却无人能说得明白，只有这位徐渭的"马愁""鹰软"道出个中滋味。

出龙门峡，徐渭继续西行。在小五台山莲花峰，他更叹喟其山势的连绵峭拔。他又写道："重山雾障说莲花，此地绿抽菡萏芽。缺处将军为虎豹，连时铁枝作篱笆。"一边夸山里林森树郁，一边叹山势雄奇如围。一个守关人犹如一只蹲踞山头的虎豹，就是那些枝枝杈杈的柴林仿佛也成了铁网。

"西山一带一何高，万脊千棱插作刀。寄语胡儿休骤马，恐将高鼻跌成坳。"边走边挥诗的徐渭，真让人又敬又乐，他如嗔如笑的谈笑风生般吟诵的诗歌，一句句让人叹服，让人忍俊不禁。这个真悲欢、真性情、真学养、真见识，不重复自己也不追随模仿别人的青藤道士，这个让齐白石、郑板桥等人推崇备至，争做"青藤门下走狗"的徐渭，倾倒了多少后代文人墨客啊！这个在书画界和凡·高齐名的奇才，只有他把涿鹿南山的山水写出了神韵，写出了灵气，写出了风骨。

徐渭走到最早的长城，即燕国长城守城马水时，守城参将李如松十分惊喜。因为他早就仰慕徐渭的诗画，他挽留徐渭在城里多住几日，自己亲自陪着登山观景，切磋诗艺。由于山上寒凉，李如松送给徐渭一件貂皮大衣。俩人沿城南崎岖山路盘桓而上，看崇山叠嶂间的燕长城龙腾虎跃，望万丈沟壑下的莽林松涛低吟。徐渭仰天长叹，遂又吟诗一首。“马水雄关天畔开，貂储暇日更登台。高山拟为遮胡设，折蹬偏能勒马回。松柏催时严黑雨，琵琶搁座搅轻雷。须臾卷地寒风急，似从荆轲易水来。”

徐渭的诗风不只悲壮，还有不少很俏皮诙谐。在马水城上，当他看到城墙外的崖头上丛生的簇簇红枣正熟，不少红衣少女持杆打枣，欢声笑语阵阵，立即赋《竹枝词》诗一首。“墙头赤枣杆儿斑，打枣杆长二十拳。塞北红裙争打枣，江南白蒙怯采莲。”

徐渭在涿鹿南山小住的日子里，走遍那里的山山水水，留下了七首诗。从南山出来，到协阳关，即今日岔道，看到那里的古堡寨与军队营火在雪天里苍茫凄迷，又作诗两首。这是徐渭眼里的山水，是徐渭印象里的涿鹿风光。诗中满含着他对瑰丽山水的深情，和对胡虏的不屑。这些诗句散发出他的一身豪气和过人胆识，文采飞扬，才华超人，有极具个性的形式及独特的主观感受，后人再没有谁能出其右。

徐渭的这些诗和他诗中的山水长城，都一起永恒地成为涿鹿历史文化的重要一页。

——此文收进《千古文明开涿鹿·文史特辑》一书

周末，又干净一回

不知为什么，我打小就十分珍视时间，从不愿时间白白地流逝，哪怕是几分几秒。

在空闲的时间里，我也喜欢看书或织毛衣。织毛衣也要一边看电视，准确地说是听电视。读书可以增长知识和学问，开阔视野和胸襟，而织毛衣却出于无奈，因为需要它们来御寒防冷，也是不干不行。但是我从不喜欢利用许多时间去收拾屋子，并总是强词夺理地说，家收拾得那么干净有什么必要，又不是天天有人来参观，收拾得干干净净给谁看，给空气看，有那空，还不如读几页书。

在我的邻居中，有一户加工服装的，她家的席梦思床每天严严实实地罩了高级梦丽纱床罩，摆着套了苏绣的漂亮枕巾，却不准任何人坐上去。家里人白天想躺一下也不行，只能躺在沙发上或躺在对起来的椅子上。她家是宁肯让人吃苦受罪也不许弄乱了室内装饰用品，家虽然优雅、整洁，但人却活得很累很苦。家，基本上失去了存在的意义，对这种生活观点与方式，我不敢苟同。

我不但不爱用大把时间收拾家，还总是随手把常用的东西放在显眼的地方，不至于在用时四处寻找不到，翻箱倒柜子耽误时间。所以，便把箱上、柜上摆得零零乱乱、满满当当，进门的箱盖上是挎包、手套、围巾，床上沙发上是乱扔的书籍、杂志、报纸，茶几上堆放着茶杯、奶粉、药瓶、果盘……一有了空闲，除了读书就是写作。

邋遢的人偏又找了个爱干净好虚荣的丈夫，两个不同性格的人怎样才能生活得融洽和谐呢？然而，经过多年的磨合调理，渐渐地我们找到了正确的方法，尽量做到很和谐、很惬意、很自得其乐。爱干净的丈夫总是在周末那一天，开始收拾乱了一周的屋子，他按照自己的布局喜好意愿，把乱放的东西统统整理一遍，该放的放起，该藏转的藏转，抻平沙发角，拉直布床单，再用墩布揩净地面的尘土，用抹布擦净各处的灰尘。

在他收拾的时候，我仍然干着我的事，并不去干涉，不去插言表态，一任他随心所欲地去安排摆放所有的物件，去清理洒扫，然后在劳作后享受一日的清净整洁舒畅。正在参加成人自学考试的我被他赶得转来躲去，最后干脆拿着书钻进伙房不出来。我知道，这洁净的日子很难得很不易，黑色星期一一到，他又要到他那个几十里外的单位去。周末，给他时间给他权力，让他尽情地在清理中尽一个丈夫的义务，一个父亲的职责。

周末，又干净了一回。

我知道，一切还会照旧地零乱起来，我要上班，要干所有的家务，要干那些必须得干的烧饭涮锅添炉子的活，还得照顾上初三的儿子的学习、生活。每日里焦头烂额的劳动后，已经筋疲力尽，再无心去管什么干净邋遢。我要赶快拿起书来读几页，因为要读的书太多太多；我要马上拿起毛衣来织几针，要织的毛衣也不少。

不知不觉中，他藏起来的放转后的东西又一件一件地悄悄钻了出来，摆在箱盖上、沙发上、床头上。下个周末，他又有了活干。

我照旧无语地一日复一日地邋遢，他照例无言地周复一周地收拾。我按我的意趣零乱着，他按他的好恶收拾着。丈夫不在的日子，是我零乱的日子，丈夫回来的日子，是他干净的日子。日子就这么零乱一回干净一回地过了下去，没有吵嚷，没有嫌弃，没有对抗，一切都在默契之中，理解之中，融贴之中。

我不去追求他跟我一起邋遢，他也无能力把我的性格改造过来。我们心照不宣，都知道两个人同时干净，反倒会意见不一致起来，会为一件工艺品的位置争执不休；而两个人一齐乱扔，又会把家搞得一塌糊涂，让人无从下脚。

我不讨厌他的干净，他也不能嫌弃我的邋遢，反倒有了想不到的和谐。生活竟由于有了这种不同、包容、调和、互不干涉，而妙趣横生、情趣盎然，而有滋有味了起来。

——发表于1994年第5期《相知》

菜市场的早晨

朝阳还没有露面，涿鹿县投资553万元新建的12144平方米的大菜市场里，就人声鼎沸、万头晃动了。

菜来这里汇集，人来这里汇集；绿的菜，红的菜，紫的菜，白的菜一起来这里汇集；城里人，乡下人，年轻人，老年人一起来这里汇集；当地产的菜，外地进的菜一起来这里汇集。这里真是菜的海洋啊——地上堆着菜的小山，车上拉着菜的箱包。担里挑的菜翠碧新鲜，袋里装的菜鼓胀滚圆，柜上摆的菜花样繁多，摩托车上驮的菜色彩斑斓。

一车车刚上市的葱翠菜蔬，一车车烧烤得外焦里嫩的猪牛熟肉，一车车蒸制好的白的黄的面食，一车车丝丝块块的豆制品，一车车炸的炒的花生豆，一车车五花八门的火腿肠，一车车活蹦乱跳的鱼虾，一篓篓鸡蛋，一排排生菜，一桶桶香油，一垛垛面粉，一袋袋佐料……菜摊一个挨一个，菜挑一担接一担。不时有叫不上名的新品种上市，不断有没见过的新式菜叫卖。近三百个摊位在场内排成六条百米长的菜摊，从西向东延伸，延伸着郊野菜园的丰富，延伸着菜农们的奔富希望，延伸着菜贩们的小康理想，延伸着涿鹿县城昌盛的今日与繁华的明天。

一面有车摩肩接踵地拉进，一面有车头尾相接地拉出。乡下运菜的三轮车、小汽车、小拖拉机在西门外排成长队，来往穿梭的人们手里都提着菜出东门口，地里的菜源源不断地运进来，场里的菜一筐筐一篮篮地挎出去。无人说得清每天早晨有多少菜在这里交易，只知道菜市的潮从天蒙蒙亮开始高涨，一直到上午十时左右才一点点退潮，菜市交易长达六个小时。

崭新的大菜市场，东南西北盖有132间房间，一律水磨石门脸，大玻璃门窗。有经济头脑的人们在这里租房开面粉店、肉铺、副食店、快餐店、海鲜店、小吃店……场中间约百米长的大棚下有几百个柜台和摊位，能容纳十几万斤各式菜蔬。能干的卖菜的女人们穿着布衣布鞋腰系围裙，紫红着脸膛，一手提两大袋菜在装装卸卸，高声大嗓地跟人们讨价还价。能干的拉菜的贩菜的男人们连夜外出拉回最新鲜的瓜菜，早晨立刻拥上一片小车抢购。乡下人一大早起来进地里收一车瓜菜拉到市上，城郊的菜农们大清早进田摘下一担担翠碧的豆角进了市。女人们把扁担一支坐在两只箩筐上，男人们把钢筋棍焊的铁筐一扣当凳子，披星戴月辛苦进货的菜贩子倒在盖菜的苫布上睡着了，起大早的乡村小菜铺老板买好一车菜蔬后，趴在方向盘上困一觉。

会赚钱的人们是没有闲暇玩乐的，市场在追着他们运转，资金在等着他们筹备。大街上、商场里、麻将桌、舞厅、网吧里从来看不到他们的身影，他们只与银行打交道，只与工商部门打交道。他们走京城进省城，拉动着地方经济的发展壮大，也鼓胀着自家人的腰包。他们率先住进宽敞的小区，率先用上保姆，率先把儿女送到京城去读书，有的去外国留学深造。他们是时代的弄潮儿，绝不是吃喝玩乐的沉沦者。

彩色的菜的潮装在乡下的小卖部的进货车里，被运到四面八方的村庄街头，在市民们的菜篮里、塑料袋里流向每一条胡同，进入千家万户的厨房，丰盛着人们的生活。凌晨涨起的菜潮一点点低落了下去，彩色的人流在渐渐地流逝进一家家庭院深处。车声人语也一点点清静了下来。上午十时菜市方罢。菜少了，人疏了，几万斤菜在一个上午全部批发完，明天早晨，菜市的潮又将汹涌地高涨起来。一年四季，菜市的潮每日在循环着、重复着，日复一日地涨涨落落，所有人的生活在这种涨落中越来越丰富多彩。

大菜市场充分展示着涿鹿这块古老的华夏民族发祥地上的人们求富盼富、正在富足起来的一面。一个个富裕人家，百万富翁就在这种涨落中悄悄地诞生了。当然，菜市场刚建起，许多的地方还尚待完善、环境卫生、交通阻塞，比如有人霸市占地……相信不久的将来，这些问题会随着制度的一步步建立而完善起来，让这方人为政府曾经办的这件得民心的事而感到骄傲与荣耀。

如今，在这座菜市场的基础上，面积早就扩大了约五六倍，每日里，菜市越发地喧闹着，更加七彩缤纷着菜蔬的、各式食品的、米面的潮涨潮落，依旧是这方山水的最繁华处。

黑　树

屹立在隆冬里的还有树，落尽了叶片东倒西歪的树。

树的枝干手指般举向天空，或须发般垂向大地。杆上爬满了生长的疤痕，枝头挽着年龄的结节，树皮撑裂成网格。一排排一棵棵黑黝黝地在野外村边柴篱般支棱着，或孤独地挺拔着筋骨，它们是树冻不殁的精魂——黑色的精魂。

鲜红的果与翠绿的叶都是树的春夏盛装，它们只在阳光明媚的时节绽放魅力，季节稍微一寒凉，它们就畏寒怕冷地枯萎坠地。只有树的枝干能穿越寒冷，战胜朔风，永远站成时空的风景。在没有一片叶的时候，依然是房屋的忠实卫士，田野的长长屏风，道路的古久画框。此时，与其说它们是树，不如说是站着的干柴。然而，没有人能轻易折断，因为它们都活着，枯焦的表皮里面，流动着生命的汁液。

树之所以能不怕严寒，全在于它们从来没有见过阳光的根，上面的树有多高，地下的根就有多长。是根在黑暗中努力钻探，把无以计数的脉须扎进地下，牢牢抱着大地的身躯，在冻土层下面绕过沉睡的青蛙与蛇静静地吸吮。根即使永生也见不到一丝光明，依然执着地在地下耕耘，为地表上的枝叶果实不停地劳作，一如村里那些从来没有走出过村庄的老人。

树黑瘦的枝条细密地网着天空、街巷与屋顶，与村庄密不可分。交织、传递着祖上的信息，亘古成村郭的标志，即使树每年能长出一米，在村人眼中仍然是那棵熟识的弯脖树。而爷爷与孙子们眼中的树大不一样，儿孙们会毫不心疼地任意斩断树枝随手扔掉，在树上发泄自己的怨怒，而爷爷则会更多地去抚摸它，亲近它，捡起它掉落的每一根手指状的枝条，拿回家中，抚摸着树枝与自己一样皱巴的黑皮，叹息着轻轻放在柴垛上。唯有老人们知道每棵树的来历，知道它们是上辈人种下的发家致富的希望，知道它们在那里已经存在了几十上百年，福荫了好几代人的梦想。当年那不懂事的爬树掏雀的少年，也已经与树一样的枯黑，一样的皴裂，一样的弯腰曲背了。

树大多与村庄一起诞生，与道路一起诞生，所以树要比村里最老的人年长好几倍，要比那原来的房墙高大许多，这样的老树如果一直没有惨遭砍伐，村子就会蓊郁成一幅山水画，青苍成一首抒情诗。就是在冬天也会笼罩出一片蓬勃的气象，涌动着一股坚不可摧的力量，散发着一缕勤劳富足的味道，比那些没有树的地方多几分深刻与丰满。

亭亭玉立的小树们大多挨挨挤挤地站成长方的队形，显得胆小且幼稚；阅历很深的老树们独自在地头埂畔孤立着，一副见多识广的沉稳态势；有的更老的树的树干早已皱缩朽蚀成很大的空洞，依然成百上千年地巍然屹立着，吐着一两枝新绿，存活成一片不朽的风景，古久成一缕神性的仙境。许多村庄没了，人没了，只要老树还在，那就是那里走出的人们的老家故地，树固执地守护着那份浓浓的乡恋。所以，人们往往会像找到亲人一样抱着老树号啕大哭，把鼻涕眼泪抹在树上，一下下拍打老树，把一腔的怀想发泄给老树。老树是寻根人能找到的唯一渗进了亲人气息的依靠，老树就是他们的亲人。

于是，现在人们拼命砍树，把几十年的大树几乎砍光，村庄与城镇都光秃秃地暴露在光天化日下，让风吹雨打却不敢动那千百年的老树，总觉得老树上落满了一代代人张望的目光，藏着鬼怪神灵。要不然，为什么在暴风雨的季节，总会有闪电先把老树枝劈断烧焦呢？岂知，那是因为老树在起着避雷针的作用，在保护着村庄。树不是因为不值钱而日益减少，而是因为太珍贵而不能存活。

树在一年年稀疏着。

记得小时，祖父在半亩大的房前屋后种了许多树，一株杏、一株李、一株黄果、一株香椿、一棵榆、一棵枣、一棵花椒……周围邻家也树木成荫，红杏出墙，青枣绿巷。果树挤细了田间路，老柳圈弯了小河水，那座梨园深处的人家，曾经多么嫉妒其万花丛中的诗意，嫉妒那女主人在花的滋润下艳如桃李。如今那梨树全部砍光，那家房屋站在道边，日日蒙土盖尘，十分凄凉。生产队时把果园、菜地、鱼塘、操场、谷场全部批上房地基，树大部被砍掉。分了责任田后，父辈们又在责任田里栽下许多仁用杏树、葡萄树、黄元帅苹果树，然而由于市场起起落落，老品种水果又卖不上价，加上一任任乡村领导瞎指挥，树又一次被无奈地砍光。栽栽植植，砍砍伐伐，艰难曲折的岁月凋零了树木，也摧残了人心。

……

树木强大的生命力，在冬季时尤其动人。

所有的树一律光秃秃地黝黑凄美着，不论是大树小树，地头崖畔的树，近在眼前远在天边的树。没有了叶的遮掩覆盖，树既丑陋又怪异，统统暴露着它们疙瘩疤瘤的骨节，在半空中指指戳戳。但是，如果你走近细看，就会发现它们黑色的枝条上已努出点点紫红芽苞，而此时正是冰天雪地，一年中最寒冷的日子。

在这方土地上

——浅议张连仲《辽金元时期的张家口》一书

在华夏漫长的历史画卷中，辽金元是其间一个阶段，三朝历时490年。在这490年中，张家口全境不只是宋人、契丹、女真、蒙古人争夺的家园，也是辽金连结西京大同与中都北京的走廊，还是三朝的行宫重地，更是皇帝嫔妃及王公贵族们纳凉避暑的后花园。在这里曾经建有众多的宫殿亭台与驿站。如今，三朝世事已跨越630多年的时空岁月，昔日的一切都成为记忆中的地名，三朝遗址上早已积压了明清与民国的厚厚尘埃。后人一茬茬各具风格的建筑覆盖，一代代想独霸天下的野心家的战火焚烧，一辈辈耕种农人与放牧者的脚踏蹄踩，使这方土地再度沦为起始时的黄土与黄土上野花盛开的草地，一切复归于原始时的平静。

物质静止了，人心并未停息，还有写在志书与典籍上的文字流传千古，还有专门记录当代历史的官员们留给后人的讲述，有当代热衷于注解与评说历史的学者。历史继续活在著述中，活在研究历史的人们的著作里。他们一次次刨开历史，翻找他们需要的人与事，作为他们的著述或演出内容，把这些过去的故事归并起来讲给后人听。宣化区政协的张连仲先生就是其中之一，这位原部队师作训参谋出身的军人，在部队时就对地方史志产生了浓厚的兴趣。1982 年转业后调到宣化区委办公室，着手研究张家口的历史文化，已有多篇论文发表。2009 年他把对辽金元三朝的专题研究成果整理成《辽金元时期的张家口》一书，由宣化区委宣传部出资承印，作为建国六十周年献礼，这是他一人的，也是张家口市的一个了不起的成果。

且不说这本书的装订印刷质量之高，无论图片还是文字排版都是一丝不苟，几乎没有一个错字，没有一句话没有出处，是一本任人敬畏的上乘之作。单就这本书中所阐释的辽金元三朝的政治、经济、军事、文化、宗教、建筑、交通、冶炼、工商各个方面的治理策略与当时现状，就足以让人震惊。张先生一定读了许多志书，翻查了大批的古旧史料，在故纸堆里寻觅了数载。不这样，不会如此翔实、确切地记录六百多年前的世事沧桑，把那一段历史风貌的片段原汁原味地展示在后人面前，这种严谨的治学精神十分难能可贵，这一页历史也弥足珍贵。

如今，浮躁的史学界与文学界热衷于戏说与抄袭，把一本本史志改头换面，切割包装得零碎散乱，真伪难辨。后人十分深谙靠山吃山的道理，搞史志的不是在书写历史而是在利用历史，甚至作践历史。但是，还是有张连仲先生这样的忠贞学者，仍然兢兢业业地埋头于书本里，忠实地记录着数百年前的人与事，打捞出埋在地层深处的、远逝的信息。以史为鉴可以知兴替，尽管后人站在前人的肩头，却依旧在前仆后继地兴衰成败，无知无畏地腐朽没落。因为青云直上的挤破了头，读史的人却不多，读透历史的人更是凤毛麟角。为历史作注的人，为圣贤继绝学的人首先要敬畏历史，要有圣贤的胸襟与风骨，这样的人一方水土上难得有几个不受时代潮流的冲击。张先生具备了忠实记录历史的道德品性，有这样的人存在并努力工作，不断地在出成果，是宣化区的幸福，这是我读这本书后首先想说的话。

同时，读者该为这本书的丰富内容而喝彩。别的不论，且从这本书中读到的辽金元时期的张家口景致是何等的清凉秀丽啊：“这里有山地、丘陵、河流、湖泊、森林、草原，名种飞禽走兽，藏匿其间。且距离京城较近，高差大，温差也大，是皇家游乐、清暑、畋猎的好地方，受到辽金元历代帝王的青睐。”契丹、女真、蒙古人都十分留恋其山光水色与适宜居住的气候，在这里久久地盘桓。辽代帝王在这里活动最多，观花、围猎、障鹰、清暑、赏雪。辽代为萧太后修筑的花园就不下十多处。有凉陉（又名炭山，今沽源县大小宏城子以南金莲川一带），有鸳鸯泺（今张北县安固里淖），有燕子城（今赤城县城），有上下花园（下花园鸡鸣山下），有东花园（今怀来县官厅湖东）。在赤城县小雕鹗附近也有萧太后花园，怀来还有萧太后夏秋避暑纳凉、冬日观雪景的团蕉亭、莲花池、雪兴亭、碧桃亭、养鹅池……有《辽宫词》为证：“团蕉亭外好迎凉，水涨鹅池荇藻香。朝节未过先进扇，红罗争绣粉脂囊。”

这里还有无数的皇家行宫。辽太祖耶律阿保机在涿鹿建有金铃阁，金世宗在沽源建有景明宫，金章宗在赤城龙关建有泰和宫与庆宁宫，在张北建有枢光殿，怀来建有明昌苑，契丹主贤曾在燕子城（赤城）建有清凉殿，赤城云州西南建有契丹的长寿宫，忽必烈在沽源建有金莲川幕府。忽必烈称帝后在开平建都，后来改开平府为元上都。马可波罗在他的游记中这样描写元上都：“内有大理石宫殿，甚美，其舍内皆涂金，绘种种鸟兽花木，工巧之极……”元朝还在张北、万全与涿鹿都建过行宫。

在都城与行宫之间的几百里路上，有不少供皇家驻跸歇息的驿站。有牛头群驿、明安驿、李陵台驿、洪赞驿、昌平驿、榆林驿、雕窝驿、独石驿、赤城及桓州共十驿。花园行宫与驿站的林立，说明辽金元时期的张家口境内森林密集，湖泊众多，花香鸟语，景色迷人。同时也说明三朝时，特别是辽代萧太后理政时，曾有 120 年长治久安带来的风花雪月。

地灵必然人杰。与皇庭如此接近，耳濡目染上层文化的熏陶洗礼，这里曾出了许多的杰出人物。尤其是阳原县，曾在金代就出过两部尚书杨伯通，工部尚书王元德，辞赋状元王元节，诗坛旗帜李纯甫等。到了元朝，还出过相当于现代国家总理的中书令杨惟中，以及刑部尚书、御史中丞、礼部尚书等。同时蔚县、宣化、涿鹿、怀来都曾出过高官大员、书法家、戏曲家、医学家、诗人，并都有著作问世。

宗教建筑之辉煌，也是三朝给这方水土的珍贵馈赠。元朝时在赤城修建了金阁山崇真观，宣化建有弥陀寺、朝玄观，怀来有老君山的老君祠，蔚县有南山玉泉寺，城南释迦寺，阳原有大觉寺与龙泉寺，张北有万佛寺，崇礼有响岭寺。如今，尽管这些佛殿寺院大都成为砖瓦堆积杂草丛生的废墟，但是残碎建筑中还遗存着壁画的绚彩与思想的光芒，依旧在山林深处熠熠生辉，成为当代人心仪的观光、觅古、寻幽访胜的最佳去处。

书中详细介绍了在宣化 6 次发掘出的 16 座辽金时墓冢中出土的文物。12 座墓中有珍贵壁画共计128幅。有散乐图、备茶图、出行图、妇人启门图、备经、备宴、挑灯、对弈、婴戏、弹唱、门神、花鸟、天象图等，这些壁画曾轰动中外文物专家前来观瞻。书后还附录了三朝时人元好问、赵秉文、耶律楚材、丘处机等人留下的歌赞塞外的诗赋与后世人描写三朝的诗词共81首，称得上是一本张家口三朝宝典。

辽金元三朝，辽太祖耶律阿保机、辽圣宗承天皇太后萧绰、金太祖完颜阿骨打、元世祖铁木真等英雄人物从已经远逝成泛黄的历史册页零落的一层苍灰中站立起来，成了永垂不朽的人物。倒下去的是人身以外的物质，不朽的是人的伟大精神。后人在他们的废墟上重建再生，把先人写成戏、写成书、写成历史，把他们的功过成败反复言说，从中提出供后人参考的为人、为官、为文的道德准则。

读了张连仲先生《辽金元时期的张家口》一书，了解了在张家口境内的这方水土上发生过的古人旧事，犹如一幕幕戏剧，你方唱罢我登场，一波兴起一波退潮。正如张先生在书的最后引用的两句古诗："风流总被风吹雨打去。""青山依旧在，几度夕阳红。"一次次走进历史深处，无不感悟，方知：亘古江山如画，过客人生似梦。

在书中的每一章开头，张先生都用十句诗词作引，如第一章的一二句为："四百年辽金元史，北方虎斗龙争。"既明快又内蕴，足见其文字功力深厚。总之，这本《辽金元时期的张家口》一书，值得一看再看，张家口这方水土上的历史积淀，值得一写再写。

——发表于2010年第1期《长城文艺》

从胜家寨捡到的砖雕与石器

第四辑

尊严地生存

涿鹿城南门

梅花香自苦寒来

正月初五，当人们还沉浸在春节的温馨中的时候，她丢下丈夫孩子又走了。

她挤汽车，挤火车，到西部青藏高原，到千里戈壁沙漠，到柴达木盆地，到桂南中越边境线去。去写改革大潮中的弄潮儿的甜酸苦辣，写普通工人农民，写为祖国呕心沥血做出贡献的教师和科学工作者，写用钢枪和生命奠基中华人民共和国的荣誉军人。十一年里，她走遍祖国大江南北，城乡僻壤，上至国务院部委庄严的办公厅，下至黄土高原上穷困的小山村，她体验和感悟时代的心声，寻觅和塑造崭新的顽强的文学形象。能源危机、腐败现象、农村改革、女性解放、环境忧患、公民意识，都是她的题材，都使她高亢、沉重、欢乐、苦恼。

梅洁，这位出生在湖北郧阳汉江边的穷苦教师的女儿，这位工作生活在塞外的了不起的女性，1981 年开始写作，十年里发表文学作品近百万字，先后十五次在省内外及全国获各种文学奖，所写作品被收入全国十几种书卷和经典书籍中。

了解她的人都知道，她的作品蕴含了卓越的见解、哲学的深邃、渊博的知识和对时代心灵深层的思考。同时，在展示她的主人公的同时，字里行间无不透出她自己生命的内涵，透着她坚强的性格和不屈不挠的追求。她把自己的生命交给千山万水，她穿过千山万水去寻找真，发掘美，然后再用属于自己的日日夜夜去歌颂美，去呼吁真。

1985 年冬，她第一次去坝上一个县采访，因为没经验穿得太少了，在车上双腿冻僵，一下车就跌倒在地上；在煤矿简陋的房间里，她自己买几角钱的一个白菜汤四两重的一个黑馒头，写一个劳改犯如何变成一个县的首富，写一个人的命运如何和民族的命运维系在一起的报告文学；在大邱庄采访，她拼命挤上从天津开往大邱庄的私人公共汽车，一车上了八十多人，挤掉了她的大衣扣，挤破了她的鞋袜；去北京寻找化工学院，她整整步行了四个小时，一双脚都打上了豆粒大的血泡……

采写地质学家邵克忠，她阅读主人公上百万字的翻译著作，啃深奥的地质科学，查阅几十万字的资料。为了写一个优秀的村党支部书记，她住在村委会简陋的房子里，和村干部恳切地促膝长谈。她曾在客栈里啃着干烧饼写稿改稿，她曾在没有炉火的房间里工作到冬季午夜，天亮了，敲开脸盆里的冰水洗脸……

就这样，她先后采访了全国近四十位工作战斗在各条战线上的典型人物，行程七万千米，用文字和语言对披荆斩棘呼啸前进的崭新人物进行热烈的讴歌，对盘根错节的种种社会弊病进行无情的鞭挞。她为报告文学中的主人公的成功而欢笑，欢笑得春风满面；她为她的主人公的悲苦而痛哭，痛哭得泪流满面。她把自己的身躯，自己的才能都交给了祖国日新月异的事业。为了有好身体来承担沉重的工作和写作，承受苦累和磨难，她每天早晨六点钟起床跑步或晨练。她告诉自己，岁月已经不再年轻，必须一时一刻地去追求，去努力，去攀登，写出无愧于时代，无愧于人民的好作品。

跨越千山万水的余暇，她还不忘自己是妻子，是母亲，她希望在事业上有所成就，她同时希望拥有自己和谐美满的家庭。所以，她便在自己纤弱的肩上放上双重重担，在写作采访之余回家尽妻子的职责，母亲的义务。做饭、买菜、洗衣，像所有女人那样属于锅碗瓢盆，属于菜谱和洗衣机，哪怕是几天或几个小时。

常年的奔波劳累，她曾患胃下垂、胆囊炎，瘦得皮包骨。同时，她的文集也一部部诞生，出版了散文集《爱的履历》，报告文学集《大血脉之忧思》，诗集《苍茫时节》与《女儿的情结》。她的名字与专集收入《当代华人文化名人录》《中国当代作家作品总录》《中国文学艺术新闻人才传集》《中国作家大辞典》。

她无愧于郧阳那条曾蓝过、黄过、深过、浅过的汉江，她一刻也没有忘记家乡那条孕满苦难和企盼的汉江。她在自己写满寄托，写满人生冷暖的散文集中一次又一次地提起过汉江，她说她永远都不会忘记汉江，没有忘记自己是鄂西人，是鄂西贫苦人家的女儿。

这就是只写别人的梅洁，这就是在全区优秀知识分子报告会上讲得五尺须眉们流泪的女人梅洁。

——发表于1992年12月19日《张家口晚报》

邓小平时代

五行八作的商馆店铺挤满了街头，古往今来的货物应有尽有；吃喝穿戴摆得琳琅满目，声光闪烁的电器耀人眼眸。流行与时尚的浪头一波波汹涌，年轻人尽情装饰着短暂的青春；打着补丁的贫穷早已不知去向，一天三换衣是她们的追求。酒足饭饱的老人散步后，邀上左邻右舍坐在牌桌前，享受着有闲阶层人曾经的幸福；跌进玩具堆里的孩子们，举着巧克力、果冻与雪糕长大，个个打扮得花团锦簇，从来不知道什么叫没有与忧愁。立交桥站在每一个十字路口，浪涛般的车流仍然经常塞堵；高楼一座座柱石般摩天凌云，城市的版图上拥挤着豪宅别墅。富贵者的胸前挂着金银宝石，怀中抱着雪白的宠物；霓虹灯下的酒吧五光十色，到处显露着一派升平的歌舞。

乡村的土地上种严了边边角角，责任田里有瓜果豆黍；父老乡亲们挥洒出几十年积蓄的干劲，把所有的聪明才智挖出来发家致富。年年打下的粮食装得缸满袋溢，家家饭桌上摆着酒瓶与白面馒头；人人谋划着丰收充足，户户盘算着富贵大有。男人们进城去打工挣钱，女人们洗完锅碗又拿起了锄头；闯过天下的年轻人，回村经商做生意当起老板。拉出本地的农副特产，拽回外面的粮油米面；柜台上摆满了各种吃食调料，市场里集散着南来北往的商贾。老汉推着吃不完的蔬菜进城叫卖，青年开着出租车在公路上来回；少女包下商厦里一节柜台，母亲们撑着家中的里里外外。

特区速度与富人效应，让所有的人学会进市场挣钱；祖传的手艺再次搬上街头，车间作坊富了三教九流。私营企业崛起了江浙闽粤，后起的深圳成了千帆竞发的舵手；温州人的门店布满了华夏大地，新疆的羊肉串熏黑了大江南北的绿化树；一国两制赢得了港澳的回归，改革开放把中华民族推向强大富足；经济的快速起飞令世界刮目相看，日新月异的建设让炎黄子孙个个扬眉吐气。科技是第一生产力，实现了知识分子的至高地位；实事求是的思想准旨，把中国领向国际化现代化强国的高度。

恢复高考开始了教育兴邦，自学、电大、函授挽救了“文革”荒废了的一批杰出人才；聘任让社会上出众的能人有了用武之地，竞争上岗提高了企业产品的质量。公立私办学校如鲜花般开遍神州大地，扩大生员让绝大多数青少年得到应有的教化与塑造；各类图书层出不穷，人们赶上了从未有过的美好时光；不限年龄的高考应试，让多少失去就学机会的人坐回了梦中的教室；双向选择的用人规则，造就了人人必须努力拼搏才能出类拔萃。

……

没有了成分，没有了阶级，没有了贵贱，人人竞争生存，个个凭本事吃饭，中华民族从前有过的“贞观之治”与“康乾盛世”真实再现。事实证明了，不唯我，不唯上，唯有生产力大解放，人尽其才物尽其用，才是富足强大的根本起源。中国正在经历一个有实验特色的崭新历史阶段，物质与精神进入了多元化的时空境界，富贵贫贱，荣辱兴衰，一切都将由人们自由选择把握，一切都将在实践中得到检验。所有的一切变化都因为有了邓小平路线，一个伟大人物制定的奋斗目标，引领着一个民族呼啸着滚滚向前。中国人正在享受着新中国带来的幸福，欢乐地生活在和平、繁荣、自由的新时代。

——发表于2009年8月21日《张家口日报》

摆书摊的老人

在有两千年历史的涿鹿县城的一条条街里，有个名柳的巷子。巷子的一个门口，经常有一位古稀的老人守着一个小小的书摊。如今摆书摊的到处都是，看了不但不让人高兴，反而让人难受，因为大多数书都是算命看相的反科学的坏书。而老人的书摊却值得说一说，因为他的书摊一是不收费，二是没有一本灰色黄色的书。在市场经济时代，在人人为钱触法犯法的今天，老人为什么偏偏要做这种赔本的生意？

老人姓童，名生慧。在年轻时就酷爱读书、买书、藏书，是书让他的心地永远保持着一块文明的净地，为自己也为了后人的心灵栖息。是书，让他的一生光明磊落，一尘不染。那年，从领导岗位上退下来，有了时间到街上走一走。在街上，他欣喜地看到卖书报的渐渐多起来。然而，当他蹲下去认真翻阅后，发现书摊上卖的都是看相、算命等与科学唱反调的黄书，再就是排着行的错字，别字连篇的盗版书，老人不禁摇头叹息。他在那些书摊前一蹲就是半天，翻来覆去地找不到几本引导人们向上的好书，特别是找不到适合正在生长发育期青少年们读的没有错误的好书。他的心被社会的不负责任现象，特别是这种明明白白在误人子弟的怪现象深深地刺痛了。

他知道，他们那代人都是读着《名贤集》《三字经》成长起来的，他们儿女那代人是读着《钢铁是怎样炼成的》《卓亚和舒拉》《苦菜花》《林海雪原》《欧阳海之歌》成长起来的。那些书在他们中间传来传去，人人视为必修课，是那些好书指引他们成人成才，走上正确的人生路。人不学不知义。每一代人都必须有一代人的精神旗帜，这种精神旗帜支撑引领着一代人的道德信仰。现在市场繁荣，书海漫漫，却硬是没有孩子们可以一读的好书。孩子们在这混淆是非、颠倒黑白的书摊前，在这色情、武打、卡通人的世界里，找不到做人的准则，迷失了前进的方向。社会给他们提供的是大批有毒的精神食粮，眼看着中国的第三代第四代人心志迷茫，信念困惑，意志消沉，精神萎靡，甚至人性严重倒退回原始的愚昧和野蛮，眼看着年轻一代人向着无德无才的泥淖滑去却无人焦急。

老人坐不住了，他大发牢骚，牢骚不能扭转社会大趋势，也不能让那些无知无识的年轻人明白自救的道理，他看不得后代被一点点毒害。他热血沸腾，一定要为孩子们做一点事，把孩子们引向正确的方向。于是，他决定跟那些误人子弟的书摊对着干。他说干就干，自己动手赶制了一个大木箱，从自己家藏书中选出一部分适合孩子们看的书，动员自己的老伴，每天上午把木箱抬到门外，在自家门口摆起了不收费的书摊。书中还有一本他自制的《医科大全》，上面密密麻麻地贴着他多年来收集的各种科学和卫生医疗知识、小偏方、小秘方。不仅孩子们来看，不少大人也来看。他见孩子们没处坐，又动手做了二十多个马扎子，摆在书摊前。

刚开始，他的书摊也丢过书，后来不但不丢了，还多了出来。原来，不少家长也被老人感动了，把自家的书拿了出来支援老人。看着一群群孩子来读这些好书，老人的眉头舒展了。老人还写一手好字，他又在家里办了个义务书法班，他给报名的二十多孩子一笔一画地批阅修改，他要用书和书法收住孩子们的心，他要用自己的力量多拉回几个孩子。

书摊和书法班的影响力还不够大，老人又开发了一个新内容，从各单位要一批旧报纸杂志，把上面有关青少年成长的文章剪下来，搞成一个个剪贴本，分成《法律知识》《历史故事》和《科技天地》等类别，共计1300多份，装在300个信封里，寄给当地40多所学校。这样还觉不足，他又整理出党史知识与建军知识，在建党建军纪念日到学校去演讲。

老人想方设法和黄书抢孩子的事，受到涿鹿大批家长的爱戴和尊敬。现在，童生慧老人被选为县关心下一代协会主席，他和他同龄的一批老党员老干部们一起，继续在为孩子们的健康成长四处奔波着，呕心沥血地努力着。有他们的关心和拉拽，相信那里的孩子们不会滑得太远。

——发表于2001年6月6日《河北日报》

在中央电视台当嘉宾

二月初的一天，偶翻中国电视报，看到中央电视台《岁月如歌》剧组征集三八妇女节时用的“歌唱母亲”的诗歌散文。便匆匆草成了一首以《唱给母亲的歌》为题的六十多行长的诗歌寄了过去。不久，《岁月如歌》剧组把电话打到了我的家中，说我的诗在所有应征作品中写得最好，已经选中了要在3月7日晚上作为压轴戏，由谢芳、胡宗温和朱琳三位老艺术家配乐朗诵，并请我出席3月2日晚上的现场录像。

3月2日，我独自到了北京，不为当嘉宾，只为一种人生的体验，只为去看一看中央电视台的人们怎样工作，看一看北京人的生存状态。原想晚上才录像，下午赶到就行了，于是便习惯性地慢条斯理地磨蹭到下午两点，才赶到剧组临时租用的恩济庄彰州宾馆。谁知，剧组专门派人和车接待我们三个外地嘉宾，人家等我们中午吃饭，等了好长时间，我才感觉到中央电视台的工作环环相扣没有间歇。剧组的人从来都不在办公室里待着，有的在外景拍摄，有的在演播厅筹备晚上活动。大而有序的剧组里摆放最多的不是办公桌，而是一排高大的健身器械和一盒盒类似活动的录像带，我想他们一定没有多余的时间锻炼身体，只能在紧张的工作空暇时活动几下筋骨。

负责接待我们的也不是剧组的人，而是临时请来帮忙的本剧组总制片的妻子小胡。她开着自家的小车把我们送进电视台演播厅，她告诉我在这里工作太忙，大多是精力充沛的年轻人，因为每天工作都在 20 个小时以上，她和丈夫常常一个月也见不上一次面，许多中年人都累倒了。现在电视台栏目多，竞争十分强烈，一点也不能懈怠。果然，在剧组待了一个多小时，只见到一个年轻的女工作人员领了两个小伙子，一进屋就坐在一个角落里谈业务。

小胡说四点吃饭，五点到电视台西门集中。饭早已在楼下餐厅里安排好了，四菜一汤。吃了饭，她就开着车把我和天津的两个人送到西门口，和台里从北京请来的观众一起等待发门票。五点，从里面出来领我们的女副导演任雅琪只穿一件白花衬衣，高高地挽着袖子，可见她有多忙。不一会儿，又见电视台的名嘴白岩松快步地边走边打手机，从大门出来进了一辆汽车急驰而去。他们每个人都是那么行色匆匆，时间对于他们太少太珍贵。在这一点上，我们和他们真是天壤之别了，我们还每天过着一杯水一支烟，一张报纸看半天，或者这屋转转那屋聊聊的悠然自得的日子，所以就不可能有效益有建树。

晚上在第八演播厅搞的“三月诗会”晚会录像进行了三个多小时，一下录制了两周的节目。晚会由本剧组的主持人雨虹和蔡国庆主持，现场看见了甘萍、黄格选等好几个明星大腕。好些小青年都上去找他们签名，我们这些中老年人都没有动，我们已经过了崇拜任何一个具体的人的年龄，特别是对那些因为唱歌被捧紫了的当红年轻人，似乎更不会去追慕了。况且，蔡国庆他们下了台穿上那身灰色牛仔服，更把自己看作一个普通人。

录像结束后，小胡开车把我们送到事先安排好的剧组楼下宾馆。路上我问她，请这些明星们主持节目要付多少钱，她说一分也不给，都是白服务，但是他们都求之不得呢。小胡说，有什么事明天剧组人会来找我们，他们要收拾现场，到午夜以后才能休息，让我们不要再等。翌日早晨，剧组的任导演来给我们报销来回的路费，又给了饭费。小任导演仍然穿的那件白花衬衣。

这次到中央电视台当嘉宾，重要的不是那场录像，而是这种真切的人生状态的体验。使我们明白了人与人的差距在什么地方，先进和落后的差距在什么地方，差就差在“快”与“慢”上，差在“干”与“不干”上。人家都在没日没夜创造性地干，而我们还在闲说海聊地发牢骚骂娘，人家都在分秒必争地埋头出新，我们还在按部就班地抱残守缺不放。既然不想干也不去干，既然不会创造效益也不会领人之先，就别怨依旧年复一年的贫穷和落后了。

——发表于2001年4月13日《张家口日报》

岁月的根须

——读山西作家钟声扬《星谱》后

人一生只有一群儿女，有的人此辈只遗下一座房屋，而有的人却能结出累累的思想之果，钟声扬先生就是后者。有的人每天在重复着同样平庸无聊的言谈，有的人一生都在口吐着污言秽语，而有的人却能把经历与体验打捞成有益于人类进步的哲理，供后人参阅，钟声扬先生的新作《星谱》就是这样的一部十卷本的哲理散文。

《星谱》真如星空般浩繁无垠，银河般广袤灿烂。闪闪烁烁，明明暗暗，各自绽放着深深浅浅的华彩光辉，共同聚拢成庞大、永恒的宇宙。星空的形成来自无数次碰撞铸炼的结晶。《星谱》的《星空》《星斗》《星座》《星夜》《星光》《星云》《星火》《星雨》《星海》十卷本的几千首精诗短句，无不是作者从几十年阅历的人生长河中俯拾的珠贝，无不是从心灵深处结出来的智慧花果，无不是寻常里打捞出的胜利时的喜悦，悲苦时的泪水，艰难时的痛楚，挫折时的感悟。一个过来人品尝过的甜酸苦辣尽在其中，一个思想者经历遍的七情六欲都成诗句；三言两语道出的都是人类生活的真实状态，白话散章说的都是古往今来的世态炎凉。

文学作品不只是闲适的花前月下，无事时的嬉笑怒骂，展现的竟是一个人对世间的品评判断，字里行间蕴含的全都是过去的荣辱和未来的预言，是对幸福的本根与苦难源头的思考，对好和坏的剖析剥离。如开卷第一句话：“最好的东西腐烂了，也就变成了最坏的东西。”及：“馈赠的背后，隐藏着索取的大手。”对美与丑的欣赏与挟击：“总爱挑剔别人的人，一辈子都没有快乐。”更多的是对活着的人充分认知，如“挫折并不是人生之路的终点，而是转弯”，“萎靡不振，是最糟糕的毛病”，“孩子不跌跤，永远长不大”。对社会的褒扬针砭，如“造就一个人才，比兴建十座城市更困难”，“容易到手的东西都不珍贵”。随便翻开哪一卷，无不是行云流水，三山五岳。任意翻动哪一页，无不看到顺天倡义的教诲，陶铸世风的告白。

该文集容量之大，涉及之广，论道的深刻，剖析得透彻，让人无不佩服钟先生对自家品性的砥砺，对社会道德的期盼。越发难得的是他对人生的大胆破译，对人类社会的全面诠释，对历史进程的无情阐议。虽然有的是想别人所想，议别人所议，却能写别人没有写出来的大实话，看似很浅显很直露，其实很不同凡响，直戳人们的灵魂，直捣社会的痛处，直揭历史的伤痛。大有斩邪留正，拯时救世之风范。

同样忙着累着，同样生病住院，钟声扬先生却能从时间的流逝中看到如此多的悲欢离合。同样是晨起晚睡，同样是官场沉浮，钟声扬先生独能从十步之泽中找到这么多的是是非非。在庸者眼中，一切都以势与利为量事标准。在俗人世界，万众都以吃喝穿戴为天。唯在诗人心中，花草树木都有其天赋灵神。同样活在五色缤纷的人间，许多人被一己的得失困苦障住了目光，看不见周围的赤橙黄绿青蓝紫；许多人又让眼前的灯红酒绿挡住了视线，望不到远处的翠树红日白云的亘古；许多人的襟怀从来没有走出过自家邻居，见识也就只能囿于家长里短；许多人不知道人生其实是享受一种创造过程，一任肉体埋在物质堆里不能自拔；许多人生了又去了，没有留下一点痕迹；许多人来了又走了，没有挣得半点功绩荣名。他们跳不出油盐酱醋茶的家庭琐事，他们跨不过婆婆妈妈的儿女情长，他们钻不出现世物质享乐的樊篱，他们越不过时尚流行的风尘，也就造就了他们富有却朽蚀的半辈，繁华却空虚的一生。而如钟声扬先生一样的诗人们哲人们的精神世界却异常丰饶，他看花非花、雾非雾，一鸟一人一河一雁一峰一树一言一行，都能从中抽取出荣华衰枯的必然规则，提炼出胜利失败的命定因由。他们用所有的时间阅读前人的书籍，然后独自观察思考，站在古往今来的衔接处，著述着特立独行的一家之言，发人未发的精细。

“珍珠不是萍草，只能到海底寻找。”“神圣，多半在人迹罕至处。”“幸福，只有失去后才能感觉。”“谁也不能代替我，这就是我的价值。”“社会是个大染缸，有的人黑了皮肤，有的人，则黑了心肠。”……这些都是《星谱》中振聋发聩的句子，妙美、悠远、淡泊、锋利、尖锐、冷峻，能让迷茫者变得清醒，让沉沦者扬起风帆，让消极者重新振作，让萎靡者再度奋起。

读《星谱》吧，它采撷了花的芬芳，草的药性，智慧的光芒，人性的辉煌。它嫉恶如仇，爱憎分明，说的都是利人的至理，表的都是掏心窝话。尽管有的诗句还是没有雕琢好的原玉，有的似曾相识，有的见惯不惊，但是更多的是有益于人的谆谆教诲，是长者对幼年的观慰，是智者对凡人的忠告，是思想者对于芸芸众生的引领，是后来人必定要遭逢的现实。

世言见微知著，一勺水会有蛟龙蟠。钟声扬先生的心灵世界既丰富又高洁，他的眼光穿越千山万水，他的文采五色斑斓，气魄宏伟博大，章句珠圆玉润，内蕴深厚雄奇。既能写如《梦影》般委婉温柔的散文，又能写《星谱》这样钢硬的哲理诗句，足见他活得有棱有角，生得独具风采。定然是墙挂宝剑半床书，夜深焚香读孔孟之人。也能证明朔州这片古老的土地的宽厚博大，风俗纯清，人多勤学广才，少年峥嵘，老人文雅，有生长精美诗句的丰沛源泉，培育良才的肥沃土壤。能让人脱离世尘，超群迈俗，是一块生机勃勃的佳山胜水。

——发表于2004年6月6日《朔州日报》

给孩子们写歌的老人

“长城长，长城弯，长城像条长扁担，一头挑着山海关，一头挑着嘉峪关。大山公公真有劲，一挑挑了几千年。”“哥哥养鸡叫呱呱，娶个嫂嫂鸡专家，穿的啥？毛的卡，戴的啥？大红花。陪的啥？鸡娃娃，西塞斯，二八八，优种鸡，叽叽喳，歌声笑声满山洼。”这就是张家口文联退休创作干部，年届古稀的杨畅老人为孩子们写的儿歌。

杨老半生都在写儿歌、民谣，40多年共发表了这样的儿歌和民俗作品上万件。发表在《少先队员》《小葵花》《农村孩子》《为了孩子》《小学生世界》《上海少年》等几十种刊物上，有的还配了彩图。并先后在金盾出版社公开出版了《两个鸡蛋》《金马驹》《董存瑞》《杨畅儿歌》《趣味儿歌三百首》等15本书。其中的50多篇作品分别选入《中国获奖儿歌选》《实用儿歌鉴赏大全》等40多本书中。

退休后近10年中，他仍然笔耕不辍，每天伏案写作，平均每两天有一篇文章见报。每年发表作品两百多件，每年集成一个厚厚的集子，这样的集子至今已经累积到41本。

杨老的作品先后共获各种奖项42次。1984年，河北省民协赠送他“省儿歌大王”的光荣称号。1997年，他又被评为“河北省民间文艺家”。

杨老用禾丰、老杨、梨园、宜春等笔名不停地书写着，向社会奉献着他一颗纯洁正直的爱心。他用他的自身有为和对社会对他人的有益，赢得了社会广泛的认可和读者们的尊重。他先后被吸收为中国民间文艺家协会会员、中国俗文学学会会员、中国歌谣学会理事、河北省民协常务理事、省民协文学三套集成卷编委、省作协曲协会员、河北省灯谜学会副主席。他的事迹收入《中国文艺家传集》《民间文学辞典》《中国杰出文艺家大典》等10多部辞书中。

而今已经70多岁的杨老，依旧在他简陋的书房里一字一句地倾吐着对生活的热爱、对祖国的期盼、对孩子们的嘱托、对大自然的赞颂、对人文精神的扬弃。他用他的一颗不老的童心，观察着社会，描写着人世，为孩子们能健康成长，为人们不再迷茫，为净化社会环境，爱憎分明地坚持写着正气高扬的精短文章。点点滴滴地滋润着儿童们的灵魂，字字句句引领着孩子们的心志，同时也书写着他璀璨的人生履历，丰富着他不同于众的光华岁月。

——发表于2002年《张家口日报》

英雄的成长历程

——读丁奇璋《少年董存瑞的故事》

怀来县省作协会员丁奇璋40年来笔耕不辍，在各级报刊发表文学作品上千件不说，年届古稀之年又拿出一部25万字的力作《少年董存瑞的故事》。

这本书生动地描绘了董存瑞少年时在村里经历的94个真实感人的故事，用这94个按时间顺序连接起来的故事描述董存瑞不同凡响的少年时代，给我们一个更加立体完整的董存瑞，填补了这块早就应该有人关注的空白。让我们这些董存瑞故乡的人更形象地了解董存瑞勇敢、智慧、英雄的一生，对董存瑞的成长过程，董存瑞成为英雄的原因有了全新的认识，明白凡事都有一个从量变到质变的积累转化过程，认识到英雄人物也不是一天培养成熟起来的，而是从小到大，从弱到强，从少不更事到出类拔萃的过程，是千万遍摔打磨砺的结果，也是受到系列正常教育和必要引导的结果。

《少年董存瑞的故事》是一本值得一读的好读物，特别是青少年一代，更应该好好读一读这本书，看看曾经激励过几代人的董存瑞是如何成长起来的，如何从一个没有见过世面的农民的孩子变成一名民族英雄的。好好思考一下人生的要义，走好人生的每一步，迈对每一个台阶，正确对待每一次失败与挫折，知道该做什么不该做什么才是一个有价值的人生。那么，让我们来读一读这本书，看看小时候的那个机灵的“四蛋子”“四虎子”（四蛋子是爹给他起的小名，四虎子是区抗联会主任王平给改的）受了多少艰辛苦难，稍大些又干了多少可歌可赞的嘎咕事……

《没有赶成的集》写的是四蛋子千方百计说服爹带着他第一次进沙城赶集，却被本村最坏的地主刘大肚子的儿子鬼花子把准备到集上粜的粮食抢走了，盼了多年的集没有赶成，给四蛋子心里种下了刻骨的仇恨。《三个香瓜表孝心》说的是四蛋子割草时割出了三个野香瓜舍不得吃，偷偷地埋在米缸里准备给娘吃。《困难时候献爱心》说的是四蛋子发现好朋友山柱家断了粮后，一把把从自己家往外偷高粱给山柱家的故事。《破坏敌人抢粮食》讲的是小名已经改成了四虎子的董存瑞被敌人抓去运粮时，故意扎破粮食口袋，把粮食洒一地的故事。《挑水路上斗敌忙》是四虎子给没儿没女的瞎二奶奶挑水时，遇上了正进村的鬼子兵，就把一担水倒到土坡上，滑倒好几个鬼子的故事。《捉来蝎子蜇鬼子》说的是当了儿童团长的四虎子领着儿童团员们捉了许多蝎子放在鸡窝里，蜇抢老百姓鸡的日本鬼子的事……94 个故事，个个都是这么感人，这么有趣，塑造出一个活灵活现的少年英雄董存瑞，一个机智勇敢斗敌人的机灵鬼董存瑞，一个有爱心有孝心的善良的董存瑞，写出了一个英雄成长路上必然会遇到的成败曲折。故事写到董存瑞参军就打住了，与早先解放军出版社出版的《董存瑞的故事》连接起来，就是董存瑞的一生。

董存瑞会用弹弓打鬼子，百发百中；董存瑞会驯毛驴，把驴儿驯得服服帖帖；董存瑞会编荆条筐，会挖黄鼠、刨药材；董存瑞跟他家的小毛驴、大黄狗都是最好的朋友；董存瑞还能出许许多多的点子智斗敌人。比如把消息树变成两棵，一棵表示敌人的方向，另一棵表示距离远近；比如偷敌人的汽车内胎给儿童团员一人做一个弹弓，组成无声手枪队；比如在敌人常走的路上挖许多陷阱，坑里埋上疙针等当无声地雷；比如把镰刀锯上齿能更快地割敌人的电话线；比如在电线杆下埋地雷炸修线的鬼子。还有把敌人运弹药的铁道轨搞得一股高一股低，让敌人的火车翻车……看了《少年董存瑞的故事》就明白了董存瑞之所以能在关键时刻舍身炸敌人碉堡，是他思想和意志完全成熟，是他民族英雄的气节积累到炉火纯青的程度的必然结果。没有小时的历练，没有与王平等真正的共产党人的接触熏陶，就不会有他后来的惊世骇俗的一举。

“董存瑞听了别人的发言，觉得虽然都有可取之处，但对打击敌人来说，都还不服。他回想起一年前当儿童团长时领导大伙挖陷阱撇敌人马腿，又想到路旁庄稼地里埋地雷炸鬼子的事，眼睛一亮，顿时有了主意，腾地站起来，挥了下手说：‘我想了个办法，准行！’”16 岁的基干民兵董存瑞硬是比那些比他大的人办法多点子多，每次他想的点子都比别人高明，杀伤力大。

丁奇璋从 1965 年就开始着手搜集董存瑞的少年故事，“文革”前已写成了 50 多个故事，文革被迫中断了整理。1995 年，他再度到董存瑞的家乡南山堡采访、调查、挖掘、考证，共写出了上百篇故事，20 多万字。直到去年，在本县许多领导的关怀过问下，本书终于在解放军文艺出版社正式出版发行。了却了他的心愿，也完成了这一有利于当代有功于后代的精神文明建设工程，做了一件很了不起的好事。这不只是怀来县近年来的文学成果，也是全张家口的一件文学精品。大家应该好好读一读这本书，特别是正在形成人生观的所有青少年们更应该细细品读，弥补一下价值观中欠缺的那种董存瑞式的精神世界里的高度与硬度。

——发表于 2002 年第 3 期《长城文艺》

照耀众生心灵的两束阳光

——评宣化区出的两本书

宣化区文化工作计划要出三本书，到年底已经出了两本。一本是文化局局长雷桂明的《改革·理论·实践》，一本是文联秘书长马秀玲的民俗集《宣化民俗面面观》。就这两本书所涵盖的内容，与出这两本书这一事情本身，我觉得有一些话想说一说。

虽然跟雷局长只有一面之交，但印象颇好。他不仅活跃、健谈、多才多艺，而且平易近人。当拿到他的论文集时，才知道他就是常在报纸上发表论文的雷鸣，才知道他已在《国内外经济管理》等报刊上发表论文两百多篇，才知道他取得了党政干部管理和行政管理两个大专文凭，现为经济师和高级政工师。

他在《试论改革也是解放生产力》一文中说："改革就是从根本上改变束缚生产力发展的东西，是社会主义制度下的自我改造，自我完善。它要改变束缚生产力的经济体制，还要改变束缚生产力发展的政治体制和管理体制。因此，它是一场革命，它是要转变人们思想认识的革命，是解决新中国成立四十年来形成的各种不正确的观念、规章、制度的革命。"在《舆论的地位与作用》一文中，他强调："舆论，是社会生活在人们头脑中的客观反映，并以巨大的精神力量反作用于社会，它在社会生活中处于不可缺少的，非常重要的地位。它对社会具有明显的中介、模拟、监督、控制作用。"他在《努力造就适应开放开发的文化氛围》中指出："要真抓实干，首先就要在全市努力造成一个全社会都搞开放开发的文化氛围，这种文化氛围包括思想意识、心理素质、精神状态、公关意识、管理方式、价值取向、行为规范等方面的问题。从而造就一个不搞开放开发不行的社会大气候，形成一个内在的推动力，促使每个人想开放的点子，练开放的胆子，念开放的真经，办开放的实事，保证开放开发事业的成功……"

从一篇文章可以看出作者的思想境界与认识高度，从一本书可以看出一个领导者的政治水准和观念更新的程度。《改革·理论·实践》一书，不仅展示出作者雷鸣的素质内涵，也展示出整个宣化区的思想解放程度。宣化区的一个文化领导体现出如此高的水准，足以证实宣化区的领导懂得实践的高度来自理论的高度，懂得意识形态对于社会实践的导向和推动作用的巨大力量。由此可以看出，宣化区的改革开放已经深化到了充分发挥每个人的聪明才智与创造力上来，深化到充分发掘各方面生产力的地步，真正做到了两手抓两手硬。相信有了这种人的思想境界大提高大解放，这里将会出现更深刻更巨大的变化。

马秀玲的《宣化民俗面面观》一书，正如为其写序的吴文堂先生说的：“这是一片新奇的天地。”这里写了宣化历代相沿的衣食住行、婚丧嫁娶、语言称谓；写当地芸芸众生千百年来积久成习的风尚，写千百年来慢节奏演进的习俗，写高粱、玉米、小麦、大豆的种植……

这是一本为街头里巷的小人物写的书，不仅写尽了他们的日常生活、饮食、服饰、居住、称谓、语言、节日、生产等方方面面的琐事，写尽了他们世代重复的不断承弃的生产生活方式，还为他们提供了丰富的生活指导。书中告诉人们许多的科学知识、人情礼仪、生活哲理、民谣民谚。如，女孩在娘胎里就知道打扮娘，即怀女孩的孕妇脸上没有黑斑；婚姻礼品讲究成双成对；结婚礼品不能送钟；闺女结婚，娘家不陪被褥；“经商不进财，等于瞎胡来”，“若要公道，打个颠倒”……

这是一本充溢着浓重乡土气息的书，一张张活生生的宣化民俗画。书中大量的信息散发着厚重的文化况味，一个个温馨的居家日子的一般常识，像一位年长者的谆谆告诫和讲述。看了这本书，对人生的各种仪式、礼节、禁忌、讲究掌握了十之八九，会活得更明白，更自主，更洒脱。

由于是粗读，并且侧重于对出书这件事本身感受多一些，我相信，在细细精读以后，会对这两本书有一种更新的认知。

听说他们的另一本书正在印刷，真为宣化区正在浓厚起来的文化气息，正在强大起来的思想领域高兴并嫉羡不已。

——发表于1999年5月29日《张家口日报》

苍凉的文章无语的人

知道胡学文的名字是在鲁迅文学院办的《文泽》上。

许多学员作品，有的打动了我，有的没有。但是当读到胡学文的小小说《哭婆》及另外一篇时，我拍案叫绝了。不仅是因为胡学文是与我一个地区的老乡，有一种最容易认同的亲切感，更主要的是他的小说的立意与深刻的内含。小说写了一个以给别人哭丧为生的老年女人的悲苦身世，那其中的人生沧桑感盈满了字里行间。几年过去了，至今记忆犹新。从此，我就记住了胡学文这个名字，后来也有幸结识了这位年轻的、后起的，但明显地走在了全张家口文学队伍之前的不凡的人，这个浓眉大眼、很少说话、言谈不露声色的人。这个近年来在《长城》《当代人》《山西文学》上发了一个又一个中篇小说的人。

最近，当我无意中翻开全国知名的《小说月报》2000 年第三期时，一下又看到上面选发了他发表在《长江文艺》上的中篇小说《秋风绝唱》，更可喜的是名次排在池莉、王安忆、裘山山的前面，位列第三篇。又惊又喜之后我毫不犹豫地把这本刊物买了下来，要一读为快。读了果然不凡，那种坝上的苍凉、粗放、豪爽之气扑面而来，深入到心田，触动了我对人生的那根感动神经。文友来，我把这篇文章介绍给他们，介绍胡学文这个无语的人。再次为无语的人与张狂的人性格大不同而震撼。

读后总想写点体会，但又因为怕写不好，就迟迟没有动笔。而那种浓浓的意愿一直存留着、生长着，因为这是我们张家口的荣幸，这是我们文学创作的又一个新的高峰，我不能再沉默下去，更不能对此无动于衷，熟视无睹。

今天终于有空来写这篇体会了。说不上是评论，只是想谈谈胡学文及把他的这篇《秋风绝唱》介绍给大家。

“骑驴的汉子站在垴包上，望着东张西望的女子，突然拱地一股莫名的烦躁。”小说就这么开头了。这个汉子名叫二姨夫，也叫马掌。会唱口外的二人台，唱得人震心摄魂，有一种巨大的魅力，平时轻易不唱。今天他是去乡里告状的，半路上碰上了来坝上采风的某市音乐学院的学生尹歌。看到英气勃勃的尹歌，二姨夫想起了他多年前的相好女人，不由得脑袋里噼里啪啦地燃烧了几下，他的喉咙热辣辣的像有东西要喷出来。汉子干咳了几声，突然吼出了憋在心底的调子：

头一回回瞭你你不在，
让你哥哥劈了我俩锅盖；
二一回回瞭你你不在，
差一点让你哥哥揭了我天灵盖……

就是这惊天动地的一嗓子吼把这个曾经在七个城市流浪，也没有写出一首感动自己的好歌，更别说感动别人的音乐学院的女学生与二姨夫紧紧地拴在了一起，这就是她要寻找的沧桑的人，要寻找的惊心摄魂的歌，寻找的从人心迸出来的声音。

尹歌跟着二姨夫，走进了二姨夫生活的那个家、那个村、那伙人中，看着他们哭、他们笑、他们经商致富、他们为穷打架斗殴。这一切都是他们的歌的来源。小说中写了把老婆赌输出去的黄老二，为了挖一点药材买一台彩电，而不惜含泪让色鬼村主任黄文才占自己小便宜的黄老二老婆黄翠花，为赎儿媳再露绝活的翠花的公公瘸羊倌，每天半夜拉二胡为了女人瞎了眼的汉子，被抓去顶替有钱人游街的二狗子等。这些以歌为话语的坝上人，以赌为娱乐的坝上人，以权欺负人的活得无聊透顶的人，以穷被人随便捉弄的人，以女人为谈资的坝上人的吵吵闹闹，争争斗斗，恩恩怨怨，是是非非。

为了得到这些人的生活原貌，得到他们的歌，他们对歌的体验，对情的追求，尹歌形影不离地跟在黄老二后边，任凭女人们吃醋。她还在孤独的瞎子那间墙上挂着二胡、板胡、笛子、古筝，夜夜飘着忧郁的二胡声的小黑屋里住了一宿，竟让瞎子感动得从枯眼中滴出了泪，也听到了瞎子的不同凡俗的歌：

小羊羔吃奶时双膝跪下，
小乌鸦报恩一十八天；
南烧香北拜佛是何用意，
不尊父不报母所为哪般？
……

女学生听了要把瞎子的歌灌成录音带去卖，说肯定能赚大钱，却被瞎子臭骂了一顿，说："你以为坝上人什么都卖？"是啊，这是他们心中的秘密，是他们一生中为了的那点东西，是他们活着维系的那点情丝，能随便卖吗？别看坝上人生活穷，他们的灵魂不穷，比那些肉麻的卖唱歌星们丰富十倍。

和这些粗糙的人细致的心的坝上人搅了好一阵稀稠的尹歌，有了在七个城市都没有找到的创作激情与生活底韵，她终于还是要走了。要让那些为自己吃醋的女人们恢复往日的平静生活，让那些为情而活着的男人们保留他们的本色，她悄悄地上路了。二姨夫得知后去追她，只看到她一个背影。此时，二姨夫又给尹歌唱了开头那首歌：

头一回回瞭你你不在
……

胡学文，等着看你更新更深的作品，等着你把生活的本质揭起来给世人看，等着你的文章让俗世更加美好亮丽起来。

——发表于2000年《张家口日报》

登中央电视塔有感

寻找一种崭新，一种走出烦恼人生之后的开旷与辽远；拨开无奈的日常浓雾，打乱重复的行为轨迹，体验一点人生的亮度的办法，就是去外面，去登高，去俯瞰。要感受山岩因为联结了无数砂石才有的巍峨，小草因为顷其毕生抽出的一岁绿色，老树不断落红吐翠后的粗壮挺拔……就得去拥抱苍穹与大自然。

只要有机会，就要不惜一切代价去归依，去贴近，去融入。去了，就有一次视野的蜕变，就有一次生命轨迹的脱俗，一次生存质量的跳跃，一次精神境界的洗礼。

北京玉渊潭西的中央电视塔向游人开放。登上400米高的塔顶，俯瞰首都北京全貌，无不是许多人此生幸事。相信那些登过塔顶平台的人，已经开始了一种对世事的重新认知，对祖国对首都对自己有了一种与以往不同的认知，这种认知对每个人都是多么的重要与美好啊！

在一个明媚的晴空朗日，便去登这座北京最高的建筑。其实，准确点不能说登，因为是电梯把人们送上22层的平台。一到了平台，立即体验到高处不胜寒，刺骨的冷风把人吹得站不稳，头发与衣襟纷乱地飘着。方知高高塔身日日经历的风刀雨剑，方知高者的与众不同。但是这挡不住人们骋目的惊喜——啊！北京真大呀！东南西北都是林立的楼群，从脚下一直延伸到天边，远处白色雾岚凄迷苍茫，不知几十里，近处的玉渊潭公园的绿色树木与蓝色湖水也缩小成一个沙盘模型。天安门的红墙，纪念碑的高顶，160座立交桥都隐没在楼群中。

更不要说长安街的车流，王府井的人流，大栅栏的商海，故宫的王气，都一齐融入无垠。每一个具体的人，一群人，都没有了踪迹，人类的悲欢离合都显得格外的不值一提。平地上的那么多车、路、商场、高傲的人，都被建筑物覆盖。人，不再是城市的主题。

有三千年文明史的北京城，从来没有间断过她的灿烂文化进程，没有间断过她的楼群与公路建构。在这里，宗教与政治一起发展，宫殿与寺庙一起叠起，住宅与公园一起诞生，古老与现代并存。多少人向北京靠拢，多少人想跻身首都，做一个永远的北京人。因为，这里有最古老的文明积淀，有最发达的现代化；因为这里最先和世界接轨；因为，这里拥有最先进思潮的人群。做了北京人，就是做了最无愧于此生与此代的人。所以，北京就一直在扩展着身躯。如果晚上在这里看北京，霓虹灯五彩炫目，明明灭灭，一定像个梦般妙美的晶体童话世界。

按照参观路线下到18层的室内观光台，从弧形的玻璃罩内再往下看，仿佛被拉近了录像镜头般，看到了稍近处的院落与人。越接近地面越接近俗世人生。俯瞰，只能得到个别；仰视，才能领略整体。个别让人目光短浅，整体使人胸襟壮阔。

有过这次登塔经历以后，相信许多人生琐事都不再忧心，相信累累生存烦恼都算不了什么。人生短暂，世事代续，唯创造业绩永存。下塔后，再瞧那匆匆行走在北京的人群与急驰的车流，方知他们更早已体验到时不我待，都生活在把握今天，活在每一分每一秒的效益中。

高高的中央电视塔，一座放射人类精神世界光芒的永远的丰碑。登上去，就是一次精神世界的铸炼与升华。

——发表于1999年10月15日《河北党校报》

钟声飘扬桑干河

——读钟声扬长篇系列散文诗《梦影》

自山西朔州钟声扬老师寄来这套《梦影》那天起，翻开那一行行迷漫着浓重乡言村语的长诗短句，立即闻到了傍晚的炊烟气息，看到了林中小路上那朵朵紫的黄的矢车菊，还有一对频频约会的热恋中的情侣，勾起了我那淡淡的大写意的山光水色中遥远的遐思，准备抽时间坐下来好好读一次。只是许许多多的杂事把日常生活装得满满当当，排不开推不去的重复和堆积的日子涌进眼帘，虽然十分烦愁又无趣无奈无法。于是，只得让这套山溪般叮咚作响、山花般五色绚烂、珠玉般晶莹玲珑的散文诗句，挨挤进待读的书的长长队列中，一尘蒙竟是五六载。

终于，能在一个闲暇的下午，拨开生活的枝枝蔓蔓，决心放下心头的烦恼苦闷，抛弃年节客套的礼节和虚伪的仪式，再也不顾这样那样一切无意义的俗套，为安妥自己孤寂的灵魂，坐下来静静地读一读这些来自桑干河上游美丽的诗句了。

我的居处恰是在桑干河最下游的北岸，窗外抬眼就能看见河西那座山峰独秀的笔架山在群峰中风姿绰约，那座山后就是去往山西的方向。大秦线在那山前有一个小小的车站，午夜2时有一趟车开往大同。我知道，沿着大秦线走，就能走到桑干河的发源地，也能找到《梦影》中朔州那袅袅炊烟。找到“山下炊烟升起的小村”，找到小路旁那“带露珠的马兰花”，找到小村头明净的夜空上那颗颗闪闪的繁星，找到那个写了一本本多情的诗的人，找到那诗文中一次再次描写过的美丽的让人着迷的缪斯……

我懊悔没有早早品读这流淌着人间深情的《梦影》，一秋秋地不经意地遗落了与诗人交谈的美妙时光，而自己却在狭隘的深井里寻觅头顶上那片小小的蓝天。盼望有一个高山仰止的人走来，与我娓娓交谈人生的本质，像那轮每月十五的圆月对我微笑着，为我照亮身边的黑暗，让我在走路时不再磕磕碰碰地，孤寂无助得想哭；让我在那乳汁般的月光中感到人间那暖阳般的明媚瞬间，感到让人留恋怀想的那份凄切壮美。

怎么也忘怀不了了，那句“我的全部激情都是为你准备的”。好嫉妒那位被这份情滋润的世人啊！怎么也忘怀不了了，那句“我倚着白杨树，吹响了心爱牧笛”。好动心啊，那声声悠扬的荡尽忧伤的天籁。怎么也忘怀不了了，那句“你总思虑得太久，而决断的太少”。让我叹息命运的不公，没有人来对我说这些心疼的话。还有那“我愿化作一束柔和的灯光，静静地伴你读书到天明”。那句“目光，往往比语言更加准确和生动”。那句“只有看见了你，我就找到了光明与幸福”。那句，那句，那句……

因为迟读了《梦影》，就迟迟了解了一个人。到今天才明白作者诗作的隽永真如那金质的钟声，能穿越连绵的山岭，穿越密匝匝的树林，穿越百里云层，悠扬到辽远的数春数秋后，沿着桑干河一直在飘飞，飘飞，像一只美丽的彩蝶儿，寻寻觅觅着，找它心中那片花丛落脚……

多么的苦恋啊，作者把诗当作自己此生追求的梦中倩影，当作最心仪的靓妹，当作热爱着的一切。然后，不顾世俗人言去唱赞这种情怀这种美好，走过村外“田野的风采”，采撷一把“玫瑰的幽香”，站在“花朵盛开的洋槐树下”，等待“瞳仁深处那些诗文的真切含义”，然后相拥着听葫芦架下“桑干河的一片蛙声”。诗人一夜未眠，用心血写着他的爱，他的恨，他的希冀。在他的心灵深处，“爱是一片神秘的池塘”，在那塘边，开满了“水仙花、凤仙花、月光花、牵牛花、紫荆花、马兰花、凌霄花、大丽花、打碗花、石楠花、菜籽花……”可是，“爱是无法表白的哲学”，唯这不能表白，更觉含蓄和深沉，更觉实诚与可靠。生活中缺少的就是这种浪漫和缠绵，这种文静和优雅；生活中有的是本真的挚美，缺的是发现和培育，浮躁和堕落让许多人不知所措，人们在美与丑之间久久地徘徊，在创造和享乐之间长长地迷茫。金钱如一只百年的沉船，无数的人都在设法打捞，企图得到珠宝，而真情却似海水，廉价地抖落一地，任其在月圆月缺时随意涨落，海边空无一人。

钟声扬老师的散文诗，真如深山古刹间一口千年的钟鼎，总会在夜半时独自敲响。清脆的余音在《炊烟，从山下升起》《玫瑰开在梦中》《月亮，在我上空》《星星，向我微笑》《太阳，离我最近》《影子，在我身后》彩色的波浪间，一涛一涛地涌来涟漪，带着几朵零星的杏蕾桃瓣，几茎情人揉碎的小草，几片霜红的秋叶，几根衰枯了的树枝，向着桑干河下游漂来，漂来。我等在岸边，捞起这些心形的鹅卵石久久地欣赏，然后置放在案头，闲暇时从中读出厚厚重重的嘱托，读出一个人的庄重的面影，读出命运如疤痕累累的一棵树，读出精神世界的一派空灵，读出一缕永远无法得到的渺茫，任几滴清泪顺着心思流淌……

偏偏作者又用了红、黄、蓝、绿、粉六种颜色的封面，像折叠起来的四季，蕴藏着春天蓬勃的青葱，夏日浓烈的绯红，秋季熟透的金黄，冬野空旷的莹蓝。在那田原沟壑的皱褶里，开放着星星簇簇的花，飞翔着上下翻卷的蜂蝶，闪现着情侣依偎的身影。还有一位满腹经纶出口即是哲理的老猎人。啊，多想生活在这世外桃源里，这诗情画意中，这脉脉浓情的草丛间，跟着这位看穿了世事的哲人……

哦，一部《梦影》，六卷诗画，满盘素心！

——发表于2004年3月30日《朔州日报》

倒下的人与站着的墙

一条条蜿蜒长城作为中华民族的建筑瑰宝，向世界和后人骄傲地展示着，展示巍峨，展示雄伟，展示壮观。尽管许多墙垣早已倒塌成一片狼藉的瓦砾，或脱落成残墙断壁，但依旧值得骄傲。除了中外皆知的重新修葺过的见棱见角的八达岭长城外，还有人们不知道的藏在大山深处的逶迤盘旋的燕长城、明长城，这些不为人知的长城在京西北的燕赵古大地的深山峻岭里静静地蛰伏着，它们大多半截子埋入萋萋荒草中，或坍塌成了一条蟒蛇状的残砖碎瓦，但那些高耸的烽火台仍然是供游人赏游的景观。

想当初，修长城的目的，无论是作为两国分疆的界墙也好，还是作为战争的防御工事也好，都不外乎是想把山加得高些再高些，工事如刀劈斧削般刃些再刃些，国境线拉得长些再长些，江山坚固再坚固些。然而，当年烽火狼烟的关山，鼓角连营的兵阵，旌旗猎猎的敌楼，如今都成了历史遗物。只给大山嵌上一条条巨大的疤痕，多出一处处的废墟，遗一地残缺四散的长城石和长城砖。当然，还有一群群后人心怀无限敬意慕名而来的瞻仰。不知是瞻仰当年统治者耗费巨资在大山头上砌墙御敌的武功，还是膜拜古代人民敢于把大山加高的标新立异。

现在人们观览长城，不知到底是为了什么。大概只为那随着山的走势而腾跃的惊人气势，为那句“不到长城非好汉的”的话，为拍几张与长城的合影，或者怕别人笑话连长城也没上过。古人敢修长城，后人连登都不敢登的，就不是一条好汉。对于长城本身，了解的不多，关心的也不多。关于长城的故事，倒是在民间有不少的传说和记忆，除了孟姜女的故事，还有其他的传奇令人品评和深思……

战国时修在河北省涿鹿县南部山区的燕长城，就是燕赵两国的界墙，现在还有17.2千米长，经过3个乡10个村的无数山岭，有27个烽火台，41个敌楼，3个炮台，高5米，宽2米。有守城，名马水城，城内有守城四品武官居住的都司府。至今，城墙废墟仍旧巍峨，马水城门依旧高耸。八国联军打进北京时，马水城加紧战备，受到朝廷嘉奖，光绪皇帝恩准马水城守城都司一日三餐音乐助兴。

据当地史志载，当年修燕长城的原料大多是就地取材，由石匠在山下凿成长二尺，宽尺余，五面见凿，一面毛料的大石条，人背驴驮地运上山。至今在马水城南的山沟里，还有很多打开来没有用过的石料弃置在那里。细心人可以看出，以马水城为分界，东段城墙为条石砌就，西段城墙就是用砖石结构。就是这用料不同的两段城墙，留下耐人寻味的故事。

当地人传说，当年修马水城南北两端的城墙时，任命一位姓周的总管负责从东关门外往北修，一位姓王的总管负责从东关门外往南修。由于两段城墙长度相当，拨款数量也相等，并要求同时开工同时完工。几年后，周总管负责的北段长城按时完工，而王总管负责的南段城墙却没能如期完成。负责验收的朝廷钦差一怒之下，不管三七二十一，就将误了工期的王总管拉到城南砍了头，可是王总管的头被砍了，身子却不倒下。钦差闻听后大惊，忙命人去调查长城修筑情况，方知南段长城虽然延误了工期，耗费了银两，却用的是块块石条，合卯对缝，修得有棱有角，十分坚固。而北段的城墙虽然如期完工，用的却是砖石结构，且有偷工减料的嫌疑，钦差方知屈杀了王总管，但是死不能复活，只得传令将王总管厚葬，并立碑为其扬名。

再后来，城门往南的城墙坚固完好，而城门往北面的城墙却结构松散，砖石滑落了。现在当地人和游人还敢在南面的城墙上大步行走，却没有人敢登往北的城墙。王总管倒下了，但他监工的城墙却至今完好，数百年屹立不倒。周姓总管人没有倒下，但他监工的城墙却早早地坍塌了，成了一片瓦砾。因为那些完好无损的城墙里砌进了刚直忠贞和善良，而那些早早坍塌了的城墙里掺和了贪官污吏们的肮脏卑劣行径。那不倒的墙，全在于高贵的灵魂在支撑着；那倒下去的墙，就因为没有高尚人格做挺直的脊梁。

就这样，长城千百年来点缀着如画的江山，同时也演绎着人类的争斗。长城砌进了无数名不见经传的劳动人民的肉体与灵魂，长城也浸透了官场里人们的清廉与奸诈。统治者的一次次错失和轻信杀害了好人的血肉之躯，却损毁不了他们的品格和风范。这位王总管的肉体倒下了，他的人格却传为佳话；周总管人活着，他的品行却被怀疑，后半生不好做人。时间是公正的评论家和淘沙的河，人类延续下来的仍然是不屈的高扬的正气，后人赞颂的仍然是千古传唱的不朽的忠烈，人们世代追慕的仍然是流芳百代的刚正。

站立或倒塌的长城墙，都是中华大地上的一种历史奇观。而掩埋在城墙里的修墙人的故事，不论是善与恶、真与假、美与丑，与长城的意义相比都不值一说了。尽管长城是人的杰作，是百万工匠的智慧的结晶，是挂在山巅上的，献给古代中华民族建筑质量的一枚褪了色却价当其质的勋章。但是，这个流传在民间的误斩王总管的传奇故事，依然值得每一个修身养性的人好好地品味和深思，从中找出有益于后世的做人道理——有的人活着，但是一钱不值；有的人死了，却千万次地被人讲起。

——发表于 2002 年第 4 期《散文风》

深深藏着的善与美

在京城一次文学研修班的最后几天里，来了一位坐轮椅的姑娘。坚硬而冷亮的轮椅里蜷曲着姑娘柔软瘦弱的躯体，两条没有知觉的腿形同虚设般枯萎着。但是姑娘留着披肩的油黑长发，苍白的脸上始终保持着甜甜的笑容，虽然这笑容的背后有一点淡淡的忧伤，但那更是从精神里高挺出来的昂扬。

姑娘的表情很美，是那种细柔的小草在暴风雨中抗争，无数次倒下又站起来的韧性的不屈的美。她笑的时候非常妩媚，她就用这个妩媚面对生存艰难的世界，面对从她面前走过去的强壮健全的人，面对所有的生活困难。

她的到来，让原来很萎靡的一伙健全人都为之一振，原本夸夸其谈的一伙正常人都缄默起来，原本不断更换服装的上海摩登女郎朴素起来，原本极为展示自己的身材曲线和时髦富有的小姐大款们也悄悄收敛起来。于是，所有的人都开始一种新的关于命运关于存在的思考，所有的人都迸放出人性中的善与美。

那几个平时看起来非常文弱酸腐的男同学不约而同地想到了一块，每天上课前把姑娘从三楼宿舍抬到五楼教室里，下了课再把她抬下去。在没有讲座的休息日，总有人抢着把她推到书店，推到阅览室，推到校园里，推到大街上，推到她想去的地方……姑娘非常幸福地享受着原本并不认识的同学们的关爱，让那些健康的女性们十分地嫉羡。

同学们都愿意和她交谈，谈文学观，谈人生观，她的思想更深刻、更与众不同。她用轮椅辗压着她的希望和憧憬，她用轮椅在土地上留下她的心迹。她的出现给研修班刮来一阵关于生命课题及文学意义的回响。每个作家讲完课下来都要与她合影，魁梧的韩静霆大校讲完课走下讲台，单腿屈着把教材，他的新著《孙武》赠给了姑娘，毕淑敏下来时慈祥地俯下身紧紧地拥抱了姑娘……

在姑娘面前，每个人的目光都变得天使般温柔，每个人都绽开人性中最美丽的善与美的花朵。同情弱者，关爱残疾人，是人类人性中共同拥有的潜在的崇高美质，只是不到需要时都深深藏着不表露而已，一旦周围环境改变到随处可见真善美的人与事时，人们都会变得羔羊般温顺可爱。

看来，隐现闪回的人性美的全部展示，往往是在等待一个更加适合的机遇与氛围。

——发表于2001年第6期《演讲与口才》

静夜里的一盘棋

又是一个周末的傍晚。

北方一个极普通的农家小院，三间比邻里低了许多的20世纪70年代盖的老屋，两盘旧式土坑，四口人，夫妻二人与一儿一女。

在这吃了晚饭就心情烦乱、六神无主的时刻，在这大多数人开始凑在一起打麻将消磨时光或甩扑克与聊闲天打发岁月，在这绝大多数人都不会寂寞地待着的时候，唯有他们一家人静静地一如既往地度过这一天中最浮躁的时光。

吃过晚饭，一双儿女就又悄没声息地进了东屋，一人一张桌子去温习功课。

这兄妹俩一个读高中一个读初中，都是三好学生，学习成绩在同年级里都是前三名。兄妹二人平时在学校里住校，今天回家休息。但是他们从来不到街上去晃游，不浪费每一刻，抓紧所有的时间学习，学好了课本上的知识还要读许多的辅导资料。

在西屋，洗完了锅碗的父母，双双面对着那台19寸黑白电视机，电视屏幕已经模糊不清，声音也开到最低。大多数时间他们看完了新闻联播后就关了电视，拿出那盘多年的跳棋，静静地下了起来，一直陪儿女到深夜。

这一对父母晚上从不出去串门，更不玩麻将。他们把自己的行为规范在一双儿女的学习需要上，他们不让儿女为父母分一点心。他们知道，若出去打麻将，他们的儿女虽然嘴里不说，但心会跟着他们。争强好胜的儿女会为父母的不良行为十分痛苦；会为这种痛苦绞尽脑汁，并看轻父母亲；会从心里对父母厌恶，对父母产生抵触情绪，对父母的话阳奉阴违；会用不好好读书这样的行为来报复父母，甚至会因为有一双不负责任的父母而悲观厌世，为因为有一个不温暖的家而坍塌了人生的所有信念。

为了儿女的心不受一点伤害，为了儿女的灵魂不遭一点污染，为了儿女能在他们自尊自爱的光辉照耀下安心地读完必读的功课，这双父母小心谨慎地规范着自己的一举一动，处处完美着做父母的形象，恪尽着父母的职责。他们无声的自觉行动，实质上就是在呵护着儿女的心灵、尊严，以及那不能回头的人生路，让那上面开满爱的鲜花，而不是恨的毒瘤。

他们从不出去招惹是非。父亲为了省钱，把烟酒都戒了。因为酒会让人乱性，说出一些不该说的话，做出不该做的事来。他们十多年没有添过一件新衣服，且很少上街买一次时令蔬菜。他们知道，吃得再好，没有儿女有前途好；穿得再光彩，没有儿女考上大学光彩。

在如篱般坚守着花树，烛光般照亮着暗夜，大树般遮挡着风雨，院墙般抵制着外面的花花世界的父母背后，有一双好儿女正心胸如水般吸吮着知识的甘霖，小草般沐浴着父母爱的阳光。

在少男少女们肆意地挥霍着青春的时候，有一对少年正在刻苦学习；在家长们聚众喧哗赌博的时候，有一双父母正在静静地下一盘棋；在世间一片灯红酒绿纸醉金迷的时候，有一户农家小院十分安宁静谧。

结果可想而知，在一批又一批同龄的初高中毕业生因考试落榜而人生失意时，在一家又一家玩世不恭的父母为儿女学无所成而大伤脑筋时，这家的儿子考上了一所本科科技院校，这家的女儿升入了重点高中。当初，这家人住房最差，这家人穿得最赖，这家人最不会风流潇洒，可是这家人却培养出了一双最有出息的儿女。

最后谁是胜者？当然是那刚强地坚守信念的人。

我们相信，这家人的日子将一天比一天好。

——发表于2002年第2期《桑源》

寻觅精神的栖息地

——读赵春霞散文集《回望家园》

怀来的文友赵春霞给我寄来她自己在电脑屋印制的精美散文集《回望家园》。

接到书后马上就手不释卷地一气读完了，边读边被那文章中不断喷发出来的怀乡情愫深深打动，被那字里行间流泻出来的对精神家园的寻觅、对灵魂归宿的栖息与稳妥的急切的心情震撼。

不明白，年轻的春霞本不应该到了有这么浓重的忆旧情结时期，不应该这么早就生出这重重的伤感的心思。然而，在《回望家园》《最后的驿站》《伫在窗口的思绪》《灵魂的圣地》《走不进往事》等篇章目录中，一句句话无不浸满了思乡愁绪，浸满了对天真少小时光的怀恋，对温馨的故园的向往。

再看文章，在《回望家园》一文中，春霞写道："在我的直觉中，家乡也应该是这么柔美，这么闻之有声，这么暖暖地漾着光照，宛如一幅灵致的国画。""如果说历史是中华民族久远的家园，那么，走进历史留给我们的风雨尘烟，走近岁月留给我们的断壁岩画，我们就会寻找到一种精神上的依托。割断与历史的联系，必然会彻底失去我们心中无数次向往的美好家园。""回望家园是精神的追求，感情的释放，是在寻找世界的本原。"在《玉米地风景线》一文中写道："当生活的重负压得我神衰力倦的时候，当精神沉闷得让我透不过气来的时候，我就会想起望不尽的壮阔的深沉的玉米地，想起那一片沉重的绿，想起曾跟父母在田垄间劳作的日子，我的心就会积蓄起不被摧折的坚强来，偏激和厌倦的情绪就会被那大片的金黄融化。""玉米地不单是我心目中的一道风景，它已成为一种象征，一位博大慈爱的母亲，永远在我生命的远方瞻望着，在我最需要的时候，替我抵挡冷眼和轻视，付出她深切的爱。"在《洁白的鸽哨》中，有一段这样的句子："人不可以脱离他人而存在，人的精神和灵魂需要有依托才不至于毁灭……这些生活中美好的感情支撑着我们，正因此，在漫漫长途万山千水的跋涉中，我们才不会失去前行的勇气。""灵魂的圣地是人与人之间纯洁的友爱与真情，心系于他人的痛苦和不幸并为之付出同情、帮助的时候，我们的灵魂一定会升得好高好高，进入那高尚的境界。"是写在《灵魂的圣地》中的句子。

在这薄薄的小册子中，春霞写了对音乐的钟情，对帮助过她引领过她的一个又一个编辑老师们，对身边的自强不息的人们的歌赞，对心目中好人们的追思，对生活美好一面的无限向往。篇篇闪烁着警言格语的智慧与聪颖。读了，有一种博大在心中生长，有一种绚美在胸中萌发，有一种崇敬在悄悄地滋生。文中包括的内容太多，还是用她的精致语句来做总结吧：

真善美永远是人生最好的风景。

总有一天，我会为此而心平气和。

——发表于《长城文艺》

文心融化山水间

——记《北京的上风上水——怀来揽胜》一书

怀来县的刘戎声老师托人捎来《北京的上风上水——怀来揽胜》一书，捧着这本崭新的三十万字的怀来百科全书，心中涌出一种说不出的复杂滋味。这本书由刘戎声老师与正在做开放开发工作的康德武先生两人合作，共同出资刊印，包装很精美，内容很丰富。由刘老师执笔，就一定浸透了刘老师多年潜心创作的深厚文学造诣，有了细细品读的兴致。

这本大书史志体，包容了怀来县历史沿革、地貌、山川、气候、生态环境、人文景观、古代诗词、工农业特产、民俗风情、旅游资源、交通图册，以及美术、摄影、篆刻等，真是洋洋大观啊。

且不说这本书在原来县志的基础上加进了以上众多的现代内容，只说这么大的工作量，对于两个年近古稀的人来说，无不是一种呕心沥血的过程。一个又一个数字，一个又一个村镇，一条条河流，一座座山峰，一种种特产的名称，在校对时都不能有任何差错，能想象到两位老师戴着老花镜弓着腰一字一句校勘的情形。

好几年前就知道，刘老师多年一直在笔耕不辍地写20世纪50年代期间丁玲、田间、徐迟、邹荻帆、韦君宜等一批著名作家们在怀来活动为主调的散文，准备炼成一本《官厅湖纪事》的散文集，把一辈子的创作成果结集成一本书留给后人。但是刘老师性格耿直，不愿随世入俗，种种原因没有完成，便久久地搁置起来……如今，他把所有的文章放进这本书中，一则总算给自己多年的劳作一个交代，一则使这本书多了生命律动的鲜活，少了解说词般的枯燥；多了山水造化的清幽，少了硬性堆砌的浅薄；多了人性美的香息，少了志书套路的刻板。这就是我见到这本书时的复杂心情，即为看到刘老师的文章高兴，又为纯文学被挤到卑微贫寒的边缘化难过。

读着近五十篇描写怀来山水景观与人物的精美散文，文中那些《新保安风烟》《南山堡》《白龙潭一瞥》……勾勒出怀来的从前与现在，突兀了怀来的地理紧要，京畿咽喉。让人了解到鸡鸣驿斑驳的沧桑容颜，感受出官厅湖的波光涟漪，想象出怀来的大片大片果林中八棱海棠的鲜红，龙眼葡萄的玫紫。在文中，类如“绿苹如茵”“林木葱郁”“花香袭人”“群山如黛”式的颂词此起彼伏，尽显挚爱，都是欣赏。

书中还收集了唐朝高适、北宋王安石与苏轼、南宋陆游、明朝徐渭、现代郭沫若等大诗人咏怀来的诗词五十篇。还有现代的五十幅篆刻及美术、书法作品。篇篇读出对怀来的大好风光的赞美，句句体悟到作者对家乡人文历史的歌咏与叹谓。

对家乡的情与爱，是所有人具有的，但不是所有人都能表述出来的。只有文人，只有像刘老师这样资深的文人，才能有这种浓烈的情感。多愁善感的文人在社会事业进程中的作用是不可低估的，一本书的引领作用是不可低估的。因为他能囊括几代人的创建构筑，记录几百上千年的成败兴衰。文人是历史的书记员。一代代文人会不停地把历史翻出来展示与书写、讴歌。

怀来，北京的上风上水，有着与首都北京比邻接壤的自豪，也有护卫绿化北京的责任，这更需要一种人文的大情怀，一种创新的大作为。北京人出书量之大，速度之快是北京改革开放的一个写照，作家们两三个月拿出一本新作，当然其中也有造假拼凑的纯商业现象，但是整体上体现出一种出版业的百家争鸣，一种思想意识上的不断推陈出新。那里的学者文人们不是有了钱先想到改变生活，而是做学问，发一家之言，占领精神领域的高地，与黄色文化奋力抗争。出版业的兴衰，是一个地方站在改革前沿还是队尾的标志，是人们在创造还是享乐的证明。

如今怀来有了康德武一家人的全力运作，再加上刘戎声老师不哗众取宠的文风，这本书便是怀来自《少年英雄董存瑞》后出现的又一本值得阅读与惠存的书，也是近年怀来见诸文学方面的一个大的改变，对文字工作的一次新认知高度，改革开放的一次深入。

无论如何，《北京的上风上水——怀来揽胜》一书用文字、照片与书法、篆刻，把怀来风情展示得五彩缤纷，读了如见其景，如入其地，让人产生了去永定河波涛中漂流、古崖居窑洞里探幽、南山堡董存瑞纪念馆拜访英雄、镇边古城里寻觅民族厚重历史的渴望与憧憬。

这是怀来文化史上的一次重大突破，一片鲜艳的亮色。

——发表于《长城文艺》

故　乡

为什么人们一次次地说起故乡，文人们一遍遍地书写故乡，歌手们一曲曲地颂唱故乡？为什么年年月月，关于故乡的思绪会春草般一茬茬地生出来，凋零了，又生出来，无穷无尽？

故乡为什么如此让人牵念啊？故乡到底是一种什么样的意绪？其实，故乡就是一种幸福，一种甘甜，一种拥抱，一种呵护，是所有人住过的那个滋养了自己的摇篮。

故乡是无数次出现在梦中的，房前屋后茂密的树林，是早晨报晓的鸡鸣，黄昏看家的狗吠，是檐下新垒的燕窝，枝头嬉戏的麻雀，是打谷场上嚼草的牛羊，是崖上田埂畔一串串白粉的打碗碗花，是鸟们在面前叽叽喳喳的欢悦，是村边菜蔬在雨后翠绿欲滴的青葱。

不，故乡是四月天巷头小院里，那一树树白嘟嘟的杏花，招来大群金蜂半天半天地嘤嘤嗡嗡，是门口大坐石上老人手中长着片片叶芽的手杖，是孩子们登高上树拧柳笛碰下的一地野草山花，是姑娘们吃了青杏酸倒牙的弯腰大笑。故乡是劳作后拍拍裤角，盘腿坐在炕头上闷头抽烟的父亲，从不数落人的木讷和微笑；是母亲一起床就不停地洗涮的老茧手，千遍万遍擦得一尘不染的瓶瓶罐罐，是像框里已逝去多年的爷爷奶奶慈祥的留影。

故乡也是永远喊你乳名的乡亲缠绕的童年时光，是归家后小学同桌相邀的一瓶烧酒和几盘家乡小菜，半夜半夜扯家长里短的泪花盈盈。是回家清理先人遗物时旧衣橱内保存着的儿时衣物的气味，是仓房墙上挂着的父辈们挣家业的木工瓦工等工具上的铁锈，是门后婶娘们用来娶回两房媳妇，磨得早已脱漆的蝴蝶牌缝纫机，是屋檐下永远挂着的一串串紫皮蒜、红辣椒、洗锅刷、老玉米……

故乡还是你做了错事，长辈们打一巴掌揉三揉的疼爱，是被人欺负了，兄弟姐妹们一起伸出的拳头。是有人关心你胖了瘦了冷了热了的家乡话。是知道你出息了就拿你的童年做榜样教子女，直把你念叨得脸红心跳打喷嚏的一群人。是让你在年节时非常想见的屋顶上的炊烟，是堆满了所有人给你挟的菜的大海碗，是在老坟里给你留着的那个位子。

故乡是人越老越思念的地方，是古稀之年不断闪现的录像镜头，是迟暮时梦里泪如雨下的懊悔和歉疚，是晚年时最想去依偎的地方。尽管故乡早已没了童年时的花墙，没了少年时的柴篱，没有了崖头上的老树，没有了父母亲的身影。但是回归的人们，还是要到房屋的缝隙里去寻觅儿时的时光，到一棵棵老树下去挖掘亲人的信息，去村外边那埋着岁月的一座座坟堆前呼唤关爱……

这就是故乡啊，让一辈辈人魂牵梦萦的地方，给了我们最多最浓最真最长久的亲情、帮扶、呵护的地方，给了我们盈盈的笑脸，热热的炕头，进门不久立马就端出喷香的饭菜，跟你有说不完的心里话的人的地方，有你此生推卸不了的责任与义务的地方。

这就是人们为什么走千里逾万里，最终还要回去的故乡！这就是人们老年时天天在说着、唱着、写着、画着、思着、念着的故乡啊！

——发表于 2003 年 10 月 13 日《河北政法报》

从前，涿鹿有个杨养正

翻开清朝修的《保安州志》，一本唯一的先朝志书，一次次见到杨养正三个字，《龙门十奇赋》《塔山记》《龙门叠翠记》等志中十几篇赋文的作者都是杨养正，便对杨养正这个人有了一种仰慕敬重在升腾。近日，去看那块被砸碎了的康熙十六年立的《重修三皇庙·药王庙碑》，擦净每一片碎石上积年的尘土，见这块碑又是杨养正撰文，更激起了我对杨养正这个曾经承担起记载一朝历史的博学的前人由衷的喜爱之情，那份早就有了写写他的情愫越发地鼓荡起来。

历史，就是凝固在志书上的文字。历史，就是镶嵌在大地上的古老建筑的遗存。历史是印着先人痕迹的文物的娓娓倾诉。康乾盛世给保安州留下一套四本的志书，李怀全先生主管县志办时将其缩减，译成一本白话文。也就让这方人知道了那段历史，知道了那段时间里曾经发生过的一切，包括出类拔萃的人物——有修文庙、牌坊、开渠堰的开明知州刘必绍，有禁赌博绝盗贼、建城楼、设义学的优秀知州梁永祚，还有既做好官又写一手好诗文的朱维熊、朱光、朱芾祖孙三人，以及这个官员兼学者杨养正。

《保安州志》记："杨养正，字圣功，是本州人。幼年时聪明好学，并且过目不忘。拜朱六石先生为师。少年时熟读经史古文，中年州考成恩贡，官授州判。著有《心仙集》，写的是本州先哲们的生平传记。因文章出众，被郡守宁公福聘请撰修《保安州志》。志中大部分文章都出自他手。他的文风超群，文辞抑扬顿挫，尤其擅长山水游记，常常出奇句佳语，别开生面。读后如临其境，如见其人。被当代人称为有郡以来文章第一人，享年64岁……"

杨养正为什么让人敬仰？为什么值得称颂？不仅只因他是当地一位清代大学者，更因为他的文章写得好。让我们来读一读他的文章——

在《晚烟词》中，他写道："俄尔，蓬蓬茸茸，幕幕漫漫。""执风而行，遇水而眠；依山而止，随地而摊。"一个"茸"字，一个"行"字，一个"摊"字，写尽了晚烟的柔媚水态。在《纪雾》中他写道："白雾卷地而来，恍如高悬琉璃，平铺香篆也。"把雾比作琉璃从高处倾泻下来，又似香烛的烟在地上写着篆字，多么形象生动啊。在《龙门叠翠记》中他记道："夫环州之山秀于西，西山之秀聚于笔架，笔架之秀聚于龙门。龙门者，以石显，以瀑奇，此叠翠所由名也。"全州的最美风景全部聚在笔架山下龙门，龙门的最佳处是它的石它的瀑。在《重修清凉山寺碑记》中，有："其上石嶙嶙，鸟嘤嘤，色色花不种而生，松不植而被；云气出没，烟霞吞吐，脱然有尘外意。"……

这些句子，无一不摄该景观之神韵，无一不抓住此名胜之精华，且语不雕词未琢，句句皆是大实话，文风自成一格，语势独具风采。更让人敬重的是他写的大都是当地的自然风光或人文景观，无一篇是为当时的权贵们粉饰的卑骨奴颜，借助修志的机会为自家扬名，或从中捞一笔的自轻自贱。他文中流淌出来的一身正气风骨更让我辈后人看重。这是他的文章能留下来的原因，也是《保安州志》至今让人参阅的原因。杨养正，这个有骨气的人与这本志书一起百世流芳。

杨养正不大写诗，独喜赋文。在州志中，就有他撰写的《文昌阁序》《桑干河》《塔山记》《书清凉寺碑阴》《龙门十奇赋》等十一篇赋文。篇篇都写景记观，这些山水风光的赋文，至今都成了后辈忆想故地曾经有过的非凡风韵的唯一文字，方明白杨老先生之所以下力记下这些赋文的用意。不然的话，我们怎么能知道当年许多创建的兴盛？怎能知道文昌阁的由来？怎能知道龙门之秀奇？真得好好感念这位有心的先人为后人做出的奉献了。

从前，涿鹿有个杨养正，值得后人言说。尽管现代人忙着丰富物质，不大翻阅前人的文章，以后一旦需要前人精神来支撑后人的道德信仰时，无论什么人翻开《保安州志》，杨养正这个先人的名字的光焰都将会灼热人的心志，陶冶人的不安灵魂。

从前，涿鹿有个杨养正让我们敬重。今后，不知道还会有什么人值得更后来的人记写。

——发表于县报

听过季老一堂课

那一年，绿萝紫藤在鲁迅文学院花廊的碎格顶上一串串一嘟嘟垂挂倒悬着，那一茬花草尽情地绽放；大团葱翠与玫红在廊柱上缠绕依偎，又是一群城里人对自然的吟哦赞赏；小小花圃里五色花杂陈着五色缤纷，给这一处逼窄的文学殿堂涂抹上一片亮丽颜色。

作为这届文学研修班的一个不起眼的学生，我每天早早抢先坐在第一排，认真地聆听，一课不落地记录学院为我们请的每一个大学教授、著名作家、京剧演员们的演讲。课上用好几大本笔记本塞满了中国文学与世界文学的历史与现状，课下跑遍了首都的名胜景观，从中国历史博物馆的赭黑色木石青铜器具中穿过，心海里无比伤逝圆明园的破败残损，辽远苍茫的孔庙大成殿的狰狞黑松枯朽了岁月，在郭沫若故居感怀那份博大精深的宁静，进徐悲鸿纪念馆被移山愚公的镐头击中灵魂。

这一切都如潮水一样滑落着褪去，唯其中几个人物片段礁石般在心的江海高高矗立。作家毕淑敏走下讲台拥抱那位拄着拐杖的伤残学员，大校韩静霆讲完了《孙武》，下台来弯腰把书赠给了那位坐轮椅的瘦弱女生。最是到北大听季羡林老先生的那堂课，成为这次进修的一个特写镜头久久难以忘记。

那一日是怎样走近未名湖曲折岸畔，如何绕过林立楼群找到东方文化楼，远远瞻仰蔡元培的青铜半身像，走近了细瞧挂着标牌的稀有树木，嫉羡校院骑车匆匆行走的学子，为能踏进这座学府激动。然而，所有的过程都记忆模糊了，唯有八十多高龄面容清癯的季老先生的一番话却清晰地铭刻到今：“要当一个作家首先要做到三点：背诵古诗文40篇，学好英语，随便翻翻。”

季老解释，随便翻翻，就是见了有字的东西，不论书籍报刊都不要放过，有时间要细读，没时间起码要翻一翻，知道个大概。就是这随便翻翻，越琢磨越觉得真个内蕴深厚，意味涵盖古今。是“读万卷书”“广读博览”“厚积薄发”是“孙康映雪看书”“苏秦锥刺股奋读”“孙敬头悬梁苦读”“儿宽锄地带经”“王充四处找书看”“刘宴7岁当上正字官”……

经常在图书馆里翻书的人，是满腹经纶的学者；在公交车上背书的人，是学校里的优秀生。上小学三年级就读名著的孩子，未来必定是知识渊博的人；读书破万卷的人，是内心充实完满世事洞明的智者；见了书就走不动的人，一定知进退、懂荣辱、断善恶、明礼义；工余时间读书的打工仔，必将成为明日的经营管理者；进城买书的泥腿子农民，必然是乡村里的富翁或能人；肯花钱买书的母亲，家里一定有一个考上高等学府的孩子……

见了书就随便翻翻的人，绝对没有时间闲得无聊，也从来不夸夸其谈，很少在街上晃悠，更不出入舞厅酒店。这种人温文尔雅，不会污言秽语，也不男盗女娼。这种人胸怀大志，大多是社会的栋梁，至少也是对社会对他人有意义的人。这种人不是莘莘学子，就是研究课题的专家，或者著书论文的作家。这种人上知天文，下晓地理，中兼融会琴棋书画，一肚子哲理学问，一张嘴就是故事，活一世人坚持高尚的操守，在社会上当领导有品位，回了家做父亲有情趣。

古往今来，好读书是所有伟人名人的共同之处。爱迪生9岁读《自然科学大观》，马寅初12岁离家外出求学，居里夫人在学校听课总是坐在第一排，塞万提斯拾街上的烂纸读，周恩来13岁通读《汉书》，邓小平什么书都读，刘少奇读书万卷，毛泽东更是博览群书……

回想起来，一些人至今一事无成，皆因书读得太少，更没有透读过《史记》《论语》《水经注》，不知道《汉书》《道德经》。书读得少，修养不够，目光短浅，心浮气躁，心志左顾右盼，追求朝秦暮楚，终于虚度了年华。

季老是个收藏大家，收藏书画，收藏知识，收藏美好的品性，收藏成功之道。到晚年，他拱手把自己悄悄铸炼了八九十年的人生成功秘诀告诉了后人。

活一天学一天，活到八十岁也没学完。没有知识的军队是愚蠢的军队，不学习的人是愚蠢的人，而愚蠢的人会活得十分潦倒艰难。一个国家一个民族愚蠢的人多了，这个国家与民族就要落后，就要挨打。学，然后知不足。于是，像季老这样的大家，在人生最后的时光里，也要手不释卷地阅读。

开卷有益，即使做不到三点，那么就让我们用剩余的时光多背些先人的诗文，让我们看到书就随手翻翻。尽量多把先人的思想结晶装进自己的芯片，一点点砌垒起担当世事的知识基础，一步步靠近大师冀盼的优秀品性。

走出绿树掩映的北大已经十来个春秋，而在北大听季老那一席话，足够用一生咀嚼消受，把一生导向引领。

幸福的文成公主

一千多年来，各种各样的文学形式，从来就没有停止过对文成公主的讲述与颂扬。皆因为一个女子胜过千军万马，远嫁他乡的联姻让西域疆土安宁了许多年。这似乎是一幕人间悲剧，但是，从文成公主自己的角度看，这个联姻竟然是天下少有的最好的婚配。

大凡世间的好女子，无一人不想此生能嫁一个好丈夫。然而，绝大多数人都不能如愿以偿。因为，大多数男人都喜新厌旧、玩世不恭、浅薄无知。而早在1300年前的唐文成公主却实现了她的心愿。她远嫁吐蕃的松赞干布时是那么苦，多少宫墙里的女子都害怕这灾难降到自己头上。然而，她们谁也没有想到，松赞干布竟是个与唐太宗李世民齐名的英雄人物。松赞干布娶文成公主，并不是慕求美色，而是为了与当时取得了世界文明最高成就的大唐沟通融合，为了尽快向大唐学习交流，为了西域的繁荣昌盛。

吐蕃第三十二世的赞普弃宗赞普，即松赞干布，13岁即位，18岁遣使者到唐朝求婚，25岁娶文成公主。在他13岁遣使到唐之前，就骁勇多英略，平息叛乱，降服了孙波、羊同等国；稳定内部，巩固王权，迁都罗些，建立起统一的吐蕃国，有了繁荣的牧业和辽阔的疆土与强大的兵力，成为西方新出现的强盛国家。

此间，松赞干布懂得一个民族要想不断有所增益，就不能满足本族经济文化的贫乏状态，就必须主动积极地向先进国家学习。他早就向往大唐汉文化，多次派贵族子弟到长安和克什米尔学习诗书。其中吞米、桑布札学向李敬学了声韵学，回国后加以简化，造成36个字母，制成藏文字母的文法，创造出吐蕃文字。松赞干布带头试用，大力推广，渐渐发展成吐蕃文，也就是今天的藏文。

在与大唐的接触中，松赞干布被唐朝发达的经济与丰富的建筑、农桑、医药、丝织深深地吸引。他十分喜爱大唐的丝绸衣服与仪卫之类，恨不得把大唐所有的先进文化技术都学到手。他不满足派人去学习了，他想亲自去学，他也想国人都去学，尽快地发达进步，尽快地文明昌盛起来。但他是一国之主，身不由己。少数人学也有点远水不解近渴，有点知一斑而难窥全貌，最后，他就想出了娶唐公主的办法。他知道，凡君王家子女，都曾受到过高等的教育，具备一般人没有的学识与见地，并且，她会带来众多具备高素质的唐人工匠，大批的唐朝物质产品，这样不仅给自己找来一个日夜厮守的好老师，而且还挖来大唐经济文化的大块成就为己所学所用。

公元640年，年轻的松赞干布遣禄东赞为使，以黄金五千两及珍宝百件为聘礼，一次又一次地到大唐请许婚，唐太宗终于同意把自己养的宗室女文成公主嫁给吐蕃王。641年，唐太宗派江夏王李道宗护送文成公主往吐蕃，松赞干布自是早就等不及，亲自跑了百里路，到吐蕃最东界，即吐蕃与吐谷浑交界处迎接。

果然，文成公主带来了丰厚的嫁妆。其中有释迦佛像、金玉书橱、经典360卷、卜筮经典300种、史书、营造与工技著作60种、治404种病的医方100种、诊断法5种、医疗器械6种、医学论4种及其他各种书籍多种，当然还有金鞍玉马、金玉饰物、狮子凤凰树木宝器等花纹的锦缎垫帔、绸帛衣服及各种日常必须用品，外加通达这些书籍的文人，制造这些物品的工匠、待女、宦官共计5000人作为陪嫁一并前来。这一切，都是文成公主日常生活须臾离不了的所需所用，这其中不否认有唐太宗的炫耀和展示，更有文成公主的爱好与贴己之物。但是，毋庸置疑的是，这是一次大规模的多种形式的汉文化的输入，这空前未有过的大搬迁，给吐蕃文化增加了一笔丰富的养料，对原始状态的吐蕃人的生活方式是一个大冲击，这是松赞干布想要的。

25岁的松赞干布穿着美丽花纹的丝织衣服，仪表堂堂地亲迎长途跋涉上万里的文成公主。他知道，举世无双的唐太宗不会把一个娇气浅薄的女子送到吐蕃丢大唐国的颜面，他一定会挑一个最出色的，多才多艺的，知书达理的公主来给大唐增辉添彩。他知道肯舍弃家乡，远嫁荒凉边陲，以一己的牺牲联络两国关系的公主，也一定是个不可多得的、有远见的、不同凡响的女子。这两个从未见过面的有远大志向的年轻人早就心心相印。一到吐蕃地面，文成公主见吐蕃人以赭涂面，便恶之，松赞干布立即下令禁止这种风俗。文成公主是个虔诚的佛教徒，一路上用车载着释迦佛像，松赞干布又立即为她建造汉式宫室与佛寺。可见松赞干布不只是个英明的君主，骁勇的战将，更是个善解人意的好丈夫。更重要的是他明白文成公主的生活习性比吐蕃文明进步，文成公主带来的儒雅的礼节是他所追慕已久的。就是在现在生活中，也有不少男人一定要强求妻子入乡随俗，不论这个俗有多落后。所以，后人认为文成公主嫁给杰出的松赞干布，就成了世间少有的幸福女人。

自文成公主与大量的汉人与汉文化入藏后，使本来疆土广大、兵力强盛的吐蕃，发生了一次精神境界上的大变革。汉民族的礼仪，改变了他们的粗暴、猜疑的性格。文成公主遵照松赞干布的意愿，设国学，遣弟子们学《诗》《书》，开始文明教化。开辟阡陌，兴修水利，制度量衡，设立碾磨、烧陶、造酒、推行历算和医药，使吐蕃的文明进程大大向前推进了一步，最终成为西域最强大、最有声色的国家。文成公主不仅得到了一个好丈夫，而且所学的知识得到了充分的展示，为人类社会的统一安宁做出了不小的贡献，活出了一份价值人生。

一个了不起的文成公主的所作所为，让吐蕃人认识了高踞世界文明之巅的大唐，越发敬服大唐，臣服大唐。自贞观十五年文成公主入藏，唐蕃关系就奠定了良好的基础。以至到了后来的宋朝，吐蕃仍然年年向大宋进贡，以求继续和好。元朝开始在藏设郡县，明朝藏官到京授职。辽阔的西藏，自觉成了大唐的一部分。

因为文成公主入藏，松赞干布建起了大昭寺，有了今天的布达拉宫；因为文成公主入藏，西域开始归顺大唐，成为中国的疆土。不远嫁吐蕃，文成公主可能会在深宫内默默一生，不远嫁松赞干布，文成公主不会在历史上留名千古。虽然文成公主入藏九年后，松赞干布就英年早逝，但是他们短暂的婚姻，却最具绚丽的色彩，让后人们一说再说，一唱再唱。不嫁松赞干布，世上就不知道有过文成公主这个出色的女子；不娶文成公主，世上也就不知道松赞干布是个多么了不起的英雄。与这样优秀的人物生活一天，也是文成公主的幸福。松赞干布是41个吐蕃赞普中最杰出的赞普，他统治的时期是吐蕃最强盛、最开放、最有名气的时期。

松赞干布是与唐太宗齐名的不朽人物，离乡背井远嫁他乡的文成公主此生足矣。

还有一批清纯的男人

在建筑高峰的夏秋季节，一出门，环视四面都可见建楼的脚手架，可见乡下来的一群瘦骨少肉的当小工的人弯着腰，无语地敲打着。于是，我明白，他们是这个人世上绝大多数清纯的好男人，他们凭着卖力气挣钱养家。他们的人最质朴，他们的心最无欲，他们的情最真挚，他们的钱也最干净。

每天上下班，都会看到他们有的正在默默地筛沙子，有的正在吃力地推一车拌好的灰泥，有的正在屋顶上编结钢筋，个个晒得油黑光亮，人人瘦得皮包骨头。他们大都静静地做着活，无人讲话，也无人东张西望。偶尔抬头看一看路上走过的花枝招展的城里女人或大腹便便的有钱男人，就又低下头去干活。他们知道，自己和那些人虽是同一时代，却不是一个层次。他们之间有相当远的距离，或许这辈子也赶不上。他们心里明白，自己福小命薄，所以生在贫穷的乡下，自己小时不好好念书，断了自己的前程，也就不该有非分之想。

不论此生穷富，他们不少人也都娶了妻，生了子，肩头挑起了养家糊口的责任，有了一个奔头。家中的妻子等着他们挣钱回去，他们的孩子等着钱读书。他们没有福利，没有人白给他们一分钱，却有各种各样的开销等着他们去应酬。比如年年增长的红白喜事份子钱，就是一项最大的人情债，甚至人们连换房搬家都要请客收礼。地里传统的庄稼和老果树几乎要他们倒贴本钱，籽种、化肥都很贵，加上浇一亩地的水电费能花去半个月的打工收入。为此，他们不想种田，又必须想法挣钱，又没有手艺，只好给人家当小工，卖苦力。他们是最底层的苦力，上面有大工、工长、工头，必须叫他们干啥就干啥，没有半点说话的权利。

早晨，他们大批地从乡下骑车赶到城里工地上，县城就是他们心中的深圳、北京。他们在城里找到一份小工的活，把几个月的农闲时间都用在和泥搬砖的劳动中，一身泥一身汗地用劳动换取那几百块钱的报酬。而曾几何时，他们中有人拼死拼活做了一年活却拿不到一分钱，一年白干，他们也只得认了，一切从头再来。

中午，有两个小时的吃饭和午休时间，不是工头体恤他们，而是城里人要休息，不让打扰。他们吃了自带的干粮，或在地摊上吃两个馒头或一碗面，就找个屋檐或树荫里睡上一觉。两点，他们得准时爬到好几层高的楼顶上继续干下去。夏日酷暑，天再热，日头再毒，街上无一人行走，他们仍然得在日头下干活，他们中的许多人干脆就光着脊梁，让汗水顺着腿往下流。因为夏日酷暑恰是建筑的最佳时光，工地上夜以继日地赶进度，没有人心疼他们。他们得把砖垒成墙，把钢筋扭结成梁，把水泥浇铸成地板与屋顶。而此时，他们想到自家女人正在家中做可口的饭菜，或在地里辛苦劳作，孩子正在学校里做作业，他们就干劲倍增。有家里人在等着他们，有老婆孩子在盼着他们，他们就有用不完的劲。

这些人一夏天在城里做活，一砖一灰地认真砌垒着城里人要住的面积越来越宽敞、欲望越来越大的豪华居室。他们从不上一趟街，从不进商场去花钱购物。城里那么多高楼大厦都是他们这样的人盖起来的，他们看着那相当于他们五六间房的大单元，心里觉得很不平等，可是他们从不表示。他们最大的愿望就是做了活能拿到钱，好让妻子和孩子生活得好一些，能拿着钱去买他们心爱的必要的东西。那时，他觉得他是最幸福的人。因为，他能用自己的劳动养活一家人，他能用自己劳动挣来的钱换回妻子的笑容就足够了，他们的期望很少，要求也很低。好在近年来他们的报酬渐渐增多，日薪过了百。

如今，他们是世上难得的一批清纯的好男人，每每看到他们无语劳作的身影，便对他们产生诸多的怜悯与敬重。因为他们是真正凭身受苦养家糊口的人，是最直接创造了历史的人，是盖楼建房的人，是栽花植树的人，是掏河挖渠的人，是春种夏收的人……

每天，这些男人早早从乡下进城来，晚上又骑车赶回村里去。在有钱人吃喝享乐时，他们还在路上，他们每天就是赶路劳动，劳动赶路。我为世上还有这样的男人，还有这样一群纯洁的人，而心情宽慰了许多，亮堂了许多。

沾花带露过半生

真羡慕文友韩杰走了那么多地方，他是真正做到行万里路读万卷书了。

他一边潇洒地走，一边简洁地写，人沾花带露，写出的诗文照样篇篇鸟语花香。前几年出了一本散文集《奔腾的桑干河》，今年一下出了两本散文、诗歌与小品文集。一本名《一路花香》，另一本名《花香满径》，都离不开花香。足见韩杰是个心地如花草一样纯净通透的性情中人，不管他人如何评价，只管自在地走自在地写，精力与心魂都赋予山水间，诗文留在身后纸上。

如果一个人全部心事徜徉在旅游观光中，一门心思地留恋花芬草芳，那么这个人就有了花草的品性，甘于落寞地孤独地盛开绽放，悄悄地枯萎凋谢。同时也证实这个人有了隐者的风范，厌烦了人间的尔虞我诈，远远地逃离俗世滚滚红尘喧嚣。韩杰的诗文透露出了这种许多人都有过的情愫，许多人都有过的出世心绪。可是，别人都做不到真正地从实际中与世俗远远隔绝，韩杰做到了。

他到过不少地方，行程五千千米。到过湖北、贵州、山西、安徽、江苏，走进神农架、内蒙古野孤岭、四川巴东、穿越过西陵峡。前半生几乎大半时间在山谷幽涧里行走。尤其可贵的是，退伍后在宣化工程机械厂工作，一有空就背上旅行包外出，背包都用烂了四个。张家口本土境内的风景名胜他逛了个遍。去爬宣化东最高的凤凰山，攀宣化南黄羊山、黄花山、青边口、烟囱山，赤城大海陀、黑龙山、锁阳关，崇礼翠云山、三条梁、长城岭、芹菜沟、喜鹊梁，蔚县的飞狐峪、石门峪、西甸子梁空中草原、小五台山，下花园鸡鸣山，张北的安固里淖，沽源的五花草甸，涿鹿南山……仅崇礼他就去了七次。去年一年他外出了36次。几十年间，把张家口四区十三县的山岭沟壑都看过踏遍。

在他身边，凝聚了一群旅友，从过去的步行骑车，到现在包车，多至七八个人，少至一两个人，兴趣相同，爱好一样，一逢假日就相互招呼往外跑。这群喜山爱水的人，不坐在桌前搓麻将、发牢骚、骂社会，也不进酒店下饭馆去麻醉神志萎靡精神，而是大踏步地去爬山过梁，呼吸清新的空气，滋养山一样壮硕水一样奔腾的身体，培植花一样优雅草一样顽强的品行。他们观光、拍摄、写作、寻石，用照片与文字记录下自己的心灵感受，速描下一处处景致。人们可以拿他的书当旅游指南，许多地方去不了，没有时间去，那读一读韩杰的书，就有一种生动丰富的感知如临其境了。

韩杰在军队服役时就开始写诗，他的诗写部队的生活小景，每一首都似一幅画一样生动。他写道："一场小雨，小草挂满透明的铃铛。""我潜伏，一群蜜蜂飞到我的头上。""云中那块翡翠，昂首看头晕，鹰飞断双翅，狼攀落河心，那就是我们的军营。"他写部队小得只能种一棵菜的菜地，写悬崖边的篮球场，写罐头盒里的野菊花，这些诗发表在《解放军文艺》上。退伍后他开始写小品文与散文，他写他到过的地方风物，写他的感悟，一篇篇发表在《河北日报》《北京文学》《思维与智慧》《演讲与口才》与《读者》上。

在山水花草间浸泡得久了，有了花草的慎独与美艳。他与妻子都是企业工人，工资不高，却花大笔钱旅游。居住条件简陋，却花巨资给女儿买钢琴，把女儿培养成钢琴人才，毕业于北京师范学院钢琴系，现就职于一私立学校，教钢琴。他家生活清贫，却花钱自费出书。韩杰追求的是精神境界的无限富有啊。

韩杰的诗文如他人一样，质朴、简洁、明快，不耍心眼，不讲技巧，有话就说，说完就搁笔，不咬文嚼字，不故弄玄虚，不玩深沉。他的文章短小精致，却能发人深省，谈到了人生哲理，涉及灵魂的塑造。比如，他的文章标题为：《青草也是一片阳光》《把简单的工作干得不简单》《我是一株会行走的野草》《过日子就是过心情》《美丽的花儿静静的开》《看开了就是天堂》，仅这些题目就让人心灵震动。他说："小事中有智慧。""心宽境自阔。"在他的记写中，有过世前不忘赠给他红花石蒜的老奶奶，有小得看不见种子却开一大簇的瓜叶菊，有惜福的山中僧人，有孤独地在山中养羊的小夫妻，有送了一程又一程的质朴的山里老人，有让他开心的小乌龟，有神秘的山中采金人，有在垃圾堆上种花的人……

当然，他的文中说得更多的是花的各种形状，花的品性。他认识那么多种花，并知道它们的食用及药用价值。张家口境内拥有的特色野花、黄花、山蔷薇、紫菀、芍药、荆花、金莲、百里香、八宝景天、雪山点地梅、翠雀、野罂粟、天仙子等无以计算得清，还有高寒区少有的天目琼花、雪绒花。金莲花降压安神、天目琼花消肿散结。张家口特产的白蘑菇、虎皮香蘑，最大的一个半斤，他们每次都要采上十多斤。还有米榛子、野果金樱子、泉潭油瓮子……都是他们的最爱。

他在山水间游，通过游认识天地自然，感悟人生，以小见大地写景说情。妻子在家中唱歌跳舞，别有一种风采。他还养花、藏石、藏书、摄影，两人过着陶渊明式的田园生活。除了在部队插秧时得了腿静脉血栓外，现在身体很棒。夫妻二人活得自在、充实、有趣、健康，十分幸福、满足。

——发表于2010年第1期《散文风》

又一朵花的枯萎与凋落

——悼念文友唐世华

虽然同住一个小小县城，因为她在城东我在城西，平时很少见面，所以便不知道她早就得了很严重的病，又一再耽搁着没去医治。尽管有许多的苦闷与烦恼，她也不该那么悲观厌世，不珍惜自己的生命。既然是读了许多书的文人，就该明白人生本来就是苦海，八分艰难二分遂愿，从来如此，永远如此，没有人能超越苦难，也没有人能躲得过烦愁。唯有自我救赎，超脱红尘且跳出烦愁；唯有期望值放低再放低，做到与人与事皆无求无欲不求回报，也许会活得惬意一些。

唐世华是我县小小说写得最好的人，作品上过《小小说选刊》等许多报刊，多篇作品获奖，在张家口也是小有名气的。曾经打算条件好了出一本《唐世华小小说作品集》，至今这个愿望未曾实现。近年来，我们知天命之年的人共同被老人生病、儿子成家、带孙子辈等枝枝蔓蔓缠绕着，不能平心静气地抽出时间来读书写作。心想她在一切安定下来后，走过这段艰辛路，能推开庸常世俗的杂事，继续拿起笔来，写下自己的人生体悟。谁知她竟被疾患击倒，一病未起，在医院里住了几个月，就那么仓促地走了。

她去了，就像树林中又枯萎了一株树，花园里又凋谢了一种花，人生路上又少了一个能谈话的知音，交响乐团又少了一个乐手。随着老辈人与同辈人开始悄悄一一离世，越发感到人世间的孤独与寂寞，色彩的苍灰与黯淡，行路时的无伴单调。虽然身边仍有不少人，但是能知心的很少，相互扶持的不多，连家人也不能做心灵伴侣。

心事细致缜密是世华的优点，心中的苦痛藏得很深，不与朋友倾诉，同时也成了她的致命弱点，这些天长日久就会积蓄成了病，对身心都没有好处。世华知恩图报，对曾经帮助过她的每个人都牢记在心，想方设法地报答。亲切地与同事相处，与文友们和蔼交往，知道她的人都记得她的随和与微笑。朋友同学知道她从小身体不好，都劝她多外出活动，可是她就是爱小猫一样窝在沙发里，一边织毛衣一边构思小说。她有那么多要织的毛衣，常常拆拆织织。因为不爱动，连自行车也没有学会，动则步行，所以也懒得外出，这样同时加重了疾病程度。加上为了节省钱给儿子买房，有了病也不愿治疗，一拖再拖。大家认为即使这样，她还是能病病歪歪地活着，多写几篇小小说，可是她突然就流星般划过了天空，化成了尘埃。

世华是个好人，好妻子，好母亲，好祖母，把儿子和孙子都培养成了方正规矩的人。同时仅凭夫妻两人的工资，勤俭节约过日子，从不打麻将，更没有其他恶习，不枉花一分钱。自己穿得很普通，却省下钱来给自己和儿子购买了楼房，还与丈夫把公公从乡下接到城里赡养起来，她的钱都花在了紧要处。

世华的离世，对我来说身边少了一个知我慰我的人，县文学事业少了一个造诣深厚的作家，街道上的花花木木也会惊心下泪。因为她平时是那么多愁善感，那么多的深刻体验，作文必关注普通人的甜酸苦辣，把他们的所思所想写成美妙精短的小说或散文。街上的老柳树、窗台上飞来的野鸽子、守边的军人、护林的老人都是她的写作对象。她已经把小小说写得炉火纯青，最是那结尾处的突然一转，照亮了整篇文章。只可惜看孙子让她搁笔好几年，少出许多好的小小说。以后，鹿野大地上少了一个运用小小说形式抒写身边芸芸众生的世态炎凉，关心人们灵魂中的悲苦辛酸，讴歌赞颂那些造福了人类的一花一树、一禽一鸟的有情人。

街市上熙熙攘攘，人世间每天都有人在生生死死变化着，诸多人去了，天地不会有什么缺失。做事作文的世华去了，真善美的事物缺失了一位纤弱的歌者，伤痕累累的人类灵魂塑造事业又倒塌一大块砖石。所以，对她有价的半百岁月，我有这么多话想说；然而，对一个过早枯萎凋落的生命，我又无言以对。

但愿她的家人能帮她实现她的唯一愿望，哪怕是一本打印的书也好，因为那是她留在人世上的一片心灵辉光。

——发表于县报

佳　话

佳话是某人临危不惧斗歹徒，张扬出的崇高和正气；佳话是某海外游子给故乡建设捐巨资，留下的千古美谈；佳话是某领导拒腐蚀永不沾，写下的一段清白历史；佳话是某下乡干部和村民同吃同住改变贫困面貌，百姓口碑颂赞的心语；佳话是某人在紧急关头舍己救人，闪现的高贵品德；佳话是一段感天动地的亲情至爱，让许多人泪流满面；佳话是给灾区人民送去的雪中煤炭，诠释出祖国二字的终极意义……

佳话是人类社会需要的美好人与事，是一些人对另一些人的救助，帮扶和关爱；是从人类心灵中流溢出来的真、善、美，是人类精神中升华出来的优秀品格与纯粹人性；是平凡生命在日常生活中的一次不平凡的表现；是高尚灵魂在寻常日子里的一次金光闪烁。

佳话是一个地方或一个特定时空里涌现出来的感动人心的挚情，是让当代人和后代人辈辈传颂的民间真事，是给许多人道德迷途上亮出的醒目坐标，是给许多人精神三岔路口竖立的指向箭头。

佳话是推动历史前进的一个号令，是美化人类灵魂境界的一次洗礼，是铸造钢铁意志的一次冶炼，是滚滚红尘迷雾中的一缕铿锵正气，是道德滑坡时刮来的一股高扬的文明新风，是精神文明大厦砌上的又一块砖石，是民族走向强盛修出的又一寸光明大道。

一次佳话，有时胜过一次会议的倡导，数次号召的意义；一次佳话，有时优于一沓上行下效的文件，一张空泛无味的报纸；一次佳话，能照亮一群人迷失了的信仰；一次佳话，能促进一项事业的加速进展。

归根结底，佳话是人类生活中等待的那种引领，是人们梦中企盼的那种解救，是人们活着为了的那种吉宁，是社会进步离不了的那种善良，是千秋万代人共同寻觅的那种幸福……

社会需要一个又一个佳话的修葺，人心需要一次又一次佳话的塑造。

——发表于2000年4月27日《张家口晚报》

一缕人间正气

读本县金虎、宇航、木然、文月、老汉，即涿中张金虎、教委牛宇航、农机局刘宝明、政府办刘存根、公安局王墨洋五人合著的《山水间》一书，不仅为五人乐山在水的圣贤志向而钦佩，而且更为他们边走边写的青年才气而感动。

原来，他们个个都是志在高远的大鹏，心向大自然的行者。他们一有空闲时光就呼朋唤友外出登山涉水，远则几千里，近则不出县境。攀山越岭，风餐露宿，只为观览似画江山，放飞胸中郁结，吸纳天地精华，喷吐人世浊气。知道他们一样有许多的烦愁别绪，一样有若干苦闷忧郁，需要去散发，去抛弃。

他们常常黎明时分即起，到桑干河桥北集合，沿河堤一直往西或往东，徒步行走攀越三四十里，到一个大山深处的村庄驻足，找一户山里人家烧一壶开水泡面或茶，与他们聊一会农事，然后在树上拴上绳床美美地睡上一觉，歇足了再沿来路往回返。下次再去另一个地方，几年间把故乡山水踏遍。遇上烧水的人家有了困难，还要解囊多少捐助一些款项，大有骑士侠客风范。

他们一边走一边把见到的风土人情用文或诗写下来。他们读古人书读得太多，他们渴慕做李白、杜甫、陶渊明、屈原，都喜欢过读万卷书行万里路的日子，喜欢唐诗宋词的五七言绝句，喜欢诗言志，喜欢到南山下赏菊饮酒品茶论道。他们互相倾慕，但是又各有不同。有的诗风婉约，有的文品明快，有的格调沉郁，有的内容诙谐，却都蕴含着一缕人间正气，散发着一种忧国忧民的情愫。

让我们来读一读他们的诗作。金虎的诗沉郁，列举两首。《清浊》：“岷江大渡两相隔，清是清来浊是浊。乐山脚下融一处，清清浊浊难再得。”《月夜饮茶山中》：“塞外茫茫风凛凛，山道弯弯雪纷纷。玉盘蒸云篝火劲，黑壶煮水雀舌清。友朋举杯唱野趣，笔架闻香倾笑容。鸟啼泉鸣谷更幽，别有真意万千重。”文月的诗狂放，如《九寨沟》：“九寨仙境细雨中，一览足以慰生平。山似出浴新嫁女，水如神话蓝精灵。”《生态破坏》：“青山剥皮露白骨，长河抽血枯丰肌；田野树去地剃头，工矿烟生天垂须。”宇航的诗旷达，如《极乐春早》：“桑干波堤染翠微，极乐寺前柳依依。老僧三年徒面壁，却知春早燕北归。”《花神醉卧》：“春入杏林身留恋，忘情迷醉花丛间。倚枝嗅香别入梦，除却尘累当神仙。”老汉的诗诙谐，如《峨眉观猴》：“一阵雨后一阵云，峨眉山上闹得凶。山神有点搞不清，人看猴呢猴戏人？”《搭腿》：“前生修得一张嘴，因善搭给两条腿。不料嘴里无人话，来世多搭两条腿。”读了痛快淋漓。木然的诗唯美如画，《登南岳》：“衡山行道难，弯多坡陡险。大雾似悬乳，细雨如毛纤。不分天和地，松姿时隐现……”《晚行曲》：“铁杖，黑壶，冷月，秋叶尽，千山寂寥，唯五子星步疾。”每一首诗都似一幅画。

人在现代繁华闹市，心回尧舜淳朴古时。然而无论怎样向往与追寻，那种人与兽相安无害，百花开，百鸟翔，凤凰来朝，麒麟在苑的美好一去不返，连麻雀都快要难以见到了。所以，诗人们伤感没有生在五千年前，五子伤情不能与花鸟互偎，就是跑到很远的山中，也找不到儿时的林木青翠了。少数人的富有发展，不可避免地要用破坏地球资源环境来做代价，用一部分人的人性党性甚至生命做代价，这份挖心般的伤痛不只是他们五个人的，而是中华民族共同的悲哀。

在写古体诗同时，他们五人也写现代诗、小说、散文、游记，老汉（王墨洋）的小说寓意深刻，更似寓言故事。用夹着尾巴的狗与哭老鼠的猫的生态变异，用收购废话公司来描写国家机关的人浮于事，吐出有正义感的人们对种种违反天道的反常现象的愤怒，读了让人忍俊不禁的同时又禁不住悲观失望。文月（刘宝明）的游记短小明快，大有陶渊明的《桃花源记》的风骨。每到一处都有写，时间、地点、人物、事件交代得清清楚楚，读了如临其境，仿佛跟着他们一起去观览了一遍。知悟了许多原来不知悟的人情世事，比如不少的深山里已没有了人家，大多山地都还林，人们搬迁到山下居住；不少山村只有一两户人家还在坚守着那份清贫与隔世。然而，一边是国家拨款植树，一边还有人在大胆把刚长起来的小树砍伐掉做烧柴。所以，山野丘陵一片片仍然少皮没毛。

憎恨环境破坏，拒绝世风日下，厌恶腐败堕落，逃离灯红酒绿，一心向往清山秀水、诗情画意的空间，追忆纯净质朴的人心，正直善良的世态，是这本书的主题，也是所有有良心的炎黄子孙心中的那个理想国。只要有这样的人在为民族担忧，还有这样的人在慷慨悲歌，还有许多人在坚守优良传统，华夏古国就不会失去那份令世人敬重的绚彩。

五个人似五个游侠行者，五个行走在《山水间》的士子，行走在梦想的诗画天地里。

——发表于县报

无声绽放的山花

人世上，大凡成功的人，不论是什么行业什么岗位，他们都有一个共同的特点，就是吃苦耐劳、埋头肯干、诚实做人，努力做事。有的人努力的时间越长，取得的成效越大；有的人虽然参加工作时间不长，由于肯干，也已经显现出了不同于众的成绩。县交通局的通讯员田洲，就是这样一个范例，他无论做人还是做事，都踏实肯干、默默奉献、任劳任怨、谦恭好学、诚实待人，保持着一个农民的质朴本色。

从他 1993 年被聘请到县交通局做通讯员至今，十几年里他不只埋头写了无数的内部材料、总结、报告、新闻，在业余时间还抽空写文学作品，至今共在《中国公路》《中国交通报》《中国道路运输》《河北交通报》《张家口日报》等十多家报刊发表文学作品三十多篇，其中《村里的最后一头毛驴》《父亲的独轮车》《牵挂·成长》分别获第三届河北省散文名作二等奖、中国公路网第一届网络文学大赛二等奖与优秀奖、征文二等奖等多项奖。

他发表的这些文学作品，大都是在工作之余挤时间加班写出来的。他常常为了单位内部材料写作到深夜，节假日也要加班加点，凡领导们要的文字材料从不误点。即使很疲惫，他还要写一些散文，抒发他对故地的热爱，描写家乡的巨大变化，歌赞那些勤劳的智慧的乡亲们，揭示他们生活的甜酸苦辣。

田洲的散文之所以能发表与获奖，在于他会抓素材，发掘别人司空见惯却不以为然的人与事。比如，他的《村子里的最后一头毛驴》就是一篇独具慧眼的作品。随着社会的进步，历史的前行，牛车马车这些畜力车早已淘汰，他的故乡涿鹿县温泉屯一带的人们，先是骑嘉陵车下地，后来买上三轮车，现在不少年轻人又开始买汽车。村里的大牲畜渐渐没了踪影，而那头唯一的毛驴显得那么独特。

毛驴的主人仲山，是村里的一个能人。当年父母去世早，丢下他们哥六个，到大包干时还是六条光棍。分田到户时，村里人都怕政策变，不敢包地，仲山第一个出面包了八亩粮地，改种上葡萄，同时他还把一个下乡的姓陈的农业技术员请到自己家住，让人家天天给他讲葡萄种植，第四年他的葡萄地亩产八千斤，成为全乡第一个万元户。他给大哥找了个寡妇，先后给兄弟都盖上新房，买上新家具，全部成了家。到分出最小的弟弟时，只剩下半亩葡萄地和那头小毛驴给自己，他就又用这头小毛驴拉着车，开始挖石头，拉土与柴草填沟，开荒垦田，几年后他又有了五亩地，年收入又上了万。村里有个疯女人，家里看不起病，放出话来说谁给看病就把她给谁。仲山把疯女人接到自己家，一口一口地喂饭喂水，经过一年的护理调养，疯女人竟然好了，能给仲山做饭了，夫妻十分恩爱。到此时，别人家都买上了三轮车，仲山还赶着他的驴车，但是他的葡萄质量最好，客商们都抢着要。再后来，仲山也买上了三轮车，但是他还养着那村里唯一的一头小毛驴，那头驴为他立下了汗马功劳，他要给它养老送终，许多人要买他都不卖。

这就是这篇文章的成功之处，用一个不同寻常的人与一头小毛驴的故事，写尽了农村的发展史。从文章的生动细腻，可以看出田洲文学素养的厚重，他深知文学与社会题材的关系的重要，他关注身边每个人的命运轨迹，阐释人们的兴衰成败因由。

他的另一篇获奖作品《父亲的独轮车》，也同样用父亲与独轮车的难舍难分，展开了华北一带乡村农民与命运抗争的不屈不挠的画卷，十分感人。父亲分家时得到的只有一辆独轮车、一张饭桌，那张饭桌上因为雕着花，被文物贩子骗了去。由于生活的沉重，他的父亲每天推着独轮车讨生活，从来顾不上过问他的功课。合作社前，父亲与乡亲们推着独轮车，车上载着几套缸，一走就是半月二十天，到丰宁、怀柔一带，用缸去换粮食。或者推着独轮车去卖煤，推着独轮车去用稻米换粗粮……独轮车是父亲手臂的延长，是身体的一部分，他用独轮车推走了贫穷，推来了幸福，推出了四个儿女家的四辆三轮车，三辆高档摩托车与一辆面包车。这又是一个典型的父亲形象，坚韧、刚强、吃苦耐劳。从父亲的身上，可以看出田洲的优秀人品，无不来源于他父亲潜移默化的影响和塑造。到田洲自己也做了父亲时，他的家族共有的勤勤恳恳与兢兢业业，加上他从不在大众面前露面的妻子的贤惠、持家有方，都是他女儿的好榜样，女儿同他一样聪明好学、质朴无华，从小就十分懂事，是不用大人操心的好孩子、好学生，不讲吃比穿，不贪玩，在初中就获得奖学金，现在考上了大学。

一个人的性格深受父母的影响，特别是一直在父母身边生活的人，是父母的言行塑造了这个人。母亲的为人，是他做人做事的又一个懿范。发表在《中国审计报》上的《鸡和鸡蛋》一文，写出了母亲把鸡屁股当银行年代的艰难与坚韧，还有当村妇联的大姐的自强自立，共同塑造了田洲吃苦耐劳的品德。贫寒的家庭出身，一伙不屈于命运的亲人，成就了他稳健谨慎、不怕苦难的性格，让他在每一个工作岗位上都能认真努力、出色出彩、稳得住、沉得下来，做出了成绩。

田洲的散文写故乡，写家人，写乡亲们，写交通战线的杰出人物，写与开道修路有关的好人。比如本乡东孤山村创造出葡萄储鲜方法的傅世荣，张家口公路养护处的女副处长刘大姐，带全村人修路的南山村党支部书记王英，外虎沟村葡萄土专家陈世贵……他用讲故事的形式娓娓道来。如发表在《张家口工运》上的《河的记忆》一文中写道：“邻村有个一条腿的‘王拐子’，也是个捞鱼能手。每当灌稻田时，水坝下游灌渠里的水就少了。王拐子选择一个地方，坐在渠沿边，手推网把一丈宽的大渠封了一半，网一起，鱼就被他甩上渠边的草地里。小孩子们都愿意看他捞鱼，帮他拾鱼，后来才知道，他上过抗美援朝战场，是个伤残军人。”

他写的河就是桑干河，早年间河里的水大，岸边村庄都种水稻，水里鱼也特别多，河边的村庄靠打捞鱼度过了三年大饥荒。正如他在《路边拾翠》中写的：“……先在上游垒一道石坎，然后从下游往上赶鱼，直到把鱼赶到很小一片范围时，再垒上一道石坎，用手抓住一个往岸上一扔。我的任务是用柳条把鱼串起来，到中午时已是两大串……”如今没了水没了水稻也没了鱼，他再也找不到那时的鱼的香味了。

由于家庭人缘好，个人人品好，田洲 1988 年被聘到乡里当了通讯员。期间，他不满于自己的学历，曾脱产到河北大学进修两年。到县交通局后，他又参加了中央党校经济管理专业的函授，取得了大学本科学历。他在学校读了许多书，上班后仍然抓紧时间读书，家中藏书上千本，一有钱就买书，一有空闲就读书，除了读大量的专业书刊，还读余秋雨的散文、池莉的小说、贾平凹著作……读书让他知识更厚重，品性更沉静，文章也写得更丰满，比同龄人成熟、智慧。因为心地善良，有头脑有见地，工作成效显著，为人诚实肯干，领导们都看好他，五年前借调到市京化高速路管理处做文字工作，去年又被借调到市交通局做文字材料工作。

田洲的成功经历，又一次诠释了读书才能成才，肯干才会成功的至理。

——发表于2012年4月11日《张家口日报》与同日《河北交通报》

昨日文明的守望者

由马宝玺、杨云、王建国、卢晓慧、张生海等人自发创建的涿鹿县南山民间文化组织“南山区历史文化研究会”已经运作多年了。他们为了守望这片土地上曾经有过的古老文明，守望在这里发生过的可歌可泣的昨天，这伙泥腿子出身的男子汉们跋山涉水，遍踏涿鹿南山赵家蓬区的山山水水。追寻着圣贤们的足迹，勘查寻找数千年前的始祖文化遗存，探访佛寺、道观与儒家的残碎片块，他们还把所感所历与独自的思考写成文章，自费出了刊物与专著。

没有人要求他们这样做，一切都是他们自觉自愿。是出于他们不曾泯灭的文心，出于他们对长久喜欢的文化事业的关注，出于他们心中缠绕着的三皇五帝情结，出于他们对家乡的一份挚爱。他们爱生于斯长于斯的故乡家园，这情结像他们那里的群山绵延起伏，像他们那里的绿色浓得化不开啊。

在他们眼里，一片残陶片，一块旧石器都是珍贵的历史。他们为斑驳的长城墙心痛，为倒塌的寺院悲伤，为远去的圣贤唱挽歌，为断裂的传统缝合。他们想有一所博物馆，放置他们珍爱的古老历史。他们不忍眼看着那些文物一天天地委地成泥，残碎成土。他们想让故乡尽快富裕，乡亲们幸福，想从文化事业上开辟一条途径。但是他们是常人，能做的就是自费踏访，自费出一本刊物，登自己呕心沥血写出的文章。许多人曾经笑他们，说他们不识时务，落伍。因为一切的努力都拦不住世事的变换，挡不住历史破旧立新的易移，改不了人们急功近利的破坏，挽救不了人们踩踏着传统奔富求财的愚昧。

怎能不让他们心痛啊！赵家蓬村北山上与黄帝城同期的先人寨寨墙，因为一批批当地村民滥刨瞎挖寻找宝物，正在一日日倒塌崩坏、滑坡成沙，厚厚的文化积淀层严重损伤，不少的古陶器石器片块流失。独一无二的不能再造的古迹，即将在无知的后人手里失去古老的面貌，破坏殆尽……等到明白了它存在的价值时，早又所剩无多，一片唏嘘。为什么现代人只注重于没有蕴含的人造景观，而忽视珍贵的历史遗存呢？他们为此捶胸顿足。

他们悲伤，他们奔走，甚至到了忘却肩上担着养家糊口的重任的地步。因为他们是读过许多书的农村文人，只有文人才明白，古老的中华文化才是华夏民族的无价瑰宝，是立于世界之林的雄厚资本，是令世人仰慕的先进文化。现代物质再丰富，也永远比不上文化遗产的价值。拥有文化遗产的地方，是令世人风尘仆仆前来汇聚瞻仰的地方。一如大城市的名人故居，永远放射着五彩的光芒；一如北京的古建筑，吸引着全世界的目光；一如孔子，是全世界推崇的伟大人物，列为世界文化名人之首，他的故乡曲阜，属于全世界。

他们跑了多少路，大家看不见，他们出的刊物记载着他们的辛苦，散发出大量的南山古老文化信息。在这本刊物里，他们不止写文物古迹，也写南山社火、医疗、戏曲、寺庙的起源与发展，算得上是一本南山志。从他们的文章中，读者知道南山区的古迹5处，古战场3处，古长城5条，庙宇、道观、寺院、庵所54处，石碑51通，石刻18处，石屋8处，古洞穴15个，古树61378棵，还有古民居、古戏台、古砖窑、古栈道……大型古人类活动遗址年代在四千五百年以上，庙宇、道观等也都是秦汉时所建，古崖居洞穴为史前人所修。而这些珍贵的文明遗存，正在露天地里风剥雨蚀着，长城墙上涂满了人们乱七八糟的留言，古民居一处处减少，古戏台一座座消失，古壁画一点点浅淡下去。

通过这本刊物，我们得知南山区值得探究的古人类活动遗址，首推天桥山与先人寨，古城梁与古洞穴。天桥山又名宝峰山，方圆三百里，是南山山脉的总称。东汉时在上面建有宝峰寺，有天桥、石门、原始森林、冰川遗渍、积石群。尤为奇特的是工程浩大的巨石院落，原始人舂米的石臼，盛水的石缸，以及天桥山上众多的民间传说，比如有羽化成仙的道士，法力无边的僧人，神秘难觅的棺材与宝剑，金马驹与双头黄瓜等故事。

据南北朝梁武帝时建的瑞云庵碑文记载："天桥出三峰，五祖之高流，一大山川，皆为先贤之祖业，东灵西台，宝峰居中，高岗瑞云，木塔、凋河自此来。"天桥山有三座高峰，曾有五帝之一在此最高峰上居住，所以上面有先人的祖业遗址。文化研究会人一致认为，此位高祖即轩辕黄帝，天桥山巨石院是他的坟冢，当地人称埋帝坑梁。巨石院落由五六百斤的大石块砌垒而成，墙体高达两米五，院落附近的巨石上有人工凿出的一排收集山水的大石缸，缸深阔各两米，缸上方有集水槽，缸口有半块圆形石盖，历代后人都在此盖庙建寺，宝峰寺即为其中之一。

宝峰寺与少林寺齐名，建于同一时期。瑞云庵碑记载，"南有少林，北有宝峰"，即在公元501年时就有了宝峰寺。该寺名气很大，面积600多亩。建寺时下面就有历代盖房的地基三层，不同的文化遗存厚达两米，出土过石镐。辽金时太子耶律光曾召见宝峰寺方丈，赐其紫天佐与提点印。到了天庆年间，方丈患病，天祚帝耶律延喜多次派御医、相国到寺院问候。足见宝峰寺在那时的地位之高。

先人寨又称堡子廓乱，位于赵家蓬村北山坡上，东西长60米，南北宽25

米，面积1500平方米。东、西、南三面寨墙还在，墙基阔2.5米，顶部1米。文化研究会人员曾在此处捡到过陶片、石铲、石球等，他们认为是距今6000年前的人类活动工具。同时在上疃古城梁、水磨东梁、城子岭西梁上都曾出土过蚌镰残片、夹砂红陶、夹砂灰陶及陶豆、陶甑、盆、罐、石纺轮等文物。寨墙上嵌着不少蚌壳，证实那时人们以打鱼为生。

古崖居洞穴在河东村至李家堡之间的悬崖峭壁上，每隔几百米有一处，每座洞穴两室相通，有门窗。每洞穴深5—7米，高2.5米，阔2.3米左右，洞隐藏在山岩后，在山下看不见洞口。

他们还把南山红色历史作为研究的重要部分，同时关注卫生事业的繁荣兴旺，也写了只存在一年的文工团，写了让人心痛的正在消失的“绕火”“转灯”等年节社火活动……

研究会吸引了南山一大帮热爱文化事业的中老年农人，他们用刨土的老茧手著文章，来共同发掘整理南山区遗失的历史，如王孝珠写的《南山区医疗卫生近现代简述》，杨进新的《南山区幸福公社文工团考证》，白全有的《古装戏行当浅谈》，刘义军著的连家沟村史《水源木本》等，都是既详尽又通顺的好文章。这本刊物荟萃了南山区的文化历史，细致地描绘出南山的古文化遗存，让读者更全面地认知，确切的体味涿鹿南山老区文化历史的厚重与悠久，是涿鹿炎黄文化的重要补充与延展。

涿鹿的南山文化不只属于南山人，它是古老的涿鹿不可分割的一部分，是中华文明的一角，它的深厚文化遗存，更证实了这片古土曾经拥有过的悠久历史与辉煌文明。古迹保存的好坏，都是一代代南山人留给后人的一份共同的文化遗产，所以，研究会一伙人才会忘我地抢救挖掘先人的遗存。他们只管做，自费跋山涉水去探访，自费写作校对拍照出刊物，没有想太多得失利害。

他们为圣贤继绝学，为后人整理已掀过去的历史，搜罗传统文化中的文明精华，弘扬善于创造发明的民族精神，赞颂圣贤智者们敬天爱地、天人合一的高贵道德品性，而这代人做的事，无论好与坏，自有后代人去称颂或褒贬。所以，他们的行为感动了区委，区委没钱给他们，但是他们什么时候要车外出采风都行，于是，他们有了办公室、会议室，出了一本又一本内部刊物。

因为守望古老的文化遗址遗迹，就是守望铸造炎黄后人心灵的华夏文明史，而有这么高的文化视野，如此自觉的文化行为的一伙人，竟都是土生土长在涿鹿南山老区的中年泥腿子农民啊。

桥山公德路

第五辑

故乡的山水

雪天里的清凉寺

官厅湖与它的河流

官厅湖是新中国成立后修建的第一座大型水库。水面面积235平方千米，库容量22.7亿立方米，是北京颐和园的567倍，从南岸走到北岸约60里。

官厅湖水的来源主要是从山西奔腾而来的桑干河，从张家口一路南下的洋河，从蔚县一味北上的壶流河下游岔道河，及南方的黄帝泉流溢的涿水等一条条无名河。这些河流在每年秋冬季节的农闲时不再浇灌田园稼禾，就欢呼雀跃着向官厅湖奔来。

河流汇入官厅湖，就从此失去了自己。河水变成了湖水，从湖里再出来时又成了永定河。可是它为什么还是那么愿意千里万里地奔来，来此汇集成一片壮观的蔚蓝？无须多言，因为这里地势最低，容量最大。只有来此，才能齐心合力养育金色鲤鱼，才能浮起数百条渔船和快艇，才能共同滋润出两岸那一派层林和花丛，才能再次携手奔向卢沟河，去做那遥远的观览。

而官厅湖也因为接纳了这一条条大大小小的河水，才有了一望无垠的蔚蓝秀美，有了碧波万顷的风光，有了湖的称谓。有了“塞外明珠”的美称，有了毛泽东、周恩来、刘少奇、朱德、邓小平的到来，有了一代文豪郭沫若“官厅水库鱼三尺，夹岸湖山两岸清”的赞颂诗句。

一路喧嚣急驰的河水，现在都静静地依偎在湖的博大胸怀里，一下都变得妩媚温柔、不吵不闹了。只有到了这里，才明白世上原来有这么多水，那些原本的自大自得、骄纵、目空一切，此时都成为羞愧，成为自责。不到湖中来，以为只有自己最了不起，到了湖中，才知自己十分的渺小，才知道自己原本不过是万千条河流中最不起眼的一条，是大江大河中最无名的一条。

自从有了官厅湖，就再也没有桑干秋涨，没有洪水泛滥。官厅湖自身造福于民，还带领这许许多多河一起走向全新的生存之道。官厅湖因为接纳了一条条有名的、无名的、宽的、窄的、大的、小的河流而博大辽阔，河流们因为一路跃过坎坷曲折、冲破重重阻隔，奔向官厅而得到永生。上善若水，水的曲流回旋之美是第一等的品性。

自从有了官厅湖，河就一往情深地奔泻而去。是官厅湖重写了河流的历史，改变了河流的秉性，让河流变得多情，变得优雅，变得美丽。并肩合作的河流一起柔媚了官厅湖，柔媚了这片土地。

官厅湖与它的支支叉叉的河流，在证实着一个古老的哲理——水往低处流。

低处的关爱、接纳、欢迎和拥抱，低处的博大精深，是河流们共同的乐园，是河流们最后的梦想。

——发表于2000年6月10日《河北税务报》

金阁山庄

被一个有影响的道人选中修行的地方，就一定是有气势的山林，这种山林大多都在层层山腹包裹着的僻静深幽的山野里，必定是山抱水环的风水宝地。赤城县的金阁山庄，就是这样一处古老的道家文化圣地遗址。

金阁山庄是金代道家总领、大宗师丘处机修炼与传道处。到了明万历年间，还保存有宏伟的灵真观，由丘处机四传弟子、闻名四方的大道长祁自成主持。他在这里招贤纳士，传播道家思想，俨然是北方道教的发祥地。如今，这里还完整保存着丘处机的道观和圣像。

丘处机，金代道教全真教七真之一，字密通，号长春子，登州栖霞人。19岁时，在宁海拜王重阳为师而出家为全真。王重阳逝世后，他潜修于龙门山，形成龙门派。成吉思汗召见于雪山，尊为神仙，赐其“大宗师”爵位，总领道教。丘的弟子李志常著有《长春真人西游记》，对此记载甚详。丘死后，元世祖忽必烈赠其“长春演道主教真人”封号，世号长春真人。著有《摄生消息论》《大丹直指》等。北京白云观有其遗骨埋葬处。如此的一个人物在这里留下的遗迹，不能不说是这里的一大奇观，曾给这里抹上了一道重重的色彩。

这里也不例外地成了满目废墟，辉煌的道家成就已被厚厚的历史尘埃覆盖，丘处机也只能生动在金庸的武侠小说里了。几座雕有精美花纹的巨大石柱础在那里守望着，几座残缺的泥塑神像藏在一个临时搭建的席棚里。还有的就是那层层高上去的宽大石阶，以及正在昂着头翘盼着什么的巨大石龟。

金阁山庄，又一处文化的埋葬地，一切华美的毛发和肌肤都已消逝，唯有石头的骨骼遗留着。想当初，这里的建筑多么的精致，瞧那直径约一米的石柱础上的花纹，那厚厚的残砖碎瓦堆中栩栩如生的青龙雕刻，那青龙大睁着眼睛，似乎一直活着，随时准备腾空而去……

道观内还有一道人主持，主要从事抽签算命。从道观内出来，老道说，观后山里约二里处有两个山洞，是大道长修炼处，人进入洞中就会感到有气贯穿全身，顿觉神轻气爽，百病皆无。山外村庄的人们每隔几日就进洞一次，从不生病，十分神奇。可惜游人们大多因为半日的攀缘而不能找到洞口，便半途而废，很少有人感受过洞的神异之处。

往山洞的路，是山洞两旁壁立的岩石，岩石缝里生着密密丛林，岩石上有前人凿出的只能放一只脚的石磴，洞底被遮天掩日的山树缠绕。两旁林林的怪岩上，一层层覆盖着绿的黄的黑的点点美丽苔藓的尸体。

拥抱山庄的山岩，有山的高昂山的雄伟。人要扬了头才望得见山的顶峰。山庄里的天被山与林挤压得只剩下一条蓝色，连山的嶙峋山的壁立都被茸茂的植被涂抹着，被苍郁的松柏掩映着。山庄庙院的废址上，仍然存活着参天的古柏老松，与道观同期的老树，还在举着蓬勃的苍翠，孤独地憧憬着、期待着。废墟与老树相依相伴，在距离县城 80 多里的深山老林里守着赤城曾经有过的古老道家思想，有过的一页灿烂文化……

山林的幽深，山庄的僻静，山路的奇险，处处都表现着道家的神秘色彩，抒写着古代思想家们与人无争的离世与淡远。

金阁山庄，尽管又是一次匆匆的过往，却再次体验到拯救世人灵魂的一支思想流派被后人蓄意破坏的伤怆，听到道家的声声叹息。尽管人们对道家有偏见，但是儒、释、道三家，仍然是华夏文化历史上的厚厚积淀，是古老文明与文化发展的必要铺垫过程。

故园到处都有这种被屠戮过的古老文明残骸，并且仍然在继续破碎着、坍塌着。这种坍塌有意识地毁坏中国传统中对佛与神的信仰，同时也无意识地毁坏了普通老百姓心灵中的信仰圣殿与精神上的支柱。直到如今，在因为缺乏教育没有多少科学知识的国人的精神大厦上重建文明，便显得十分的艰难。

从金阁山庄出来，回归到现代文明与物质丰富的喧嚣声浪中，心灵中那份刚刚构建起来的宁静与淡远，再次被经济大潮冲击得七零八落。深深体验到古老的文明与现代生存正在做着激烈的搏斗，后者则往往会成为胜方。

听说金阁山庄的复兴，是赤城宣传部主动请缨的一个开发项目，大门口两棵造形别致的树门，就是宣传部一个有文化见识的副部长设计的。至今，赤城宣传部一伙人还在为山庄的复兴四处奔波。不禁为赤城人的全社会动手共建叫好，把那些政府无暇顾及的开发项目分割给社会各部门来进行，发挥集体的智慧能量，是如今市场经济时代的一个十分正确的决策。这样许多的待开发的项目就能同时进行，加快建设速度。赤城人的思想大解放，将会带来各项社会事业的一次大的飞跃，这是到金阁山庄的一个最大的收获。

——发表于 1999 年 3 月 27 日《张家口日报》

永远的风景

三峰独秀的笔架山，算得上是涿鹿县境内的一处最佳风景了。早年间就有“笔架彩霞”的美誉，是涿鹿八大景之一，历代文人墨客都曾写诗赞美其玲珑与柔媚。

从我住的地方看，笔架山三峰并举，高耸在众山之上，其秀其灵，真是他山莫比啊！何况在冬季里，太阳恰在其后落下，壮丽的晚霞像燃烧的火焰，此时它金光耀边，更像一顶辉煌的王冠。在没有名字没有个性的连绵群山中，独显神性和仙秀。我一直以为，不论哪个角度看，笔架山都会如此的坚挺雄拔，如此秀美出众。

然而，有一天我从另一个方向乘车归来，忽然想起西边的笔架秀峰，想看看在此时此刻此地，它是什么模样、什么形态。啊，它三峰交错，互遮互挡，只看见两峰的侧面，像两把立起的菜刀，另一峰则完全看不见。再往前，它又改变了形状，越发地像一座普通的蓝山了。

我明白了，当有人在极力地赞美笔架山时，有人却不知道笔架山在哪里，是一座什么样的山。或许就是笔架山前后左右的村庄里的人，对于笔架山的称谓就各不同。换了一个角度，拉开一点视线，变了一下距离，一座山就已是另一种形状，就失去了原来的秀美原来的锋利，变得很一般、很普通、很寻常。而人们总会站在各自的角度看一座山，站在各自的方位评说一座山。所以，对于一个人一件事，人们也会有许多的说法及观点了。于是，也就有了缤纷的文字，万千的书史著述了，也就有了对立和争执，有了辩论与反诘。

世上的万事万物，都有其两面性多面性，都有其美的一面也有其丑的一面，甚至美的背后就是丑，优的同时也就是劣，多的一面就是少，增加即是减少，成功就是失败，优点即缺点，诞生就是死亡，创造等于毁灭……只是站的角度不同，看的方位不同，取的态度不同，发言者的观点不同罢了。

然而，美的终究是美的。

对于笔架山，首先因为它一面的秀美引起关注，然后才有了这么多的话语，有了关于它的远近、前后、左右不同角度的阐释和褒贬，这大概就是木秀于林，风必摧之的因由吧。

但是，每天一打开窗，笔架山必独特秀美地展现在我眼前，它以无可比拟的特色风光吸引着我们的注目，它以唯一的风水宝地护佑着这片原野上的山水稼禾人家，让人们拥爱大自然，感谢大自然，赞美大自然。让涿鹿县的人们喜爱自己这方故土，苦恋这块家园。

我们不得不叹其造化神工，全然忘了它的另一种角度的丑陋状貌。我固执地认为，只要有这一面的大美永恒着，就足够让这一方人享用上辈辈代代了，还有必要苛求它奉献得更多，要求它没有缺憾吗？对于非要找出它背后的瑕疵的人，只要他们不怕暴露出他们狭隘和可笑的一面，他们的没有气度和不容于人，就让他们举着显微镜在那里花工夫找吧，即使找出来一大堆，我们也不会去理会。

笔架山，永远是那方土地上不可多得的风景，永远是那方人心中最爱最恋的秀峰，别的无名的山都不能代替。

——发表于2000年5月8日《张家口日报》

那一个鲜亮的日子

和所有的日子一样，1997年4月9日，涿鹿县桥山下的温泉屯里虎沟村人，又开始了重复千百年的一模一样的平平常常的日子。

勤劳的人们的屋顶上，冒出缕缕淡灰色的炊烟，给身后高耸入云的巍峨桥山增添了缭绕的白色雾岚。牛出圈，羊出栏，高高的沟崖畔有了生机点点。

那崖头沟底百年的老葡萄树，又立起了林林的支架。初春的山上，小草儿还浅浅短短，树也刚泛绿了枝条，遮不住疙疙瘩瘩的黄土的丘壑和屋舍的墙垣。这一切，在大山的映衬下，显得那么老旧，苍灰得如一幅古山居图。而阳光却融融地灿烂地拥抱了整个山村，家家杂乱的小院洋溢着柔柔绵绵的春光。

就在这么一个静静的日子里，安谧的村巷里忽然热闹了起来。

人们在互相探听，好几辆小车已停在了巷中。车上下来的人，都穿着明黄坎肩，戴着明黄遮阳帽，其中一人手中擎着标志旗，旗上写着“1997年台湾地区各界祭祖访问团”。

有人说这是从台湾来祭祖的同胞，刚从陕西黄陵转来这里的黄帝大冢。他们一脸的虔诚，一腔的热望，要看一眼这有五千年文明史的黄帝故乡，拜一拜这里最早的祖先墓冢，与大片的炎黄文化遗址遗迹。

走在黄陵脚下的村庄里散发着马粪味的老街上，这些游子已经禁不住泪花盈盈了。

从街巷到山中，是一条宽不够三尺的千年古道，环绕在半山腰，曲折蜿蜒，随山势起伏，顺山脚隐现。数里长的盘山路是对祭拜者意志的考验。

平时，很少有人进山，虽然那里有炎黄祖宗的坟冢，可是现如今又有几人去关心是谁创造了民族的基业呢？又有谁在乎是什么人奠定了五千年文明的基石呢？山民们拥来，紧紧地围绕在台胞们左右，崭新地感到始祖五千年未泯的伟大神力，体验到民族精神对人类心灵的滋养，感到一种新鲜的、不同寻常的情愫阵阵袭来。

古老的祭黄帝碑，在桥山下大冢北一片平坦的山地上，碑下是自古就有的轿马地，为古代皇家来人祭奠时停轿马的地方。人们在这里停下来，台胞们刚一看到这块碑，就再也抑制不住感情，不少人的泪水悄悄流了下来——这就是掩埋我们伟大始祖轩辕黄帝的地方吗？这就是伟大始祖生活了几十年，创建了古老文明的地方吗？这就是华夏子孙繁衍孕育的地方吗？这就是自己最本真的根吗？

从轿马地再往上走，那里的山上就有轩辕黄帝的第一座陵墓，陵墓的确切位置已无人说得清。据当地史志载，大约600年前的一次毁灭性地震，摇倒了黄帝祠、帝尧、帝舜庙，焚毁了蓊蓊郁郁的苍松翠柏。但是那里如今还有庙址，有无数断瓦残砖，有古城遗址、古墓、盛水的大石臼，有柏木镶帮的老井。当地人称那里的地叫“祀上”或“大祀”。从夏到北魏的皇帝都到这里祭祖，一直延续了四千年，到这一带被石敬瑭拱手送给契丹，成为北狄才中断，并开始荒芜破败。

沿了小路往南，有小路通黄帝城，间20里。

台胞们停留在祭黄帝碑前，焚香朝上叩拜，口中念念有词地诉说着他们真诚的心愿——为自己寻找到又一块精神的家园，为心灵有了又一处倾诉的土地，为能在自己的老祖宗前，默默地倾诉一个背井离乡的游子的万万千千心语，多少欢欣与悲苦一齐涌上胸口……

有人情不自禁地高声朗读起心头冒出的歌诗，不由人地手舞足蹈起来，让山下跟上来的山民们目瞪口呆。他们怎么也不明白，这些已经是爷爷奶奶辈的老年人们，何以如此的动情？何以在这么多人面前毫不掩饰？是啊，这些一生都不曾走出过他们生长的小山村的人，永远也无法理解离乡别土的滋味，那是一种怎样的人生！永远不能。所以，他们也就没有对故土对祖宗的如此感人的眷恋之举了。

这些年过花甲的老人们孩子般的真情挚感，让这片古老的沉寂的土地不平静起来。游动的明黄色给这方偏僻寂静的人们那重复庸常的日子涂上了一层亮色，留下了一个新鲜的话题，留下了深深的思考。

不是这样么，瞧那些当地的老山民，不由得挺直了弯曲了半生的脊梁，那些本无所追求的年轻人，也多了几分爱国情怀与民族忧患，原本狭隘的心胸顿觉阔大起来。他们暗暗地想，这窄窄曲曲的古道应再宽展平坦些，让下一批归根祭祖的同胞走着更安全平稳些。

台湾来的老人们走了，可是这不平常的一日，却永远留在了始祖陵地旁，在同样是炎黄子孙的山民们心中化成一个鲜亮的突兀的记忆。

——发表于1997年第5期《乡音》，并获该杂志华龙杯二等奖

路灯，弯过去

随着那条漆黑的12.3千米长的下广线柏油路铺油工程竣工，2000年9月28日，300多盏流线形孤弦状优美路灯也站立起来，每隔50米一盏的红色罩盖的雪白路灯放射的辉光，沿着涿鹿县城西2.5公里的环城路南方向北分别延伸过去。

延伸着一个拥有五千年文明历史的古城崭新的形象，延伸着一个个古老传说滋润着的土地上的当今时代标志，延伸着这群炎黄后裔正在创建着这方圣土的职责行为，延伸着这届县委政府的远见卓识。

环城路，拓开了县城旧时的阻囿，也拓宽了涿鹿人曾经有过的狭隘心地，拓宽了曾经有过的三天不见黄羊山就掉泪的浓得化不开的桑梓情愫，拓宽了外人打不进来的千年故步自封的短见浅识。

路边灯，照亮了公路，也照亮了城区，让那片日新月异的繁荣展示在过往行人与车辆的视野里，让那挨挨挤挤的门脸店铺一排排闪烁，让那五彩缤纷的商号匾额一幅幅地来一次特写。这一日日在增多的堆堆积积的路边经济，蕴含着多少人勤劳致富的故事，这一天天在阔开的县城的狭窄街市里，包容着多少家庭步步登高的欣喜。

路灯，沿着环城路弯过去，弯过去。弯过去，从来没有过的敞亮；弯过去，从来没有过的亮丽；弯过去，从来没有过的温柔心绪；弯过去，来自内蒙古、山西、陕西、北京的火龙般的车队，向南向北交错进行着鸣奏，鸣奏着日交通量上万的轰轰隆隆的公路交响曲……

走过这一条有灯的路，走过这片灯照亮的旅程，走过这片辉煌的夜，人们对涿鹿城又有了一种新的尊重，有了一种新的敬意，有了一种新的向往，有了一种

新的评语了吗？走过这条有灯的路，走过这条雪亮如白昼的土地，人们对这方人又有了一种新的认知，有了一种新的诠释，有了一种新的关爱，有了一种新的理解了吗？

仅仅是几盏路灯，仅仅是一段有灯的路，仅仅是一片照亮了的柏油路，就与从前不同，与往昔不同，就让人们从中读出什么力量也挡不住的变化，就让人品出从来没有过的20世纪浓重的文明时代气息。

路灯弯过去。这一弯，让人久久地久久地深思，让人不知之后的风景还有多美，不知那变化还会有多大，不知那未来的前景还有多么不可限量。

走在这条有灯的路上，就有按捺不住的欣悦涌上心头，就有许许多多的诗句冒出来。路灯，在一个大城市算不了什么，可是这是在偏僻的小县城，这是在曾经一度衰微过了的五千年文明史的古老沉寂的炎黄故地上发生的新事，这是在华夏民族龙钟铁黑的老树上开出的一朵朵更新花蕾啊！

走在这闪光的路灯下，在这红、黄、蓝、绿的灯箱广告下，这涿鹿古城新枝上结出的一片片翠叶中，蕴含着一首又一首值得赞颂的心曲，让我这一支拙笔一时难以尽情描绘。

长长的路灯弯过去，弯过去，它们将继续生长，在北环，在南环，在东环，陆续开放出晶莹剔透的绚彩。

我坚信，文明强盛那一天很快就会到来。因为它们已不止一次出现在领导们的话语里。我坚信，那一天早已在县委政府领导们案头的台历上驻足。我坚信，以后的环境一定是簇拥在百花丛中，被一排排的杨、柳、槐、榆、桐树层层环围着的花粉树碧。

路灯，弯过去。让每一夜都似盛大的七色缤纷节日，每一盏灯绽放的辉光联结起童话世界般的璀璨，共同展示这里已经发生与正在发生着的崭新格局。

路灯，弯过去。带着过路人们对这日新月异的一方山水一方人的无限敬意。

——发表于2000年12月1日《张家口日报》，2000年11月29日《河北交通报》

岔道古关遗雄风

读不尽的故乡山水，采不完的古风古韵。在有五千年人文历史的古涿鹿，说不清有多少座千年前古人类居住过的城堡遗址。

老早就知道三条公路交叉处的涿鹿县岔道村是古协阳关，也知道那里的东山上有一座古堡遗址。古堡年代不详，但是北山上的古城却是与矾山黄帝城、保岱舜都同年代的上古文明遗址，那里的古陶器的残碎片块比黄帝城内还多，因为知道这座古城的人不多，所以很少有人光顾，古陶片块也就不被人捡拾了。一窝窝一层层一块块，静静地安睡着，或者被土地的主人们耕种时扔来扔去地扔成了陶器的碎渣，最后成为尘土。黄土堆垒的古城墙只留数米长斑驳秃裸的一小段了，成为一段不被人关注的古老人文历史的见证。

对于古协阳关，只有民间传说和史志上的一个名字记载，更多的就无人说得清了，更从来没有人把东山上那座古堡与古关连接起来思考过。村人说那古堡名寨山，是绿林好汉们打家劫舍的地方。我在写《三祖圣地涿鹿》一书时，虽然曾想去考证，但终因为没有多少资料可查，没处去寻觅研读一些必读的书，没有说清那座古寨与古协阳关的事，留下许多谜团和遗憾等后人澄清与纠正。

最近，我从县档案局借阅了全套的四本文言文《保安州志》，较细致地通读了一遍，当读到明朝大文学家徐渭的《宿岔道登城北高台值雪》一诗时，眼前一亮，方明白那古堡就是古协阳关城邑。徐渭这样写道："迢迢岔道枕重边，高阁登临倍黯然。百灶营烟明可数，双谯堞粉绕能圆。偶逢飞雪关山杳，渐近浮云帝里连。莫讶金汤坚若瓮，昆阳城小古来坚。"

之所以说那古堡就是古协阳关，一是因为那古堡废墟大门口处，至今还有一谯，而且那城邑的墙垣恰是圆形。二是因为那古堡比北山上的古城晚得多，那里的古陶器很少。再是古堡的建构与保岱城东及温泉屯、广恩屯那建在平地上的明代移民居住的方形古堡早，而与上葫芦、辉耀的建在山头上的圆堡在同一时期，更主要的是在岔道村的它处再找不到城邑的痕迹。所以，我顿悟，认为那正是古协阳关城邑了。但是，徐谓到时的古关已不称协阳关，而名美裕所，由兵部尚书白圭掌管，所以徐谓称其为城。

徐渭说岔道枕重边，是说岔道从战国时就是燕国与赵国的分界线，两千多年前的汉刘邦平王莽新军走的就是这条古道，并在道边留下了盛水的大石瓮。西晋时在关下建村，名岔道堡。四百多年前外出游历山水，寻找荆轲故地的青藤道士徐渭被雪拦住，在岔道住了几宿不清楚，但是他到了哪里都要应邀给人留诗，这首《宿岔道登城北高台值雪》的七言诗不知应谁之邀所做，但流传至今。说明岔道的地势险要，驻军连营，仅锅灶就上了百。而且那里山高谷深，道路隐现，光线昏暗，却防守得固若金汤，如河南昆阳城一样坚固。爱山恋水的徐谓在大雪天就一步一滑急切地登上城北古城的高台，放眼四顾，见黑压压群山聚集，长漫漫古道蜿蜒，肃森森兵阵连营，灰蒙蒙乌云罩顶，不由得声声感慨山川关隘的万千气象，叹谓守边兵士们的艰苦落寞。这首如诉如泣的诗，像一幅泼墨山水般描摹出当年岔道森严壁垒的气象。

只因一方独特的山水，方形成这历朝历代看重的首要位置，使这块土地有了不同于众的意义和价值，能让徐文长这样的大文学家驻足并写进诗文中，也因为是徐文长写的才能保存至今，并千秋传颂。真可谓人以文传，地以人传啊，有了独特的山水与独特的人，才会有一方水土的名世。如果仅靠饮食男女们每日只关注他们的吃喝穿戴，眼睛只看着盆里碗里的肉多肉少，心里只装着自己的得失悲欢，即使他们活一千年，脚下踩着美好的山水，再好的地方也永世不被人认知的。

如今，从北京出来的109国道依旧曲曲折折地经过这里，又弯向蔚县，一路向着山西大同、陕西、新疆而去。从这条路上分叉出来的张蔚公路，扩建后绕过了岔道村，从村西的崖脚上踏过，直达张家口和内蒙古，每日车流隆隆，日交通量上万。古老的岔道村被甩在了一边，日显冷清起来，崭新的宽阔的公路翻开山腹，也翻开了一页崭新的人文历史，让古协阳关当年的雄风不再。如果岔道人有眼光，就该紧紧咬住公路建设自己的家乡，再现当年满街是饭馆酒家的红火热闹景象，而不是一味地去埋怨时代的步伐太快。过去的辉煌是先人已逝的荣耀，今天的历史只能由当代人自己书写，而今天的记录也将成为历史的一页，任由更后来人诵读品评和猜测。

——发表于2000年12月2日《张家口日报》

古郡新街

古郡古，古在两千年前就名下洛。古在街心仍然站立着四百年前的斑驳的古楼文昌阁，古在民居四合院里乌瓦黑脊缝隙间苍劲的老草，古在窄的老街和街旁老字号的店铺，古在高耸的半段明代城墙，古在轩辕黄帝的一个个传说与大片的遗址，古在那本厚厚的《涿鹿县志》……

旧街窄细曲折。

从旧街老巷中走过，一如走过那从前的历史，走过那曾经的繁华，走过小北京的美誉，走过出口木炭和进贡稻米的荣耀岁月。

窄巷是初建时的宽敞，是郡县制适度的规模。

街的狭窄不能说明人心的狭窄，路的短小也不能证实人志的短小。曾几何时，这街巷就诞生过爱国仁人吕复，诞生过作家方白等忧国忧民的志士。

如今，流动着牛仔服、健美裤、披肩发的街巷显得拥挤了；房屋扩展、楼群林立、店铺增多的老街渐渐阻塞了；火红的、海蓝的、黑亮的摩托车穿梭不息的老街确实不适宜时代的要求了。社会的进步与发展，人口的猛增，要求它同时代的基础设施一起发展，不能因为祖传的狭小，就有理由阻碍了物质与精神的大幅度进展，羁绊住后人的视野和脚步。

尽管桑干河两岸的土地贵如金，尽管涿鹿城郊的肥田沃土率先种出两岸小富人家。然而，少数人的富庶不能代表一方人共同富庶，几亩地的高产不能让更多的人奔向小康。

推倒几座土屋茅舍就能盖起几百人住的大楼，减少几亩路边菜地就能让更多的商品迅速流动起来，涿鹿人一点点明白了这个道理，于是就有了建新街的繁荣，引来八方客商驻足；有了轩辕路的宽展，接回海内外游子来寻根问祖；有了桑干河新桥的飞虹，架起了公路的四通八达。

于是，金融街又轰隆隆地在旧街老园的胸膛上，划出一条闪光的大道。它是建新街的延续，轩辕路的分支，是古郡史册上既崭新又重彩的一笔。当地县委政府的领导人明白，基础建设与环境改造是一个地方经济实力的重要标志。他们忘不了那些万里归根的游子出人头地后，曾经对故乡苍老依旧的容颜叹喟感慨，忘不了海外客商和远乡侨胞因为古郡的闭塞落后而摇头远去，这一切都曾深深地影响着他们的责任与义务。区域要发展，地方要兴盛，首先就得让自身壮美起来，可爱起来，亮丽起来，大方起来，迷人起来。

于是，金融街又以全新的形象出现在古郡城西。在人们为各自生计忙忙碌碌时，在水泥搅拌机的隆隆声中，在打夯机的轧轧声中，又一条新街在大地上拓开了。

这宽阔的新街难道只是一条无语的街道吗？不，它是改革开放迈出的步伐，是一方人打开的一扇大门，是经济腾飞展开的羽翼。这铺出的难道只是一条水泥大道吗？不，它是这方人走向京津、走向全国、走向世界的新思路，是古郡新城人看明天、看未来的远大目光，是上台阶、上档次、学江阴、奔小康的一次冲刺。

这宽展明亮的新街，一头系着古老文明，一头连着灿烂远景。它把遥远的未知拉到眼前，将光明的希望握在手中，它以自身的宽阔再一次拓开古郡人封闭的心胸，以自身的敞亮，再一次打开涿鹿人的视野。

金融街建成的日子里，所有的古郡人从旧街老巷向这里涌来，走在这崭新的街上，走在这宽敞的路上，仿佛身在异乡般新奇。

夏夜，街灯绚烂，妩媚着人们精心打扮的漂亮脸庞；晚风习习，潇洒着时髦的流行服装。在新街刚刚建成的日子里，整个县城都在议论金融街，一座在古郡人心中竖起的丰碑。

走在新街上，没有了往日摩肩接踵的拥挤，没有了旧路上车人难行的焦躁，没有了纸片乱飞的脏乱，没有了脚踩垃圾的烦恼。

修好一条街，同时也修好一条人心的裂纹，修好一条文明的堤坝。没有人再好意思随地倒垃圾，干净了自家却肮脏了大家；没有人再肆意地让污水横流，让更多的人也与自己一同分享愚昧。

走在这条新街上，人不由会生出许多的赞美词句，人不由会对本届政府产生好感。当然，这条新街旁似乎还显得空旷，还该再添些什么，是健康向上的文化娱乐设施，是翠绿的林荫和缤纷的花朵，还是家属楼、办公楼？

这些正在悄悄地构建，瞧，在办公楼、宿舍楼、商品楼前，不是已有上百株龙爪槐吐翠，已有几十条花圃喷红了吗？拥有美丽的生存环境，早已是现代人的共识，也是建筑人的蓝图。

——发表于1997年12月江阴市《雪浪湖》

长长盘山路

盘山路是大山颈项上佩戴的项链，是村与村连接的纽袢。

盘山公路是人与车的传送带，它一头连着山里人的门槛，一头系着山外大城市的街巷。

路把山里人接到远远的山外，让他们抖掉头上的高粱花，肩上的烟灰，脚上的牛粪……

因为有了路，山里人挂在墙上的自行车摘下来了，街头有了花花绿绿的小卖部，有了牙膏、牙刷、卫生纸和彩色的书画。因为有了路，山里的妹子出山去当城里人的保姆，过上了城里人的日子；山里的后生出山去打工，第一次先跑到北京天安门前溜达溜达。

山外的商贩进了山，见啥爱啥。山里的核桃、杏仁、栗子、榛子和山楂，他们一个劲地往外运。山里的黄芩、天麻、兔皮、狗皮、狐皮、石头、树根一劲地往外拉……

盘山公路开通时，也开通了山里人的视野，山里人的胸襟，山里人的致富路。

蜂围路舞，蝶绕路飞，鸟为路唱。

盘山公路，是为开路人立的纪念碑，也是给修路人发的奖状。

——发表于1997年2月18日《中国交通报》

傍晚，去看那条有树的街

我住的涿鹿县城城街上唯有轩辕路与金融街那两条街让我惦记，让我心向往之，让我在夏日傍晚一遍遍地去那街上散步。因为那两条街上有树，有两排龙爪槐，两排垂柳。

槐树与柳树把宽阔的街路分隔成车行道与人行道，生活便有了一些秩序和安宁。傍晚，城里的人们都在饭后一家一对地出来乘凉。人们都自发地集中到这两条有树的街上来，这两条新建的有树的街成了全城人消夏时最好的去处。一则因为这两条路平坦宽展，二则因为这路上有浓密的成荫的树，那树每年要长很长的一段。到了晚秋，有人把那多出来的剪掉，比如那垂柳，要剪去一米多长。我曾看见那被理发般剪掉的一层柳丝，心中一阵痛。可是，翌年夏季，那柳就又长得垂了地。龙爪槐也年年要剪，我倒是希望别剪，或几年剪一次，让那树为整条街洒下绿色。

不知别人为什么来，而我主要是为了树而来。走在这树丛中，就有了一种温馨与安谧，有了一种宁静与平和，有了一种深远与悠思。是树蓬勃的绿遮掩了街两旁建筑的单调与苍灰，是树高低起伏的葱茏让街道有了层次，有了深度，有了神秘。建筑物们在树叶间只露着方的圆的尖的顶，露着蓝色红色白色的门脸，商家店铺们也在树荫后闪烁着它们霓虹的招牌，乘凉的人们在树中一闪而过，还有那卖冷饮的一张张小桌前的几把竹椅上那些悠闲的吃刨冰人，那卖烧烤和各式肉串的晚点桌边喝着啤酒吹牛的一群小青年们，此时都被树切割得飘飘忽忽，影影绰绰，连吵闹的声音也低得听不见。冬季里那一览无余的光秃赤裸，那路口的远山，那路边的方楼，那孤独的雕塑，那远处的家属房，在夏季的树荫里都藏了起来，不再张扬，不再丑陋，不再杂乱，不再苍白。

树让小城显得格外的宁静，格外的温和，格外的迷离。一切都有了一种含蓄的美，柔媚的美，深刻的美，这就是我之所以愿意在傍晚时分出来的因由。走在夜色迷蒙的树间，人影恍惚，不用跟熟人寒暄，不用为衣着费心，宽宽松松，或许就穿一件无袖背心一条短裤，趿拉着拖鞋，拿一把纸扇，无语地走过夏日的一个个凉意习习的傍晚，从无垠的苍茫中走出，再走进一种辽远的凄美中。没有烈日的暴烤与照晒，没有热风的直接吹面，人间呈一种母亲胸怀般的包容。所有的小处与细节都看不见，天地融合为一。灯光燃烧出的一个个温暖的光洞，延续着白昼的繁华和明亮，排排树林间那一团团翠绿，给夏夜漆黑的底色上添了片片碧色。

小城，因为有了这一条条有树的街而生动鲜活起来。如果没有这一排排树，小城将死气沉沉，酷暑难耐。小城因为有这一条条有树的街，多了许多的绚彩，许多的靓色。

一个地方的精神文明建设与人的素质高低，不是看盖了多少家属楼，那楼越多越让人心里不是滋味，那盖楼的私欲与大把赚钱的意图早已人所共知，那楼占去的街道广场与敞亮的空间，那为楼砍倒的一棵棵百年老树让人的心口久久在痛。尽管夏季盖楼的脚手架四处林立，尽管整夜都能听见搅拌机的轰鸣，心中只有一缕隐隐的幽怨，却没有一点诗意冒出来歌赞。只有这些让百姓共同享用的空间，和那福荫大众生活的花树，才能让人感到一丝心灵的慰藉，因为前者属于个人，后者属于大众。

傍晚，去看那条有树的街，一次又一次，一夏又一夏。关心树，为那被折断的花枝难过，为那渐渐被楼群挤窄了的空间难过。难过时，唯有树，唯有那一团团绿能够抚平心灵中被个人私欲侵吞掉的公共空间的深深创伤，唯有树能舒展心中的万千皱褶。

——发表于2001年8月10日《张家口日报》

盛开的世纪之花

说日新月异有点过，但是今年的涿鹿县城发生着巨大的变化，却是真的。

先是有了一座1.2万多平方米的大菜市场，接着又加宽了城西的环城公路，在路边安装了三百多盏路灯与灯箱广告。打通了通往南环城路的上千米长的建新街衣饰市场，硬化了北、东两条共3.585千米长的环城路。还有这座矗立在轩辕路和金融街交汇处的银光闪闪的十米高的不锈钢雕塑——由清华大学雕塑系设计的“世纪之花”，一起诉说着这里正在发生着的喜人变化。

半年时间，就办了这么多事。半年时间，就同时开工了这么多工程。涿鹿城，悄悄地改变着自己封闭着的自负的城容城貌。涿鹿人，悄悄地修饰着自己已经落后的简陋了的形象，正在一点点更加崭新起来、靓丽起来、绚美起来。

仿佛是一夜间出现了这些奇迹，仿佛是走在了别人的境地，连涿鹿人自己也惊讶了，这还是我们那个涿鹿城吗？是的，这还是涿鹿城。但这不再是那个小富即安的洋洋自得的涿鹿城了，不是那个满足现状不求大进的涿鹿城了，不再是那个目光狭窄得只看重脚下那块天赐的沃土的涿鹿城了。那个涿鹿城早已成为昔日的羞怯，早已成为昨天的遥远记忆。

今天的人们要想腾飞，就先要有腾飞的姿势，有一种腾飞的意识，有一种腾飞的环境。要让人的思想改变，就先要让人们认识到改变后的效果，让人们看到改变后的灿烂图景。盛开的“世纪之花”，这座高大的全新的晶莹的城市雕塑，这座从来没有过的雄伟建筑，这座从来没有过的高科技造型，当它在很短的时间内，就矗立在轩辕路与金融街交汇处的县城中心大转盘上的时候，涿鹿城就开始了一种崭新的科教兴县的历史时期，就翻开了一页五色缤纷的百业再举的时代。

盛开的“世纪之花”，那刚劲挺拔的三枝巨花，每枝花上有两个硕大的花瓣，花心里托举起的那一颗圆大的科技球，它的喻义有多少人能理解？能读懂？那劲挺扬举的是32万涿鹿人同时高擎的手臂，那合力托起的是32万人共有的一颗求好、求富、求安、求进的心。所有的涿鹿人能明白，那其中有自己的一份职责与义务，有自己的关爱与期望，有自己的志向和理想，那里边蕴含着每个人七色的憧憬啊！

高高矗立着的“世纪之花”啊，这从来没有过的气势，高擎着新一届领导班子为官一任造福一方的心志，高擎着新的县委政府真心要让涿鹿日新月异的蓝图，高擎着32万人民一年年的百折不挠的希冀。进步、富裕、昌盛、清政，是需要所有的人共同努力去创造的百年大计。

创业和政绩，不青睐豪言壮语，行动才是最好的诠释。成就和功勋，最忌讳夸夸其谈，事实是最好的履历。从有了这座雕塑之日起，涿鹿古征战地的炎黄后裔又迈出了一大步；从有了这座雕塑那天起，涿鹿古土上又洋溢着最新的时代氛围。积极进取吧！唯此才不会被快速发展的时代淘汰；赶快学习吧，唯此才不会被高度文明、高科技的21世纪唾弃。谁还在说着几年不变的陈词老调，谁还在当了和尚也不撞钟地得过且过，谁还想等待观望有人来指示安排，谁还不懂得自觉创造，就注定要落伍。

盛开的“世纪之花”，难道这仅仅是一座无言的金属雕塑吗？不，这是这方人高扬着的理想旗帜，这是这方人在迈进21世纪之前，精神物质两个文明双飞跃的誓言，这是这方人即将奏响的经济、政治、文化全方位协力发声的宏大交响曲的前奏。

一簇银光闪闪的纯洁的心灵花束，一双银光闪闪的众人划桨的巨手，从这方古土深处的厚重的文明根须上生长出来，带着炎黄始祖的千古嘱托，背着华夏子孙的永恒愿望，扇动着翅膀，向着无垠的苍穹振羽飞翔。

夜间的“世纪之花”，在绿、粉、黄三色灯光的辉映下更加耀目，是涿鹿城最美的一处夜景，也是这片土地上崭新的一幅图画，最深重的一片色彩，最具魅力的一种境界……

当走过盛开的“世纪之花”时，扬起头挺起胸来，不论是为官还是为民，都应该认清自己的坐标，站稳自己的位置，时时想着自己的职责，都应该着准自己人生的每一笔最美的色彩，走好人生的每一步！不然，雕塑再大再美也是没有任何意义的。

——发表于2002年第4期《河北文化》

骑车，去看四环路

听说修通了县城外的四环路，这路是怎样的崭新？怎样的宽展？路边的村镇又显现出怎样的零落与繁华？早就想去亲眼一观。

然而，每天大部分时间浸泡在事务与家务的琐碎里，总是抽不出一个闲暇的时间去看看这条新路。这条路便在脑海里一遍遍地勾画着、想象着，憧憬着它路面的开阔与树木的林荫，还有周边村庄那畦畦格格翠色的田园描绘的清新，那条条块块紫褐的土地散发的幽香。

想了好多天了，总也放不下。于是，便在一个双休日的周六上午，吃过了早饭，什么也不干了，所有的事情全部放下，所有的琐碎统统排开，用这一个上午的时间去看这城外东、南、西、北四方，用沥青水泥铺砌出的环城路。

独自骑自行车去看四环路，没有一点杂念，心里满满装着的都是对四环路的钟爱，记忆腾出大块空白准备给四环路录像，连电脑也把昨天那一篮子老话倒掉，等待采撷四环路的诗句，甚至自行车筐也没有一物，所有的一切都在为这次出行轻装。

终于上路了，穿过城西区车流如梭、路灯列仗的张蔚公路；穿过货物堆积商品流溢到路上的集市，穿过那两长行等活的蓝色四轮车、三轮车的队伍；穿过有三三两两农人躬耕着整理着的壤红埂细、菜蔬正密密茸茸鹅黄青葱的郊外田园，车速如心情一样畅快激动并轻悦。

前不久刚赞美过那弯弯的照亮城西区夜空的路灯，现在又要去看新近修好的四环路，家乡正在悄悄地发生着巨大的变化，这些变化就明明白白发生在自己身边，发生在每日走着的土地上，能不让口口声声说爱家乡爱祖国的人们从心里着实喜欢吗？

一过城外十字路口的大转盘，就踏上了要看的四环路的南门外的南环路，这条路原本多么低洼泥泞啊！一到夏秋季节，雨水灌入路中，泡酥了黄土路，车轮如搅拌机，上百遍地搅拌着一尺多深的黄土，泥浆四溅，路上没有能下脚的地方，都是一垄垄紫泥一沟沟浊水，车人们又把泥水带进城街，把城街踩得一塌糊涂。乡亲们在这条泥路上竟然走了几十年。每每走到这里，心里就堵得慌，为家乡的贫穷为故地的落后而羞惭。现在终于在泥浆上铺上了水泥沥青，终于走出了衰微与丑陋。还有路边明清两代修葺的干渠边那不知哪年哪代人栽植的老杨树，现在正在参天入云，那是保存时间最长的一片绿化树，也是城南一道诱人的好风景。

南环路好长，骑了好大一会才拐向东环。东环是一条全新的公路。从一个个村庄穿过，从一块块田园上踏过，从一户户人家的温馨里蹚过。这条新路建在早年间的护城河上，建在旧日发臭的护城河水沟上，建在五颜六色的积年垃圾堆上，建在东城人献出几十亩菜地的希冀上，建在东城人好几年就兴起的早市的尘土上，建在什么也没有的一片沙滩和废墟上。东环路从好几个不知名的村庄穿过，从或者原本是熟识的村庄，现在改头换面得不认识了的村庄中穿过，像一条传送带一样把这些村庄连接起来，村子的新与旧或脏与净一起展示出来，正在热火朝天的建设或死气沉沉同时展示了出来。走在东环路上，仿佛走进一个从来没有到过的地方一样的新奇，那是从另一个角度审视自己的故乡，从另一个方向评价自己的城区后的一种全新的感受。

在东环路的尽头，又一个直角拐向了北环。这条曾经走过几十次的县城最高学府路，这条全县人民呼吁了多少年的中学路，今日也终于披上了沥青的盛装。这条路似乎比其他路更能引起人们的关注，因为路北的国办高中曾经为当地培育出一代又一代栋梁材，至今这些人仍然在扛着全县政治、经济、文化及各项事业的大梁，有的在外面做着大事业。多少有识之士走过这条路，多少人为这条路的坑坑洼洼、肮脏不堪一次次写进人大政协会议的提案。这条路送走一批又一批有志的少年，这条路承载着全县人未来的希望，可是这条路却迟迟得不到改造。所以，这条路的硬化，格外让人关注，格外让人揪心。好了，今天看到这条路有了全新的容颜，心里十分熨帖，虽然有些迟。走过高中院墙外，校院里没有一点声响，全校师生都全身心地投入教学中，为年轻人的前途，为全县的进步发展在奋力拼搏着。院墙外只有一两个修车补鞋人和一个书报亭，看不到一个吃食摊。没有嘈杂没有商贸交易，安静幽谧得让人十分敬重。

出了北环就是一次次拓宽着的古老的车水马龙的张蔚公路，日交通量上万次的车流日夜不息，路旁才安装不久的红白两色的路灯给这座两千多年的古郡县城披上了现代化时尚风采，不断在扩张的城区和一起盖的路边商品房，把原本相距十几里的村子连接成不能分割的一体。走在这里一个挨一个的花花绿绿的店铺门脸前，感觉只有繁华的商品在堆积、在流溢、在扩展、在占领每一处空间……

骑车，独自沿着四环路走一圈，方知几十里路都是平平直直的舒展，方知四环路如一个四边形把县城积木似的建筑，及县城外沙盘样的田园菜地都拥抱在怀里，没有一处弯曲，没有一个陡坡。什么时间建成的，什么人建的？都不再重要，重要的是终于有了四环路，终于了却了全县人民的一桩多年的心愿。终于让县城外的所有的村庄都有了好路，所有的农副产品都有了卖出的希望。

当然，除了对四环路的一片赞美和欣喜，也有痛心的地方，痛心那百年老树有一大片正在被砍倒，浓密的树荫又缺了一个大口子。痛心那路边的个体修车铺占据了大半个路面，把路挤细了。痛心那路边才栽不久的新柳有许多被折损得枝断臂残，裸露着森森白骨，或低垂着受伤的头颅正在憔悴枯萎。痛心那一堆堆垃圾和砂石及农家肥扩张着身躯，正在一点点向路面上挺进……

如果没有这些丑陋处，如果那些个体摊位，那些垃圾堆，那些砂石堆与粪堆们一起退出公共的路面，如果那些小树们茁壮快速地生长成荫，四环路就会是县境内十分优美的风光，是县城人闲时散步兜风的绝好去处。人们会在夏秋一早一晚的良辰美景里，邀朋呼友一起到这路上来，走进浓重的翠色里，走进清新的空气里，走进层层叠叠的庄稼做底色的油画里。

那样的话，这方水土这方人就越发值得赞美了。

——发表于2001年5月30日《河北交通报》

中国有条桑干河

只有走出故乡才最了解故乡。

连自己也没有意识到，当在外面介绍自己的来处时，说县名说黄帝城说蚩尤寨说古战场，朋友们依然茫然不知所云。哦，多么令人沮丧，他们至今还不知道，原来有一个地方是第一古战场，在那里产生了战争，不知道黄帝有一座城池留了下来，他们的先人就是从那座城池中走出来浪迹到天涯海角。

那么，如何介绍自己生长的地方？突然心中一亮，马上想起丁玲的长篇小说《太阳照在桑干河上》，说自己的故乡就在桑干河旁，丁玲写的就是我们那里发生的事，丁玲在那里搞土改住过一段日子。现在那里建起了丁玲纪念馆，一座很简陋的文化殿堂，来自二十多个省市的朋友才露出钦慕的目光。

自此我明白，作家丁玲在为她的书起名时考虑得那么长远那么多情，她的苦心至今才被人接受和感动。这是因为那本写社会变革的书，那本获国际大奖的书，我家乡的桑干河也随之名扬中外。

“河有多长多宽?”

“桑干河是一条古老的河，流淌了几千年。源于山西，注入官厅湖，为北京提供水源之一。千里桑干唯富我的家乡，是它养育出一片肥沃的土地，那里有大片的稻田麦地，有书中写的那些果园，有人因为过分的拥有变成了财主，也就有穷人起来和富人斗争。”自己只能这样拙笨含糊地回答，朋友们方诺诺地点头。

“桑干河一定很美，岸边有大片的桑林。”

自己恐慌地赶快摇头。过去有，现在没有。是桑田干枯了么，还是因为桑弘羊和干宝失足落水的故事，才把这条河叫桑干河？还是因为那座消失了的名桑干的古镇？连自己也没有弄清楚，这条河究竟为什么叫桑干河，从什么时候起叫桑干河。

家乡的桑干河让外边的朋友神往了，在欣慰的同时，不禁又为家乡人几年努力宣传的黄帝故乡、炎黄文化发祥地仍然鲜为人知而叹息。一条河因为一本书而名扬四海，而故乡的二十多处古遗址却没有走出多远，还不被更多的人认知。因为读《史记》的毕竟太少，读好书的人不多，知道历史的也太少。

需要历史来装点现在，需要名胜来繁荣经济，这是现代人对历史最紧迫的呼唤么？

曾孑然一身去参观历史博物馆，从人类起源一直完成进化的历程，从旧石器、新石器、陶器、铜器、铁器一直寻觅，竟没有看到从这里出土的一片文物在那里向世界展示。在众多的大幅古遗址照片中，没有看到古战场和黄帝城的身影，难道真是历史和考古学家的疏漏吗？还是我们的封闭使自己丧失了让世界认知的机遇？还是我们蒙昧的时间太长，觉醒得太迟？还是自己的命名就含糊不清？

来自各地的朋友都说自己是炎黄子孙，而且语气那么豪壮和自信，他们有的人已去拜祭过陕西黄帝陵，有的准备去……当然，我不会因为故乡拥有的古遗址被人冷落，就去谴责别人的无知，不会因为朋友已情有所钟，就自暴自弃。我坚信我的故乡拥有的遗址是诞生华夏文明的地方，是华夏民族物质文明与精神文明的最初鼎盛期。只有强大的经济才会有强大的政治，才会有民心所向，天下归一，才会有富足，才会招来外族的入侵。所以，我自信这块古老的土地曾经最富有、最繁荣、最文明、最进步。

从什么时候起，这里开始衰落了？因为自然的灾难还是人为的祸患？炎黄后裔悄悄地迁徙他乡外地安居定都。人走了，建筑物留了下来。搬不走的土城墙和石泉、寨堡与一地的陶器的片块，是祖先留给我们的馈赠，祖先的馈赠大多喜欢给他最亲近的儿孙。搬不走的还有桑干水，似乎水比人更有情、更有义、更执着、更专一，它认定了脚下这片土地，这片土地也为它提供了用武之地。

中国有条桑干河，桑干河水从炎黄子孙的心头流过。因为这条河，才有了这一村一村的人来定居繁衍，才有了人们改河治碱开垦出的十万亩稻田麦地，十万亩梨园果林，十万亩葡萄人家。也才有了桑干河两岸人的自封与自负，有了走不出黄羊山的浓浓桑梓情及小富即安的思想。

和朋友分别时，我没敢像朋友们邀请去他们的江南、苏杭、无锡、大凉山、武夷山、长白山、黄山那样骄傲大方地请他们来桑干河畔。桑干河借助文化的羽翼而名声远扬，连我们也才明白。我们该好好想一想，为什么黄帝故乡竟没有一条河那么知名，是不是也需要插上丰满的羽翼高远地飞翔？需要文化的飞动和传扬？桑干河的粮食和水果还顾不上滋养文化起飞，黄帝故乡的人们正在找回几十年失去的时光，忙着构筑经济基础的辉煌，只有经济基础强大有力，才有可能再塑遗址文明的辉光，明天的辉光，文化的辉光。

为了这一绚丽的远景早日到来，桑干河水日夜奔腾流淌，不息地流淌，急切地流淌。

——发表于1997年《张家口日报》与第1期《长城文艺》

轩辕路礼赞

怎么能不写写轩辕路呢？

怎么能不为这新的城容新的景致而礼赞呢？

当那片从前很少有人关注的沉寂角落开出一条宽宽展展的新路时，当那片种麦种菜的田野上新出一条豁豁亮亮的希望之路时，当涿鹿人潇潇洒洒地行进在这平平阔阔的现代化公路上时，涿鹿人仿佛一下子走出房挡墙隐的短浅目光，走出土里刨食的小农意识，走出布包线缠的贫穷愚昧，走出小富即安的故步自封，奔向一个崭新的、灿烂的新的远方。

一年前，当庞大的推土机开进这片养育了涿鹿拐角村几代人的丰腴的土地上，推开第一条作为界线的田埂时，这片土地的承包者、耕种者还在疑虑着一个又一个为什么，为什么承包到户了又要收回？为什么承包不到期就要收回？

是啊，祖辈土里刨食的农民暂时还不理解他们的父母官们做出这一超越几十年常规旧制的重大举措的深远意义；世代以食为天的百姓们暂时还没弄清他们的父母官们做出跳跃过小富即安，迈上更高台阶的重大决策的远大目标。这些刚向小康发展的善良的村民们怎么能不着急呢？他们原本就只有人均四分地啊，他们大多数人还没有走出面向黄土背朝天的种地生涯，还没有寻找到土地以外的致富之路，还没有成为经济时代得心应手的弄潮儿。当他们听说要在他们宝贵的土地上开路时，要占去几百亩田园时，他们震骇了，骚动了，连他们的领头人也一时转不过弯来。

然而，他们最终让出了土地，他们体谅了年轻的县委书记和县长创业的艰辛，默默地承受了短期的收入减少，明白了要致富先修路的大道理，明白了不占自己的承包地就得占别人的承包地，总要有人做出牺牲，付出代价。

修桥铺路，自古即积德行善的好事。涿鹿历届领导，县、乡、村各级都曾积极筹措资金，不断改造属于自己管辖的村路、街巷。但是，由于积重难返，不少街巷还来不及治理。交通不便，仍然是涿鹿县城的重要问题。

如今，轩辕路的开通修建，结束了小城一条街的车塞人挤，行进困难的面貌。涿鹿人从此不再为交通阻塞而怨天尤人。涿鹿人民用自己的付出换来了长远的发展，当今人用自己的低收入换来了后代人的富有。

轩辕路的建成只用了一年时间，从规划到剪彩恰为一年，其速度之快是前所未有的。去年十月，这里还响着隆隆的推土机声，还是一片凹凸不平的黄土的崖沟，来来往往的小城人还很少停下脚步来关心这条路的设计者和建设者们，不知道他们怎样挥汗如雨地加班加点。一年后的又一个十月，一条崭新的四十米宽的公路峻工剪彩，交给了涿鹿人民。

剪彩那天，成千上万的涿鹿人从四大关涌来，从城郊农村涌来，来参加轩辕路的通车仪式，来亲眼看一看这条最宽的公路。连八十岁的老太太也让儿女领着来了，连在家养病的人也让人陪着来了……

人们自发地来了。来看这条投资几百万，却没让老百姓摊一分钱的路，来开拓自己曾经看不远的视野，来放飞自己对轩辕路建设者们的满腔崇敬。

轩辕路的建成不只是解决了交通不便的问题，不仅仅是修筑出一条普普通通的现代化公路，更重要的是它沟通了涿鹿与外面世界的交往，使一向自负的涿鹿人向更高境界迈出了一步。它的建成，将带来一条又一条新的县、乡、村路的诞生，带来一个又一个乡办企业的上马，带来一座又一座工厂、商店的崛起，带来一条新商业街，一个新的经济潮。

轩辕路的建成，将和桑干河大桥一样，永远成为世代涿鹿人的话题，世代涿鹿人心中的丰碑，成为一种开拓创新的启示，成为张蔚公路侧畔，桑干河北岸，黄帝故乡的又一个风景区，涿鹿人再度为此而自豪。

——发表于 1994 年 2 月 2 日《张家口日报》

虽然还只是一片轻红浅翠

春日时节里，楼下的空地上忽然推来了几大堆砂石，原来铺好的方型预制板被一排排揭起来堆放在一边。我猜想，一定是要在院里垒花池吧，因了平生爱花树，心里先就生出许多的枝枝蔓蔓来。

我住进涿鹿县交通局家属楼尽管已经五年了，但家属楼仍然在不间断地增补建设改造着。盖车棚、焊大门、挂彩灯、评五好家庭……由于一直没有放松管理，楼区环境还算不错，特别是住户们没有搭建那些小房小棚，坛坛罐罐也没有从屋里跑到楼道上来，引起了社会各界的赞誉，被评为全县的小区建设先进典型。可是，作为文明小区，还缺些美化环境的花树。

于是，春季万物萌生时，在一座楼前搬起原来砌好的水泥板地面，筑起三个环形相套的彩色马赛克镶嵌的花池，移栽上了七八样花草与五六株龙爪槐，在另一座楼前盖起两座蘑菇状的、涂成黄色红顶白点的凉亭，亭内放置着刷成黄色的十来只仿古石凳。

楼下又在第五个年节里多了一池红翠、两座蘑菇亭。虽然花树刚移来，正在生根泛活，还疏浅脆嫩得很，然而楼院里立即夺目地鲜亮、诱人地妩媚起来，让喜欢花树的人们，望着有一片园林的人们十分的欣喜。

数日后，在那环形的花池中，花草的新芽从因移栽而衰黄倒伏的叶丛间生出茎茎簇簇翠碧鹅黄，并渐渐地葱茏茂盛茁壮起来，终于连接成一片碧色，一日日地吐出红黄紫粉的苞蕾花朵。在大面积的苍灰水泥建筑中，这一池花草十分惹眼亮目。不经意间，每天从花池前走过去打开水的人们，悄悄地被一池红翠温柔了心性，被两座蘑菇亭美丽了意绪。楼间的一片红翠竟然能走进人们的心底深处，在那里开放出善与美的花朵，结出修身养性的果蕾，这是爱花树的人们所追求的意境啊！

这只是一池平平常常的花草么？这只是两座简简洁洁的凉亭么？当然不，在这本来已十分窄狭的楼下空间，硬腾出一片空地来植花树，是社会文明对人世情怀的关爱，是高尚精神对人类境界的拓展，是真善美对人们身心的扶引，是一种范囿的需要，对群居人的规约，是一个单位物质与精神两个文明一起生长的综合表现。

花与草大概是美与善的精灵，它们在哪里出现，那里的人们就会变得美善起来，多了文明儒雅的言行，少了污秽粗俗的举止。瞧，那些跳上跃下的孩子不再随便在墙上乱涂乱画了，那些垒城墙的大人们不再夜不归宿了……一池红翠会带来许多心的绚丽色彩，两座蘑菇亭能培育三辈人的公德正气。自楼下有了这红翠，人们脸上多了幸福和睦的微笑，言行多了尊老爱幼的仁义。

楼间面积不大，花池也不大，院里和甬道两侧还缺一些垂着浓荫的吸附噪音吐着氧气的绿树。许多事不是都能尽如人愿地同步进行，都有待于后来者的不断完善，有待于领头人的境界。但愿将来的建设者们能够在盖楼时给树木留下一片生存的土壤，但愿后来的领头人有大胸怀，让楼群与花树一起生长。那有着更多花木的居处是多么令人向往的所在，也会是后人们最先选择的居处。

涿鹿县交通局家属楼的三池红翠两座蘑菇亭，尽管深深地藏在楼的夹缝里，尽管还只是一片浅碧轻红，已经充分展示出涿鹿交通局人的精神风貌与高远追求，为故乡涿鹿的风景加添了一点亮丽。如果这种亮丽一点点连接起来，岂不成了一座漂亮的花园城镇了么？如果真能做到盖一处房绿一点，起一座楼绿一片，修一条路绿一线，而不是现今的多一座楼多一片垃圾场，有多好啊！

管不了那么多就先管好自己吧！

夏夜的傍晚，人们纷纷走出自家，汇集在花池旁，蘑菇亭内，老人捧杯，青年端壶，讲人说己，谈古论今，邻里间心更近了，上下级情更重了，人们的思绪更清幽高远了。

三池红翠，两座蘑菇亭，就生出如此多的意想不到的好处来，要是到处有这种红翠，满眼见翠碧林树，曲径通幽，花拥林簇，生活会是另一番让外人羡嫉的情致吧！

——发表于1999年8月《河北交通报》

在古土遗址上

有谁能想到，三围古城墙，半座瞭望的土堡，几眼古泉，数棵老树，三两丘墓，四五个古村，无以计数的传说，却记录着一个民族最初的印痕，让千古文明在涿鹿这片古土上，悄悄地于历史地表浮现它峥嵘的一角。

这里有轩辕黄帝创筑的城池，黄帝部落饮用的水泉，葬埋黄帝的陵寝山，黄帝木剑化作的老杨树；有神农炎帝部落屯兵的阪泉地，炎帝尝百草的百草地；九黎君蚩尤部落生活的城谷，屯兵的山寨，饮用的水泉，埋葬蚩尤的土墓；有黄帝战炎帝的阪泉之野，有黄帝擒蚩尤的涿鹿之野，有点兵练武的上下七旗村，有放置指南车的车台地，有黄帝摆八卦阵的八卦村，有诸侯咸归轩辕时合符的釜山，有黄帝祭天的丹墀地，有夏朝至北魏历任皇帝祭拜轩辕黄帝的桥山和沐浴的温泉宫遗址……

《史记》载："黄帝与炎帝战于阪泉之野。""黄帝乃征师诸候，与蚩尤战于涿鹿之野。""北逐荤粥，合符釜山，而邑于涿鹿之阿。""黄帝崩，葬桥山。"又云："涿鹿本名彭城，黄帝初都。"

当地史志记载及民间传说，都道轩辕黄帝一统天下后，建都涿鹿。从而使华夏民族结束了游牧穴居生活，在这里定居了下来，掀开了华夏民族五千年文明的扉页。

在这座城池内，黄帝的正妃嫘祖带头养蚕织丝，人们才脱下兽皮树叶穿上衣裳。在这里，轩辕黄帝教人迎日推策，占日、月、星、辰，造历法，做甲子，顺天时之纪播种五谷；淳化鸟、兽、虫、蛾，驯服猪、羊、马、牛；并让人始创文字，定律吕和五音；挖水井，始酿酒；论阴阳，明变通；披山通道，造舟楫，做车辆；论养生，制礼仪，奠定了中华泱泱大国的基业。

至今，这片遗址鲜为人知。它静静地沉寂着，无语地等待着，凄凉地荒废着，斑驳地风化着。然而，那既残缺又雄宏的古城墙屹立了五千年，那晶莹的神泉流淌了五千年，那许多的传说也讲述了五千年。

土城土堡土寨土墙，土的堆垒土的构筑。

这黄土的老墙黄土的兵寨，与农人的耕地紧紧依偎。以土为命的炎黄后裔们，便一点点耕种了古城街，耕种了古兵寨，引蚩尤泉、黄帝泉的水饮用、浇园、洗濯。他们守着天下第一都、第一泉、第一古战场、第一大遗址群，守着古兵寨、古墓、古泉，无争无为地生活着，又有滋有味地繁衍着。

谁又能说这些炎黄子孙不懂得古遗址的珍贵呢？他们没有人为地推倒古城墙，没有刨掉古兵寨，没有砍掉古树，没有平掉古墓。一切的毁坏与残损都源于时间的咬噬，缘于风雨的冲刷搓揉，缘于地震和水灾。

这里的人们明白，自己拥有祖宗馈赠的无价之宝，他们默默地承担着文明的守望者角色，如此平凡，如此质朴。当岁月将辉煌剥成一片遗迹后，文明的因子从遗址上蒸腾出来，汇入此地人的血肉之中，使他们与遗址一起构成了一道素朴的风景。

站在古土遗址上，不仅能领略到一种已逝文明的最后辉光，还能看到这种文明所产生的活的传统，正顺着历史的缝隙顽强地生长着，为一个民族的进化与生机提供着无尽的滋养……

——发表于1996年2月6日《中国土地报》

绿色掩映的村庄

春末夏初时节，绿色日见浓重。

土地一点点地被翠碧的草树稼禾盖严，裸露了一冬的苍黄的乡村，又要让绿树怀拥遮没了。有绿树掩拥的村庄好惬意，好幸福哟，又要美人般地沉静在爱的海洋里了。

那些高大的杨高举着粗壮的手臂，不懈地高举着对村庄的挚爱；那些老年的柳弓着躯干，永久地弓着对村庄的庇护；那些伞状的果树蓬勃蓊郁着密密的茎叶，虔恭地喷吐着对人们养育的回报；那些稚嫩的小树，小姑娘般在头上插一两朵小花，晕红了乡人小院的脸腮……

篱笆墙栽下了，牵牛花即将爬满；黄瓜架搭起来了，葫芦蔓串上了房檐；大丽花已经很高了，不久就要绽开粉红色的笑颜；桃粉色的打碗碗花开在一条条道边路旁，金黄的苦菜花在树下闪烁着星星点点；街头的粪土上长出蓬蓬勃勃的嫩蒿，紫褐的老墙上茎茎细草在风中唱着柔情的歌谣，逗得麻雀儿在枝头东寻西找；鸡在菜地畔争抢一条红蚯蚓，一冬散放的牛和猪在圈里急得乱转。

外边看不见村街的房墙了，路上瞧不见猪舍的断垣了，风沙刮不进窗户了，绿荫洒满小院了。分别了冬三月的村庄与绿树，此时紧紧地拥抱在一起，浓烈得如何也分不开了。夏日的村庄让客人们找不到它们的身影，连农家院也都淹没在夏绿中。

傍晚时夕阳跌进绿海中，溅起的是一阵阵虫鸣蛙跳。

小饭桌已经在院里的葡萄树下摆好，男人们还在村外责任田园的绿丛中弯着腰。

饭桌上也多了一碗碗绿色的野菜，蓬蓬的苦苣菜翘着白白长长的根，翠翠的桐蒿被折成几截，规规矩矩地码在盘里，大把的小葱与紫黑的酱碗并排相依。板凳、蒲团早就围着小桌摆好，小花狗趴在桌下不愿离开，等不及地汪汪叫。

仲夏日，农家跌进了茂密的绿色，推窗拥进绿，开门挤进绿，走路踩着绿，扬头挨着绿，举手碰掉绿，猪儿、羊儿、牛儿、马儿、鹅儿一齐大嚼着绿……

——1997 年 11 月 3 日在河北电台文艺部播出，并获十五大有奖征文优秀奖

深山养路工

脚步沿着路延伸，日子和路一样孤寂且漫长。

没有车专门为他们停下来，没有人特意向他们表示致意，只有车轮扬起的灰尘把他们笼罩，行人匆忙的脚步弃他们而去。

他们和铁锹扫帚为伍，他们和山地田野交谈，路旁的茸茸青草一年年顽强地生出来和他们打逗，秋天一片片落叶调皮地飞旋着和他们嬉戏，还有过往暂栖的小鸟啁啾几声，是向他们打听路径吧？

远离市区，远离村镇，远离人群。在没有车辆过往的日子里，独自感受蓝天的无垠和晴丽，欣赏白云的轻逸与闲适，叹息山地的贫瘠土壤的肥硕。渐渐地让路人的心地如旷野一样豁达起来，有了群山样的沉静，大地似的宽阔。

在大山的臂弯里，有他们灰瓦青砖的小屋，矮矮的居处孤独地给路人惆怅失落的旅途增添了几分安慰和希望。饿了，进他们的小屋吃一碗热汤面，要一盘山蘑菇或一盘凉拌蕨菜，品品山里的野味和野趣；渴了，喝一碗白开水，和他们聊聊大山里的传说，拉几句家长里短，就忘记了想家的苦恼。

在村与村中间，在山的褶皱里，是他们救出了那些出了故障，被困在半路上的外地车，为远行的人们安顿好住所。冬季雪天，是他们在打滑的陡坡上洒上沙土，为下滑的车轮垫上石块，或者把车推上岭头……

他们用那双粗糙的已经皲裂的大手，把路面垫得平平整整，灰土和草屑落在他们的头发上、脸颊上、肩背上，他们用路一样的肤色目送车辆远去。

雨天，被他们当作淋浴，一把把抹着搓着脸颊上的泥巴；雪日，他们扛着扫帚去扫坡，首先看到美丽的冰挂。在无车无人的日子里，他们就放开喉咙唱一段梆子，和山鸡野兔同乐，与林木清风同歌。

崖头上的野樱桃，半坡上的红山丹，路旁的矢车菊和沟底里丛丛簇簇的沙棘果，是大自然赠给他们的奖品吗？那么持续地开放了一季又一季。

——发表于 1996 年 2 月 13 日《中国交通报》

绿浸黄羊山

想看山石林木的人，张家口市区涿鹿县境内的黄羊山算得上一处好景致，应该前往一观。因为有些景观只一次足矣，唯此处去了还想再去，为那团蓊郁绿色的秀美，为那份宁谧清静的心神，为那种淡远的幽雅。

在张蔚公路涿鹿段城北的一个乡道口处的树上，挂着一个不大的小木牌，上面写着“黄羊山省级森林公园”，虽然牌子不显眼，引不起路人的注意，但黄羊山却是拥有6万亩松树的自然森林，加之绿林中环抱着一座名清凉寺的千年古刹，深浓的翠碧中点缀着参差的红墙青瓦。山高林密自然色好，花香鸟语必定气和，人进入其中，立即会感觉到离烦远嚣，脱俗成仙般的悦情怡性。

一进山门，先会看到十年前公园未开发时，人们炸山采石的大片白石压住了大片苍翠，几年来难以再生愈合，让人觉得心头不快。所幸的是自然森林从受到省林业厅投资保护那天起，再没有人能运出去一片石头。

走过那条路，峻伟的山就郁郁葱葱、遮天蔽日地站在眼前了。再过一座披红插花的山神庙，可见一块分开前后山路的大白界石，往左是藏在山花草树中的前上山路——千转百回的小十八盘，向右是后面出山路——藏头露尾的大十八盘。到此，景致就有了看头。小十八盘步步登高的数百层石蹬两边密密匝匝生着簇簇高乔，丛丛矮灌，岩缝里斜出着枝枝棱棱的山桦、山榛、山桃、山杏、山葡萄，树的枝干交错，茎叶扭结，各挂着红的、青的、紫的、能吃的、不能吃的串串颗粒小果。

石阶就着山势曲折蜿蜒，隐现着深入，越往上走林越密，树越稠。看不见山岩，找不到沟壑，所有的空间都被绿色挤严，除了窄窄的石路可以下脚，两边的草树勾肩搭背，紧密团结得任何足也插不进去了。好半日的逶迤蛇行，进山人能听见同伴的说话声、招呼声，却望不见彼此的身影。即将筋疲力尽时，终于隐约看见北坡林中那21座竖着零星碑塔的比丘尼坟，再往前走几步，就是清凉寺环围的朱墙了。顺着朱墙边的台阶攀登了上去，就能看见清凉寺的彩檐飞脊卧在万绿丛中，一面写着大佛字的山墙矗在树海里。

这座两千多年前东汉修的古刹，经过70岁高龄的主持果钧四方募捐，力主修葺，已再现曾经的金碧辉煌，引来四方僧人到此长住和方圆百里的香客进山拜佛。寺庙大殿院中那凌云的千年卧龙松、龙凤松浓荫繁盖，四面山上厚厚的层林植被，所有的沟梁峰脊起伏跌宕的绿浪，加上脚下揪襟拽袖的长草，足让游人拍摄不完、观望不够的。寺院中靠墙码着高高的紫红柴垛，是山下的善男信女们为僧人们砍下的棵棵枯树劈成的烧柴。树挤细了小路，遮没了石阶，古刹跌进一潭绿碧中，溅起满山的青翠和扑鼻的馨芬。

下山时一定要走后山的大十八盘，山后阴坡处的松林比阳坡的更加高大青翠。6万亩松林主要在后山，与峰峦一起重重地绿着，和叠嶂一起郁郁地青着，无数的迎客松在崖头悬崖处如伞如盖如冠如罩，伸手探臂想与人握手送别。在林中小路七拐八绕，低头弯腰，走好大一会才能钻出松林。回首再看，山路早已没有了踪影，只见群山举翠，森林似墨，层层叠叠、起起伏伏都是绿。若不是怕天晚，游人们十之有九想在林中久久盘旋，不愿早早下山。

下到山底，绿色渐渐闭合，只把山中过客抛向红尘人世，去金钱与物质的愁烦苦恼中挣扎，留得青山依旧锁深荫，萧萧古木拢寺院。山石林木再好，有几人能舍弃人间灯红酒绿，去林中终生相伴古树清茶野菜淡饭？只有那看破红尘的三五僧人，不见面影的一二护林人员依着古佛守着青灯，日夜厮守依偎着那满山佳树。

——发表于2003年11月10日《中国旅游报》

赤城与蚩尤

市文联作家孙向东在他新出版的文史哲学著作《黄帝与中华文明》一书中论及蚩尤的出生地时，提到一个令人耳目一新的观点，即赤城在上古时是蚩尤的都城。他摘录出一些古史书上的记载作证，如：“《读史方舆记要》卷十八记：‘古赤城，相传蚩尤所居。’”“《广舆记》载：‘赤城古堡，即蚩尤所居。考赤城，古在北山，后移平地。’”“《畿辅通志》曰：‘赤城县城，古炎帝榆罔氏诸侯蚩尤所居也。’”“古《赤城县志》及今《赤城地名资料汇编》言：‘古赤城，龙门为缙云氏之地，为蚩尤所居也。’”

读到这里，不由得心头一震。如果确实如此，就解了我多年前的那份疑惑。那几年，市文联的活动很多，经常组织作家们到各县采风。一次，在赤城县城北的烈士陵园里，我捡到好几枚古陶器的碎片。细细看了，惊讶这些灰的、黑的、夹砂红的陶片竟然与涿鹿县黄帝城中陶器片块同属一个时期。薄厚不均的陶坯表面有手工的绳纹、网勒纹、捏纹、附加堆纹，朴拙、粗劣、笨重。而且，这样的陶片非常多，地表层俯拾皆是。难道这里与黄帝城一带一样，也是五千年左右炎黄始祖活动的聚集地，是中华文明的源头？

陵园里另一奇特处，是那象征二十八宿的二十八棵古松，一字排开，气宇轩昂，虽然只剩下了十三株，却是几人合抱不住的苍黑古树，凌云参天，干如龙盘，枝似蛇纹，人立树下似一株荆榛。无人说得清其年代，不知由来，游人观树，必须得仰面向天，心生一种震撼与敬畏。山上还有战国至汉代的老城墙。古树、老城、陶片共同阐释着赤城曾经有过不寻常的一页。

就是那次，在下山的石子路上，我脚下一滑，踩着了一块石头，油黑光亮，便停下来弯腰刨了好一阵，竟是大半块石斧。心中好不喜悦，这枚残石器在这里已经埋了几千年，被行人踏来踩去，无人相认。是啊，来这里的人们，上山下山时，无不行色匆匆，各人心中自有一个寻找目标，或志山或在水，很少在意脚下的累累石丛会有那五千年文明的碎块。这石制的先人器物与我原来是有缘的，否则，它就不会滑我一跤。

此时，同行的作家们早已走得很远，拐过了好几个山弯儿。有的手中擎着几枝五色的山花，有的捡了一枚有形的涧石，有的口中滔滔不绝的是文学理论，有的手臂上下挥舞着指点江山，我好嫉羡他们溪水般流淌的辩才与超常的文学记忆。

自得那半枚石斧后，赤城的历史之谜就在我心头久久地缠绕着，特别是赤城那别处见不到的老树，那一地的陶片，就是上古的文明。是谁在这里烧制了许多的陶器？是谁在这里使用过这些石器？是谁植下了数千年的松柏？不是文明盛世，不是肇造发现的时期，不是有大胸怀的创世人物，不是懂得天人合一，这一切都不会发生。

我知道赤城与黄帝城一定有过同样的传奇，只是苦于找不到证据。赤城的古陶片与石器，兀自静静地在土中沉寂着，古松老柏在土丘上千载等待着。走遍了涿鹿那片古土，始祖文明发现者孙向东，以其厚积广累的黄帝文化触角，探寻出赤城北山下埋葬着上古遗存，是值得世人关注的。何况，赤城的县志传说上也有过这样的记载。

赤城果然是五千年左右人类的居住地，而且是蚩尤都城。或许那个“赤”字原本竟是“蚩”字，“赤城”就是“蚩城”。赤城一带果真有葛卢山的话，蚩尤就是在此炼铜铸五兵。那么，蚩尤在赤城生活的时期，就远在涿鹿大战之前，那时的蚩尤还只是炎帝氏族部落里一个负责制做兵器的人。

历史凄迷，始祖远去。后人大多不甚清楚自己生活的一方山水曾经有过什么样的辉煌，不知道那里曾经诞生过什么样的非凡人物。他们踏着先人创造的物质目不斜视地走过，从古老文明的遗迹上说说笑笑地走过，或者在千年的古树下高歌吟诵，在残碎的陶片上翩然起舞，一任古老的文明渐渐斑驳坍塌，听凭历史底韵上的花色悄悄衰枯凋零。

如果赤城果然是“蚩城”，那么，中华五千年文明的发祥地，就又一次扩大了范围，北至赤城龙关，东到北京幽州，南止蔚县桃花。桑干河流域的古人类遗址就又多了一圈圣地光环，燕山脚下地域文化又添了一种神性迷彩，张家口的人文历史又多了一片璀璨花纹。

——发表于2005年6月1日《张家口日报》

董存瑞像前的思索

从那一刻起，从你托起决定你一个人生死，和决定许多人生死的那个炸药包的那一刻起，从你选择了牺牲一己生命换取整个战役胜利的那一刻起，从你把一腔血肉之躯化作炸药支架的那一刻起，你就定格为永生的辉煌，定格成人民英雄，定格成永垂不朽的烈士雕像。

你用年轻的生命，年轻的不知道男欢女爱的岁月，年轻的不知道生离死别的天真，年轻的不知道花前月下的浪漫的生命倒下，升华了一个普通人活着的意义和价值。你用你一腔青春的热血，一腔浸泡着国家民族人民字眼的热血，一腔只记得多立功多受嘉奖的淳朴，回答了人为什么活着和活着干什么的千古命题。

从那一刻起，你的名字就不只属于你，不只属于你的家、你的村、你的连队、你的首长和战友，而永恒地属于中国，属于中华民族的史册记载中的一页，属于一辈辈后代敬仰的名单。你的名字已经和岳飞、郑成功、林则徐、刘胡兰、黄继光们写在了一起。你的名字和所有为民族解放事业流血牺牲的万千英雄一起，融进国土，融进国旗，融进国徽，融进国魂；写进歌词，写进诗史，写进教科书。让一代又一代中国人去崇仰，去膜拜，去讲述，去思考，去传承。

因为你，你的家乡名扬四海；因为你，你的亲人脸上有光；因为你，你的家庭光宗耀祖；因为你，你的兄弟姐妹和你的乡亲们战友们，一起跃上了一种生命的高度；因为你，燕赵大地再添一份慷慨大义；因为你，炎黄子孙又增一首英雄壮歌。

在那决定生与死的瞬间，你选择了后者。你选择了一己的死和新中国的生，你选择了一个人的死和千万人的生，你选择了肉体的死和灵魂的生。你的选择是你用一腔热血写下的对祖国的忠诚，是你男子汉的刚烈；是你甘愿笑着死不能哭着活的悲壮，是你宁可粉身碎骨不愿委曲求全的凄美。

你去了，你去了四十多个春秋，人们念叨了你四十多年。念叨你的人也一辈辈老了，可你还是那么年轻；念叨你的人一茬茬去了，只有你还挺拔倔强地站着。

不要说当代的年轻人中找不到英雄，不要说时下的年轻人不愿见义勇为，来到你的雕像前，所有的炎黄子孙的血又沸腾起来，所有当代年轻人的心又在激情澎湃。你永远是他们的好兄弟，他们还在以你为骄傲的资本。他们从心底深处，从灵魂深处，保留着一份侠肝义胆，一份爱国的热情，一份民族的精神。如果祖国需要，他们也会冲上去。为了正义为了真理，为了善良永存，为了英雄永存，为了民族精神永存，为了治国平天下的古训，好男儿就该有铁肩担道义的心胸。

多少人被动地倒下去，没能留下姓名。你主动地选择牺牲，英名与新中国一起诞生。多少人活了七八十岁，他的名字从不被世人认知；你只活了十七年，“董存瑞”三个字，却让祖祖辈辈人铭记心中。你诠释了生命的意义不在长短，而在有价和无价；你阐明了英雄与败类的不同之处，就在瞬间的抉择与站位。

董存瑞，站在你的雕像前，一千个人会有一千腔热血在沸腾，一万个人会有一万颗心在激动。董存瑞，你留给后人的不只是无限的敬重，还有说不尽的英雄本色，在千秋百代的延伸！延伸！留给后人的还有生命的馨香，在永垂不朽地芬芳！芬芳！

——发表于《怀来文艺》

观古鉴今赐儿山

中秋等长假时总要外出观光旅游。名胜景观被人挤得看不真切，反倒在摩肩接踵的人群中无处立足。于是，以后便在各种节日里捡就近那没有去过的景区放飞心事，觅得个身心的清静自由。2003 年十一去的是张家口市西山崖畔重岭叠嶂中的赐儿山，观览了茂草丛生中的云泉寺，使这半年心里的五集六聚得到了及时的抒放。

不去之前，以为赐儿山一定很远，要气喘吁吁地蜿蜒盘旋着走上半日，谁知一出了市区就上了西山，只有三里路。且都是打了水泥的宽展的缓坡或层层台阶，虽然曲里拐弯又步步向上，却也不难攀登。加上路边有浓密的荆榛乔灌发出的缕缕草息，稀稀拉拉的游人又不挡视线，不碍前行，这样在清香馨芬中闲适地拐三次折两遍也就到了。

赐儿山上的主要建筑名云泉寺，寺中有十多座大大小小的庙宇。有赐儿的娘娘殿、龙王殿、真武殿、藏经殿、释迦殿、观音殿、药王殿、财神殿，还有供奉着五谷神炎帝的教稼亭，壁上画着伏羲、轩辕的教化堂。庙殿都精精巧巧、大半深深地嵌在山洞里，只有绿色的庙檐及红门柱露在外，千百年来在垂直的半山腰上背篓般悬挂着。庙前香炉中的香烛袅袅地燃着，寺中僧道穿梭地来回走动，信众们络绎不断。石狮镇守着山门，旗杆高高地矗着，加上两株古柳盘抱，云泉寺早就是当地人心中一种神秘的精神源泉，蕴着希望，含着憧憬，闪着世代不褪色的思想光泽。

西郊山中云雾深处有一眼泉，佛道竞争这片风水宝地，山上边是道家，下边是佛院，共名云泉寺。寺内主殿供奉着子孙娘娘，每年四月初八，上山求子的人来来往往，天长日久便称其山为赐儿山。赐儿山美在崖壁斧削直立，佛道庙殿参差错落，更奇的是崖根处有三个并排的石洞。当地志书记载，右边是水洞，洞中泉水清碧，数九寒冬也不结冰。中为风洞，一年四季冷飕飕，如有物在洞口出现，立即被吸附进去。左为冰洞，洞中常年结冰，炎炎夏日也不融化。峭壁上有名胜古迹题刻，也有歌咏的诗句，其中有康有为诗三首：

山县关城早，天寒日暮愁。夕辉千白雪，吾爱云泉寺。日出松石上，诗情清复幽。后人今不见，应共忆斯游。

行行积雪里，渐入浮云端。前路青天近，冷冷诗骨寒。

崖石青天里，悬洞堪称奇。仙人原有宅，醉语也成诗。凝静听雪崩，山空闻折枝；平明出谷口，险尽尚惊疑。

在赐儿山上，可以饱览张家口市区全景。大部分楼房室宇都摄在眼中，伏在脚下，没有空隙，没有间隔，拥拥簇簇地依偎在山涧里，不断地沿着沟谷的方向向南北两面延伸。平素里城中熙来攘往的人流都被遮掩在房墙下，不见一点踪影，连那似乎一天也逛不完的商贸市区，也被房墙卷没，只有连绵的大山永远在那儿起起伏伏，只有缥缈的云岚长久地在那儿迷迷蒙蒙。吵闹喧嚣的人市，在辽阔的时空下，没有了一点声息，就是那些飞驰张扬的车潮，也变得蚁蝼甲虫般缓慢可笑。

此时正是国庆长假，展览馆前的文化广场上有几堆鲜花摆放造型，许多衣着整洁的老人坐在花坛边。似乎全市的老人都来了，来看这节日时才有的花堆、花棚、花架，来感受国庆时的放松和喜悦，广场上言谈声响成一片。而在赐儿山上，这一切都浓缩成一个小点，根本就看不见广场，更找不到花坛。大自然仿佛亘古地静止着它的山峦河谷，骚动的是人们不知足的眼与心。

山上的景观看过，心中的愁苦向神诉说过，下山时心绪格外的平和了。正好领略一番仲秋后的花草树木，两旁山崖上林木枝叶交错，黄绿相间，紫红重叠，尤其是那秋天的百草开始衰枯断裂时的味道格外馥郁。三三两两的游客挡不住背景上五颜六色的山色林树，搅不混山林里好闻的气息，心情被洗涤得很是舒爽宽慰。往远瞧，林林森森的山麓坡脚上都是稠稠密密的过季花草，浸润在温柔朗照的金色暖阳中。近处路边还有宾馆花坛里人工栽植得密匝匝的串红、黄菊。走在蓝天、白云、绿树、红花、黄叶下，悠闲自在的游客们说不出的惬意快活。

赐儿山不仅是张家口的一处自然景观，一处佛道寺院，更是西城区人们早锻炼晚散步的好去处。洁净的梯坡为老百姓敞开着大山的胸怀，托举着山城的旭日霞光，清新的空气沁透早晨的心肺，涤荡尽人们的忧烦郁闷，让人们把甜酸苦辣在此一一忘却。山城有这样几处可去的景致，经常能去登高骋目，城中人就不会觉得活着沉闷压抑，也能剔去许多人世上的恶俗。所以，赐儿山便成了历代山城人格外珍惜的地方，不断地有行善积德的人修修葺葺，增建补筑着。

下山时，见石砌的坡道上的石块上有很精美的花纹，有一块白石上嵌着两柄松枝，十分好看，几人蹲在旁边久久地欣赏，迟迟不愿离去。又见一老者用轮椅推着一个更老的白胡子老人慢慢下山而去，老人面带欣慰，知道他再次与秋色相挽，与神佛心语了一番，获得了心满意足。还有刚会走路的幼儿，在父母的陪同下，带着塑料小桶、小铲从山上蹒跚着下来，大概是完成了一次植树的心愿，昂首挺胸的很是自豪。

数千年的赐儿山，六百岁的云泉寺，在山城张家口西壁立成人神合一的乡土风情，凝固成源远流长的文化底色与宗教传统。陶铸着众人的灵魂与信仰，生长出抚慰芸芸众生心志的平和与宁静，使古老的山城种种人相得益彰，各式文化交柔共济，铺陈着长城大境门的辽远无垠，炫耀着晋、冀、蒙商贾码头的见多识广，展示着塞北坝上的宽容大度。外人不知小小赐儿山和没有多少名气的云泉寺，但这里却是山城人心目中一处与天齐寿的洞地福天。

——发表于2004年第4期《长城文艺》

清幽淡雅胜家寨

连四处散落的砖瓦都早已碰撞得没了棱角，而圆拱形的寨墙还高高峭立在山头上，近百年的风雨不能将其击溃。它挺拔昂扬地经受着时空的磨砺，牢牢地长在桑干河畔那座占尽风水的独山山巅，成了山的一部分。民间传说中，清末十三省总镖头昆仑侠胜英当年设在宣化府的这一处隐居的独立山寨，至今还沉重地镇压着方圆几十里村寨的龙脉风水，让山下的人们世代走不出它的气势。

当年，昆仑侠胜英在乱世中选择这座刀削斧劈的孤山修寨，就是为其形胜险要，处于四面环山之中，却不与任何山勾连，独立雄霸一方。山体本身直上直下，寨墙又增高三丈有余，寨上无门山间无路。胜家人平时走路小腿上都绑着沉重的沙袋，每天扛着木板在直立的墙上练轻功，男女都武功盖世，上下山时在山墙上个个如履平地，疾步如飞，来无踪去无影，外人根本无法接近，对寨中情况也知之甚少。

如今，在寨四周转一圈，仍然找不到上山的路，也看不见门的痕迹。村里七八十岁的人，对寨内情况也说不上一二。想到寨内的人都得手脚并用匍匐而上，胆小的人根本不敢攀爬。山下后建的涿鹿县长疃村已经没有了胜家后代，他们都流落到天涯海角。相传，民国年间，天津的一幢楼上住着一个年轻的胜家女人，那座楼上的人从没有见她走过楼梯，后来才知道，她上下楼都是在早晨或夜间飞檐走壁，十分神秘。

胜家寨方圆有一里，直径约百米长，土夯的寨墙，有用石头修葺的地方，分下上院，砖瓦房，有一座家庙殿，云纹雕花檐，龙头瓦当。寨下环周山脚挖有蓄水壕沟，寨高池深，易守难攻。现在，这一切都化成了破砖烂瓦，被孩子们扔到寨墙外，在山坡脚下厚厚地堆积着。寨墙西面豁塌了一部分，其余都完好如初。墙厚达三米，站在上面，冷风飕飕，常人不胜其寒。

在本县的志书上记载，黄羊山中有胜英练武的三阳洞，一块胜英当年的点将石，还有小胜英智胜花和尚的传说。胜英，一个名贯武林的镖头，却有着一种外人毫不知情的低调生存，一个深藏不露的人，一份乱世英雄的本色。

一页历史无情地翻过，曾经名扬天下的英武的胜家人信息全无，没有了一点线索。所有精致的建筑物也荡然无存，但是土垒的寨墙却化石般坚固，与那座山融为一体，永久地站立在那片山水的高处，站在那片村郭的背景上，千秋万代不会消失。站成那方水土上古老的传奇故事，站成历史册页上一缕冲天的豪气，一种空前绝后的悲壮苍凉，一笔淡远古久的浓墨画幅。任白日清风吸纳，夜晚明月朗照，世人评说批论，都抹不了其曾经的辉煌。

观瞻的人们急切地穿越村庄，穿越百年的老柏颓庙，绕过崭新的店铺，走过曲折的街巷，义无返顾地一直扑向高处的古寨废墟。所有的房墙都挡不住人们对历史深处神秘遗存者的探访，所有的时髦流行都挡不住人们对英雄豪杰的崇敬。

残破的胜家寨荒芜了上百年，山下的长疃村扩展了几个世纪，依然盖不住那一缕昔年的雄峙，遮不住那一种豪迈的峥嵘。诞生过一世英杰的山水，令人亘古地膜拜向往。那里的每一片残砖每一块碎瓦都放射着志士的辉光，都是一种前朝先贤的遗风余韵，有着不同寻常的风采。

胜家寨与它的主人度过了有声有色的一生，现在只在那里看世人来来往往，笑对千载春风秋色。人生如梦，一代代世事最终归于寂寥。山下人依然禁不住诱惑，一齐跌入繁华红尘，忙忙碌碌为名争为利奔，不肯宁静恬然半日，很少抬头看看古寨沧桑，活得越发骚动不安。唯有草丛里的旧年废墟心如明镜，瓦砾中的古时寨墙淡然清幽。

——发表于2004年第10期《旅游纵览》

京张路畔的鸡鸣山

草木落尽了五色的繁叶，只留下紫褐的茎秆，偶有一两片枯黄的残花在风中摇曳，又到了万物萧条零落时。

2003 年晚秋十月末时，再也不想往后推辞，不管冬风已经开始料峭，匆匆攀登了京张铁路畔的鸡鸣山，一览无余地目睹了那座独立高耸的秀山腹地的状貌，了却了久酿的一个夙愿。

其实，鸡鸣山就在寻常视线里。平日里，无数次遥望几十里外的那座孤立巍峙的蓝山。晴空下峰峦如锥般尖削秀气，雾天中只露半截灰色山脚，不只特立独处，而且有姿有采，山高峰峻，是一座名副其实的山，一处能入诗入画的风光。山上有奶奶庙等几座殿院，名声广播远近，但是在山下四周却看不到一角庙檐。深深地藏在山的皱褶里的佛寺，究竟是一种什么样的景致？一定也如别的古刹那样林密草稠藏佛法，花草铺径荡尘心，是占尽了当地好山好水里那份悠闲淡雅的最佳去处吗？

车从下花园的街道上向东里穿出，沿着鸡鸣山北坡的盘山路环绕，慢慢地爬上山麓处平整的停车场。路上有红焰般燃烧的火炬树和还不太粗壮的三角枫排列两边，更加点缀了晚秋的成熟，映衬着秋季不只是万物陨落的苍黄，还有那份大红大紫的久久的浓烈，那才是真正的秋季色彩，经霜沐冻后更加结实丰腴的气象。干草丛中有别处看不到的十分肥大的蝈蝈跳出来，在路边晒太阳。一场又一场的寒风摘光了灌木上的叶，又把叶刮得不知去向。沟沟壑壑里只留下纵横交错的乔灌高高矮矮的黑色枝条，色泽已与大地没有什么区别。

鸡鸣山后的阴坡沟谷，果然林木葱郁，峰回处掩着步步高上去的石蹬，路转后有辽代萧太后亭。三曲两折，便能看到半山腰中石岩后坐东面西辽代兴建的永宁寺，寺内供奉着儒、释、道三教，北面有观音庙、天王殿，数百层水泥阶直上直下，站在阶前看庙宇殿堂都得扬着头，也只能见一二门墙。只有上了阶顶，进了殿院才知道殿院三进，曲径回廊，一层比一层高上去，殿院随山就势，佛堂错落有致，观音佛祖各有洞天。

奶奶庙建在山顶，离天王殿还有一半路程，需要再在草木中的岩石裂隙里攀登上好一阵。此时回首，已经有了一览众山小的视野。随着一步步向上，下花园的建筑布局也渐渐扩大，方知其间红瓦红砖的平房很多，且都在向北东两个方向的沟谷里延伸，拉拉洒洒数里长。等爬上山顶，就遍览了下花园全景，鸡鸣驿方城，桑干河如带，京张铁路似蛇，村村郭郭都浓缩成积木画框，田野平畴向四方抒展。远方凄迷成薄薄的白色雾岚，是人眼永远都不可企及的无垠。

山顶上背弯处北魏太和年间的孔庙、魁星、玉皇等上百间庙殿早已不见踪影，一千七百多年前的砖瓦到处四散着，庙基还保持着方正的轮廓。北魏文成帝、唐太宗、辽圣宗、萧太后、元顺帝、明英宗的足迹已成记忆，只有清康熙帝两次上其峰歇息的卧龙石还在，古牌坊、避风桥也没有了废墟。南天门残破毁损，珠砂洞冷清孤寂，真正的一幅“事往迹犹在，山空人不归”的如梦沧桑。

但是不论世事如何无人管顾，大众对凡间神佛的信赖依然如初，依然日出霞照红东顶，日落夕辉映西峰。新建不久的奶奶庙里的碧霞元君姐妹衣装崭新，面庞靓丽，被许多的塑料或绢布鲜花包围着，面前供桌上摆着时鲜的瓜果点心。据守庙人说，因为有这种千年的神佑，下花园一带从来没有风雹灾害与兵燹，因了这种风调雨顺，当地人上山必要带了时令供品敬奉神灵的元君。山上一应生活所需物品皆由毛驴一步一歇驮上来。

从山上往下看，鸡鸣山向阳面是白色的石灰岩，风化的岖岈嵯峨，人是无论如何不敢登攀的。危崖处没有人类的足迹，也就没有蹂躏与践踏，没有丑陋的饮料瓶、包装袋之类的杂色污染挂在荆榛上，灵幡祭旗般长年地迎风飘摇。千米的陡峭海拔挡住了现世享受的潮流，拦截住时尚情侣们携带的大包的小吃皮核，保护了自己的洁净与尊严。

一步步下山来，发现晚秋里还有一两畦翠色，那是错季晚蔬与冬小麦。远观与近瞧，山里上下景致各有其不同，俯仰之间却都是万古的时空。人间凡尘全部覆盖在屋檐下，尽管人来人往相似，岁岁年年不同，那里蕴藏着古往今来一样的生死繁衍、悲欢离合的故事。登鸡鸣山，观到的是桑干河畔的一方山水，是燕山环拥中的一片城乡，是祖国第一条铁路的曲折逶迤，是京张高速的剑一般的直穿。

走远了回首再望，鸡鸣山仍然巍然高耸，独立东天，离得越远色彩越蔚蓝靛青，越发有了他处不见的风骨。

——发表于2004年9月2日《张家口晚报》

长城腰间大境门

十月的大境门又开始涂脂抹粉、头插彩旗、鬓戴鲜花、臂抱翠树，凝重里平添了几分俊俏，寂寞中增加了些许的热闹。然而，什么样的修饰打扮都盖不严它从遥远走来的苍茫凄美，掩不住它久历风磨雨蚀岁月砥砺的巍峨高耸，遮不了它曾经烽火狼烟洗礼的满目疮痍。

大境门与众不同之处，在于它不只是一座普通的城门，而在于它是万里长城上的一部分，是一个国家的边境上的一个设施。曾经千军万马严密地守卫着的一处隘口，曾经商潮滚滚南来北往的一处边卡。

万里长城起起伏伏，起时都屹立在高峻的重岭叠嶂处，让人望而生畏；伏时必定是两峰对峙的关隘，定有重兵扼守。张家口境内的大境门便是长城御北的一处边关锁钥，北魏、北齐至元明时在东西太平山上修的石砌长城大多都坍塌散乱，唯有两山相夹处的砖砌大境门巍然不动，凝固成了一尊中华民族奋勇不屈的雕塑。

大境门脚下的张家口与独石口、新河口、马市口一起"据长城之要隘，扼边关之锁钥，明设防守，清置总管，形势险要，足资拱卫"。自古就是连接边关与内地的交通要道，北通蒙、俄、疆，南连晋、冀、鲁，300 年来一直车辚辚马啸啸，内地往蒙、俄运送丝绸、茶、盐的驼队就是从这里逶迤蛇行；清时的八大皇商从这里崛起；美、英、法、德等 44 家洋行票号跟着驼队来到这里驻扎；清康熙三十六年，康熙皇帝第三次亲征噶尔丹就是从大境门内出发的……

盛名跟着叮当的驼铃声走向四面八方，走出一个北方汉蒙民族与中外贸易的商业都会，走出一个商旅归往、丰货灌输的陆路商埠，走出一个贸易孔道和物资集散地，走出一个曾经的"驼城""皮都"，也把从山西大槐树下迁来的小小张家堡走成一座中外名城张家口。颂赞尾随着震天的枪炮声传扬祖国大地，扬出"红色山城""第二延安"的美名，这一切都从大境门下经过。

昔日的繁华与今日的寂寥都从大境门下流淌着远去，凝固成民族史册上的亘古记载。只留下青砖砌出的 12 米高 9 米宽的门墙呈现庄重的深灰，不着一点颜色的肃穆展示岁月的悠远，内敛一种曾经沧桑的厚重与朴实。清代察哈尔都统高维岳于 1927 年书写的"大境门"与"大好河山"七个黑色颜体大字，至今苍劲壮观，让后人从中阅读出先人灵魂中经世不衰的气节。

随着中国第一条铁路在这里设终点站，中国第一条客货双运公路在这里穿行，熙熙攘攘的大境门才渐渐平静了下来，结束了几百年的流水繁华，也宣告张家口的长城、边寨、垛口、烽火台从此失意冷落。从票号店铺关门那天起，原本的高墙大院都没了跋扈傲气，在后起的高楼大厦映照下，大境门的古街显得一派苍凉肃杀。

然而，不论南城区的楼群如何的豪华，怎样的摩天，都不能压住大境门的光环。从前，没有大境门就没有张家口，就没有"驼城""皮都"；将来，没有大境门，张家口就失去了重心与分量。所有的现代时尚，都拦不住人们对大境门的缅怀渴念，连黄金难买的时间都在大境门上停止流转。大境门是永远的，永远的话题，永远的胜景。即使有一天它的城墙坍塌了，城门不在了，它的废墟也是一片圣土，它的残砖碎瓦也会让后人前来顶礼膜拜。

大境门是张家口的灵魄，更是这座军事名城的古老源头，多少诗情画意都从这里生发，多少慷慨悲歌都在这里上演。如今厚厚的木质铁皮大门还在，门上碗大的黑铁钉还在，但是没有再合拢过，没有合拢中华民族对外开放与流通的胸怀与期盼。长城遗馈成中国版图上凝固了的最大文物，八达岭是其上很绚丽的一点，大境门尽管深藏在燕山深处，也抹不没它苍桑斑驳的功勋。

夏秋时节，红色黄色的野玫瑰在长城畔丛丛簇簇地绽放，为大境门吐着缕缕清香，九千棵老柏树紧紧依偎。叠堆的长城石与古老的大境门相映生辉，共同书写成张家口的雄宏历史，绘出北疆边地的苍老容颜。那些生长在历史肩头的青嫩的赤橙黄绿，永远无法与大境门的源远流长相媲美；人们走在万花丛中时产生的淡淡愉悦，永远无法与面对大境门时心头生出的浓浓敬意平分秋色。春夏的姹紫嫣红都是历代人们瞻仰大境门时，弯腰献出的巨大花束；秋冬的翠碧葱茏也是后人思古忧今时，戴在长城胸襟上的彩色配饰。

——发表于 2004 年 9 月 21 日《中国绿色时报》

走进归根苑

坐落在神农炎帝、轩辕黄帝与九黎君蚩尤三个氏族部落征战生活过的涿鹿大战古战场上的归根苑，四面拱围着的都是几千年前的古老遗址群——西卧雄宏斑驳的黄帝城，南为晶莹律动的黄帝泉，泉外边立着高大苍黑的黄帝杨树，轩辕制作指南车的车台地；再往南有蚩尤三寨、蚩尤泉；西南有炎黄二帝征战的七旗村，东北有蚩尤墓、八卦阵村……千秋遗址的残垣断壁共同组成一派凄美的沧桑，神性的古老印痕在大地上勒出一种悠远的永恒。三皇五帝的气势还在五千年后挡不住地挺拔峥嵘着，炎黄始祖的创建历经百代硬是不倒不塌，风水宝地的辉光魅力四射，穿透了五千载的时空。

归根苑里的中华三祖堂，是由美籍华人周颖南先生投资兴建的，堂里雕塑着轩辕黄帝、神农炎帝与九黎君蚩尤三个氏族首领的高大坐像，坐像庄严、肃穆、凝重、质朴。三面内殿墙上彩绘着三人的生平事迹——征战、筑城、烧陶、垦田、养蚕、造历、冶铜……先祖们的故事一直牢牢地嵌在中华儿女的心中，但是始祖的故地却是一种令人难以诠释的谜团了，连故地称谓也一再地改变。

归根苑还没有全部配套。祭堂建成那年，就承接起回涿鹿来寻根问祖的海内外炎黄子孙的浓浓赤子之情，抚慰着一批批祭祖拜宗的华夏后人的婆娑泪眼与刻骨思恋。他们千里万里地归来，在三祖堂内三人像面前虔诚地跪下去，两行思乡的热泪顺着脸腮淌下来，一腔炎黄子孙的热血滚滚沸腾起，灵魂沿着始祖的根脉攀升向神圣的远古，满腹的心语涌上心头。他们摸着胸膛久久地哽咽，一任多年心心牵念的泪水长流，他们寻觅等待得太久太苦了。

他们感谢归根苑，自从有了此祭堂，自从五千年阅历的黄帝故乡涿鹿敞开家园的怀抱，在外四散飘零的炎黄后裔们，才能扑向先人的都城与墓地，与他们心中最眷顾的圣贤就近地沟通了，才能在始祖像前倾诉他们世代为寻找昌盛去流浪的辛苦，倾诉外出难归时日日夜夜对故地的无眠思念，倾诉他们希望祖国富足强盛，国人在外面不再受岐视的憧憬，倾诉炎黄子孙对故园不凡的祖宗们的无限尊崇。

一批批港台人寻来了，走过那段长长的时空空白，满眼是崇拜地向着心中的伟大先人一步步靠拢，巍峨的圣殿让他们的心绪澎湃，气宇不凡的先祖像让他们的精神升华，始祖们庄重的面庞与朴素的衣着让他们无比敬重。三个曾经分分合合、打打斗斗的先人牵手坐在同一高度，是后人对他们神武英伟与浩气丹心的共同膜拜，也是对民族国家统一和平发展的万代期冀，因为是宽容大度让中华民族永远光彩照人。

归根苑里的建筑还只是计划中的一小部分，每年就有数万人翻山越岭地向这里走来，一瞻心中伟大先祖的容颜，看一看老家故地的状貌，亲自观览古战场的风采，走一走始祖踏踩过的土地，喝一口始祖饮用过的泉水，祭一祭始祖穹庐般的墓冢，渐渐抚平心中无靠的皱褶。他们为古城中一地的陶片和一件件精美的石器残块传达出的远古信息而震惊，他们在高大浑厚的古城断墙上骋目驰思，在一眼眼汩汩喷涌的古泉与一座座庞大的古墓前感怀，这一切都令他们久久地叹喟沉吟，令他们心生一缕轩昂的英雄气概。

涿鹿境内的归根苑，供奉的是十三亿炎黄子孙的共同祖先，是炎黄子孙们心灵的又一处栖息家园，走进去，神思就会无限度地邈远广袤起来，心谷不由生出一种装得下万仞丘壑的博大，每个人都会增添一缕日月在胸，风雷入耳的始祖情怀。走出来，先祖功勋伟业似亘古高耸凌云的仙峰，任凭世世代代的后人励志奋发地追随仰慕，却永远无人能够攀肩超越。

——发表于2009年8月8日《张家口日报》与当年《长城文艺》

致怀来文化广场

你是张垣大地上绽放的又一朵盛开的丰硕的文化之花，吐着缕缕怡人的清香，涤荡着近年来由物质堆积起来的街市上的繁杂与脏乱，开辟出一条通往精神伊甸园的树荫花拥的彩路。让那方大地有了一种崭新的精神高度，让那方人多了一种对文化教化人、引领人、熏陶人的重新向往和期盼。

你是京张铁路畔一片缤纷的浓墨重彩，汇集起春天的翠碧、夏日的绯红、秋季的金黄、冬月的银白，一起来这里集合聚会，让这方人心中多年的梦想和憧憬成真。你不再只是墙上的蓝图，不再只是口头上的承诺；你是悄悄立起来的精神文明的构架，你是结在怀来大地上的“三个代表”的一枚硕果；给怀来的21世纪第一年献上一份厚礼，给怀来的第十个五年计划的第一年一个开门红。

你是怀来本届领导向这方百姓的再一次宣言，在有了一街绿化树之后，在站起排排路灯之后，在挂出一个个灯箱广告之后，在把奋斗的目标刷在街口之后，在全县人民对县委政府班子打了百分之百的满分之后，又把这座全张家口最大的广场建在这块声誉越来越高的土地上。这是又一个创新与超越，又一个别人无法媲美的惊奇。

你是当地又一个值得歌赞的壮举，是又一首令炎黄后裔群情激昂的抒情诗。虽然不是所有的张垣人都能享受这块宽展，就是让怀来的老一辈人在早晨有了一处舒展筋骨的绿荫，让怀来的年轻一代有了一份在黄昏后谈情说爱的港湾，让怀来的孩子们有了一处撒欢的广阔，让怀来的学子们有了学习的清静处；只要有一群人在健康进步成长，就是对这块古老土地的巨大贡献。你还是官厅湖畔又一处迷人的风景，是鸡鸣驿古城身边又一座人文名胜，是董存瑞故乡又一值得记录的喜事，是怀来人给怀来抹上的又一片丰富与美丽。

几座雕塑、几坛花池，这一方人的言谈话语就多了许多的善美；几片花甸、几条彩路，这一方人的生活就多了无限的欢悦；几排绿树、几块草坪，这一方土地就多了许多的诗意；一个舞台、一座球场，这方土地就多了无限的生机。不需对老百姓说多少豪言壮语，一座文化广场就蕴含了一届县委代表人民根本利益的成就；不需人们夸多少海口，一片花树就能代表一届政府实干的业绩，一座洁净的五彩城市就是一方人的境界高度。

但愿在这座广场上不断结出不凡的花朵，而不是只长荒草；但愿这片花树日益蓬勃，而不是日渐稀疏；但愿文化的各式彩旗在这里高高飘扬，而不是无声无息。那就让我们向这座张垣大地上最大的文化广场致敬，望文化的福音从这里向东南西北四处快速传播，把现代人们的迷茫与浮躁洗礼，让物质的繁复和精神的高扬一起在长城脚下炎黄故地扎根，把前进的航船的巨帆张满。让又一轮文明盛世在这里再度振兴崛起，让五千年文明的民族旗帜在张垣人心中猎猎飘响。

——发表于2002年第2期《河北文化》

孤城鸡鸣驿

鸡鸣驿注定是孤独的，孤独地在道边站成名胜，孤独地在原野屹立成风景，前不着村后不靠店地峥嵘，与凄凄荒野也隔着一条宽展的马道。它孤独了几百年，至今还在苍凉地孤独着，竟然没有屋居敢把城墙挣破溢出，没有集市在城宇外环绕。它四面城墙仍然高高地耸立着，在京张铁路侧畔寂寞地肃立着，独自承受着数百年的风霜雨雪，尘蒙着已五个世纪的砂石灰土。只有道旁的青草亲近着斑驳的砖墙，只有邻村的羊群偶尔走过古道，连城里的人也很少走出城外，鸡鸣驿城半日半日地静谧着。

它必须远离人群，远离喧嚣，因为它的职责就是传递圣旨，不是六百里加急，就是大臣们的密报。它的马一出城，就要扬鞭驰骋，马道上立即腾起万缕尘烟，人为之呼啸，车为之腾道。它要的是一马平川的无垠，要的是无遮无拦的迅疾，不能有一点阻隔，不能有一处热闹。它的眼睛在睡梦中也半睁着，不敢有一点闪失；它跑死了多少驿马，累倒了多少驿卒，不得而知。但是它必定是整日风烟滚滚，马蹄嗒嗒，人吆马嘶，不得安闲的。

当年，蒙古铁木真的铁骑一路南下时代的雄风早已成为历史，唯有鸡鸣驿这个小小的驿站，保存着成吉思汗的马蹄痕迹，与那个元朝的上都，一起构成蒙古英雄的传奇。当时，它只不过是一个帐篷，后来明永乐年间，发展到拥有150名驿兵，加上后勤人员，共计330人的大型驿站。明成化1472年筑周长2330米的土垣，明隆庆1570年修墙筑城，设东西两门。自有城墙始，它已经越过530年的时空，发展成占地22万平方米，有驿丞署、驿馆院、马号、驿仓、校场、店铺、驿学、庙宇，纵横五条街道的市镇。

出鸡鸣驿城的东马道，自先秦时就称“上谷干道”，是东经居庸关去燕、冀，西到大同、新疆，南通紫荆关，北达库伦、俄罗斯的必经之路。在这里，曾经闪过多少刀光剑影，点燃过多少烽火狼烟。光绪二十六年，八国联军打进北京，慈禧太后携光绪皇帝与大臣们仓皇出逃，在此城里的贺家大院住了一宿，据说这一个提心吊胆的夜晚鸡不敢叫狗不敢吠，驿城里的人比平时睡得都踏实，这不知是它的荣耀还是它的耻辱。

驿城在“民国”三年，即1914年，被北洋政府撤销，结束了中原逐鹿时的辉煌历史，衰落成一般村镇。但是，它不是一座废墟，而是一件珍贵的文物，它不只是保存完整的一座驿站，它的每一块砖每一片瓦都是珍贵的先朝馈赠。在修建西城墙时，匠人们留下一个千古之谜，用石头敲击，会发出声声鸟鸣，老人们说是凤鸣，传说这里的城墙上落过一只凤凰。这样一来，它就不仅是历尽沧桑的砖石建筑，还含有几分灵仙神秘的气息。

由于靠公路铁路太近，鸡鸣驿城上落着厚厚的灰土，也正是因为离现代化城市遥远，也避免了城市扩建拆除毁坏，也由于离人们群聚的地方偏远，又避免了无知的人们挖墙取砖的破坏。东城墙上的越楼倾斜了，根根木椽肋骨般露着，门楣上的大字也在文革中用泥巴盖住，西城墙的砖皮大面积掉落下来，露出早先的土垣。座座旧院落野草深深，但是垛口的女墙上还有棱有角，大门还在，上城墙的梯坡也很好走。站在城墙上鸟瞰，城内砖瓦房鳞次栉比。

每一座残城都是被影视界人士看好的沧桑古老，鸡鸣驿的雄伟更是拍电影的最佳背景。一个个剧组在这里出入，《血战台儿庄》《血战长城》《大决战》等影片都在此取过镜头，鸡鸣驿城成了北方当之无愧的电影城。

登上城墙，北有鸡鸣山做屏障，南有桑干河护卫，东往都城，西向边陲。万里山河近在眼底，鸡鸣驿城独立京畿，孤守荒野。披一身风尘，迎大漠黄沙，接秦关汉月，临朔州胡骑，呈千古英雄气概，显万代华夏意韵。

——发表于2002年第11期《旅游纵览》

走近蚩尤墓

有文字记载的蚩尤墓就不下5处，两处是《史记》中记载的山东寿张县阚乡和山阳郡巨野县，一处是涿州，另外两处就是河北省怀来县李官营乡二堡村和涿鹿县保岱乡保岱村。

前面提到的三处，因没有亲见不敢妄谈。西汉太史令司马迁说得很详细也很悲壮。山东寿张的蚩尤墓：“高七尺，民常十月祀之。有赤气出，如匹绛帛，名为蚩尤旗。肩髀冢在山阳郡巨野县。”两千年前的这段文字记载，应该有其可信之处，但是至今还未能听到山东寿张有炎黄蚩活动的宣传，想必也是坟去冢无了。但是这已经印证了蚩尤被轩辕黄帝断其身首，碎尸九块，分埋数处之说了。《史记》上说：“蚩尤作乱，不用帝命。于是黄帝乃征师诸侯，与蚩尤战于涿鹿之野，遂擒杀蚩尤。”又在集解中解释道：“传言黄帝与蚩尤战于涿鹿之野，黄帝杀之，身首异处，故别葬之。”在黄帝故乡涿鹿，老辈人说，其始黄帝斩蚩尤后身首是埋在一处的，可是七七四十九天后，蚩尤又身首合长在一起，死而复生，到处吃人。被黄帝二次追杀后，怕他再活过来，就把其碎尸九块，分埋数处，而且距离很遥远，坟丘十分坚固。

距黄帝城12里的怀来县李官营乡二堡村的蚩尤冢，据清代康熙五十一年重修的《怀来县志·坟墓》篇记载："上古蚩尤冢，矾山东十里。二土埠形圆长，前后相错，相传为蚩尤冢，即旧志所谓冢疙瘩也。"东西二冢相距39米，东面的高6米，周长70米，西面的高7米，周长138米，位于二堡村正南1.5千米处，上面长满了杂草灌木，其中一墓有一个盗洞痕迹，传说被盗过。

位于涿鹿县保岱村西历山下窑子头村东的蚩尤墓面积约占地5亩，2700平方米，早年有四个坟丘，附近一带的人称东四疙瘩，说土中埋着一个不知什么朝代的皇帝。农业学大寨时平掉其余三个较小的土丘，现只剩中间最大一丘，直径50米，高5米。土中有与黄帝城中同期的黑红彩各种残碎陶片。据说，此墓为蚩尤首墓，即埋葬着蚩尤首级。涿鹿县县志也记载了这一传说："黄帝赶蚩尤来到历山下，擒杀蚩尤后将其身首斩为九块，分埋九处。"又载："位于保岱村十里处的辉耀村北坡上有一片红似血的山岩，传说，此处正是黄帝斩杀蚩尤处，这片红岩是蚩尤血染成的。"那片红山岩，至今仍然像一个巨大的伤口，流着红砂石的血。

蚩尤首墓的土十分厚实且坚硬，当时不知用多少黄土来埋这颗死不瞑目的头颅。四千七百年前，东夷部落首领蚩尤一路北上，追杀炎帝，在涿鹿这块平川古土上与炎黄联盟征战了52个回合，历时3年，最后以蚩尤的九黎人失败而告终，蚩尤81个部落首领有45个被斩杀在涿鹿。除了蚩尤墓，这里还有蚩云、蚩雨墓，有埋葬蚩尤兵卒的晒尸坡，那里有无数的土堆。强悍的东夷部落最后一部分归于炎黄氏族，一部分流放到云南水泽之乡不毛之地，形成后来的三苗国。

蚩尤首墓风化了数千年，坍塌了数千年，依然有一房多高，孤寂肃穆冷凝地矗立着，没有人凭吊，没有人祭祀，但也没有人去平掉它。当地老辈人都说，蚩尤死得惨烈，不该再去祸害他。毕竟，他在华夏民族的发展史上起过巨大作用，是中华民族多源多根的一源一根，是中国人的创世先人之一，是黎苗人的先祖。

——发表于1996年第6期《乡音》，同年《人民日报·海外版》转载

塞外大境门

这是门，但不是家门，不是寨门，也不是城门，而是国门，是万里长城上的一个关口。它东接八达岭，西去嘉峪关，门内的守城名张家口。大境门建在东西

太平山夹峙的一条峡谷里，跨越着大清河。张家口市便沿着河两岸向南一直延伸，塞满了整条河谷，寺庙与道观被挤得上了西面陡坡立崖的绿林荆棵中。

大境门原是明朝时在秦砖汉瓦基础上重修的一段长城墙，属九条边墙之一，清顺治年间开豁建门，名曰大境门。清康熙皇帝从此门出入远征噶尔丹，八路军从此门进城解放张家口。今天谁要徒步走长城，还必须从这门顶上走过。人们眼中的大境门苍灰黯然似一张发黄的老照片，平淡无奇如一个晒太阳的老人，并不知道它曾有过的灿烂岁月改变过中华民族的历史。然而，这里的人们十分注重大境门的存亡兴衰。

自明朝起的四百年来，门两边的长城墙衰老得骨瘦如柴，伤残得体无完肤，最终累倒在荒山僻岭的草丛中，再也没有力气站立起来。唯有大境门一修再修，依然岿然不动，有棱有角，血气方刚地站立着。基础大石条合卯对缝，墙体上的老砖间没有一根杂草在上面长出来，偶有一处脱落，早已用白灰修复。门墙高12米，底阔13米，顶宽9米。门顶部有一长12米宽7.5米的平台，上建筑1.7米高的垛口，0.8米的女墙。右边有登顶的阶梯，上去往两边走，就是陡壁悬崖上挂着的长城断壁残垣，仍然蛇蜕般沿着东西太平山蜿蜒远去，没入北方苍黄的荒野与灰白的山峰中，迷蒙成一派亘古的无垠。

大境门门楣上有当年的察哈尔都统高维岳书写的“大好河山”四个颜体大黑字，四个字从右往左读是“大好河山”，从左往右读是“山河好大”。门洞内铁皮大木门还在，门已数百年未关，严重走形，俨然两个浑身披挂盔甲的瘸腿壮士。敞开的大门，是中华民族敞开接纳世界的胸怀，睁大观看世界的眼睛。什么时候关住大门，就狼烟四起，战火纷飞；什么时候打开大门，就刀枪入库，歌舞升平。曾经“前屏京师，后控沙漠，坚如磐石，固若金汤”的大境门，与东倒西歪的长城墙一起，成为华夏民族历史分分合合的见证。

大境门的风韵不只在它是长城上的一个关口，明洪武年间从山西移来的汉人与匈奴人、契丹人、女真人、蒙古人共同居住在它脚下。还在于自它们1529年开放那日起，等了数千年的南北茶马交易立刻滚滚流动了起来，门里门外建起十一个马市。从嘉靖三十年开始，从门洞里出出进进的马队驼队和牛车羊群，硬是在黄土地上的草棵子里走出一条两千米长的张库大道。明末清初，这里是著名的旱码头，民国时仍然是对蒙俄贸易的通道和物资集散地。外蒙与内蒙古来交易的马匹年达十万头，羊一百八十万只，骆驼三万匹，输出的茶叶有四十万箱，绸缎无数。门内街道两旁的商店多到七千家，街上皮张堆成山，马牛羊驼啃光了山上的草根。1925年，驻在大境门一带的德、意、美、日等外国洋行就有44家。五湖四海人建的钱庄、票号、旅馆更是数不胜数，驻在库伦、恰克图的中国商号就有400家。那时，门洞内从外蒙、俄罗斯南来的成千匹驮着皮张的骆驼摩肩接踵，上百辆从南京、苏杭北往运送丝绸茶叶的牛车头尾相接，就这样，日夜不息地走了近四百年，把宣化南门的铺地石磨成了深坑。让世界了解中国，让中国走向世界，在这里四百年前就做到了。

如今，在大境门一带的村庄名来远堡、宁远堡、兴隆街等，都还刻着那个时代的印迹。城墙根长足三里的钱庄深宅老巷依旧大气凛然，森严壁垒的票号高墙依旧神秘莫测，鳞次栉比的门店旅馆依旧竞夸豪奢。这里是最深长最久远的山城根基，崭新的张家口桥东桥西区从这里生长发育繁衍。

同是长城上的一座门，大境门没有八达岭有名气。但是新中国修的第一条铁路即京张铁路，硬是钻过八达岭，穿过五十多座山洞，曲折蜿蜒，从北平直扑大境门，卸下旅人与货物，然后拉上又一拨人与物掉头返回。新中国的第一条客货两运的公路，即张家口至蒙古库伦的京绥公路在这里铺设。这座城门与张家口的传奇经历，写满了几十本厚厚的史志。

大境门坚实冷峻，只孕育铁骨铮铮的汉子，所以这里出了冯玉祥、吉鸿昌那种我在城在、挥刀立马、血洒疆场的民族英雄；只出穿皮袄皮裤戴着瓜皮帽的商贾；只出洗澡水能肥二亩地的赶车赶马的老倌。可惜自俄国十月革命成功，外蒙宣布独立，日本侵占东北，国内军阀混战，张家口的国际商埠从此关闭，大境门便陷入一派萧瑟静寂，茶马古道飞扬半空的铜臭落地，受了重创的商贾老倌们顿足长叹，闭眼一息竟是四百年绵绵日月逝去。

大境门热闹过冷寂过，最终沉淀为凝固在张家口版图上的文物，它把根须深深扎进了华夏民族强盛旺衰的发展史中。外地人赶到张家口，感兴趣的还是灵性神伟的大境门，与它两边蜿蜿蜒蜒的长城。

——发表于2008年第4期《五月风》

灵山翠碧花色色

草甸越来越多起来，山头也更加浓墨溢绿，坡上的原始森林须发一样密匝匝地林立着。一坡一坡的绿地，一梁一梁的森林，这时已进入涿鹿南部的灵山区域了。

几天前刚下过一场好雨，有溪水从岩石上流下来，哗哗的水声在山谷间回荡，盖过了所有的声音。空气比下面凉爽了许多，山上的人在下雨那几天里，还穿着羽绒服。天空十分的蔚蓝，白云仿佛就在山顶上。车不能再上，但是还不到灵山顶那2303米的峰顶，要上顶需要坐索道或徒步登山。

此时再回头看来处，万山都低了下去，路像一条细细的带子一圈圈缠在山腰上，那山臂弯处的村庄的屋顶小得似玩具积木，刚来时看到的所有景致都被挡在山外，远处一片迷蒙。上百匹备了大红大绿鞍鞯的供游人骑的高头大马，拴在马柱上，拉马的人悠然坐在草地上。

抬头看，还有更高的山巍峨着，葱茏着。山峪里有北京人建的童话般的红色尖顶房，有各种色彩的球形房，有蒙古包，有宽敞的停车场，有出售纪念品的商店，有通往山峰能观览远景的索道。

然而，更令人欣喜的是满山的绿毯般的茸茸草甸，草十分茁壮且种类繁多。狗舌草长有一米高，带花边的鸦头草叶片肥大，有毒的离路草格外鲜嫩好看。六月里蒲公英花有的开过，绽出球球如伞的花籽，有的正在盛绽出大朵的金黄。开得更多的一种名鞋底草的贴地开的小黄花，一片片一簇簇一朵朵一甸甸，引来各种蜂儿蝶儿，闹嚷嚷地在花丛中飞舞；也有数朵金针花，一两簇山丹抢先盛放。

七月才是山丹花开的季节，八月又是菊花满山的时候，七八月是进山看花的最好月份，草上开着簇簇的白菊与黄菊，夹杂着不少金莲花、金针花，还有粉的、蓝的、紫的不知名的花儿。

东灵山景区面积达80平方千米，北靠官厅湖，南与北京市门头沟灵山景区毗邻，有京西“珠穆朗玛”的美称。其上主要景点有“万亩草甸”“灵山云海”“千年神冰”“登天石林”“擎天玉柱”“碧野蓝天”“东灵西照”等，夏季气温在17℃~22℃之间，凉爽怡人，花草树木极其茂盛且种类多，每年有几万北京人进山避暑度假。

走进无边的桦树林中，在窄窄的小路边，葳蕤着许多的草树，大朵粉红色的刺木花，宝蓝色的猫眼花，串串的幽兰，倒挂的紫铃花。越往林密处走，叫不上名的花越多。林中有山百灵、麻喜鹊、老灰串、野鸡、半翅、石鸡等此起彼伏的鸣啭，“吱吱”“喳喳”“啾啾”，看不见鸟影唯听鸟鸣声，偶有一松鼠匆匆从路上跳过，跳到对面的树上。山里人说林中有豹子、狍子、野猪、狐狸、野兔、雪鼠……

沿着盘山路往里走，一路奇山秀木，一路如翳绿色。山呈各种形状，岩有各种花纹。每年夏季雨后，山头云岚升腾，山腰白云如海。晚秋后落了霜，山上的色树叶子由黄变红，又是满山红叶。山上林中有山蕨菜、猫爪菜、人亲菜、黄花菜、山蘑菇，都是味道鲜美的山珍。还有一种名马皮泡的菌类，长得有面盆大，像个大白馒头，山里人采了加工后做成野味菜。还有烤羊、烤猪等待游人品尝。骑着马绕山转一圈，山中景物尽收眼底。

……

灵山，历来仙境，今遗古风。夏秋观光赏景的好去处。

——发表于2002年10月21日《张家口日报》

桑干河畔

作家丁玲在她的名著中写的那段桑干河，已经是那条古老河流的最下游，也是河的最宽阔平缓处。往前就是与洋河汇合的燕尾河，也称为永定河，再往前则是官厅湖的入口了。以一条河为书名，是作家对在这条河岸边生活过的普通人永远的忆念。

千里桑干唯富涿鹿。

沿途奔泻的咆哮的河水，到了这里五十八里平川才愿意停一停足，跌进了这个万年前的大陨石坑，圈入古称有沃，被四山环围，一水中分，渠堤纵横的绿色小盆地。

这块被桑干河浸润着的古老土地，无愧于桑干河的养育。人们世世代代在河两岸改滩治水，祖祖辈辈在河边引潜截流，把河水渠分堤割，库存湖留，造出岸北十万亩如镜如毯的麦田、稻地、菜蔬圃，岸南十万亩赛霞似锦的果林梨园葡萄沟，使这片古老的土地成为塞外有名的米粮川和花果乡，成为坝上张家口最富庶的一方小城镇。

襟带似的桑干河水从西向东横贯县境，把县域切割成河北与河南两大块。河北岸的滩涂贵如油，从四千多年前就有神农炎帝在此种植水稻的传说，所产的保安大米是历代向皇家进贡的贡米，至今仍然享誉华北。水稻与小麦曾经是这方人的主要产品与吃食。

在河北杨柳做框的平畴阡陌上，是一畦畦精致的田园，麦农们把每人仅有的半亩田耙磨耧耕得壤红土细，在麦海中打了几百眼深井，从春到秋日夜不息地浇灌，旱涝保丰收。巍巍黄羊山屏风般挡住西北的风沙，岸北年年丰收，几十年前就过上了小康日子。如今，他们正在自家的承包土地上搞立体化种植，收了小麦种时令菜，四季摆弄塑料大棚。地少人多，其余劳力经商，县城几条街大多都是他们经营的店铺，应有尽有的商品在街两旁堆堆垒垒，五花八门的商号店铺在路边挨挨挤挤，菜街日日人涌似潮，衣市天天摩肩接踵。逢六还有米市、禽市、牲口市、猪市……再现出早年间“小北京”的繁荣。

从崭新的白色大桥上过河到了河南，但见条条乡路座座村边都有果林掩梨园遮，路边果树成篱做笆，累累红果扬手可摘，串串葡萄张口即尝。从夏到秋，杏、桃、果、梨、葡萄，一茬茬上市展卖，一季季续接不断。所有的路边都是堆积待售的筐筐箱箱的红果、黄梨、紫葡萄，所有的街市都如珍珠似玛瑙般姹紫嫣红，那里的土地上，老果林新密植园相依相偎，葡萄藤架缠路绕梁，几十里路几十里果林梨园。那里的地下，是一孔孔果窖和葡萄晾房，年年冬天储藏着几千万斤果、梨、葡萄，等待春节后三四月错季上市。自七月果熟，河南就开始浸润在悠悠的果香里，过百座村堡闻百里果香，若此时到河南人家做客，主人会捧出大盘的各式各色水果，客人可以尽情品尝。

河南水果卖不完，就拉着过河到河北去换大米小麦，河北人也把自家的麦米运到河南去兑换。河南人与河北人结亲，互赠的就是自己的特产，河北人给河南人送大米、白菜；河南给河北人带水果，不同的是从前用小竹篮盛，现在则改用纸箱，一送就是几大箱。

桑干河里有鱼，那是从官厅湖里上溯而来的，大多是小白条。河边村庄的人们，用竹筛就能捞上来，煎成金黄色，拿去卖。如今，也与从官厅湖渔民手里贩回来的大鲤鱼、小红虾一齐活蹦乱跳地摆到街市上出售。

“鹿野千村秀，桑干一带黄。”古代文学家苏轼、贾岛，以及清乾隆皇帝都曾写诗咏桑干河两岸如画风光。现代文学家郭沫若、冰心、叶圣陶、田汉等人都曾写诗赞颂涿鹿人民引水上山，建设美好家园的创业精神。富庶的涿鹿哟，拴住了当地男人们的脚，没人愿意走出这片塞北小江南；多情的桑干河啊，妩媚了两岸姑娘的心，谁也不愿意远嫁他乡，都留在本村或邻村择夫，携手耕耘劳作，过着小桥流水人家、自给自足的日子。

——发表于《河北党校报》

浓妆艳抹水母宫

不知什么时候，张家口市西北山林中便有了一股凛冽的山泉，泉水在山湾里折来拐去的没有流到别处，人们把水引上了岩壁，再让它跳下去，水流跌碎后的粉沫，四下飞溅成一阵阵的细雨，再把潭中的涟漪圈起来，顺着方的圆的多边的池塘流淌出宛转的蔚蓝，逶迤的青绿，树都想在水里照一照倩影，水中便也有了些起伏的绿。

水汽打湿了岸畔的沟崖，塘池泡酥了两侧的坡谷，树籽和花秆一落下便生了根，蓬蓬勃勃地生长起来，树挨挨挤挤地长成蓊蓊郁郁的林，花沿着山麓向四处蔓延。数丈高的林把阳光推得很远，阔叶的刀剑把光线切割成无数的小点，不辨方向的垂荫路在花树中向四方曲折蜿蜒。

树木稀疏处洒下四季轮流开放的各式花籽，花圃花带花坛溢出的赤橙黄绿青蓝紫，涂抹着山体的空白与裸露，改变着大片绿色的单一模式。爬山虎罩住了吉鸿昌纪念馆很长的墙壁，紫藤红荆遮严了冯玉祥馆舍的游廊，垂柳婆娑着水母宫的水帘，苍松肃穆了龙泉寺的庄严。这一带的坡梁颜色比别处格外绿得深重，这里的空气比别处的扑面凉爽潮湿，这里鸟声蝉鸣柔媚俊俏，似乎风钻不透那厚厚的林带，角落里没有见一只废品包装袋在迎风招展，没有一个饮料罐在草中沉睡。暴雨冲不开密匝的叶片，也就扯不垮黝黑的植被，流不成一条山溪。雨日，游人尽管在山道上撑着伞行走，鞋底也沾不上一簇泥巴。而雨过天霁的叶更油光翠绿，砌梯坡的白石也越发地如雪，庙殿的砖墙更加橙红。

于是，人们领着宾客，一路丢下欢声笑语，来这里享受幽雅。乐山喜水的山城人们，把这里当成他们节假日散心的去处，从春到秋，季季都要来。在林间穿行，在花丛漫步，吸着浓浓的芳香气息，听淙淙泉流，在四周环绕的静谧中浸泡上半日，洗去满心的疲惫，抹去一脸的皱褶。把许多的烦恼抖落在梦幻般的花间，把大把的愁绪埋藏进茸茂草丛。

洁净的水泥或砖石甬路边，不远不近地摆着摊贩们花花绿绿的纪念品，一排排矿泉水，一束束气球，一颗颗佛珠香袋。大概来这里的小贩们也都有一份山水花树的情结，便专门到景区来一边做生意，一边陶冶性情，他们大都不招揽游客，凭了人们任意走近或远远地绕过。花木的静默品格，能潜移润化到人的灵魂里。也有不谐调的地方，譬如那人造的假景观，不敢在光天化日下，先造出黑暗，再以声光电迷惑人的视线，是这里的一种痛。

晚秋时节，山上的火炬树叶红透了，像是少女脸上擦着的一片片的腮红。小叶杨黄了，秋讯一片片掉下来，铺在路上、阶上。其余的树们也都绿得浅了，林木主要以漫山遍野的淡黄为色调。景区开始像一幅幅秋天的水粉挂画，又像童话故事中的风景，减了几分少年清纯，添了些老岁妖冶。

不要说具体的哪一株树，就是那金壁红顶的寺院也只露一角瓦檐，峰巅上那一座座凉亭也只现半边画础，长长的彩色走廊唯见跌宕的飞脊，巍峙的牌楼被花丛簇拥，所有的建筑都闪回隐现，所有的游人都宛蚁若豆。一切的个体共同携手，绘成了苍茫翠微，才是这片风景的来历，而这风景在万里叠山丛岭中又何等的不足为道。

在林中阳光斑驳的曲廊上攀缘，沿着山腰绕来缠去，上了高处，山下的林冠踩在脚下，伸手能摘松塔柏籽，染一手松香。坡上的树干长在头顶，交错的枝丫扯襟拽袖，不让人离去，阴坡处肥硕的蒲公英花金光灿烂，细碎的矢车菊金星万盏。站在最高的地方，见远处张家口市建筑积木般花插堆叠着，恰似一缩小了的微型景观，喧闹的街市，吵嚷的人群都淹没在淡淡的雾岚中。

如果勇敢些，穿越丛林，再往深处探寻，还有地下长城，有壁立如仞的山岩，有滚滚的带花纹的涧石，有柴荆挂果，杂花铺茵，彩蝶引路。尤其是那份静寂，能听得见松鼠们追赶打逗时踏掉的松针落地声，叫不上名的树木草花，一路陪着你遍野漫山地参观。

来张家口水母宫的人换了一代又一代，而这里的姹紫嫣红早就在那里枯荣了几百上千年。他处的荒废只有疏离，唯这片浓妆艳抹让凡夫俗子们年年亲近，亲近的是那份灵动的山水与繁盛的花树造就出的一片秀美。

因为清泉有了水母宫，因为水母宫又有了林木花树，因为林木花树又有了各种名人馆舍，来的人多了又添了花花绿绿的商贩，添了瀑布、花丛、奇石、怪树……一处人文景观就这样日积月累而成。

——此文获2013年“大好河山·张家口”征文优秀奖

南山彩石

一踏进涿鹿县南山区中源石材有限公司样品室，就被满屋展摆林立的石板、石桌、石几吸引住了。

这是当地的石头吗？这就是区委领导们为之奔波呼号了很久方发掘的花岗岩大理石吗？这些寂静地蕴藏了几十万年的精美石头色彩花纹如此的璀璨、绚烂、缤纷、倩丽，如梦如幻、似花似蕾、犹诗犹画、像云像雪。

这些由岩浆在地壳深处逐渐冷却凝结而成的花岗石，由粒状分解石及白云石组成的大理石，赤橙黄绿青灰紫七彩纷呈，或一石一色，或一石两色，或一石数色，色色相融相含，互浸互润，交结缠绕。有的白中点红，有绿里嵌黑，有黄底揉紫，有灰空飘青。听听当地人为它们起的名字，就足以知其的美艳。

以色泽命名的有将军红、中国黑、梅花绿、太白青、芝麻白、香蕉黄；以花形命名的有珍珠花、青龙花、黑白花、灰云、瑞雪、竹叶；以产地命名的有易县黑、康保红、蒙古黑、平山红……红与红的不同，将军红红得庄重沉稳，贵妃红红得雍容华贵，平山红红得柔和温馨，樱花红红得素雅大方。青与青亦异，竹叶青有竹叶的婆娑，太白青有太白的清幽，中国黑有中国的神秘，蒙古黑有蒙古的剽悍。还有火烧云的那份热烈，风云景的那般飘逸，樱花红的那样含蓄，雪花白的那种素洁。朵朵梅、点点珠、碎碎瓣、层层花……用尽形容词也难表示出花岗石的美，大理石的俏。

在这里，花色品种达二十多种。他们用这些美丽的石材加工成圆桌、方桌、茶几、地板砖、壁砖、碑石及铺路的蘑菇石、斧垛石，销往北京、河南、山东、内蒙古等地。

涿鹿南山区自古八山一水一分田，昔日这里石山、石路、石墙，人们用石头盖房，石片为瓦，石头砌路，在石缝里刨土植树，石沟里修地种粮。在这里土少得可怜，仅有的每人不足半亩田挂在山坡上，窝在山洼里，秋天不敢耕地，怕土松了被风刮走。

几十里路几十里山，站在山头上极目远眺，仍然是无尽的山。坐在车里蜿蜒了上百里山路，竟然瞅不见两边的山头，望不见一片天。是山使这里贫穷，山使这里封闭。后来山外人走进了山里，山里人走出了大山。山外人来了识出了山里的储量很大的花岗岩和大理石，几代人挖不完，还有金、铁、铜、锰，这些矿藏足以养育这一方人，山里人应靠山吃山。

于是，当地区委领导们认识了自家宝贝，知道山里蕴藏着丰富的花岗岩资源，在北京乃至华北地区储量最多，品种优良，结构均匀，色泽淡雅，在全国属中档大路货，还有几个比较奇特的品种。便开始了到处奔走找投资人、找销路、找设备，几经努力，几经曲折，历年经月，终于建起了一座年生产能力六万平方米的石材厂。为了尽快投产，山里人三个月不领工资先集资建厂，每天加班加点地干，三个月时间完成了六个月的工作量，于去年十二月三十日如期完工启动运行，成为山区的龙头企业。

最近，他们又发现了当地的紫石，又叫紫翠石的一种软石，是石雕的上好石料，便聘请石雕艺人来厂，雕出大小各种形状规格的龙形艺术砚，办了一个石雕车间。他们雕的龙砚最长一米，中间一个盖砚，周围盘绕大小十五条龙，深受北京客户的青睐。

从石材厂出来，再看山里的石头，发现这里不少房基石都有精美的花纹，河里到处是这种美丽花色的卵石，任意翻动一块都闪现着点点红、斑斑紫、片片黄、条条白。再瞧脚下石路，也斑斓了起来。最近北京人来此收买河卵石，直径四至十公分，人们都猜说是磨制健身球，也有说是做纽扣，总之是用这里的五彩石做一种工艺品或日用品。

南山的五彩石越来越被人认知，山里的石头成了宝，涿鹿南山人找到了一个富门一条富路，一部分人又将富裕起来，真该为他们庆贺了。

——发表于 1995 年 12 月 13 日《张家口日报》

深山深情

这里是河北省自然保护区。小五台山林场杨家坪分场几十万亩林区树木苍翠蓊郁，峰峦跌宕起伏。

就在这大山深处，密林丛中，首都北京通往西藏拉萨的国道 109 线蜿蜒而来，沿山势迤逦缓行。国道攀上一万米长的分水岭陡坡，爬上山头又跃入幽幽深谷，时隐时现，随着峰回路转向西北蛇行而去。

岭下，路旁坐西朝东的一个大山臂弯处步步登高的青砖红瓦的房舍，开字形门楼一侧的木牌上写着“河北省涿鹿县交通局分水岭道班”。

这里太偏僻了，道班房孤独地卧在大山皱褶里，安安静静地接受着大山的拥抱，春冬只有呼呼的山风来光顾，夏秋只有啁啾的鸟雀在鸣叫。

分水岭地势高，气候变幻无常，夏日暴雨说下就下，工人们常常淋得浑身透湿。冬天积雪不化，车辆不敢过岭，每逢这些季节，小小道班便成了过往司机和行人们的避风港湾。工人们会把他们接进自己的宿舍，用自己的杯子冲上一杯热茶让司机们暖一暖身子，腾出自己的床位让客人们歇一歇脚。

1991 年的 3 月 10 日，分水岭突然降雪一尺多深，几十辆过往汽车被堵在岭下，道班班长张万海领着工人把 50 多名司机和随行人员接进道班。小客房住满了，两间工人宿舍住满了，连小卖部、小仓库都挤满了人，车还在不断地增加，人还在陆续地住进来。

工人们在地上铺上稻草和褥子，让后来的师傅们轮流躺下休息，自己却顶着风雪轮流到外面看着车。

小伙房夜以继日地烧饭，70 多人循环分班吃饭。

雪下了三天三夜，70 多口人把道班的粮食吃了个精光，连工人们自己带的方便面也吃完了。粮食没了，雪还在下，车不能动，眼看着这么多人就要挨饿。

班长张万海安顿好大家，找了个背篓 5 点悄悄上路了，工人叶世亮看见了也找了个背篓不声不响地跟在后面。冰天雪地，空中飘着雪片儿，两米以内什么也看不清。他俩拄着棍子，一步一个深深的脚窝，艰难地跋涉着，从早晨 5 点一直走到晚上 9 点，往返 40 多里山路，从乡里买回了米和面。

看着司机们又吃上了热乎乎的面条，他俩顾不得疲劳脚疼，又忙开了别的。

13 日上午，雪终于停了，司机们准备上路了。

工人们烧了一锅又一锅开水，一桶桶提着给每辆车加满开水。又蒸了一锅又一锅热腾腾的馒头，做好薄薄的面片，一碗碗送到司机们面前。

路太滑，第一辆车一上岭便掉了头，工人们又扛着铁锨扫帚赶来了，有的铲雪，有的铺砂料。

第一辆车洒一铁锨砂料挪一步，一步一步地送上5里高的岭坡，一直从上午10点送到下午5点才全部送完，几十辆车安全地过了分水岭。

过了岭，司机们含着泪频频回首，向工人们深深地致意。看着远去的车队，折腾了一天的工人们才想起已经三天三夜没上床睡过一个囫囵觉，没吃上一顿热乎饭了。

回到道班，他们顾不上收地上的稻草被褥，顾不上收拾四处狼藉的碗筷，一个个倒在床上香甜地打起了呼噜。

这是发生在京西寂寞深山密林里的一个真实的故事。当然，知道这个故事的人没有几个。

然而这里年年如此。

——发表于1992年5月14日《中国交通报》

寂寞蚩尤寨

一小段寨墙，半座瞭望的土堡，一株扭腰曲背的老黑树。

寨下四周沟壑环绕着垂直如削的寨墙墙基。寨墙距离地面高达数丈，站在上面鸟瞰，会觉得头晕目眩。原寨墙上顶面厚达两米，黄土夯就，十分坚硬，用石块敲会发出当当的声响。寨上有一株不知年龄的老榆树（相传古代只有尊贵人家才能植榆），直径粗约四米，树皮左旋右转，空洞朽蚀，筋骨扭结，一树两种叶，干上长着老榆叶，干上结着小青果。一丛高高矗立的远古傲岸，一团永世散不开的百代幽怨。

这就是坐落在河北省涿鹿县矾山那大片古炎黄文化遗址群中的蚩尤寨废墟，破败、孤寂、冷清。尽管上面栽种着大片的果树，崖头下就是蔓延的村庄，不远处的公路上车辆滚滚，都掩不住它曾有过的那种血腥，抹不去它末路英雄的含恨与愤懑。色彩，唯一片苍黄、灰褐；音韵，只闻声声凄厉、呜咽。一个人不敢独自前往凭吊，不敢碰撞这份千古的民族疤痕。涿鹿大战中，这里的寨墙下曾“血流漂杵”，“像割韭菜一样往下掉脑袋”。

四千七百年前，九黎君蚩尤与炎黄联盟争夺天下掀起的涿鹿大战，是中华民族历史上的第一场有文字记载的战争。由于不熟悉地形，蚩尤把城池草草建在一个低洼的河谷地带，从那天起，就注定了他的悲剧性结局。炎黄盟军放水刮塌了简陋的蚩尤城东城墙，城中所有的九黎兵卒仓促逃上城西紧紧依偎的土崖，把土崖作为最后的屏障，深挖沟高垒墙，准备背水一战，试做最后的拼搏。

尽管蚩尤族人都是高大勇武的巨人，仍然不能改变侵略者必败的下场，炎黄盟军用掏洞的办法拿下了山寨，九黎人全部被擒俘。蚩尤本人也是从这里的堡墙上跃马而下，拽断了马缰绳，摔断了马腿，被黄帝儿子应龙带人乱刀斩杀。按照古老的法则，败者的酋长被身首异处分开埋葬，余下的人必须全部无条件被遣送到遥远的荒蛮之地，永远不得再来寻衅。身首异处是败者的必然结局，所以，涿鹿就有蚩尤墓，紧邻的怀来还有一处蚩尤冢。

蚩尤城与蚩尤三寨一带又统称“凶黎之谷”与“绝辔之野”。据当地史志记载与民间传说，当年，蚩尤寨与它的四面壕沟里浸透了木石兵器时代各个部族将士们的鲜血。大战中，走上了绝路的九黎人在堡寨的小路上堆满了滚木与礌石，企图阻挡炎黄盟军一次又一次进攻，冲杀的炎黄联盟兵士们一茬茬倒在血泊中，他们的木制兵器在血河中漂流，无数血洒疆场的亡魂在那里久久地徘徊笼罩。堡寨废墟古往今来一直都被当地人视为不安宁的地方，很少有人到那里去。但凡家中有了凶险之事，都会认为是惹了寨里的怨魂，便有老年女人到寨中树下去烧纸钱、挂红布、供面人，祈求免灾赐福。

如今，龙王塘村（原蚩尤城）村后去蚩尤寨的路上长满了萋萋荒草，草中扔着人们不用的废物，崖头下住窑洞的人家也搬离而去。寨上的小庙也没有了一点踪迹，早年的指挥中心，后勤制作及做饭的炊坑三座兵寨都成了耕地。蚩尤寨与对面六里处的黄帝城一起不断地坍塌着，伤怆地剥蚀着。独自守着凝固了的时空，静悄悄地沉静了几千个春秋，来这里的人们的心情与到黄帝城的昂扬激奋完全不同，不由得会生出一缕败者为寇的凄悲寒凉。

如今，所有的名胜无不是胜者王族的居所驻地，那里一片赞颂溢美，一派嫉羡，有谁欣赏如蚩尤这样的历史罪人呢？连史志也很少为失败者保留几行墨迹，更不用说那人云亦云的世态炎凉。这种无法用辉煌灿烂形容的地方，这些踏在成功者脚下的未冕英雄遗迹，只能任其自生自灭，只能用悲壮二字来敷衍。观瞻的人们来时默默地拨开茂密的草丛在土坡上回还，走时无语地绕过蚩尤泉边那几株如盖的老松榆槐，都怀着一种无法表述的沉重心境，发不出任何言语。

从三寨上下来，站在寨下不远处的公路上回头张望，就能看到蚩尤寨嵯峨黝黑的东寨墙基，冷清地屹立在村庄后的崖头上，那株铁黑色的千年老榆树，不屈地向四方支棱着它干枯遒劲的枝丫，似一簇戟戈，高高地插在故园的天空。远古遗留的兵寨，已经光秃赤裸成一片土丘荒陵，淡化成一幅古老沧桑的写意画，笼罩着一派玄黑与神秘的色彩。然而，其骁悍劲猛的气势不减当年，烈烈的浩气传扬百世，殷殷铁血流淌千年。

尽管废墟已残破得所剩无几，凄迷得苍黑难辨，没有颂诗赞歌，没有文字记写，但是蚩尤寨依然是炎黄子孙剪不断的历史源头，是中华民族抹不掉的一层底色，华夏儿女扯不开的始祖情结，亘古地长在后人千寻百觅的老土本根上。以后，即使废墟坍塌成一片荒蛮的草榛，在此发生过的英雄传奇故事仍然会在后人心头生生不息，更多的人仍然会辗转前来，对这一丘丘起伏的不寻常的黄土叹喟感慨，千秋不止。

在翠云山里

几年前，崇礼县的同行朱阅平邀我写写翠云山滑雪，因为没有到过崇礼，没有感观认知与具体印像，但是又不好推脱。好在手头有几本关于介绍张家口景观的书籍，翻了出来查找一番，对崇礼的山水景观方有了一种敬重与向往。知道那里不只是穷山僻野，也有多处人间的极好景致，特别是翠云山四季的变化，是大自然馈赠给那里的得天独厚的自然资源。

一处山水总有一片最佳的天工造化，鬼神们都往那里堆红垒翠，植林垒岩；春碧在那里铺衬严沟谷山梁，夏粉在那里涂染遍林棘丛，秋黄在那里把枝枝叶叶刷金描紫，冬雪在那里把峰峰壑壑披白盖银。那里是这方山水的最珍爱处，是这方人最寄情处；那里有神性的佛道红墙，有古老动人的传说故事，有十分隐秘的不可知处；那里四季都会流动着语言表达不出的丰姿音韵，世代飘逸着歌不尽的诗情画意。这样的秀佳处，大多连这方人也不曾有幸去细细观赏过，周边方圆的百姓也舍不得去碰撞那份尊贵精美，践踏那种迷人的靓丽绚彩。这样的好景致是志山在水者们的天堂，是绘翠描青者们的乐园。崇礼翠云山算得上是这样的一处秀色，称得上塞北大地上的一片艳丽，是崇礼境内的最招人惹兴处。

且不说桦皮岭上那近六万亩与峰壑一起波浪跌宕的桦树、云杉、油松，给道道山脊沟沟峡谷披上数米厚的绿绒毯，像激情的画家把一桶桶油彩倾倒。也不说翠云山上厚厚的植被间那漫山遍野的五彩鲜花，按季节一种种地盛开，一样样变幻着颜色。前半月是金莲花的鹅黄，后半月是百合花的绯红，再半月是玫瑰的紫粉，再半个月是芍药的絮白，再半月是矢车菊的幽蓝……也不说夏日林间绕树缠枝的浓云重岚似仙人驾鹤般升升降降，纷纷绯绯的细雨珠帘如玉女一起执壶喷霖浇灌。整个夏日，山外无雨山里打湿衣衫裤角，山外无云山里云锁雾罩。还不说匝匝森林里密密草丛间生长的无以计数的紫蕨菜、白蘑菇、金黄花，岩下奔流着湫湫小溪，长草掩映着潺潺山水。花间跳跃玩耍着嬉戏的彩蝶、野兔、松鼠，枝头鸣啭着山雀、百灵、杜鹃。秋末冬初的树挂雾淞，一夜间白了天上人间。谁用霜雪勾勒出树林的轮廓、山峰的轮廓、荆榛的轮廓、草木的轮廓？

当然，这里还要说的是翠云山的雪景。

自第一场雪下来就万山银装素裹，一冬不化的白雪把并排十六条沟壑填满，层层地积累成鸭绒被一样具有弹性的千米长雪垫。因为离城郭远，雪上没有人踩畜踏过的一丝儿脏乱痕迹，雪下没有包装袋、冰糕纸这样面目可憎的白色垃圾。十六条沟壑便成了十六条万米雪道，有眼光的人抓紧了这个机遇，在山上架起六条千米登山索道，率先开辟出北方滑雪场。自然的造化与人类智慧的结合，使精明的人们学会用大自然资源为自己挣钱，几年来的发展壮大，翠云山悄悄地形成了塞北第一大滑雪场。

来这里滑雪的人，如大鹏展翅般翱翔驰骋在蓝天白云下，如破笼脱兔般在万里苍穹下的千甸中撒欢奔跑，荡尽心头生活的忧患、工作的块垒与家庭烦恼，舒展眉头，宽阔胸怀，纯净心志。冬季，扔掉棉衣，似箭般一飞几千米，像鸟儿一样振翅拥抱大地，似蛟龙一样乘风破浪。到塞外崇礼滑雪算得上一个既帅又酷的项目。

——发表于2011年11月18日《张家口广播电视报》

在舜都古城遗址上

拨开厚重的历史积淀，就会发现人类居住的每一座古老的村落都有一丛深长的老根，伸进明清、汉唐、先秦，甚至上古，都值得后人慢慢挖掘。那里或许蕴藏着出人意料的传奇故事，蕴藏着一页民族成长史，那被覆盖的沉寂与残碎了的静止，比现有的喧嚣热闹更值得歌颂或赞美。

偶然翻读河北省《涿鹿县地名资料汇编》，一本县级疆界内的古城古村的沿革，便惊讶地发现那里不但是炎黄文化发祥地，是一片古征战地，还是轩辕黄帝九世孙虞舜帝的故乡。那里的村庄内荒野外有一座座有名的无名的高高坟冢，有一眼眼老泉，一截截残破的土城墙。据说都是他们的都城废墟，或者他们的出生地、屯兵地、殡葬地，都与炎黄、尧舜、刑天、大禹们有密切关联。上古时创世英雄们在这里留下无数让后人热血沸腾的史志或口头记载，还尘蒙土掩人踩畜踏着一处又一处上古时的人文遗迹。

涿鹿最古老的都城保岱，一个早已残缺剥落的灰头土脸的庞大村庄，传说就是虞舜出生的地方，并在此建立了初都，已经有四千二百年的历史。因为遍地是宝，舜时名翠妫州，汉时名潘城，隋时名怀戎县，唐时为妫州，元时名宝带，明清时降为一般乡镇。在汉朝到隋朝的地图上，该村附近历山上都标有舜庙，明清地图上仍名为舜乡堡。

西汉太史令司马迁在《史记·五帝本纪》上记载："舜，冀州人也，居妫汭。舜耕历山，渔雷泽，陶河滨，作什器……""舜居妫汭，内行弥谨。"北魏时郦道元所著《水经注》上曰："漯水经潘县故城，或云舜所都也。"唐《括地志》记载："舜都在怀戎县，县北三里有舜庙，外城有舜井。"三国时的《魏土地记》记载："妫州有妫水，水源于城中，外城有舜井，城北有历山，山上有舜庙。"

志书上还说，从夏到南北朝时的皇帝们都到涿鹿桥山与历山上祭祖，而不是到陕西，那时陕西还没有黄陵。史书记载："北魏明元帝拓跋嗣于神瑞二年六月幸涿鹿，登桥山，观温泉，以太牢祠黄帝庙，唐尧庙。己卯，登广宁之历山，以太牢祠舜庙。""文成帝拓跋睿于和平元年正月，东巡历山，桥山，祀黄帝、尧、舜庙。"史书中一再说到的历山就在保岱村北三里，今窑子头村后，桥山在村东南约三十多里处。村中原有一条河，汉唐前名妫水、漯水。在张家口市成立之前，唐妫州管辖着东至延庆，南到易县，西至宣化，北至坝上方圆数百里的政事，是汉唐时十分重要的北方政治、经济、文化中心。

上古时，这里竹林婆娑，鹿儿呦呦，有九个大海眼，洪水泛滥，轩辕黄帝到此堵了八个，剩下一个，即后来的潘泉。那时，轩辕黄帝就夸这里是翠妫州，妫水里有五色鱼。有人说河图就出自妫水。舜时，他与二妃娥皇、女英就住在妫水河畔，舜每日骑着鹿到处巡游，劝人耕种五谷，采集五果，带着人们打鱼，烧陶。传说舜的父亲瞽叟与他的后母及后母之子象一再地陷害舜，一心要置他于死地，舜称帝后，他们无颜面对便逃到历山上藏起来，舜追到历山上去找他们，帮助父亲耕地。

再后来，舜都古城突然衰败了。

说是不知什么年月（一说商周，一说明末），此地挖出了银砂石，所有的人家都挖银炼银打首饰，山下的宝带城出了三百六十个腰缠万贯的员外，山上建起七十二座庙殿总称鸿蒙寺，寺内养了三百六十个和尚。他们开始为富不仁，每日里互相宴请，用白面馍给孩子揩屁股，放出恶狗咬穷人，犯下滔天大罪，惹怒了天上的玉皇大帝，派太白金星下凡放一把天火烧毁了鸿蒙寺，一场大水冲塌了宝带城。从此，宝带城沟壑纵横，残碎成五个土疙瘩，上面簇拥着人家。城东五里处董家房村的石猴就是从这里刮去的。圣人远去，珠宝不再，连现在的人也都是明代从山西移民来的。

一处气象万千的圣地，果真被一群不肖之子毁灭殆尽了吗？是富足撕下了仁义的旗帜，欲望扯断了人性的高贵，人类经不住金钱的考验，在铜臭面前所有的道德都败下阵来了吗？千古名胜被那一代蠢人糟塌掉，一处圣地沦落为混沌的僻野，让所有的圣贤叹息着远去，这里成为形象狼藉的废墟，裹进再也无法赞颂的时空册页。那段耻辱的历史抹没了这处圣地所有的光环，后人从此无法言说，只有民间传说为这里保留着一团千古神性的色彩。

然而，这里有古城墙。到20世纪60年代，舜都北、东、西三面城墙已所存无已，而三里多长的南城墙还起起伏伏、断断续续。城墙上顶阔三米，人们在上面种庄稼。城中旧建筑唯一一座城门，一座方形明清古堡，即使不是人为的败坏，四千多年的岁月，也早已把黄土堆垒的城墙风化成了一层层黄土，虽然唐尧、虞舜也如炎黄二帝一样升华成一缕不屈的民族精魂，他们曾经的圣地却逃不出时代打下的烙印，愚昧一次次把文明砸碎，然后共同陷进死水般的贫穷落后。只有历代的史志为古遗址坚守了一份墓志铭般的永恒，一缕扑朔迷离的悠久。

尽管先人败坏了这里，先祖抛弃了这里，但是这里依旧古风永存，延续成最大的村落，拥有最资深的阅历。明清时还有七百户，三千多口人，五个自然村，五座戏台，戏台对面是五座龙王庙，庙前有五口石井，井边都设有饮牲口的大石槽，井后是大照壁。其中一面照壁上写着“竹鹿高照”四个大字，照壁旁有数株高大的古槐，据老人们说砍了古树的树墩上四个人能在上面坐着下棋。城西原有镇潭寺，城中有文庙、城隍庙、观音殿、泰山庙、火神庙、关帝庙等几十座庙殿。民国年间拆了庙宇盖学堂，所有的庙殿都被拆，石碑压在学堂房基下面。“上下影壁上下井，泰山庙冥界慑人魂，几十座庙殿高台上坐，关帝爷村口把着门”的历史一去不复返。“文革”中又再一次砸碎了所有的砖雕瓦檐，挖掉了墙上的土地窑，烧光了家家户户供奉的各路神像牌位，古都越发残碎破损得面目全非了。

20世纪80年代，中小学校、粮库、供销社还坐落在旧庙殿院上，原人民公社所在地是东门外花园旧址。一道道之字形石头梯坡磨砺出精美的花纹，当年炼银砂的银砂石遍地四散着，人们的房墙上、屋顶上、猪圈墙上都镶嵌着这种棒形的黑石头，每条老路上都有这种黑硫球石。在这里城里城外的耕地上，经常能掘出石斧或石环，崖头上田地里埋着的陶器片块俯拾皆是，甚至在老房墙上就能找到大块的黑的夹砂粗红陶陶片，明清时修的堡墙墙土中夹有大量的碎陶片。

古城处在一个低洼处，三面环山一面临水，从外面看不见房舍。20 世纪 60 年代老城中还有一堡一泉一池一湖一河，自然村以拐角为中心，后庄、堡里、坝口、南五村环围成一朵花形，村外有一圈圈的果林掩拥。大集体时村里分七个生产队，有七个打谷场。村庄高道路低，且回还往复，曲里拐弯，藏得很深。原妫水后改名为小沙河，从汉代潘泉后改名为大泉里流出，先流进鱼池，鱼池里养有鱼，又从西向东横贯全村，一股跌进沤麻的麻湖，河两岸有一畦畦菜田麦地。河边的老柳树两人合抱不住，河水清澈见底，可见底沙中的五色石，河边摆一溜儿洗衣石，天天有洗衣服的少妇，柴篱上日日搭满了洗过的花衣。

自从 20 世纪 80 年代兴起工业，地下水被用尽，妫水河干涸了，以及农村改革后，人们分到了责任田，有了钱家家盖新房，新房一排排扩张蔓延，村庄一日日膨大，所有的空地都批上了房地基。这里没有了打谷场，没有了梨园，没有了鱼池，没有了麻湖，没有了妫水，也失缺了古城旧貌。城北历山上原有的七十二座庙宇早已成为一片厚厚的瓦砾。然而，传说这里的村庄都有古久的历史，古城西北的窑子头村是轩辕黄帝斩杀蚩尤的地方，东北三里处的百草地是当年炎黄采药的地方，七里处的辛庄村原来有祭祀尧舜的神台，秦时名清神台，现在一切都废弃不在。

所幸的是这里还有东窑沟与西窑沟的地名，是前人烧陶器的地方，有名舜道的古道，有妫泉旧址，历山下名东四疙瘩的蚩尤墓四个高大的封冢还有一个存留了下来。

古舜都就这样既残破又凄美，遥远的上古传奇之地，笼罩着浓浓的炎黄、尧舜情结，一缕民族魂在这里久久飘荡。这里有圣贤功勋也有凡间罪恶，这里富过贫过大起大落，这里的人既自豪又惭愧。这里的后人怎么也想不明白，为什么先人们要那么奢侈铺陈，让一方佳山秀水和一茬人一起迅速衰败，难道始祖与圣贤们的仁义道德不能感化芸芸众生？总有人因为教养不足，会跳出来败坏门庭，给祖宗脸上涂灰抹黑。然而，尽管这里衰落了，降为一般村庄，十几年前还是公社所在地，有粮库、邮局、国办中学小学、电影院、商店、信用社，操各种外地口音的国家干部、教师云集，一派熙攘繁华。

如今，人们再也说不清舜都老城的起兴衰落，但是一截截老城墙永远在那里挺拔巍峙着四千多年前一座都城的轮廓，峥嵘着城池、青铜与文字三大人类文明的标志之一。

神京屏翰宣化府

若论塞外坝上下能够成诗入画的古老历史景观，除了万里长城、大境门，西北望的宣化府也是一处重要的镇边故垒。

如今在宣化能见到的历代建筑遗存，有荒草丛中灰砖剥落的明朝古老城墙，有市区街衢中轴线上稳稳坐着的金碧辉煌的镇朔楼、清远楼与拱极楼，一起存留着明清时代的厚重气息。

乘车行进在京张高速路上，就能看到路南紧紧挨着的明朝修的六里长的宣化府北城墙，虽然残破豁缺，却笔直地东西向横亘在长城脚下广袤田野上的杂草丛中，上面布满了五百年的苔灰藓黑。一片片墙砖脱落，不时露出夯筑的黄土，土里生长着各种不知名的铁色老草与弯腰歪脖子的小树，在远离市区的冷落远郊外，坚贞不屈地挺立着。北城墙拐过去的西城墙断断续续，最南端一大段做了人民公园的苍灰西墙。

当年，明朝九个重镇之首的西北宣府，是京都的第二道防线。地理位置何等的重要。且不说春秋战国时，秦朝封这里为三十六郡之一，到汉时仍名上谷郡。也不说唐末五代在这里建武州，设雄武军驻守，并修出一座土夯的守城。辽代改武州为归化州，金代又改为宣德州，元朝在此置宣德府。到了明洪武三年又改为宣府，在四周置前卫、左卫、右卫，派无数将卒把守。洪武二十五年，重新展筑土城墙，四面各延长至六里十三步，墙高两丈八尺。翌年，朱元璋封他最挚爱的十九子朱橞为谷王，就藩宣府，在城中心建谷王府，屯兵万全。据说当时的守军达九万之众，震慑方圆六百里的安危。

又六年，城墙全部用砖包砌出来，府城规格依京都模式，城设七座门，其中五座正门都设有吊桥，城门外有瓮城，瓮城外连月城，城外四周挖隍堑，城四角置望楼，同时在街衢建起二层飞檐的镇朔楼，楼中设鼓角刻漏，以司晨昏。明成化十八年，在谷王府东建四十多米高雄伟壮阔的清远楼，楼中悬挂万斤警钟一口，声传二十里。“钟鼓之设历禁令，斯司晓，防奸究。”传说紧要时用这口神钟报警，其声可达京城。

宣府不失，京师可保。昔年间“飞狐、紫荆控其南，长城、独石枕其北，居庸屹险于左，云中固结于右，群山叠嶂，盘踞列峙”。宣化府够得上“万堞严耸，金城天府”。为保京师，在这里发生过七十多次血雨腥风的征战争斗。汉时飞将军李广任上谷郡守时，多次击退匈奴单于的挑衅，著名的还有唐朝李克用占领武州，元太祖铁木真攻陷宣德。明正统年间，蒙古瓦剌部也先入侵宣府，义和团首领大阿吾在清远楼鸣钟聚义，率兵痛击敌军，杀死德军指挥官约克。于谦、杨洪、罗享信等一大批忠烈之士都在此捐躯。

重镇宣府是京都坐落西北的门户。明朝武宗朱厚照在此建过府第。明成祖朱棣五次北伐，都驾巡宣府。清康熙皇帝七次北巡西征都在此整顿军队，筹集粮草，第二次亲征葛尔丹在此驻扎。乾隆皇帝巡视木兰围场途经宣化，赐“神京屏翰”四个大字。连慈禧西逃时也曾在宣府停歇。边城宣化，浑身印满了历代的委任重托，从“京师锁钥”到“神京屏翰”的称颂，从“清远楼”到“镇朔楼”的名讳，从“耸峙岩疆”到“震靖边氛”的匾额，以及城楼门楣上的“昌平”“安定”“大新”题字，守城总兵们佩戴的镇朔将军印，国家安危福幸沉甸甸地压在这里的城与楼上。

然而，不论宣化府再怎么严防死守，都架不住朝廷内部的昏庸溃败，挡不住他处的破损失守，阻塞不了人间英雄辈出的淘汰更替规律。汉、唐、宋、元、明、清都是马上打下来的江山，到处铁蹄纵横，代代马革裹尸，何一座宣府就能了得？数百年的车辚辚马萧萧啊。毕竟宣化府还在长城以内，离大境门还有三十里，待到战火熄灭，马放南山，人心思治的民国初年，三座楼下的门洞，又成了张家口通往蒙古库伦茶马古道上的必经之路。五百年的马踏轮辗，硬是把城楼券洞内的厚厚砖地磨得坑坑洼洼，锯勒出了两道深深的辙痕。

如今，城墙与钟鼓楼们都被修葺彩塑，重点保护起来，成为宣化府的沧桑历史见证。曾经鼓角连营，龙旗猎猎的边城重镇宣化府，现在高楼林立，新街纵横，商楼酒肆，电歌光舞，早已抖净了昔年的战火狼烟，不见了六百里防线的将士兵卒。伤残破损的城墙阅尽人世兴衰成败，萎靡着睡去。清远楼、镇塑楼与南城门拱极楼遍鉴世上风云，犹自巍峨峥嵘，一代代风流人物走马灯一般起起落落，皆成过往故事。最后，镶嵌在大地上的，唯有黄土堆垒或砖石结构的名胜景观静静地千秋拱垂。

古城墙、钟鼓楼、南门楼与清初五龙壁，辽代壁画墓，共同组成宣化府浓烈的古老文化风情与神采，成为这座古城永恒悠久的内韵精髓，供一世世后人思索品味，回顾书写。

边城宣化，谷王府，蕴藏着多少传奇故事！

一条消失了的河流

大地上有多少条河流消失了，我不知道，我知道其中有一条名妫水。

妫水是一条古老的河流，一条大舜帝故乡的河，一条曾经流淌了数千年，却在20世纪60年代越来越细，终于没有了踪迹的河。

妫水河断流已经四十年了，如昨日一样消失得无影无踪。一条河没了也就没了，河边的人仍然在那里苟延残喘着生活。过去可以再去寻找有水的地方，如今河流是很难见到了，连那一眼眼水泉也干涸了。令人悲泣的是，与这条河流一起消失的还有那三面环山一面临水的古舜初都城遗址当年的风采神韵。四千多年前，舜帝就是在古妫州今保岱的妫水河滨骑着鹿四处巡游，教民烧制陶器、养鱼、垦田，居住在妫水河畔的舜帝的二妃恪守妇道的东方女性风范名播天下。舜时的辉煌岁月早已远去，妫水河虽然一年比一年细，却继续流淌了四千多年。

妫水河的消失，让舜都古城褪去了风水宝地的苍翠，褪去了最后光华。河流的干涸让这片故园老土失去了迷人的色彩，繁富与荣华随着这条河的消失再也没有了自尊与自信，一年比一年的残破与贫穷，让后人耻辱得甚至无颜去书写村庄的履历。

妫水河是渐渐断流的，自从早年间一代人奢侈铺陈地用白面馍喂狗那天起，这片古土就埋下了毁灭的祸根，这方风水宝地就注定了要走上衰败的结局。加上20世纪70年代兴起县办工业，大量地引潜截流，并且村民们大批地盖房占地，舜都古城穿城而过的最后一片红翠便彻底从大地上消失了，一处曾经有过的千秋河流抹去了它的形声。

这不是凭空的传说，也不是无由的虚构，这是个抽丝结茧般层层缠绕的故事。

四千二百年前，妫水从舜都即现在的河北省涿鹿县保岱村西的妫泉流出，由西向东穿城而过，上古时水泽草丰，轩辕黄帝命名翠妫州。传说神农炎帝、轩辕黄帝都喜欢翠妫州，曾在此治水、垦荒、采药、耕作。轩辕黄帝九世孙虞舜就出生在这里，在此建立了初都。未称帝前，他在这里教民耕种五谷、烧制陶器，挖池养鱼。《水经注》上记载："漯水经潘县故城，或云舜所都也。"《括地志》记："舜都在怀戎县，县北三里有舜庙，外城有舜井。"《魏土地记》这样记着："妫州有妫水，水源于城中，城北有历山，山上有舜庙。"村西北的山古名历山或烈山。

传说上古时，这里有九个大海眼，洪水泛滥成灾，无法居住。轩辕黄帝亲自带人到此，凿出八个大石盘盖住了八个海眼，留下一处水眼，轩辕黄命名为盘泉，盘泉水形成河流即妫水。这个海眼盘旋着流溢，常年不绝，水边花草茂密，水中有五色鱼。有人说河图就出自妫水。水流进一个大池塘，塘中养有鱼，出水向东流，又进一个麻湖，出麻湖再向东浇灌菜田麦子地。舜带着娥皇、女英住在妫水边。二妃严守妇道，舜帝忙着教人种五谷，烧陶制器，长时间不回家，二妃代他在家尽孝，因为二妃贤淑聪慧，恪守妇道，人们筑起二妃坛纪念两位母仪天下的高贵品性。

到汉唐时，这里仍然是辖北方圆几百里的政治、经济、文化中心。汉时设县名潘，唐时设州名妫，武则天时改妫州为怀戎县，清时仍名舜乡堡。至今翻开西汉、西晋、北朝、隋时地图，在该村附近都标有舜庙。从夏到魏晋的皇帝们都到涿鹿桥山与历山祭祖，那时，陕西还没有黄帝陵，河北也没有张家口市。《史记·封禅书》记载："北魏明元帝拓跋嗣于神瑞二年六月幸涿鹿，登桥山，观温泉，以太牢祠黄帝庙、唐尧庙。己卯，登广宁之历山，以太牢祠舜庙。"又记："文成帝拓跋睿于和平元年正月，东巡历山、桥山、祀黄帝、尧、舜庙。"

再后来，这块千古圣地怎么就一下子衰败了呢？

还是传说，说在周朝，也有人说是明朝，这里挖出了银砂石，家家都炼银锭打首饰，城里出了三百六十家财主，历山上的鸿蒙寺养了三百六十个和尚，他们为富不仁，用白面馍给孩子揩屁股，放出恶狗咬穷人。上天知道后派太白金星放了一把天火烧了鸿蒙寺，一场大水冲了宝带城。事先太白金星装扮成一个小贩，一头挑着枣和梨，一头挑着火烧（一种大饼），一路叫着："枣梨（早离），大火烧（大饼）。"人们不明白他的用意，没有人逃离。太白金星又变出一只大船，救出全城的老百姓，随着人上船，船越长越长，最后载着一船人漂到河北停了下来，变成了一座城，即现在的涿鹿城。一个令人沉思的古老故事，一段苍天有眼的人心警示。至今当地人们还在流传这样的歌谣："涿鹿城是一条船，迟早还得过河南。"

因为太古老，拥有谜一样传奇的古城缠绕着真真假假的神巫佛道，更加扑朔迷离。然而，这座传奇的古城如今只剩下几句简单的史志记载，几截残破城墙。一切的荣华繁富都灰飞烟灭。除了民间传说，还有真实地存在过的妫水，以及比黄帝城大三倍的古城遗址能够阐释这一切。

古舜都妫州是我的故乡，到公元20世纪60年初，我十来岁时，妫水河还有水，虽然名字已改成小沙河，河面也缩小到三尺左右。因为有这股清亮的河水，我的故乡是最美的地方。由于水的滋养，河两岸有鱼池，有菜地，有梨园，有麦地，有麻湖，沿河有许多老柳树，有一园园红杏黄梨，一排排红枣。晶莹的水中有五色石，有小鱼，有小虾，有蝌蚪，夏日夜晚有蛤蟆叫。夏秋时节的上午，女人们都要到河边来洗衣服。傍晚，男孩子们都跳进鱼池或麻湖里游泳，有日夜潺潺流动的河水的古城老村，天地间流转着浓浓的诗情画意。

小沙河是现代彻底消失的。除了工业用水的原因，20 世纪 80 年代人们分到责任田，生产力大，新中国成立后有了钱首先盖了一大批新房，为盖新房人们砍了老梨树，填了鱼池与麻湖，菜田麦地打谷场统统变成了一排排新房，连小学操场都批上了房地基，曲折蜿蜒的河床也抻直成一条贯通全村东西的大街，再次冲毁了最后一点风水。所有的老井都封了口，宝地再也没有任何神秘与传奇，唯有一堵堵老城墙还矗立着，只有一层层的黑色棒形银砂石还在老街旧巷里散落着。与别的村庄一样，大街两边的人家都面朝街开了各种商家、药店、门市、粮铺等无所不有。古城墙、古水泉、古井都淡出了人们的视线，只有从繁富发展到奢侈的消费商品占据着人们的心志。

虽然这里人吃的水是新打的机井水。没有了麦田菜地，人们都在自家院里辟一小片花圃或菜地，用自来水浇灌。近年来，村里在妫水水脉上花巨资打了八眼井，抽出来的仍然是妫水吗？村人利用这古老的地下水资源还要花钱，仅浇地一项就投本太高，年轻一代的人们都不愿赔本种地，全部远离故乡外出打工去了，村里只留下老人、女人与上学的孩子们。古舜都也逃不脱资源破坏、环境越来越恶劣的噩运。

如今，在延庆也有一条名妫水的河，在怀来也有妫州，那是唐朝武则天时把妫州迁到怀来官厅湖一带的缘故，那时的妫水早已不是舜都城的妫水了。

桑干河上新大桥

妫水，一条晶莹的河流，一种秀美的风光，与舜都老城及古潘县、古妫州一起永远从版图上消失了，与妫水一起消失的还有那一带红翠一方风水一派古风古韵，及所有山村的溪河，一如许多的逝者般无处可寻。

没有了水流花树的故乡已经不再是我心中那个故乡了。当然，短时间内，还抹不掉古城墙与黑银砂石这最后的舜都遗迹，还让人牵念。

后　记

一晃十多年过去了，我与大多数人一样，还在过着重复、平凡、一如既往的日子。

然而，看似普通的日子却有本质的不同了。儿童在一日日长大，青年人在一天天成熟，中年人在一月月变老，老人在一年年减少。黑发人变成了白发人，白发人蹒跚了起来，不时有人生病后如成熟的果子掉下了枝头，在后人演奏的哀乐的安魂曲中无奈地钻进了泥土。

变是绝对的，悄悄的，渐渐的，无奈的。一代顶着一代，一浪推着一浪。人类的繁衍循环往复，家族与国家生生不息，都在向着更美好、更优质、更文明的方向发展。

人活在世，经过几十年的是是非非，坎坷起落，悲喜交加，都会有许多共通的感悟与体验，人情与世事都成了文人想做的学问与文章，成了民间的口头谚语与格言。人们用各自的一生体味着七情六欲，其实是同样的道理，是先人经历过的，也是后人要阅历的。不会写的说了出来，成为家长里短，随风飘逝；善书的写了出来，成为文章，留在人间。

先人总结出无数做人道理，无数做事的规范，这些都写进了书中，演在戏里，唱在歌里，说在评书里，凝固在格言警语里。所以，读书多的人明白得早，醒悟得快，人生的路也走得直通顺意一些，也走得更远更高，他们大多做了社会的栋梁；读书少或不读书的人走得跌跌撞撞、灰头土脸，潦倒失败的多，大多成了社会的普通劳动者，少数人做了家庭与社会的蛀虫。还有更差的，在别人家越来越幸福时，他们家却一日不如一日地衰败。所以，社会对民众的教化非常重要。

在这已逝的几十年里，本人也在岁月的波涛中扑腾了几下，最终成了一块抛在岸上的没了棱角的河石，站在了别人的热闹喧哗背后，远远地看着世事的变迁，社会跌宕起伏，人们的兴衰成败。深深感受着时光如梭，人生似梦，世态炎凉，俗世冷暖。敬佩那聪明了一世的人，也为糊涂了一生的人叹息。

人要到了看破红尘的本质的时候，才会变得越发少言寡语，也才明白街上的老人为什么都那么无言沉默，山中的僧人为什么那么甘于享受清静寂寞。喧哗是不知世事的年轻人的，浮躁也是还没有摔打得头破血流的年轻人的。年轻人还在天真地、不知天高地厚地说大话，还在蒙昧地来来往往追名逐利，还在用物质的壳把自己厚厚地包裹起来，因为他们都在重复人生之路，并且大多活着为给别人看，一切都只为向别人炫耀，他们看重的是别人的评价。所以，因为攀比，他们的心不宁静，不轻松。

特别是一些做父母的人，从来不读书不看报，每天在谈论吃、喝、玩、乐，谈论金钱与物质享受，沉迷在麻将桌上，醉倒在酒席宴上。他们的子女从小耳濡目染，也不学无术、好吃懒做，不由己地一点点走上了为了钱不惜一切代价，最后触法犯罪，导致倾家荡产的道路。

而真正治国平天下的人，都是看不见物质的，都是如毛泽东少年时一样一不谈爱情，二不谈金钱，三不谈琐事的圣人。都是节俭的、质朴无私的、胸怀天下众人的。平庸与伟大，低俗与文明，创造与享受，建树与破坏，把人类分化瓦解，所以人间便有真、善、美，也有假、恶、丑，有上、中、下三等人之分，有幸与不幸之别。

当然，作为一个普通人，男人能做到修身齐家就是好男人，一生奔波劳作治理出一个富裕的小康之家。大人安康，孩子上进，全家人守法本分，凭本事吃饭，过上温饱幸福的日子，就算成功。女人把家操持得窗明几净，一日三餐及时端上桌，把儿孙教育得自立自强不祸国殃民就是成功。父母只要读的书多，孩子肯定会天天向上，这是古往今来颠扑不破的真理。如果连父母都不分是非，颠倒黑白，孩子怎么会明白道理呢？世上没有不成事的孩子，只有不称职的父母。

一个人从小就正直善良，懂得只有读书学习，光宗耀祖，或学一门技艺养家糊口，不偷、不抢、不害人、骗人，打小就不让大人操心费劲，长大后不仅自己活得好，连家庭故乡都沾光才是正确的活法。俗话说好狗护三邻，好人护三村。社会的教育缺失了，有的人不明世事，早早变坏了。时代的变化太快了，可是自己不能放纵，不能盲目跟风，一定要自学自救，必须严把自己的品性道德操守，小心翼翼地走好人生每一步。心中有颗定盘心，言行举止有一杆称，永远不做出格的事，永远走那条老一辈选择出的最正的路，才不至于枉活一回，否则将会留下无法更改的遗憾，在晚年痛悔不已。

老话说得多好："成人不自在，自在不成人。""没有规矩不成方圆。""书中自有颜如玉，书中自有黄金屋。""千顷房子万顷地，不如有个好子弟。""上梁不正下梁歪，下梁不正倒下来。""自己动手，丰衣足食。""手背朝上去抓挖，不要手背朝下去乞讨。""勤俭富家之本，和顺富家之因，读书富家之基，循理富家之根。"……谁牢记这些先人的忠告，谁就活得好。谁把这些记在心中，挂在嘴上，用行动来表率，谁就不会迷失得太远。

本人在这十几年里，又读了一批书，把《史记》《四书五经》《资治通鉴》《梦溪笔谈》等古籍经典浏览了一遍，把《弟子规》《千字文》《名贤集》《增广贤文》《幼学琼林》等欣赏再三，还浏览了一些佛家经典，感悟颇多。读了一大批人物传记，收获颇丰。越发地明白，古今中外的成功人士，走的是同一条路——修身、齐家、治国、平天下。先人们说的都是至理名言，只要照此去做就错不了。如果不信这一套，要另辟蹊径，只有碰得头破血流。

然而，有的人抛开了先人的教诲，或者绕道而行，直奔发财致富后的灯红酒绿、奢侈铺张而去了。甚至为暴富后的享乐不惜出卖灵与肉，甘愿在法绳上跳舞，在地狱门前挑衅。为了过度地拥有竟然不顾前人的教诲，贪污腐败，挥霍无度，自己把自己送进了万劫不复的深渊。这一切皆因为思想修养不足，做人没有道德底线。

本人知道，许多人如我一样，深切地缅怀夜不闭户的炎黄时代，心仪路不拾遗的尧舜天下，一样的身在闹世心回唐朝，一样的物质丰厚而精神在垃圾堆中痛苦挣扎。都有一颗即使走进山水间也难以消融化解的冰心。便把这些疑与惑写了下来，把爱与恨写了下来，变成了浅显的随笔杂记。继《五味瓶》之后，本人仍然没有停笔，有的寄出去发表了出来，有的没有发出来，有的没有寄，也有的报刊遗失无法查找，便把平时收集的拙作聚拢合成集子，因为大多写的故乡的人与事，写的是塞北这片古土的古今，发生在桑干河畔的世态，及同时代人们的甜酸苦辣。只是想把几十年的阅历告诉大家，把所思所想所感所悟讲了出来。目的不过是想劝人们多读书学习，活得顺通一些。

但愿有人读了这本集子，接受我曾经有过的教训，能少走些弯路，少摔些跟头，少犯些错。当然，这是对那些好读书，见书如命的人说的。如果对读书没有兴趣，从来不看书，愿意活得很悲惨的人，那就无可奈何了。就如我们的文明始祖轩辕黄帝说的那样，自己不知怎样做的人，就是圣人来了也救不了他。

“书护脑，德护心，仁护身。”“仁者寿，智者昌。”而仁与智都蕴藏在古今好书的字里行间。读书大有好处，不读书就只有坏处。书，不只是一行行文字，而是前人的思想结晶。当一个人见贤思齐，能如饥似渴地读书时，这个人大有前途了。而一个人从不读书，有时间就逛大街、打牌喝酒、惹是生非，这个人就肯定活得艰难。

这本书同时也记录了家乡涿鹿的古今风貌与历史变化，特别是记录了许多重大的建设项目，可以从中了解涿鹿的古往今来。但愿拙作能给人一些有用的教益，特别是给心灵还没有污染的幼童与少年以必要的补给。本人来世上没有白走一遭，留下一点痕迹，就足矣。

在此感谢县政府李阳县长对这本拙作的关注与大力推出，感谢宣传部李芳副部长及县三祖办主任张生海的积极举荐，县民俗协会会长王建国、文友胡美霞在文字上的校正，飞梭学校副校长杨存山先生在版式上的帮助，画家任力成绘制了封面，封面底图用的是宣传部长刘继红的黄阳山摄影。大家共同努力推出这本散文集，就是为了积极弘扬优秀的华夏民族创世精神，推崇涿鹿古老的炎黄尧舜忠孝礼仪文化，同心同德，为这方有五千年文明史的古土的振兴富强而尽心尽力。

另外，本书所选用的图片，一部分是本人拍摄的，一部分是本人多年搜集收藏的，由于时间久了，已不知拍摄者是谁，不能标注，特此表示对原作者的感谢。

杨素梅

2016 年 7 月

桥山黄帝陵对面的祭黄帝碑